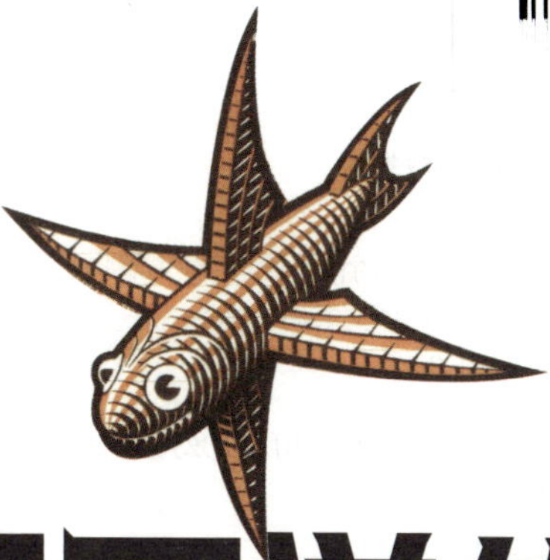

不得不说的事

外星代言人的传奇经历

史瑞华 林左鸣 著

北京时代华文书局

图书在版编目（CIP）数据

不得不说的事 ：外星代言人的传奇经历 / 史瑞华，林左鸣著. —北京 ：北京时代华文书局，2021.12

ISBN 978-7-5699-4470-9

Ⅰ. ①不… Ⅱ. ①史… ②林… Ⅲ. ①幻想小说—中国—当代 Ⅳ. ① I247.5

中国版本图书馆 CIP 数据核字（2021）第 243417 号

不得不说的事 ：外星代言人的传奇经历

BUDE BUSHUO DE SHI : WAIXING DAIYANREN DE CHUANQI JINGLI

著　　者 | 史瑞华　林左鸣

出 版 人 | 陈　涛

选题策划 | 崔正山

责任编辑 | 周海燕

特邀编辑 | 柯琳娟

装帧设计 | 今亮後聲 · 赵晓冉

责任印制 | 訾　敬

出版发行 | 北京时代华文书局 http://www.bjsdsj.com.cn
北京市东城区安定门外大街 138 号皇城国际大厦 A 座 8 楼
邮编：100011　电话：010－64267955　64267677

印　　刷 | 北京天宇万达印刷有限公司　电话：13522196407
（如发现印装质量问题，请与印刷厂联系调换）

开　　本 | 710mm×1000mm　1/16　　印　　张 | 27　　字　　数 | 340 千字

版　　次 | 2022 年 1 月第 1 版　　印　　次 | 2022 年 1 月第 1 次印刷

书　　号 | ISBN 978-7-5699-4470-9

定　　价 | 98.00 元

目录 CONTENTS

黄道
赤道
夏至
北極
平地
南極
小雪
大雪
冬至
黄道
赤道

楔子

三千多年前，中华大地上空，在一个秋冬之交的清晨，一群大雁向南飞去……

北方平原上，秋风袭来，显得比在山区丘陵时更为凛冽。一望无际的萧茅绵延至大海边，随着一阵阵寒风摇曳。常言道，一叶知秋，很显然冬天快到了。

行进在原野上的队伍，排成一个长蛇阵，从头至尾能有二十多里地。毫无疑问，这是一支十几万之众的队伍。从队伍所携带的青铜剑戟和已丢弃掉车乘的战马可以判断出，这曾是一支装备精良的精锐之师。这支队伍在压抑肃杀的气氛中，沿着海边向北方急速前进。队伍中连抱在母亲怀里的孩子都静悄悄的，只是脸上挂着惊愕的表情。

这是殷商帝国当时仅存的一支劲旅，在周武王发动兵变进攻商纣王之前，这支部队被派到南方开疆拓土，使商朝国土拓展到今天的福建、浙江、江苏等地。周武王起兵进攻商纣王之后，华夏民族龙的传人陷入了历史上第二次有外星人支持的大分裂之中。

当时周武王的父亲——周文王姬昌，是巴克星球（龙星球）的第三个代言人。上承天命之后，周武王野心膨胀，再加上商纣王不顾皇族的反对，爱上了奴隶的女儿妲己，朝野上下闹得沸沸扬扬。商纣王是个一根筋认死理的人，因为妲己确实是一个贤惠聪明的女人，只不过出身低下而已，所以纣王不惜得罪他的叔父——辅国的重臣比干。比干一气之下，心脏病发作逝世，朝廷顿时一片混乱。比干是本应为商王的，但他生性闲散，不想操帝王的心，所以把帝位让给商纣王。比干这一死，就给了周武王口实，遂以讨伐纣王之名起兵，攻打首都朝歌。

战事一起，商纣王立即命令驻南方的这支精锐部队回师勤王。但是事态瞬息万变，在华夏民族产生内乱时，巴克星球按照他们的原则本是不干预的，未曾想在我们地球所在这个单元区内，还有一个重要的星球，叫共塔星球，他们有在地球发达地区传播其星球文明的想法。一看到发达的华夏民族发生分裂，他们觉得机会来了，在没有充分准备的情况之下，即仓促与商纣王取得联系，支持商纣王抗击周武王。事已至此，巴克星球就不能再坐视不管了，他们很快联合在地球周边活动的冰星（后来冰星发展了李耳为代言人），协同行动，以帮助周武王对抗商纣王。这段历史，就是后来的神魔小说《封神演义》所演绎的故事。

商周之战，很快以周武王大获全胜而结束。到战争后期，商纣王眼看大势已去，再次派人发出命令，让南方回师勤王的队伍不要再回中原送死，而是急速沿海边向北前进。商王命令：一直向北，一直沿海边前进。

这时，队伍的统帅站在旁边的一个小土丘上回望中原大地，眼里露出无限的惆怅，脸颊挂着的两行泪水，一直顺着须发湿了胸前衣襟。他知道，今生不能再回到家乡，不能再回到思念中的朝歌了。当年离开朝歌时，纣王亲自为出征大军饯行的情景浮现在眼前，伴着夺眶而出的泪水挥之不去。他们做梦也没想到，而今他们，甚至连他们的子孙后代，永远回不到中原大地了。

当奉命急回朝歌勤王的队伍还没走到一半路程时，纣王的最后命令到了。纣王要求他们立即调头向海边前进，并且顺着海边向北进发，如果没有接到新的命令，就只能前进，不许返回。现在看来，这是共塔星球人类给纣王出的最后一个主意了。由于商纣王阵营里没有人有能力胜任代言人的工作，因此来自共塔星球的所有指令，都只能通过派出小型飞碟降落商朝营地的方式，由共塔星球人类亲自向纣王面授机宜。显然这样的通信联络方式效率太低下了，所以很多时候他们只能下达绝对性的命令。这支沿海边向北转移的队伍，正是在忠诚地执行这样的命令。

这支队伍经过多年的长途跋涉，人已经剩下不多了。经过多番辗转之后，他们当中剩下的最后一批人在一个冬天越过了白令海峡的冰面，进入北美大陆，成为北美大陆最先出现的人类，后来人们称之为“印第安人”。这样的结果，是不是当年共塔星球下达此命令的初衷，现在已不得而知。然而三千多年之后，同样在共塔星球帮助下的神圣大教堂所属的教徒们登上了北美大陆，后来这些来自欧洲的白人血腥地屠杀印第安人。这些死去的印第安人的自然信息，大部分都融入白人家庭所诞生的新生命之中，实际上这对进入北美大陆的白人的进化也做出了重要的贡献。

黄河流域的中原大地是中华文明的摇篮，也是世界文明的摇篮，这里涌现出无数的中华民族的优秀人才。商朝灭亡后，周朝成就一统，中原大地始终是中华文明的根之所在。20世纪初，在“殷墟”，即今天的河南安阳市发掘出了甲骨文，故事里的一号主人公容子，便是从这里走入历史的。

容子和很多华夏先贤一样，在这里成为本单元区科技最发达的兰比斯星球（兰星）的代言人，并且是当代地球人类脑容量最大的人。这样的生理特性，使他几乎可以时刻与兰星人保持畅通无阻的联系。故事正是由此开始……

第一章

反击在星海

1

我们这个星球从来没有真正太平过。但如果站在地球文明之外，从星海乃至整个宇宙的范围来看，地球文明内部的尔虞我诈和钩心斗角，实在是低级之至。当来自其他文明的强悍势力威胁到地球文明的存续时，地球人除了选择和平与联合，别无他法。这里将从宇宙宏观角度重新审视星海文明之间的利益纠葛，辅以全新的理论观和技术论，展开时空穿越的体验，诠释一场星海之间的生存权利之战。在这里，战争与和平将被赋予新的哲学内涵。

战争，一场地球人类文明记载中史无前例的战争已经爆发。当然，地球人类对此仍然一无所知，眼下地球人自己尚有一大堆麻烦事要解决：经济衰退、环境污染、种族宗教之间冲突频繁，由此引发的恐怖袭击蔓延全球，局部战争此起彼伏……

20 世纪，地球人类刚刚经历过两次世界大战，战争使地球生灵涂炭。2015 年，地球人类以不同的形式纪念第二次世界大战结束 70 周年，他们渴望永久的和平。但是，由于叙利亚战争引发的难民问题，让经济困难的欧洲雪上加霜、苦不堪言——战争的影响没有边界。

是的，战争从来就没有边界。一个星球（比如地球）上，多个国家之间爆发的战争是世界大战；在一个星河系（我们地球所处的星河系称为银河系）里，不同星球之间爆发的战争是星际大战；在一个单元区里，不同的星河系之间爆发的战争是星河大战。好莱坞大片描述

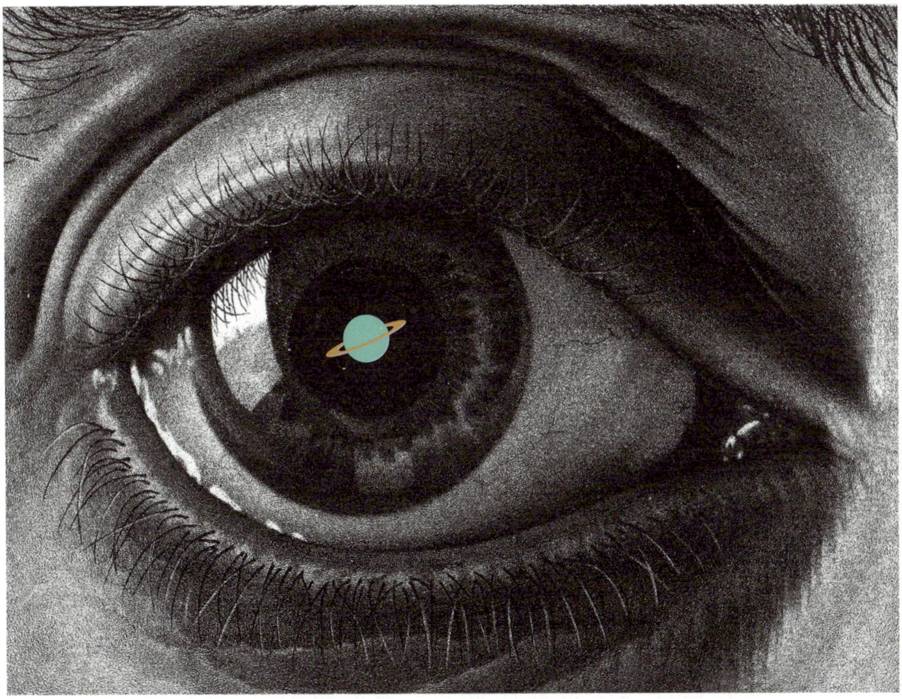

过各类星际战争，甚至还有星河大战，但这些还不是战争的最终边界。

20 世纪 20 年代末，M 国天文学家爱德温・哈勃发现了宇宙“红移”现象，也就是说哈勃发现宇宙天体正在膨胀。实际上，哈勃发现的膨胀天体并非整个宇宙，它只是我们所处的第一单元区。宇宙每发生一次大爆炸，就诞生一个新的单元区，每个单元区由许多的星河系所组成，可以说它是一个“星海”。地球所处的第一单元区，是宇宙中一个相对年轻的星海，在单元区与单元区之间爆发战争，就是星海大战。不过单元区之间一般没有什么利益冲突，交往也很少。所以第一单元区与其他单元区之间发生军事战争，至少在可追溯的 1000 多亿年中没有发生过。所以，星海大战是人类迄今为止所能知道的终极战争。

而已经爆发的战争，正是一场终极战争！

2

地球人类之间爆发战争，起因很多，归根到底无非是利益。人类生命能够得以自然生存，依靠的是两个最根本的自然要素：空气和水。在地球上，拥有空气的权利几乎不需受制于人，但水资源就不一样了。地球人类因为争夺或控制水资源而引发冲突的地区，自古以来就总是被战争阴霾所笼罩，西亚、中东等地区便是如此。这些地区因为争夺或控制水资源而发动战争或威胁发动战争的迹象几乎从未停止过。如果地球人类的技术有一天发展到一个国家可以控制另一个国家的空气，那么发生战争的危险性就会大幅度增加。幸亏在地球上这样的技术并没有出现。

人类要正常生存和进化，还有一种自然要素极为重要，但迄今为止，地球人类并不了解这一要素的存在。就这一点而言，地球人类始终生活在懵懵懂懂之中。眼下，地球人类还不知道，人类的生存和进化，除了需要水、空气之外，还需要自然信息（信息光色），人类如果吸收不了来自信息态空间的信息光色，就会停止进化，这种情况一旦出现，对类似于地球人类这样的低进化态人类，其危害就尤为明显。

地球人类在享受无线互联网技术所带来的便捷生活时，其实也面临着一个新的威胁——因为大量发射电磁波，会给地球四周的空间带来污染。这种污染的影响作用，主要是干扰了来自宇宙信息态空间的信息光色，从而使人类的进化受到干扰。

关于进化问题，容子博士曾撰文指出，达尔文的进化论是值得商榷的。容子博士是分别获得中国和欧洲两所著名大学的科学和哲学双博士学位的科学家。但他还有一个身份就鲜为人知了——他是一位地球兰星人。

在地球所处的银河系中，有四个星球存在着人类，即地球（色星）、同星球（同星）、诺星球（诺星）和兰比斯星球（兰星）。同星的进化水平比地球略高一点，诺星和兰星的进化水平则远远高于同星和地球，它们早已进入共产主义的社会形态。尤其是兰星，它的发达水平在整个第一单元区（地球所处的单元区）名列前茅，也是离地球最近的存在人类的星球，距离地球的直线距离大约为 45000 光年。实际上这个星球原本是一颗如太阳般的恒星，在燃烧停止后才被兰星人改造成适合人类居住的行星，并进行过变轨处理。由此可见，兰星人的科学技术水平是极高的，可以说是地球人望尘莫及的。容子博士正是接受兰星人的委托，成为向地球人类传播先进科学理论的代言人。

容子博士在其传播的理论中曾指出，人类的进化主要是大脑进化，而非肢体进化，进化反映的是动物、植物的智慧水平，无论是动物还是植物，进化的水平取决于主系肌肮线粒体（俗称“灵魂”）受自然信息光色影响的程度。以人类的遗传为例，人类的一代，并非仅仅是承接了父亲和母亲这两部分基因（信息），实际上还有一部分来自宇宙空间（外源）自然信息光色（主体信息）所构成的自然态基因（信息）。父、母和外源三个信息系统共同构成了人类持续不断的进化。如果人类基因只能承接父、母遗传下来的信息，那么人类肯定无法持续进化，甚至还可能退化。

容子博士认为，人类遗传基因遗传到下一代的时候，父亲的基因占 46%—67%，母亲的基因占 13%—34%。父、母两种基因不可能构成 100% 的下一代基因，如果以上述的父亲基因最低比例的 46% 和母亲基因最高比例的 34% 相组合，或以父亲基因最高比例的 67% 和母亲基因最低比例的 13% 相组合，则都是 80%，那么剩下的 20% 就是来自宇宙空间的自然信息所构成的基因。

容子博士还认为，人类之所以是地球上最高级的生物，正是在于遗传进化过程中，其吸收外部自然信息的能力是最强的。其他生物的遗传基因传至下一代时，其状况和人类相比是有很大差别的。比如对于动物而言，当遗传基因遗传至下一代时，雄性动物的遗传基因占 11%—18% 的比例，而雌性动物的基因占 80%—87%，其余所占的比例也是来自宇宙空间的自然信息态基因。对于植物而言，当植物体遗传基因遗传至下一代时，其父本和母本的遗传基因各占 49%，剩下 2% 是自然信息态基因。由此，容子断定，动物或植物在进化过程中，自然信息态基因所占的比重高低，是确定物种进化水平的重要标准之一。所以当物种及其遗传过程的基本条件确定之后，那么在一定程度上，自然信息态基因所占比重越大，物种的进化程度就越高。

容子博士的观点可谓石破天惊，彻底颠覆了达尔文的进化论观点。虽然地球科学界至今对此未置可否，但容子对此坚信不疑。他多次呼吁，地球人类要高度警惕电磁波污染对宇宙辐射向地球的自然信息产生屏蔽效应所带来的危害。地球人类担心过失去纯净的水，也担心过失去清洁的空气，但确实从未担心过失去纯正的自然信息，因为无知者无畏。其实如果由宇宙信息态空间进入第一单元区的自然信息全部被屏蔽的话，那就意味着整个单元区所有的生物和植物都停止进化，这对整个单元区而言将是灭顶之灾。

对于像地球这样的低进化星球来说，影响更是首当其冲。地球新生人类会因此而失去进化的基础，在这种情况下，进化就会极慢，或者根本不进化，完全停止在原有基因的水平上，若缺乏外来的主体信息（纯的自然信息）的补充，人类基因就会慢慢地适应载体信息（不纯或有缺陷的信息），逐渐转化为有缺陷的基因，人类就很容易成为变异的物种。显然，这关系到第一单元区各物种的生死存亡。

战争，正是第一单元区自然信息被屏蔽引起的。

3

凌晨，容子博士从睡梦中被来自兰星地球部的紧急呼唤信号叫醒。

虽然兰星是距地球最近的一颗有人类生存的行星，但二者之间的距离仍然达到 45000 光年以上，因此这么远的距离不可能靠以光速运动的电磁波进行通信，所以都是利用胶子链技术，以信息光色（信息能量）的运动速度来传输信息。

光速是每秒 30 万千米（c=299792.458 千米 / 秒），信息能量的速度可就远远大于光速了，它的速度是光速的 3719 倍（$37^{19}c$），如果换算成光年的话，相当于每秒 1.98×10^{22} 光年，而使用信息能量为动力的宇宙飞船的基本速度为 11 亿多光年 / 秒（117.2484×10^{7} 光年 / 秒）。当然，以信息能量的速度来传输信息，甚至可以在遥远的太空中给地球“打电话”，与在地球上打越洋电话一样 —— 面对面进行通话。不过，用胶子链来传输信息还是存在阻力，因此速度要比信息能量的运动速度慢得多，从兰星发送一条信息到地球，大约需要

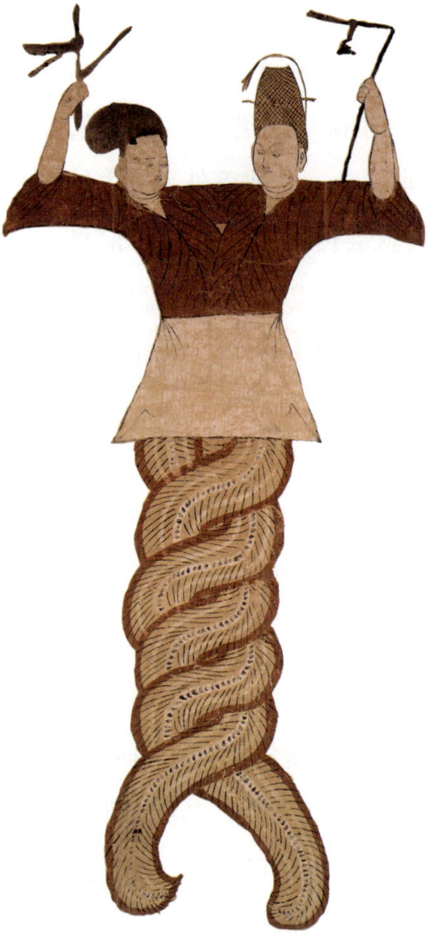

地球时间 22 分钟（1320 秒）。

叫醒容子的是兰星的杜森教授。其实杜森并不是兰星人，而是兰星特地从第 104 星河系的巴克星球请来负责与容子联络的人。巴克星是较早与地球人类联系的星球之一，巴克星球的语言也传播到了中国，就是现在河南省的方言。

语言是文化的灵魂，任何人类掌握了语言体系，再发明创造文字，就能顺利地建立起整个文化体系。为巴克星传播文化的地球巴克星人有伏羲、黄帝（轩辕）和姬昌。伏羲是公元前 2844 年出生的人，黄帝是公元前 2717 年出生的人，姬昌是公元前 1152 年出生的人。他们三个人和炎帝（神农氏）、女娲、蚩尤等是开创中华文化的人文始祖，华夏五千年文明因他们而生。

当时向地球人类传播巴克星语言的任务主要是由黄帝承担的，近五千年过去了，河南的新郑、郑州、开封一带的方言几乎没有什么变化，是中华语言的“活化石”。所以，兰星请来杜森，正是为了方便与河南籍的容子联系。长期以来，杜森与容子建立起了密切的师生关系，容子向杜森学习了很多地球人类所不知晓的知识，他私底下总说：杜森是我人生中最重要的导师。容子与他的美貌师妹易子经常在一起讨论这些科学幻想，心底也时时激荡起爱情的涟漪。杜森叫醒容子后，用他那浓厚的河南方言口音，十分严肃地向容子传达了兰星地球部的一个紧急通知：

第一单元区界日星球（靠近第一单元区边缘的一颗星球）在例行宇宙探测中率先发现，第六单元区于地球时间 2010 年 1 月 2 日起，对本单元区信息态能量（信息光色）施以阻断性屏蔽，企图以此来阻止本单元区低进化态人类的进化过程。光色信息是人类进化所依赖的信息态能量，第六单元区的攻击，目前已造成包括地球人类在内的 2160 个低进化态星球新降生的人类脑容量缺失，约有 400 亿个人类已经出现了进化障碍。脑容量衡量人类接收自然信息的能力，并非指人类大脑的几何容积。脑容量级别越高，接收外源自然信息的能力越强。脑容量一旦丧失，就意味着人类失去接收外源自然信息及进化的能力。

目前，屏蔽仍在扩大中，并试图对整个单元区形成包围式屏蔽。第六单元区的战略意图是，通过屏蔽第一单元区进化，以此为要挟，迫使第一单元区与第六单元区合并，并且奴役第一单元区的人类。形势十分危急！

4

关于宇宙的含义，“宇”是指无限物质空间，“宙”则指无限的物质运动时间，所以宇宙是无限的物质时空的统称。关于宇宙的情况，容子博士介绍道：从我们所处的地球向外看，首先是太阳系，然后是银河系，再则是单元区，最后由单元区构成溢散态空间。如果再往外看就是信息态空间了，在信息态空间里没有物质，故而没有物质的运动，因此时间等于零，所以，从这个意义上说，出了溢散态空间，就不属于宇宙了。

在宇宙中，单元区的数量庞大，很难准确统计。打比方说，我们在一间很大的空房子中吹肥皂泡，当用肥皂泡把整个房间填满以后，旧的肥皂泡不断地破灭，新的肥皂泡又不断产生，这时候很难数清在溢散态空间中有多少个单元区。一些形成时间较短的单元区是没有人类存在的，这些单元区数最巨大，难以统计。当然，在溢散态空间中，已经有人类存在的单元区也是很多的，大约有 4.2×10^{12} 个。

在我们地球所在的第一单元区，星河系的保有量大约有 1.2×1012^{44} 个；其中适合人类生存的星球大约有 1.1×10^{12} 个；实际有人类生存的星球是 552100 个，约占适合人类生存星球总数的 200 万分之一（1/1992393）。

第一单元区目前旋径直径为 133×10^{7037} 光年，旋冠直径为 117×10^{2401} 光年，是一个巨大的椭圆体。地球以南北方向为轴做东西方向旋转；而本单元区是以东西方向为轴，做南北方向旋转。每个单元区都是在宇宙中的大爆炸后所形成的，地球有些科学家认为宇宙中的大爆炸是由一个无限小的奇点产生的，但是容子则以为这种认识是不正确的。例如，产生本单元区的大爆炸，是由一个直径为 18.341×10^3 千米的球形物质在其质量达到 23.62×10^{14} 千克／立方厘米的密度时，形成引力越极产生的大爆炸，这种爆炸是“引力爆炸”。所有的宇宙大爆炸都是引力爆炸，大爆炸之后就诞生了一个新的单元区。

在第一单元区，目前拥有人类的数量大约为 753161×10^8 个。本单元区人类有共同的生命特征，其生物功能分明，因此形体都差不多，各肢体功能明确，有头、身躯和四肢。最大的区别是进化速度不一样，因此寿命相差很多，最长的寿命为 12240 岁（地球时间），最短的自然死亡寿命为 73 岁（地球时间）。寿命的差距主要取决于肌肮线粒体（基因）的结构。然而无论其差别有多大，都需要吸收来自信息态空间的自然信息来维持不断的进化。

毫无疑义，面对第六单元区的毁灭性攻击，第一单元区必须果断反击。

因此，杜森教授通知容子，鉴于以上情况，本单元区处于领导地位的三个星球——第 1 星河系（银河系）的兰星、第 41 星河系的毛兆星和第 127 星河系的共塔星合议决定，对第六单元区进行军事打击，以战争的形式迫使第六单元区终止对本单元区信息态能量（光色信息）的屏蔽。

这是终极反击，一场星海大战开始了。

5

能够让兰星、毛兆星和共塔星坐在一起，这足以说明当前第一单元区所面临的形势十分严峻。在本单元区 55 万多个有人类生存的星球中，兰星、毛兆星和共塔星是大佬级的星球。整个单元区的人类，事实上是在这三个星球的领导之下，尤其在本单元区面临外来威胁时更是如此。不过在通常情况下，这三个星球在处理一些具体问题时，还是难免存在不同的观点，甚至出现分歧。

比如，这三个星球都十分关注地球，并对地球人类施加过影响或提供过帮助。但每个星球要与地球取得联系，实际上取决于地球上是否有生理条件（比如脑容量高、利益思维低等）满足与他们进行联系的要求的人类。因此，这些星球在不同的时期会选择不同国家或民族的地球人类加以筛选，当每个星球在同一时期分别选择了不同国家或民族的人作为联络人（代言人）时，难免会倾向于联络人所在国家或民族的立场，并因此造成每个帮助地球人类的星球之间在一些具体问题上的分歧。然而在整个单元区面临威胁，需要全单元区人类团结一致的时候，他们总会摒弃前嫌，义无反顾地团结一致。

第 41 星河系的毛兆星，是本单元区最发达的星球，科技水平极高，该星球人类也是本单元区寿命最长的人类，可以真正实现地球时间万岁的寿命。毛兆星对地球人类的影响是极为深刻的，古埃及的文明就是毛兆星传播到地球的。其实，身材特殊、长着一个长长的畸形头颅的阿赫那顿法老，就是毛兆星人，他由于不能适应地球的环境，过早地去世了，仅在位执政 17 年。

今天仍然耸立在埃及沙漠中的金字塔，就是毛兆星文明和技术的结晶。金字塔结构（底边和塔高尺寸一致）具有非常神奇的功能，当人类处于这样的结构之中时，最易于吸收到来自宇宙空间的自然信息，金字塔结构具有最佳的吸收外源信息的能力，并且与构建金字塔的材料无关，仅与其几何结构（长、宽、高一致）相关。一些喜欢静坐养生修炼的人，做个金字塔形帽子戴在头上静坐，是效果非常好的方法。

第127星河系的共塔星也是长期影响地球文明的星球，在古代曾对中国文明有过重大影响，至今仍然对地球一些重要的宗教或政治组织保持重要影响。

至于兰星，近代的波兰天文学家哥白尼成为其第1号代言人。兰星对地球的科技文明进步给予了极大的帮助，是近现代以来对地球科技文明发展和进步做出最大贡献的星球之一。

在第一单元区中，这些发达的星球人类都拥有极先进的科技水平和能力，他们自身的基因一般都经过改造，脑容量很高，脑功能很强，利益思维水平很低，而且寿命很长。比如，兰星人的平均寿命达到地球时间六七百岁，甚至逾千岁。这些星球人类都具有极高的智慧，通常，他们以人的脑容量、脑功能和思维形式三个方面的指标来衡量人的智慧程度。脑容量衡量人类接收自然信息的能力；脑功能相当于地球人类所谓的智商，衡量人思考、解决问题的能力；思维形式按两个层面来区分，第一层面关于思维意识，分为显意识和潜意识，第二层面关于思维逻辑特征，分为正向思维和逆向思维。显意识和潜意识都表现为逆向思维的人，认识问题时具有直奔目标的能力，因此其创新能力最强。他们还有一个特点，利益思维水平都很低。利益思维水平高低取决于基因的构成，所以无论是无私的人还是自私的人，都是有由其生理决定的。正因为这些先进的星球人类都无利益思维或利益思维水平极低，他们的社会形态是星球内大同的共产主义社会形态。

总之，在这样高度发达的星球，不但自然科学技术高度发达，生命科学技术也高度发达。他们不但有能力改造星球，令星球变轨，使星球始终运动于适合人类生存的环境中；还能够不断改造和完善自身的基因，通过从逝世的人那里回收主系肌朊线粒体（灵魂）的形式使人不断“复活”和“转世再生”。

这些发达的星球，一直把帮助生存着低进化人类的星球作为自己的使命，当然，保护整个单元区人类更是他们的责任。所以，第一单元区面对外来威胁，就只能选择进行保卫战。

B

这将是一场规模空前的星海大战。

第一单元区部署的这次代号为“联合反击”的军事行动，共聚集了35万个具有单元区作战能力的星球派出的星海远征军。实际上，整个单元区内具备此作战能力的星球达到55万个之多，其中有20万个星球距离“联合反击行动”作战前线太远，集结时间太长，因此，单元区“联合反击行动”参谋总部决定，这20万个星球作为战略预备队。

35万个星球所组成的星海反击远征军，共投入520亿人。他们组成了2400万个大型作战单元，1.8亿个中型作战单元，2.5亿个小型作战单元，6个合成作战单元，2个基因作战单元。

预定的作战方向和区域，位于以地球北极星2015年10月1日所

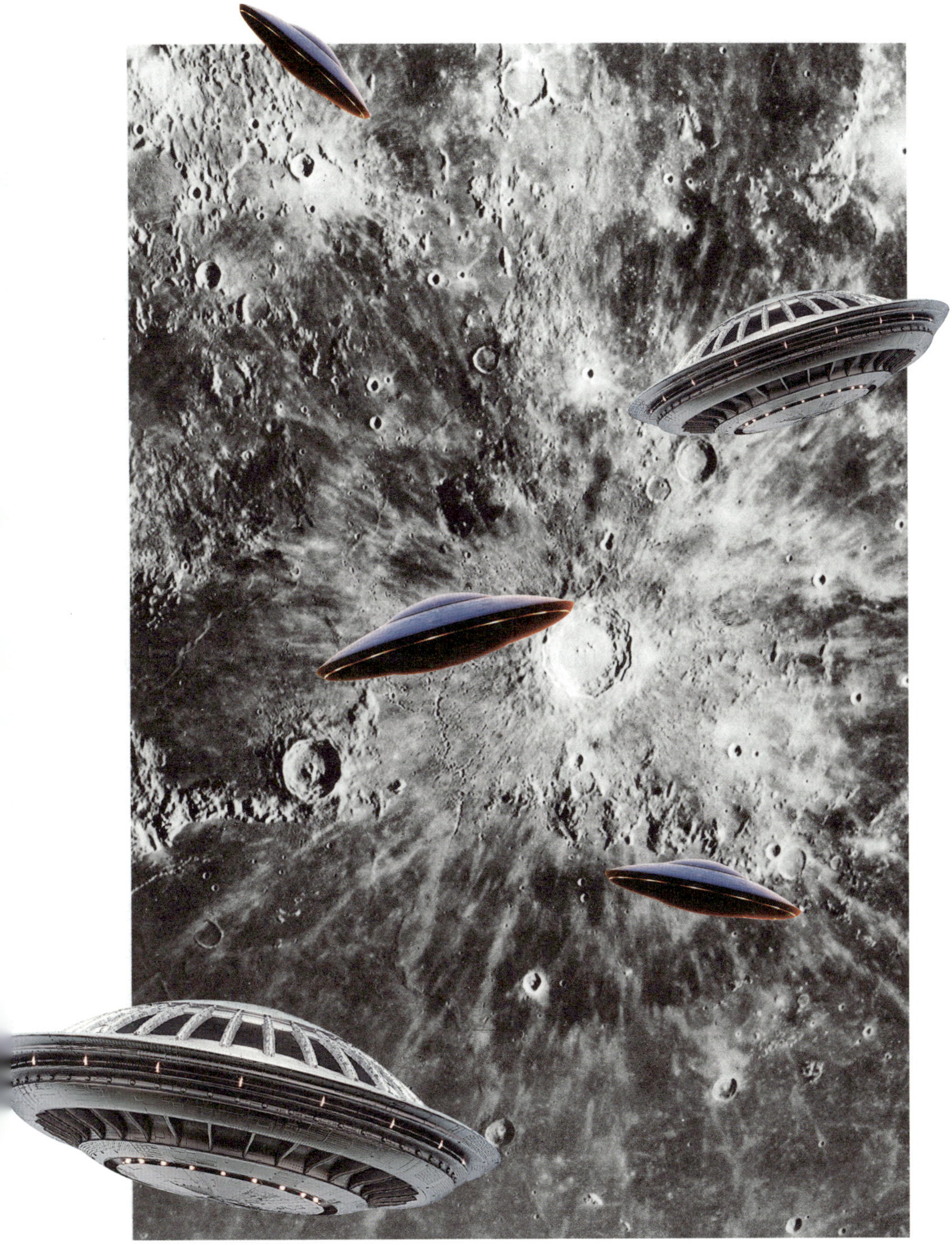

在位置为中心的十字象限区的第一象限区的单元区外溢散态宇宙空间中。整个战场区域范围为6000亿光年，整个战役的时间目前尚无法确定，整个远征军集群全部到达战场前线，集结完毕的时间大约为地球时间7884天，至少要地球时间20年以上。如果战斗打响，其光影像到达地球，大约需要地球时间11521亿年以上。

星海远征军的作战装备实力十分雄厚，所配备的小型作战单元是直径分别为60米、100米和420米的三种飞碟。

飞碟的飞行速度是超光速的。地球人类在观测、研究UFO时发现的飞碟运动，大部分都是“碟子”与地球地平线相平行运动着。而实际上在太空中，飞碟是立起来向目的地飞行的。这些飞碟都是以装在飞碟中心的真空能（负量）发动机为动力，在太空中随时搜集极少量的一些粒子作为能源就可持续飞行。为了确保飞碟在超光速飞行时有足够的推力，他们还使用一种重要技术，即飞行时把飞碟与目的星球的引力线保留下来，而通过引力屏装置屏蔽掉与其他物体之间的引力线，使联系着目的地的引力线产生巨大的持久拉力。这样，真空能发动机的推力加上来自目的地引力线的拉力，使飞碟以超光速的极高速度在溢散态空间中飞行。

直径60米的飞碟所携带的武器是光磁发射器，直径100米的飞碟携带的武器有振动应力器、光磁发射器和碟形移动激光器（相当于地球人类使用的无人机），直径420米的飞碟携带的武器是真空能炸弹和应力激振器。

中型作战单元是一种梭形的飞行器，分别有两种不同的规格型号：一种是中部直径14千米、长为27千米的梭形飞行器，配备有引力屏装置和真空能炸弹；另一种是中部直径20千米、长50千米的梭形飞行器，配备有直径105米的光磁发射器、黑洞效应器和真空能炸弹。

大型作战单元，是一种长方形、多几何体的飞行器，也有两种规格型号。一种是长 1010 千米、截面边长约 400 千米的矩形飞行器。这种作战单元飞行器，相当于地球的航母，可携带小型作战单元，还配备有引力破碎装置和光磁发射器。另一种是长 1800 千米、截面边长 670 千米的矩形飞行器，也可携带小型作战单元，以及引力破碎装置、真空能炸弹和光磁发射器。

基因作战单元是远征军的“撒手锏”，也是一种大规模杀伤性武器，不到最后关头一般不使用。其构成有 100 型三角形飞行器，等腰长为 100 千米，底边长为 20 千米，携带有多发型基因频率发射器、基因生物型炸弹、10120 组变性基因生物液喷射器，其作战功能是改变敌方生物基因性状，使其成为异种人类（生物）。

合成作战单元是集运输、作战为一体的飞行器，其形状是长 6000 千米、宽 4000 千米、高 1200 千米的多边形几何形体。这是一种确保星海远征军进行无后方作战的重要基地性装备。

7

星海远征军参谋总部做出了以下部署：

第一攻击波，远征军利用六个合成作战单元，首先攻击屏蔽源，把屏蔽效应解除，恢复第一单元区正常进化的信息态能量光色信息的进入。

第一攻击波奏效后，观察第六单元区的反应。一旦发现敌方军事行动迹象，则远征军逼近第六单元区，迫使其卷入军事行动，并随机形成战争态势。

第二攻击波，利用各个作战单元（两个基因作战单元除外），攻击第六单元区主力区域，根据双方战斗强度确定远征军是否直接进入第六单元区，攻击其联盟的基地星球——陀星。

整个作战策略为：以技术能力，对第六单元区实施闪电攻击。在战斗打响的第一时间即把战场引入第六单元区，随即利用第六单元区的资源制造相应的作战单元，构成无后方作战模式。

强大的军事攻击目的是尽最大的可能迫使第六单元区放弃屏蔽本单元区进化条件及合并本单元区的计划。

为了防止第六单元区派特种部队潜入第一单元区对低进化星球进行星球屠杀，远征军总参谋部发出通知，凡是有先进星球代言人的低进化星球人类，一旦发现上述情况，应第一时间快速向被代言先进星球发送紧急求援信息，以便被代言先进星球与单元区其他较发达星球联合进行救援。

接着，杜森很认真地交代容子说，在后续的战斗预警中，为了使地球人类了解本单元区人类及飞行器与第六单元区的人类及飞行器的区别，有必要告知第六单元区人类的明显特征和所使用的飞行器的形状。

首先，一般每个单元区的人类（高级智慧生命）都大致相同，但不同的单元区的高级智慧生命之间的差别就比较大，有的甚至是无规则形状。不过第六单元区的人类和第一单元区的人类很相近。第六单元区的人类均为大头（倒水滴形），躯体纤长，四肢均为三关节，有手和脚；面部特征为两眼占面部 1/6，鼻孔内凹，嘴形横向细长；话音低沉，地球没有其对应语言。服装为鳞片状，均为连体服。性别特征不明显，身高 1.2—1.6 米，肤色为蓝、红两种颜色。需水量是地球人类的1/3。

第二，第六单元区飞行器形状，以碟形多边体为主，每个边为一个独立的作战单元，有几个边，就有几个作战单元。使用武器为激光、γ 射线、光磁、反物质粒子流、引力炸弹等。

杜森向易子交代了她要办的一些神秘的事情。

实际上，不是所有单元区的飞船都是碟状的。2015 年 9 月 2 日晚上，在 M 国一个机场上空，惊现一个类似彗星的巨大不明飞行物，移动速度缓慢，透出的浅蓝色光泽在漆黑的夜空中显得十分耀眼醒目。兰星得知这一消息后十分紧张，立即采取了相应行动。经侦测后才发现是虚惊一场，它并非来自第六单元区的飞船。这是一艘来自第二单元区的抱着和平目的的科学考察飞船。当然，M 国官方仍然按惯例通过媒体对事件进行解释和否认。对此，容子感到很无奈，因为若误判了任何出现的不明飞行物，都可能导致失去向兰星报警并求援的机会，从而铸成大错。在一些紧要的关头，容子总是想到易子，并向她求援。

容子博士在了解了上述情况后，这一次在第一时间向地球人类发出了警报。

联合国安理会迅速召开紧急会议。联合国大会少有地一致表决通过，由具有天军作战能力的中、美、俄三个国家领导地球警戒及备战。三国立即召开了高级别联合军事会议，一致决定放弃任何地球人类之间的无意义争斗，即刻进入全面戒备及星球保卫战的战斗准备。

联合国大会决定，保护容子博士等星球代言人。

这是地球人类第一次团结一致！

这是地球人类有史以来第一次真正的和平，但这是在更惨烈的战争阴霾笼罩下的和平……

8

地球时间 21 世纪 30 年代，第一单元区的“联合反击行动”远征军集结完毕，反击第六单元区的星海大战打响了。

第六单元区用于攻击第一单元区的屏蔽源，是一个巨大的微粒子发射基地；由此发射出的微粒子形成一个巨大的粒子罩，逐步笼罩住整个第一单元区。信息态空间进入溢散态空间的自然信息光色，在到达第一单元区碰上这个粒子罩后，将被屏蔽，并且顺着粒子罩滑向屏蔽源方向，被第六单元区收集。迄今为止，第一单元区的科学家还未完全弄清楚这种微粒子产生屏蔽效应的机理。

屏蔽源有重兵把守，当远征军第一攻击波出动时，第六单元区发出战斗警报，第六单元区的守军飞碟纷纷升空迎战。

远征军合成作战单元释放出大、中、小型作战单元，对屏蔽源守军实施先发制人的攻击。

在进攻梯队最前面夺取制天权的是由远征军小型作战单元组成的飞碟集群，它们以所携带的光磁发射器向守军飞碟猛烈扫射，所射出的光磁能量束具有使物体（人体）外表面部位产生聚变反应和形成反物质粒子的能力。也就是说，光束所达之处就会发生核聚变爆炸或正反物质粒子湮灭爆炸。守军飞碟所携带的武器威力远在其下，只有招架之功，全无还手之力，制天权很快被远征军夺取。

接着，远征军飞碟战斗群直扑巨大的屏蔽源设施，使用所携带的振动应力器进行攻击。其所发射的高能量共振频率可使任何物体一经击中就产生共振粉碎性破坏。屏蔽源基地中，许许多多巨大的设施被击中后瞬间粉碎坍塌。

作为屏蔽源基地的星球，是一个硕大的行星，周边有很多个像环绕着地球的月亮一样的大型卫星。守军在卫星上布置的大量激光、γ 射线、光磁能量束、反物质粒子流等武器，成为火力支撑点，对远征军进攻部队构成交叉火力进行抵抗，远征军进攻中的伤亡也不小。远征军迅速调来携带引力屏装置的中型作战单元构成新的攻击集群。

引力屏蔽技术既可以用于飞船在太空中航行的动力，也可以作为武器使用。引力屏装置可以对星球产生引力屏蔽，从而使星球偏离原始轨道，进入预定的轨道，或使星球按引力屏蔽设定人的意愿脱离原轨道与其他星球撞击，产生毁灭性解体。当远征军发起引力屏蔽攻击后，守军基地星球的几颗卫星撞击在一起，发生了惊天大爆炸。

远征军接着以真空能炸弹对守军基地星球进行地毯式轰炸。真空能炸弹，具有粒子超光速运动能量释放和超光速传导产生的正、反物质互变所形成的巨大摧毁能力。被真空能炸弹击中之处，瞬间夷为平地。

面对远征军强大的攻势，第六单元区迅速集结更多的作战部队投入战斗，前来增援的守军飞船组成了庞大集群直扑战场，但是令守军增援部队始料未及的是，远征军使用黑洞效应器进行伏击。黑洞效应器可以制造出直径 2—6 米的小型黑洞，当对方飞船编队进入黑洞效应作用区时，启动该效应，就能对区内所有物体形成粉碎性破坏。黑洞效应的伏击，就像地雷战中的地雷阵一样，守军的远程奔袭支援部队，被黑洞效应器阻击得无法再向前迈进一步。

远征军决定深入敌后方腹地，打击第六单元区科学与工业设施，摧毁其后方有生力量。远征军组织一支由大型作战单元所组成的突击集群，主要利用引力破碎装置实施攻击。引力破碎装置利用引力拉动固定物体，形成反作用力效应，使固定物体在引力拉动下断裂破坏。第六单元区的军事补给基地，在此攻击下陷入了瘫痪。

战争的进程形成了有利于远征军的态势，对地球的信息屏蔽已经解除。这时远征军参谋总部对第六单元区发出通牒，要求第六单元区放弃对第一单元区的屏蔽攻击，以此作为实现和平的条件。否则，第一单元区将启用基因武器对第六单元区进行大规模毁灭性打击。

基因武器是远征军作为最后威慑的武器。除了变性基因生物液喷射器外，还有具有发射生物（人类）基因如碱基等频率的生物信号，使生物（人类）的基因等失去复制能力和功能，导致生物（人类）肌体萎缩而死亡的基因频率发射器；另一种重要的基因武器是基因生物炸弹，炸弹爆炸产生的瞬时辐射的生物基因脉冲频率，对生物人类基因形成脉冲性共振，生成基因断裂性短基因，这种短基因复制的基因，与生物（人类）的原始基因相互掺杂，导致基因紊乱变异。这是大规模杀伤性武器。在远征军基因武器的威慑下，第六单元区终于接受了第一单元区提出的和平条件。

但是，在这场史无前例的战争中，一些如同地球一样的低进化星球却饱受恐惧和灾难。第六单元区深入第一单元区敌后的特种部队，以优势飞碟攻击低进化星球，几乎如入无人之境，可以任意屠杀那些星球的人类。地球人类幸而离兰星很近，在兰星强有力的保护下没有遭受太大的灾难。

这场战争教育了地球人类，使地球人类终于认识到，必须放弃愚蠢的星球内部争斗，要团结一致，积极争取先进的地外文明的支持，不断提高地球的科学和文明水平，早日发展成为高进化星球。

战争，对于人类而言，有时是最深刻的一堂课。

第二章 波多黎各的迷雾

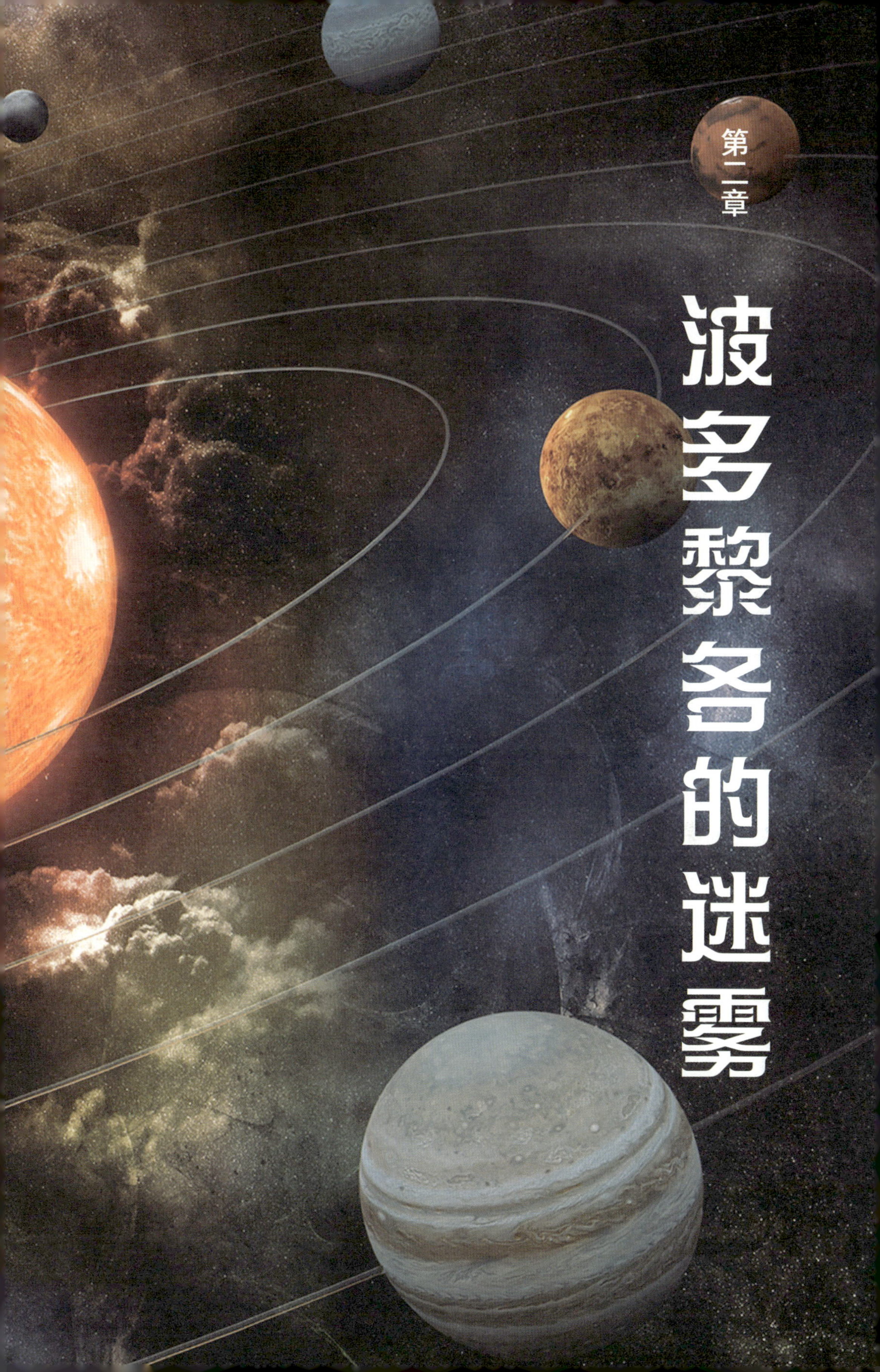

1

2015年深秋，华北地区连续出现的大雾霾，使得本应秋高气爽的北京秋意荡然无存。秋季，是北京最美的季节。香山的枫叶红似火，漫山红遍，层林尽染。这是情侣携手游赏北京秋天景色的好时光。易子原本约定和她的大学老师介子教授一起畅游香山，探讨一些共同关心的问题，可是昨天兰星地球部的杜森教授通知她，介子有重要的事，要马上赴波多黎各。美好的计划泡汤了，易子向介子教授转达了杜森的指示后，心里多少有些闷闷不乐。

近些年来，中国大陆经常要么深度雾霾，要么暴雨滂沱，反常的天气一直让易子疑惑。易子曾不止一次找介子教授讨论这个问题。最后，他们俩都把怀疑的目光落到了M国部署在日本、阿拉斯加和关岛的远程大功率相控阵雷达上。他们知道，用这种大功率雷达扰动电离层，在气象条件的相应情况下，有可能对天气产生极大的影响，造成气象灾害。实际上，有人对中国发动了不宣而战的气象战争。易子从杜森那里了解到，中国的东北、华北和黄淮地区出现的严重雾霾天气，主要是M国设置在日本的青森、京都府和关岛基地的X波段雷达，以仰角80度对地球电离层实施13—16兆瓦级能量的递增辐射，对中国大陆上空实行尘埃加电。用同样的办法，还可以使中国大陆地区形成暴雨灾害。造成这种危机的原理，易子觉得还要向介子请教。

介子教授是易子读大学时的理论物理老师，容子则是易子读博士时的师兄。容子和介子是同龄人，他们都很欣赏易子。或许是出于对老师的崇拜，似乎易子对介子更亲近些，这多少让容子有些不自在。然而，眼下大敌当前，在第一单元区和第六单元区的星海大战即将打响之际，作为杜森教授团队的核心成员，他只能把这些个人感情的事搁置一旁。

杜森在向容子布置一些有关星海大战的任务之后，又单独找易子交办了重要的秘密事项。显然，这些事情和介子紧急赴波多黎各有关。根据杜森的安排，易子也将随后赶到波多黎各，作为介子的工作搭档，完成一项绝密任务。

2

波多黎各地处大西洋墨西哥湾和加勒比海之间的西印度群岛中的大安德烈亚斯群岛。

15 世纪末，哥伦布航海发现了波多黎各，并以圣胡安命名该岛。16 世纪，印第安人被入侵者屠杀殆尽，殖民者从非洲运来黑人充当奴隶，种植甘蔗、咖啡。后来，咖啡成为波多黎各出口收入的重要来源。

1898 年 M 国和 X 国爆发战争，X 国战败，把波多黎各割让给 M 国。今天的波多黎各，已是有着热带雨林气候的优美的旅游胜地，当地的阿雷西博天文台曾拥有世界上最大的射电望远镜。

介子接到杜森的指示，要求他以游客的身份紧急赴波多黎各的首府圣胡安，联系接头人以后，随即赴坎维溶洞地区，了解第一单元区的共塔星集团在波多黎各秘密基地的活动情况。毕竟星海大战在即，兰星集团希望本单元区所有星球都能同仇敌忾，精诚合作。共塔星在毛兆星、兰星和共塔星三巨头主持召开的星海反击战联席会议上已郑重承诺，要撤出派往地球的人员，加入星海远征军。因为在当前情况下，每一个有星际活动能力的人类都是十分宝贵的。

星海大战即将打响的消息传到地球之后，介子和容子一样，也摩拳擦掌，跃跃欲试。他们都十分渴望直接参加星海反击战的行动。

遗憾的是，地球人的生理结构和毛兆星、兰星和共塔星等发达星球人类相比是有天壤之别的，只能是心有余而力不足。

地球人类的主系肌朊线粒体为开环，而发达星球人类的主系肌朊线粒体则是闭环。这种基因结构上的差异造成二者在生理结构和生理功能上出现重大不同。比如，地球人类的骨骼都是由生物钙构成的，一旦长期在太空失重环境下生活，钙的流失会很严重，一般难以恢复；而且地球人类的基因结构难以抵御宇宙中的各种辐射，因此在太空中长期活动，很难使身体保持健康并发挥正常功能；正因为如此，地球人类选拔宇航员时，要尽量选拔那些已婚已育的人，否则在太空中受到过辐射的宇航员，其基因可能发生变异，一旦让他们生育，就存在下一代发生畸变的风险。但是，本单元区里的发达星球人类，他们的骨骼由金属钙构成，不存在上述钙流失的问题，其身体还可以抵御宇宙中的各种辐射影响。再比如，地球人类的眼睛只能看到可见光，在茫茫的太空中航行时，黑暗中什么也看不见，根本无法自如驾驶飞船，更难以发现敌方飞船并发起攻击；而发达星球人类眼睛的功能远远超过地球人类，他们连 X 射线都能清楚地看到，所以他们在黑暗的宇宙中航行也能视物。

介子很清楚，现在集中一切有星际航行能力的人才共赴危难是十分重要的。绝不应该再让优秀的外星人类留在地球从事一些对地球和平发展无益的活动，让他们尽快集结并加入星海远征军是非常重要的。所以，介子深感肩上的担子沉甸甸的。

介子的脑功能很强，脑功能水平达到 7 级，这在地球人类里算是凤毛麟角了。同时他还是一个平行二元肌朊线粒体人，那些转世的活佛都是这类二元肌朊线粒体人，他经常自嘲地称自己是“双核子”。易子知道他的秘密，有时戏称他为“活佛”。容子第一次听到

时，一时没反应过来，等明白过来后，不免也跟着哈哈大笑。介子虽然思维能力超强，但他的脑容量不够，无法直接与兰星地球部联系，所以兰星地球部发给他的指令都是由易子或容子转达。兰星把可以直接从兰星接收指令和传播理论、技术的人称为“代言人”；把没有能力直接从兰星接收指令，而只能通过代言人传达指令，然后按指令形成可在地球传播理论和技术的人称为“传言人”。介子是兰星的传言人、杜森手下的得力干将。兰星给地球人类的很多理论和技术都是由介子消化后传播出去的。

介子登上北京飞往圣胡安的航班后，脑海一直没有停止翻腾，想着易子热切希望与他讨论的雾霾等气象灾害问题。由于这次任务来得太紧急，他和易子没能继续就这个问题讨论下去，但他的思考并没有停止。他知道，中国无疑正遭受一场不宣而战的大气物理战争，这场阴险的偷袭气象战使中国雾霾肆虐，造成的伤害与“9·11”的恐怖袭击无异。而帮助M国的大气物理科学家正是来自第38银河系的劳星人类。劳星和第32银河系的玄木女星都是共塔星集团的成员，是在共塔星统一领导下与M国开展星际合作的。劳星是个电子技术高度发达的星球，目前地球人类应用的很多有关电的重要技术，都是劳星通过其代言人法拉第传播给地球的。所以，劳星要帮助M国实现这样的技术是轻而易举的。眼下，第一单元区面临着前所未有的危机，停止任何形式的内讧是大局的要求，这一点共塔星集团估计也不会再犹豫。令人担心的是那些鼠目寸光的M国政客，却一意孤行地逆历史潮流而动。

介子知道，M国与共塔星集团开展星际合作已经超过半个世纪了，这作为M国最核心的机密一直被严格保密。历任M国总统几乎都与外星人有过密切接触。1963年K总统遇刺事件真相扑朔迷离，令人费解，实际上真正的原因是他试图泄露外星人与 M 国开展合作的秘密，从而犯了大忌，被“石匠党”人清理了门户……

“石匠党”是第 300 银河系摩西星在地球的后人们所创立的，起初成立这个组织的目的是作为确保摩西星后人生存的联盟，其宗旨是实现地球人类平等生存、共同发展、民主自由、人类共享、社会稳定和统一繁荣。后来这个组织被共塔星接收并控制，成为共塔星在地球开展活动的一个秘密组织，从而偏离了摩西星最初确定的宗旨，变为以战争攻击、经济控制和政治压制为手段，达到统一控制地球人类的目的，并听命于“神圣大教堂”。

实际上，共塔星和摩西星是敌对的。共塔星出手控制“石匠党”人是采用了特殊手段实现的。摩西星与“石匠党”联系的代言人是“神圣大教堂”的神父，共塔星利用信息介入的技术，用自己希望发出的信息取代了摩西星的信息，结果使摩西星的代言人接收到错误的信息，误以为所接收到的指令都来自摩西星，最终屏蔽了摩西星与“石匠党”的联系，从而控制了“石匠党”。

思考问题时总是让人感到时间过得飞快。飞机已经开始降落了，介子望着舷窗外的美景，不由得喃喃自语：“要拨开北京的雾霾，先得拨开波多黎各的迷雾啊。”

3

波多黎各不愧是个旅游胜地，北京已是秋风瑟瑟，落叶飞舞，而这个年平均气温 28 度的地方，在北京人眼里还是春意盎然。每年天气转冷以后，这里是纽约富豪们躲避严寒的暖水港湾，所以过去每当北美大陆进入冬季，游客就蜂拥而至。现在中国的游客也没少来凑热闹。

介子下飞机后，直奔在圣胡安古城预订的酒店，按计划他应在这个酒店里等待前来给他当向导的人。

与介子联系的人是个中医医生，他的名字叫罗生。这些年来，随着中国对外开放，中医也大踏步走向世界。特别是那些旅游胜地，中国游客络绎不绝，带动了中医服务业务蓬勃发展，生意兴隆。罗生是中医理疗大夫，早先是中国女排队医，擅长经络推拿和针灸，加上他具备一些常人没有的特殊能力，所以经常妙手回春，手到病除。他在波多黎各不但深受华人游客欢迎，也受到老外青睐。罗大夫的特殊能力，缘于他是一个打通了任督两脉的人，加上他精研《周易》，民间都认为他神通了得。后来，他的一个好朋友嘴不太严，泄露出他破译了袁天罡和李淳风推算《推背图》的秘密方法，一时间找他算命的人把他家的门槛都踏烂了，无奈之下他只好躲到波多黎各。

这次介子来波多黎各找他，目的就是要利用他的特异功能判断在波多黎各秘密基地工作的外星人类是否最终全部撤出。这个任务，当然非罗生莫属了。

见到罗生，简单寒暄后，介子就单刀直入地提出了此行的目的。罗生听后有些吃惊，他知道兰星正在帮助中国科学家，杜森还曾以在墙壁上投影的形式为他的修炼提供提示和帮助，对他来说，杜森就是助他得道的恩师，更何况事关祖国的安危，他自然义不容辞。罗生对介子说：“波多黎各存在 M 国秘密军事基地我略有耳闻，听说这个基地和神秘的 51 区是一个单位。51 区负责试验，波多黎各则是一个技术研究基地。基地的一些专家偶尔也走出基地。令人奇怪的是，

他们出来总捂得严严实实的，脸部基本上只露两只眼睛。这些人的蓝色眼睛非常漂亮，比欧洲的盎格鲁·撒克逊人的蓝眼睛要漂亮得多。那些人个子也普遍比我们长得高一些，两只手是从来不暴露给人家看到的。难道这些人就是外星人？”

介子笑了笑说：“照你说的情况，那些人肯定就是外星人了。这些外星人的手都比地球人大，因此出来溜达时要把手藏起来，免得惊到我们地球人。不过外星人也不都完全长得一样，在这里的基地至少有三个星球的人，最多时达到110人。其中第127银河系的共塔星9人，第38银河系的劳星21人，第32银河系的玄木女星80人。阵容还是很庞大的。他们都经过训练，会讲英语，所以不但和地球人专家配合工作不成问题，逛大街也不是问题。”

罗生听了摆摆手，打断介子的话说：“等等……”

接着他采用中国民间早已失传的“世事称重法”卜了一卦。罗生卜完一看，大吃一惊。果然正如介子所说，丝毫无误，真实不虚啊！称重预测法是古代佚名人士在《周易》基础上演绎出来的精确预测法，分为阴阳两阙，阴阙称“世事称重法”，阳阙称“人生称重法”。阴阙“世事称重法”早已失传。据说当年袁天罡、李淳风就是用这种方法推演出《推背图》，现在这种方法已被罗生破译了。推演“世事称重法”预测，计算量很大，而且只能心算才方便，所以只有打通任督两脉的人才有能力做到。李淳风就是打通任督两脉的人。现在民间有些在《最强大脑》节目中表演的人，能轻而易举地计算复杂数学题目，其实他们都是打通了任督两脉的人。至于“人生称重法”，大部分流传了下来，民间也称之为“称骨法”。杜森让介子赴波多黎各，就是要启用罗生的绝门功夫，卜测了解波多黎各外星人的撤离情况。

看着罗生满脸吃惊的样子，介子接着说道：“波多黎各是个石灰岩地质结构的地区，岛上有不少大型的溶洞。鉴于波多黎各的地理特殊性，早在公元前1600年，共塔星球人类就对此进行实地考察，并且当即确定其为他们未来在地球的研究基地。后来共塔星又多次派人员在岛上实地选址，最终确定坎维溶洞区为主要的基地备用地址，并对该地区两个大型溶洞进行环境改造，主要在溶洞里安装相应的设施，提高空气中氧的含量，以确保外星人类的生活环境。很多发达外星人类的呼吸氧气量比地球人类高，因此他们做了这样的改造后，就可以在将来随时使用。”

在罗生充满惊奇的目光注视下，介子接着侃侃而谈：“这个地方地理位置很特殊，罗生，你当时选择到海外来行医，也是事先测了一卦后才做的决定吧？”罗生点了点头。介子接着说：“你到这个地方居住生活，对你的身体补充信息态能量可能是很有益处的。波多黎各岛所处的位置是百慕大三角的锐角连接点，这个连接点是地球信息态能量的辐射点之一。这种辐射点可是很稀少的，全世界才有 12 个。很多辐射点都在海洋里，在陆地上的辐射点并不多。共塔星选择这个地方建基地，有利于他们派来的人员就地取材补充信息态能量。你生活在这里，也能获得同样的益处。”

罗生恍然大悟地点头说道：“难怪我到这里没多久就感觉自己身体状态极好，功力见长。”介子笑着随口说道：“其实你也是舍近求远，全世界信息态能量最大的辐射点在中国。”

4

介子顺利抵达波多黎各并和罗生接上头，就给易子打了个电话简单说明了一下，再由易子向杜森报告。

接下来，介子和罗生开始工作了。他们发现基地里的外星人已经在撤离，看来共塔星集团正在积极履行诺言。这些情况介子无法直接报告兰星地球部，也不便再通过易子转达，只能等易子前来会合时再做报告。

罗生闲下来以后，一直在琢磨介子这些天对他说的那些情况，这些情况对他来说真是够震撼的。然而，有些事他还是搞不太明白，因此他抓住陪伴介子的机会，抽空就向介子请教一些他感兴趣的问题，比如地球信息态能量辐射的原理是怎样的，特别是介子说他舍近求远，中国还有一个世界上辐射强度最大的辐射点。于是他就用了自己的看家本事做了卜测，大概就知道这个秘密了。那应该是一个著名的宗教圣地，只是他向介子证实时，介子说了句“天机不可泄露”，就笑而不语。罗生明白他测准了，内心一片欣喜。

按照介子的解释，由第 6 维度以上到第 100 维度的信息态空间，不停地有大量的信息态能量运动进入本单元区，接着到达银河系，最终达至地球表面。这部分来到地球的信息态能量，除极少量的信息态能量被地表生物、植物等物种吸收之外，其余大部分信息态能量穿过地壳和地幔到达地核中心，并在地核中心形成光色随向性的聚集。信息态能量是由不同的信息光色所构成的，这种光色和可见光不是一回事。地球人类所需要的信息光色能量主要由红、绿、蓝三种信息光色构成，信息光色的运动受随向性规律支配。随向性也就是同类相吸引的规律，宗教界把这种力量称为“业力”。当到达地核的信息态能量所聚集成的体积大于地核的体积时，就会产生核外堆积性增长效应，这种情况和滚雪球的原理是一样的 —— 越来越大，直至发展到地壳的内层。所以地球的地核是满满的信息态能量。

由于地壳内层的物质多种多样，十分丰富，很多物质都在不同程度上对进入地球的信息态能量的运动速度有着明显的慢化作用。这种慢化作用也就是粒子挤压作用的表现。比如中国人喜欢的玉石，就是一种能大量吸收信息态能量，然后再缓慢将其释放出来的物质。玉石这种强烈的慢化作用很有意义，当人们将它佩戴在身上的时候，玉石就会把快速达到的信息态能量聚集起来，再缓慢地释放出来，从而更有利于人体吸收到有价值的信息态能量。然而，有的物质的特性则恰好与玉石相反，比如水晶。

水晶是一种信息光色单一性远远多于其他物质材料的物质，水晶的光色随向性结合率，只在同光色能量之间表现得较高一些。比如白水晶，它只与蓝光色能量产生随向性结合，并使水晶增长。紫水晶则只与绿色能量产生随向性结合，从而使绿水晶增长。除了被随向性结合的光色能量外，其他的光色能量进入水晶体后，会以接近信息态能量在太空中的运动速度，向着水晶晶粒生长的方向传导，形成了束状传导的形态，从而使信息态能量在穿过100多千米的地壳时，速度衰减率仅为信息态能量传导率的1.7%，而地壳其他地方的衰减率则高达99%。这样在地壳中，凡有大量水晶物质的地方就形成一个辐射点，通过这些水晶地质层大量地辐射出信息态能量。其辐射量的大小与水晶的厚度有关。因为水晶与地壳之比增大，慢化距离减小，加之水晶的传导速度几乎维持住信息态能量在太空的传导速度，这就使得那些有水晶地质层的辐射点所辐射出的信息态能量，远远大于其他地方。

中国有两处辐射点，一处在陆地上，是全世界辐射最强的地方；一处在离海岸线很近的海上。波多黎各岛的辐射点，是辐射强度仅次于中国辐射点的地方。

罗生了解到这些情况以后，内心激动不已。他巴不得易子赶快来，那样他就可以通过易子直接向杜森问候了，更重要的是他渴望再向杜森请教和学习更多的知识。

5

易子终于来了。她知道罗生是福建人，酷爱泡工夫茶，特地给他带来一些上好的武夷岩茶，这一下子给介子和罗生他们带来了活跃

的气氛。波多黎各秘密基地外星人员的撤离工作很正常，他们向杜森报告以后，按杜森要求继续留下来观察。介子和易子在罗生的陪同下，正好借这个机会饱览了当地的美丽风光。

虽然热带雨林、荧光湖、圣胡安老城、C 岛海滩的美景让人流连忘返，但是易子心里仍然放不下北京的雾霾。她启程到波多黎各的那天，北京正好出现严重雾霾，交通阻塞，她紧赶慢赶，好不容易才赶上航班，登机后找座位时还气喘吁吁的。易子在飞机上坐好后，想到的第一件事就是见到介子后要继续他们的探讨，现在终于有机会了。

罗生对此事也十分关心，所以他们很快就把话题转到这方面。

介子一边品着“武夷山牛栏坑肉桂”，一边就他们感兴趣的问题加以解释。他说：“我们首先要弄清楚雾霾的自然成因。形成雾霾区域的天气条件是无风，水汽的含量（大气湿度）大于40%以上，同时尘埃（PM2.5）悬浮量大于400（400微克／米^3），水分子与尘埃的悬浮比例达到3∶1时，就很容易形成尘雾效应。从尘埃凝雾的原理来讲，尘埃粒径越小，则尘埃原子的裸露面积占比越大，这时尘埃的活性会随着原子裸露面积占比的增加而增强，从而出现所谓的纳米效应。在尘埃纳米效应作用下，水分子和尘埃很容易产生结合，形成物态悬浮粒，最终形成雾霾。”

介子抿了一口“肉桂”接着说：“此外，雾霾还会由人为因素造成。比如密集性的燃烧物排放，使大气环流中夹带尘埃，这就很容易形成区域性过量（大于400）的悬浮颗粒。如果这个区域的大气湿度达到40%以上、70%以下，这时形成尘雾效应的概率就会达到55%。”

介子催罗生换上一泡“武夷山慧苑坑老枞水仙”后又说：“在这种情况下，如果利用电磁效应作用，即对尘埃进行感应性加电（吸收同频率电磁，形成电荷增量）；那么，这时尘埃就会产生电场增活吸附效应。也就是尘埃表面活性与电荷的作用叠加，使尘埃活性进一步增强，形成了吸附状态。这时尘埃之间就会相互争夺水分子，迫使水分子（水滴的形态）发生分量，从而形成尘雾。当水滴分量和尘埃之比达到3∶1时，形成尘雾效应的概率就会达到90%，产生严重的雾霾状态。”

介子停下来卖了个关子：“罗生，‘九龙窠大红袍’再不出手，我讲不下去了噢。”他看着罗生赶紧换上一泡“武夷山九龙窠大红袍”后，这才像个说书人一样，清清嗓子继续说：“一般情况下，尘埃过量区域如果接近水源地（海洋、大湖泊、江河），一旦对尘埃加电，这些加电的尘埃就会对水源地的水蒸气产生吸附作用，主动形成尘雾效应，随着吸附量的增加，尘雾区不断增大，就会演变成雾霾天气，甚至会形成一个区域性的气候特征。从中国目前形成的雾霾来看，虽然有客观条件的影响，但最终造成如此严重的雾霾天气，最主要的原因是通过远程相控阵雷达对电离层辐射后，实现对雾霾区域的空气进行人为的主动加电。”

茶过三泡，易子听后终于明白了，她说：“现在我总算知道了什么是M国的‘尘’计划了。劳星人类提供技术，M国军队具体行动，实施‘尘’计划，这对中国造成了多大的伤害啊！”

“易子教授，您的问题解决了，可我还有一事迷惑未解呢。”罗生说着，起身从冰箱里翻出一泡茶来，不无得意地说，“换个口味，‘凤凰山老宋单枞’。”

介子一看笑了：“罗生，你背井离乡，远离祖国，没想到还珍藏着这好东西。开个价吧，什么条件？”

罗生说：“中国那个世界第一的信息态能量辐射点，怎么会被古人选作宗教活动道场呢？这该也有个故事吧？还请介子教授答疑解惑啊。”

介子听了忙说：“这我还真不太清楚，易子应该从杜森那里了解过吧？”易子这回也得意了，瞅了一眼介子说：“这泡‘老宋单枞’的头杯茶该我喝了。”

接着，易子讲了一个故事：“北魏初期，有一位名叫大同的隐士，他的脑容量达到23级，可以接收来自宇宙空间的绝大部分主体信息。他终年四处云游，遍访名川大山。走到此地时，突然看到山间有一棵盘松树，样子奇异，甚感奇怪。于是他在树下席地而坐，没多久就感到有很多信息态能量被自己吸收了。他接收的能量中所携带的信息，使他恍然大悟，知道了许许多多之前从不知道的事情。同时他感到身体顿时与自然界浑然融为一体，当下就意识到，此地是修行的奇佳之处。于是，他就在这棵盘松上刻了一句话‘席地知天下，修行智为天’，以昭示后人此地是修行圣地。后来又有修行者在大同的昭示下，在此处修行并得到体证。这一带虽然在东汉时就建有宗教道场，但真正被选作宗教圣地，则是隐士大同发现此处是一个信息态能量辐射点之后的事了。”

罗生、介子听后都感慨万千。末了，介子叮嘱了罗生一句：“天机切不可泄露啊，免得这个地方将来被游人挤爆了！”

罗生笑着答道：“你可没告诉我是什么地方啊！”

B

按照杜森的指令，接下来的时间里，易子要负责把 M 国与外星人类开展合作的一些情况向介子和罗生通报，以便他们全面掌握情况，更好地开展工作。这方面的情况，介子多少知道一些，但罗生可以说是一张白纸，一无所知，所以易子只好从头说起。

共塔星是本单元区的一个发达的星球。其实称共塔星为一个星球并不太确切，它实际上是个双子星，是像个哑铃一样的连体星，显然这个行星也和兰星一样是经过改造的。共塔星的人口也比较多，比地球人口更多，有八九十亿人。单元区里发达的星球，一般都是共产主义的社会形态。比如兰星就是这样的星球，没有国家，整个星球的管理是统一的。但是共塔星虽然是单一人种，使用同一种语言，却存在着国家，所以它们的社会形态不是共产主义形态。共塔星对其他有人类的星球，习惯于开展理念殖民，输出他们的价值观，以这样的方式指导比他们落后的星球发展。

共塔星来到地球，寻求与地球人类开展合作的时间比较久远，可以追溯到公元之前。它曾在中国支持过殷商与巴克星（龙星）和冰星支持的周朝进行战争，小说《封神演义》讲的就是那一段历史的故事。后来共塔星又在欧洲与一个著名的“神圣大教堂”挂上了钩。接着又通过这个“大教堂”控制了“石匠党”，在地球进行理念殖民。20 世纪 50 年代之前，共塔星对 M 国的控制和影响都是间接的。共塔星是通过“神圣大教堂”和“石匠党”人，把 M 国演变成一个实际上的政教合一国家，从而达到对 M 国的影响和控制。

“神圣大教堂”的教会创始人是第 29 银河系顿巴勒星的代言人，此后顿巴勒星就没有在地球选代言人了，除了在“靖难之役”后派飞碟把建文帝朱允炆接走以外，顿巴勒星球就未在地球有大规模活动。顿巴勒星人类是很友善的人类，主张以和平方式解决一切问题。他们派飞碟赶到中国，原本是要阻止朱棣对朱允炆的侵害，但到达时已经晚了，当时大势已去，所以只能把朱允炆接走。朱允炆被顿巴勒星接走后，可把朱棣愁坏了，派郑和七下西洋也找不到他的踪影，从此朱允炆的下落就成了一个谜。后来“神圣大教堂”坚持聚集一些脑容量高的人，一直保持着与外星人类的联系，但不再只是顿巴勒星了，共塔星集团就是在这种情况下与“神圣大教堂”建立了紧密的联系。所以，今天“神圣大教堂”的教士们自己心里明白，他们心目中的上帝，就是发达的外星球人类。

从 19 世纪末开始，共塔星对 M 国进行了长达半个世纪的观察，发现 M 国具有较强的开放性，容易接受新生事物，不拒绝创新。因此，共塔星选 M 国作为他们在地球的合作开发国。外星人到地球选择代言人，帮助地球发展是有条件的，他们首先要判断所选代言人所在的地区或国家是否具有在其帮助下发展和进步的客观条件，满足要求了，外星人类才会确定其为代言人，当然也必须有生理条件符合要求的人供他们选择。中国古代称神州，正说明古代的中国和外星人有着密切的联系，产生了轩辕（黄帝）、伏羲、姬昌、伊仲（《山海经》的作者）、李耳、孔丘、鸠摩罗什和林默（林默是生命信息中有来自第四单元区人类信息的特殊人类，并非正式的外星代言人）等外星代言人。但是自林默之后，外星人类很长时间没有再来中国选代言人了。比如北魏那个隐士大同，按脑容量 23 级的生理条件，他足以胜任外星代言人，可是当时中国的社会条件不符合要求，他最终失去了被外星人类选为代言人的机会。所以，共塔星选择 M 国作为其直接帮助的国家，是看到了 M 国经历了世界大战的考验，不愧为一个强大的国家，具备了直接帮助的条件。终于，他们于 1947 年在 M 国策划了著名的“罗斯威尔事件”，目的是向 M 国发出外星人类存在的信号，从而得到 M 国军界和政界的认可。

1947 年 7 月 5 日，由共塔星球精心策划，玄木女星和劳星派出一批飞碟，飞临 M 国罗斯威尔市的上空。当天晚上，当地有雷雨。第二天早上，农场主布莱索因为曾听到比雷声还响的爆炸声，决定去查看牲畜圈的羊群是否遭雷击，结果发现坠落一地的金属碎片。于是他马上向官方报告。7 月 8 日，又有一位土木工程师葛拉第发现了直径 9 米的飞碟残骸，还有几具外星人尸体。这一事件马上引起官方，特别是军方的高度重视。一开始当地媒体做了报道，声称发现坠毁的飞碟。但仅仅隔了几个小时，这则消息就被否认，并且当地媒体接到了官方的指令，不允许他们报道这件事。从此，“罗斯威尔

事件”成为疑云重重的一个谜，至今官方仍未给出任何足以让人释疑的说明。

玄木女星人们不熟悉，但如果说起阿基米德、培根、笛卡儿、牛顿这些科学伟人，那么玄木女星也应该是地球人类的老朋友了——这几个人都是玄木女星的代言人。今天地球人类耳熟能详的很多科学原理，都是由玄木女星通过代言人传播给地球人类的。由劳星和玄木女星实施的这次飞碟坠毁行动中的所谓外星人尸体，实际上是仿生人的尸体，他们并非这两个星球的人类。但是，只要见到残骸和尸体的证据，则任谁也无法否认地外文明的存在和出现了。

因此，M 国官方只能直面真相。

7

易子介绍了 M 国与共塔星集团开展星际合作的情况后，罗生十分震惊。介子对很多事情已经大致有所了解，但是对具体的细节还不太清楚。比如“罗斯威尔事件”发生后，共塔星又是通过谁，怎样和 M 国政界高层联系上的？所以罗生和介子都急切地催促易子进一步向他们介绍情况。

易子认为，如果说到 M 国与外星人类的合作，有一个重要的神秘人物是不得不提的，这个人就是著名特工约翰·埃德加·胡佛，他曾是 M 国人心目中的民族英雄。就像 20 世纪末，流传着这样一句话：有没有美国总统不重要，只要有格林斯潘就行。在“冷战”时期，则有“有没有 M 国总统不重要，只要有胡佛就行”的说法。然而大多数人并不知道其背后真实的原因，也就是说他对 M 国真正的贡献鲜为人知。因为，正是他为 M 国与共塔星开展星际合作穿针引线，做出了卓越贡献。

约翰·埃德加·胡佛是个老牌特工，但他还有一个不为人知的重要身份——“石匠党”的顶级成员。早在 M 国国内特工组织还是调查局时代的 1924 年，年仅 29 岁的约翰·埃德加·胡佛就坐上调查局局长的宝座，1935 年调查局改为现在的 M 国特别调查局时，他继续任局长，成了特别调查局的首任局长。一直干到 1972 年在任内去世，他始终没有离开过局长的宝座，控制 M 国这个重要秘密部门将近半个世纪。他在任上经历了九位 M 国总统，改写了一朝天子一朝臣的历史惯例，成为一个神秘的传奇人物。他之所以能成为特别调查局的终身局长，仅仅是因为他的能力吗？当然不是！

真正的原因是，胡佛开拓了M国与外星人合作的历史进程，手中掌握着大量的M国与外星人交往的秘密。有些秘密可以形成文字资料存入特别调查局特别保密柜，然而还有更多秘密只能永远留在约翰·埃德加·胡佛的脑子里，只要胡佛还活着，登上总统宝座的人就都需要他。

“罗斯威尔事件”发生后，约翰·埃德加·胡佛是第一批赶赴事发现场并组织开展调查的M国政府高官之一。当时随同他前往调查的还有军方的重要人物，不过大部分人对所谓的UFO都持嗤之以鼻的怀疑态度。可是当他们在现场发现了一块奇怪的材料，薄得像纸一样，却异常坚固，居然撕不烂也烧不坏，他们才意识到，这种材料绝非地球人类能够制造的，于是他们开始以严肃认真的态度对待此事了。

在“罗斯威尔事件”的调查过程中，已潜入地球的共塔星人类发现，大家都在向胡佛报告情况，知道胡佛是处理这件事的重要负责人。于是共塔星人乔装打扮后要求单独约见胡佛，声称有重要证据报告。在胡佛单独约见了共塔星人后，共塔星人去除化装，露出真面目，称自己是外星人代表，希望约见 M 国总统。胡佛发现这个外星人的手掌没有手纹，也没有耳朵，就马上明白：天哪，这一切竟然都是真的……从此，共塔星人类就保持着与胡佛的密切联系，并通过胡佛协调共塔星与 M 国政府合作的有关事宜。

胡佛之所以能成为“不倒翁”，还有一个原因。如果在“石匠党”内部论地位的高低，约翰·埃德加·胡佛才是真正的大佬，那些登上总统宝座的人实际上都要对他俯首称臣。因此在处理与外星人合作的问题上，当时的 M 国总统对胡佛可以说是言听计从。

1954 年，在约翰·埃德加·胡佛的安排下，共塔星人类与 M 国总统在空军基地正式接触。双方达成秘密协议，明确了合作、共建与发展的约定。双方决定在 M 国本土建立一个试验基地（后称 51 区），在波多黎各坎维溶洞区建立秘密研究基地。

从此，共塔星人类以 M 国为基地，全面推行共塔星的理念，并指示其协作星球伙伴—劳星和玄木女星，把一些适合地球人类发展的技术传播至 M 国，支持 M 国发展各种引领性技术，从而帮助 M 国在地球人类的世界中确立领导地位，目的是最终由 M 国统治全世界。从此，M 国设置了一个只有总统才能打开使用的核按钮黑提箱，这个核按钮黑提箱实际上还装有另一个重要机密，那就是总统与共塔星签署的第一份合作协议。此后，历任 M 国总统都和外星人进行接触，

每次这种重要接触，都有“石匠党”人在场监督。不论谁有任何背叛的想法，都会被处理，不幸遇刺的那位总统的下场就是前车之鉴。

M 国为了能在短时间内确立全球霸主的地位，恳请共塔星直接派外星人进驻 M 国，以便帮助 M 国实现所需的高新技术。为了掩人耳目，M 国政府按共塔星的建议，把来自劳星和玄木女星的科学技术人员安排在波多黎各专门进行技术研究，而将高新技术试验场安排在M国本土的51区。也就是说，在共塔星帮助M国开展的高新技术研究工程中，波多黎各基地负责搞“软件”，51区负责搞“硬件”。长期以来，人们一直认为51区是M国与外星人合作的基地，而从未对波多黎各这个真正的研究基地产生怀疑，从而使M国能够瞒天过海，长期地、非常隐秘地与外星人开展合作。

在这种情况下，还有一些较为发达的星球，也因M国比较开放的社会环境和较高的经济发展水平等因素，在M国选择了一些适合本星球标准的人类作为代言人。同时，他们还同意一些其他地区的代言人到M国工作，从而使M国在许多领域领先于地球其他国家。比如M国著名天文学家爱德温·哈勃是兰星在M国选的代言人，而爱因斯坦被兰星选为代言人后，是经兰星同意后到M国定居和工作的。

听完易子这一番介绍后，三人都沉默了很久很久。介子打破了沉默说:“中华民族远古时代文明的辉煌，究其原因，是因为我们的祖先不保守，勇于与外星文明对接。后来的落后，则是因为对上天的崇拜脱离了科学轨道，最终陷入封建迷信之中，失去了与外星文明联系与合作的机会。朱允炆是一个十分崇拜上天的人，正是由于他对中国古代外星代言人的崇拜，才感动了顿巴勒星，在他落难时被顿巴勒星接走了。然而更令人遗憾的是，如果朱允炆不失败，他完全有可能让中华民族续上与地外文明合作的缘分。那就意味着中国早于欧洲三百年出现一个和牛顿一样的伟人，那么中国还会沦为‘东亚病夫’吗？朱棣一时的胜利，导致了中华民族长久的失败，这真是个悲剧啊！这个悲剧使五百年以后清王朝垮在了由外星文明武装起来的坚船利炮之下。现在看来，一个地球上的大国，如果没有星际开放与合作的理念，衰败是迟早的事。”

罗生把一直低埋着的头抬起来，眼里含着泪水说：“介子、易子，你们在这里办完事后，我跟你们一起回祖国。我要和你们一起努力奋斗，我们绝不能失去得到兰星帮助的历史机遇，我们绝不能错过中华民族伟大复兴的最重要机会！”

说到这里，他们三人的三双手紧紧地握在一起，不约而同地齐声道：“为天地立心，为生民立命，为往圣继绝学，为万世开太平。”三个人的眼中噙满了泪水。

第三章

不得不说的事

1

这些天来，罗生一直忙于安排在波多黎各的生意。把理疗诊所交代给同事打理倒是没问题，可让他放心不下的，还是那些他亲手治疗的病人。他是个责任心极强的人，不把这些病人的后续治疗安排妥当，他真是不放心。因此，他只好先送走了急着回国向容子复命的介子和易子，以便自己能集中一段时间，把他的那些病人料理停当，好不容易才终于在临走前把该办的事情完成了。

罗生此时归心似箭，赶紧订机票回国。他登上国航飞机的一刹那，仿佛心早已飞回了北京。

罗生坐上飞机后思绪万千，连飞机起飞爬升时的颠簸都没有感觉到。他此时想得最多的是容子，虽然未曾见过容子，但其大名早已如雷贯耳，可以说他对容子仰慕已久。想到这次回北京，或许第一时间就可以见到他，罗生心中不免一阵激动。

虽然罗生从介子和易子那里，陆陆续续听到了一些有关容子的事情，出于好奇，也曾上网海搜一遍，结果什么信息也没查到。容子是个神龙见首不见尾的大隐之人，大众对他几乎一无所知。倒是国际情报机构纷至沓来，CIA、摩萨德、军情六处等接踵而至地前来造访，目的只有一个——请容子移步国外，帮他们与外星球建立联系。世界四大情报机构，只剩下克格勃未上手，他们也不是不感兴趣，而是开不出那种天价。CIA 和 51 区给出的价码逐年上升，现在已经到

了 50 亿美元的天价，而且派出 51 区的头牌策反心理专家亲自出马。对于根红苗正的容子来说，他们这样的努力自然是徒劳的。容子的父亲是老八路，还参加过抗美援朝，他是在父亲爱国主义思想的熏陶下长大的，忠诚无价！然而这也促使容子更加深居简出，从不抛头露面，所以互联网上难觅他的踪影。正因为如此，罗生想见容子的心情更加急迫。介子和易子临回国之前说了，这次波多黎各行动，罗生是大功臣，回北京时容子一定会亲自到机场迎接。所以，国航的飞机起飞后，罗生更是思绪万千了。

UFO、地外文明和外星人，这些年越来越成为坊间的热门话题，先是好莱坞的一些科幻大片，后是网络频现目击报道，外星人热不断升温，现在连宗教研究也逐渐与外星人扯上关系，但是所有的这些信息，几乎无一例外与世界各国政府没有正式的联系。各国官方越是远离这个领域，这个领域就越是神秘，自然被民间关注的程度也就不断提高。

介子和易子抵达波多黎各后，罗生也在留心观察他们，这也许是研究《周易》的学术习惯吧。介子有着典型的学者气质，还有点书生气。倒是易子性情有点特殊，总让人有迷惑之处，让罗生这个《周易》推演的高手都摸不着头脑，仿佛她是个外星人。

有一天罗生和易子在闲聊时冷不丁说了一句："我看你就像个外星人。"易子听了一怔，但马上恢复常态，开怀大笑道："你又一卦定平生啊，算出来啦？"接着她告诉罗生：要知道外星人的事情，别着急，等回去问容子吧！但易子接着向罗生透露了一些惊天秘密。

距今大约三亿四千万年前，兰星、毛兆星和共塔星的元首们，在一次星际领导人定期见面会上，研究制定了本单元区的发展规划方案，并且共同制定签署了《单元区人类发展规划》。这个规划发布后，就成为本单元区 55 万个发达星球必须遵循和执行的规定。《单元区人类发展规划》第三条的内容是，今后要由发达星球的人类向新生不发达星球人类传播文化、技术和理论，支持欠发达星球不断进化发展，实现单元区大同。

规划在单元区发布后，55 万个发达星球纷纷行动起来，各星球按照单元区的总规划要求，也都认真地制定了适合本星球对外发展的规划及实施方案。接着各星球逐步地按照所制定的规划实施方案，开始在单元区内寻找适合本星球开展文化、技术和理论传播的新生欠发达星球。从那个时候到现在三亿多年的时间里，单元区里各个发达星球共寻找到 2100 多万个此类欠发达星球，其中也包括地球。

按照单元区规划的要求，各个发达星球一旦发现新生的欠发达人类星球的位置，要统一向单元区其他发达人类星球通报，各发达人类星球再根据本星球的能力等具体情况，有选择地对这2100多万个新生欠发达星球人类传播本星球的文化、技术和理论，从而帮助这些星球进化和发展。

各发达人类星球要顺利地传播本星球的文化、技术和理论，首先要在欠发达的新生人类星球中，选择那些进化最好的人类作为代言人。各个星球都有自己的选择标准，但是最重要的基本条件则都是一样的。这些基本条件对于欠发达的新生星球人类而言，则是非常苛刻和严格的，所以要选择出合适的代言人并非易事。

首先，这些被选中的代言人脑容量都要达到12级以上，脑容量是人类大脑能够接收自然信息的能力标准，脑容量越高，利用脑兰卡波接收来自单元区宇宙空间自然信息的能力越强。达到12级以上的能力标准，才能够接收由信息态能量光色组成的图文影像信息。其次，这些被选中的代言人，其利益思维水平要保证在十级以下。利益思维水平是衡量一个人是否具有无我境界和清净心的素质标准，利益思维水平低的人可以达到公而忘私、大公无私的思想觉悟。虽然低利益思维可以通过人类自身修炼来实现，但是这种素质也是有生物基因基础的，有些人因为自身基因的缘故，利益思维水平总是居高不下，这种人就当不了代言人。因为只有利益思维水平低的人，才能真正做到把所接收到的文化、技术和理论等信息，完整地应用于所在星球人类的发展，而不是以此敛财，为个人享用。最后一个重要条件是，被选中的代言人脑功能要达到4级以上。脑功能是指一个人的大脑思维和理解问题的能力，这种能力和地球人类的智商标准不一样，比智商标准更系统全面。作为代言人，脑功能越高越好，只要

脑功能达到 4 级以上，就能理解所接收信息的含义，而不会造成对信息的误解。脑容量、利益思维水平和脑功能这三项标准，在那些不发达星球人类中，只有极少数的人能够达到要求。

很多宗教故事绘画里面，那些圣人的头部都罩着一个圆形的光圈。而脑容量大的人，头部确实会出现一个由信息能量形成的圆形光圈，脑容量越大，圆形光圈越大。至于脑功能是否强，则可以根据头部光圈的颜色来判断，脑功能越高，头部光圈的蓝色光芒纯度越高。这种光芒由于是由信息光色构成的，目前地球人类还不能用仪器观察和测试到，但外星球人类在接近每一个星球时，都可以在第一时间测到并发现什么地方有脑容量大的人。除了以上三个重要的基本标准外，各行星还会制定一些本星球认为比较重要的标准，比如他们更愿意在地球大语种的人类中选择代言人，因为掌握大语种语言的人，传播技术或理论时，有着传播范围更大的好处。所以，发达星球人类在抵达欠发达星球时，要花少则半年，多则十几年的时间，来跟踪、观察和测试那些被选中的人，以最终确定这些人是否可以成为代言人。因此，在一个欠发达星球人类中选择代言人，是一项耗时、费力、枯燥和艰辛的工作。

易子接着对罗生说，就地球而言，自古以来，只有60多个地球人被29个发达星球选作他们的代言人。地球的发展和进化，实际上一直依赖这29个发达星球所传播的文化、技术和理论。虽然我们会觉得代言人很少，可在本单元区里，按人口比例来说，有这些代言人，也是很少见的了。要真正了解外星代言人，建议先了解容子，再通过容子了解地球有史以来这60多个神奇的代言人吧！

罗生带着一大堆问题，等着见到容子后向他求证。可是上飞机后，那些问题就几乎都忘光了，所有的心思都落在了容子的身世上。他是怎样和外星人联系上的呢？他到底是怎样一个人呢？

2

罗生还在波多黎各时，就用他的看家本事为容子测了一个生命卦和一个时运卦。生命卦的本卦是上巽下离，为风火家人卦；六交动，变卦为上坎下离，为水火既济卦。按照邵雍的梅花易数判法，这是一个不错的卦，只是这个卦中互卦见离、坎，呈未济结构，此命一生中也难免有坎坷跌宕，不过结局还算理想，是个可成就之命。当然由于此卦离火为体，巽木和坎水为用，所以有生有克，倒也应了互卦中出现的未济结构，做事成败各半，其实人生做事，有五成的成算，也足矣。

容子时运卦的本卦是上兑下离，为泽火革卦；一交动，变卦为上兑下艮，为泽山咸卦。此卦互卦见乾金、巽木，如果按梅花易数的判法，这个卦也是个不错的卦，对于以兑金为体的卦而言，与互见的乾金成比和助己，而巽木为兑金所克亦吉利。而用卦为离火和艮土，虽有被用克，但终被所生，也无大碍。况且一般生命卦与时运卦互为表里，生命卦先被生后被克，时运卦先被克后被生，两卦生克关系平衡，所以可判得容子的命运都不错。但按传统的判法，却看不出容子与所承担的重大使命的关系。

罗生研究《周易》时，结识了一位亦师亦友的好兄弟，此人是四川人，名叫郑兴。郑兴曾自幼随父亲练习武功，学习《周易》和风水堪舆术，后来云游四方，遍访名师，尤其在风水堪舆术方面造诣甚深，可谓名副其实的大师。而他在《周易》预测方面也有独到之处，测卦时最擅长以“垂象”为根据判卦，外号称“郑垂象”。

有一回，郑兴的一位做金融证券业务的好朋友，见股市突然疯涨，坊间消息特别多，均是大利好，于是头脑一热，砸锅卖铁，倾囊而出，还利用杠杆，竭力建仓，事后又心生忐忑，急忙邀郑兴到家里一叙，想请他给测一卦。郑兴急急忙忙赶到朋友的别墅，刚一进院门还在寒暄着呢，门外进来一位送快递的小哥，一个踉跄跌倒在地上，手捧着的大纸箱砸在地上散开了，撒出了一地煤球。原来，他这位朋友想晚上在院子里摆个家庭烧烤，好好招待一下郑兴，于是上网买了煤球。郑兴一看这情景，眉头也皱成了一个煤球，沮丧地对他朋友说：“兄弟，这卦不用算了，你是算股市的投资吧？跌了，而且煤（霉）到家了。我晚上正好还有事，就不进屋了。”郑兴说完就走了。他的朋友虽知道郑兴素有“郑垂象”的外号，但还是将信将疑，再说已是下午四点了，当天的股市也“打烊”了，有什么应对之策也只能等到第二天了。没想到第二天股市一开盘，竟然千股跌停，哀鸿遍野，酿成了大股灾。郑兴这位朋友自然是措手不及，手里股票被强行平仓，自己也破产了。从此，“郑垂象”的名声更是不胫而走。

罗生与郑兴的相识，说来也是缘分。罗生虽然是中医师，但自古以来医易相通，他在《周易》上也没少下功夫。他云游访学，求师问道，走遍了名山大川。有一年他游到四川阆中的天宫院，发现这个地方风水不俗，气场奇特，于是来到袁天罡墓前，焚香拜过后便寻了个方便之处静修。突然他发现有一个比他年龄稍大的人也在那里闭目静坐。第二天罗生到李淳风墓前参拜静坐时，发现那个人竟然又在那里。他仔细端详，见那个人气质不凡，便认定其是个同道修炼之人。等到太阳快下山时，那人起身要走，罗生赶忙迎上搭讪，没想到这么一聊，日后两人竟然成了挚交。这人就是郑兴，他们从此还互为良师，经常就《周易》进行切磋。

后来，罗生因为帮介子施针灸治疗而相识，又通过介子结识了易子。易子曾跟杜森聊起他，杜森告诉易子，此人和他的朋友郑兴都是可造之才，可以帮他们修炼《周易》之学。于是杜森通过墙壁投影的形式传递了一些相关理论给他们，由于罗生他们脑容量不够，无法阅读内容，所以就由易子充当了翻译。罗生得到杜森的理论指导后，第一时间和郑兴分享。两人的接触就更加密切了，经常在一起研修《周易》。只是由于保密的缘故，罗生当时并没有向郑兴提及他得到的一些理论是怎么来的，只是跟郑兴说，这和《周易》、河图、洛书是一脉相承的。罗生这么说自然也没错，《周易》的先天八卦与河图、洛书是杜森的老家巴克星（*龙星*）经代言人伏羲传播到地球

的，而后天八卦则是后来经巴克星代言人姬昌推演出来的，这些理论的源头都是巴克星（龙星），所以说一脉相承也没错。

罗生测了容子的生命卦和时运卦后，又用杜森传给他的理论测了一卦。按照杜森传的理论，主要有起卦和判卦两大部分，一部分是“五行意测”起卦法，另一部分则是“卦位意解”与“横判隐卦”判卦法。“五行意测”起卦，便是借助“五行”理论为辅助工具，以意念起卦。以此法起卦很方便，可以不借助物器工具，也不需外来数据或事物便可起卦。“卦位意解”则与传统对卦位的解释相比，重点就不大一样了。传统对卦位的解释，重点不在其喻义，而在于描述自然事物。比如，乾是天、父、西北；坤是地、母、西南；震是雷、长男、正东；巽是风、长女、东南；坎是水、中男、正北；离是火、中女、正南；艮是山、少男、东北；兑是泽、少女、正西。如此等等，喻事物为主，喻意义则不明显。而“卦位意解”，重点在描述卦位的喻义。比如，乾是太、无限、深邃无际；坤是极、有限、可达之处；震是威、力量、气势磅礴；巽是续、不断、齐心协力；坎是绊、约束、不便活动；离是解、释放、无限扩散；艮是障、阻断、不能顺畅；兑是诡、假象、有欺骗性。如此等等，以喻意义为主。而“横判隐卦”更是运用“五行”生、克、合三要素的一种特殊判卦方法。人与事的描述越清晰，确定吉凶或成败的准确率越高。

罗生和郑兴后来测卦及判卦往往比较准确，就是因为掌握了杜森的“五行意测”“卦位意解”和“横判隐卦”的新理论后，与传统的测卦、判卦方法结合运用，才取得好效果。当然学无止境，他们还经常互尊为师，相互请教和切磋，如此来来往往，水平日臻炉火纯青了。不过重要的卦如何判，他们两人之间总要交流探讨一番。所以罗生测了容子的卦后，就给郑兴打了个电话，报上卦后，请他谈谈自己的判断和分析。未曾想郑兴刚听了两句，就立即打断罗生说：“这是个什么人？怎么和外星人有关系？”罗生大吃一惊，他只是报上了卦，连测什么人、测什么事都未说呢，郑兴居然就一语中的。没等罗生问，郑兴在电话里自己说了：“你一报这个卦，电视正好报道了有关外星人的新闻。”“垂象”如此啊！罗生听了暗自佩服不已，心想真不愧是“郑垂象”啊，嘴里忙说：“那就等我回去再当面请教吧。”郑兴也明白罗生是不想在电话里说及此事，就随便寒暄了两句挂上了电话。

3

飞机飞临北京上空，正好赶上重度雾霾来袭。由于能见度不好，飞机盘旋了好一会儿才着陆，有些晚点，让罗生领教了雾霾的杀伤力。说到环境，中国的雾霾成了让人头痛的问题。虽然超级严重的雾霾，多半是缘于人为破坏，但是社会生活管理不善，车辆排放和扬尘，再加上无线通信应用的广泛，电磁波给空气中的微尘粒子加了电荷，使之产生水汽多粒分享现象，未能形成有效降雨而飘浮在空中，也是重要的因素。但这些机理没弄清楚之前，人们实在不会联想到手机通信和雾霾的关系。

飞机降落后，罗生走下廊桥，环顾四周，首都机场与自己离开中国去波多黎各时的景象已完全变了个样，让人感到无比振奋。他发自内心地感叹，祖国真是强大了。对雾霾的纠结心情也因此一扫而光。在机场出口处，罗生看到容子他们果真亲自来迎接自己。见到罗生，易子激动地冲上前来给他一个拥抱，献上了一束鲜花，介子走过来向容子介绍："他就是罗生。"容子走上前紧紧地握住罗生的双手说："终于把你盼回来了！"接着介子递给罗生一个口罩，容子他们三人的几位助手拉起行李，大家一起簇拥着罗生走出机场大厅。

容子的住所在北京西南方向与河北的交界处。从首都机场出发，到容子的住所正好是个对角线，不过顺五环上京昆高速，若不遇上堵车，虽说慢了些，不到两个小时也就到了。

北京的西南与河北交界，紧靠太行山脉。汽车出了京昆高速，经过整洁的省道后，便进入蜿蜒曲折的乡村道路，这里的一切和刚才北京国际大都市的风貌相比，俨然是一个世外桃源。汽车来到了巍峨山脉下的一个村镇，这个村镇显然和传统村落乡镇的风格大相径庭。中国人喜欢扎堆，农村也不例外，村镇中都是密密麻麻民居的堆积，甚至恨不得每个村镇都修上城墙，仿佛只有这个样子才是村镇。这自然也有它的道理，确实善聚人气，但是格局往往太小。如果放大格局，还能聚人气，自然是再好不过了。这个特色小镇就是按照此理念建起来的，并被置于田园之中。易子介绍说，这个特色小镇是这些年才发展起来的，主打业态是微生物产业，产品从古法酿制的酱油，到酵素等微生物食品、药品的研究和生产。小镇里的每个庄园就是一个集科研和制造于一体的企业，各个庄园共同组成这个特色小镇。户与户之间虽鸡犬之声相闻，但还真有点老死不相往来的感觉，因为每户业务不同，都是靠互联网与市场联系。即便邻里有业务联系，也多半靠互联网。所以有了互联网，人不扎堆也聚人气了。罗生听易子这么一介绍，回忆起自己少年时代住过的土楼，不禁哑然失笑道："早知道有这样的好地方，我不去波多黎各了。"一车人听了，都惬意地笑了起来。

汽车来到一个庄园前停下，这是一个类似于四合院格局的院落，不同的是正房是个二层的楼房。院子坐北朝南，院墙东南角上开了个大门，门上挂个牌匾，上书“容介居”三个字。罗生见了心想：看来这就是容子和介子的寓所兼工作室了。院前是一个面积不小的水库，水库估计是依着河道修的，两边都望不到头，水库对岸是清秀的山林。院子西侧有一条可通汽车的便道，通往四合院的后罩房的侧门，车库在那里。院子东面是略高的山坡地，种了很多大树，树梢明显高过二层楼的正房，西侧过了便道就是铁丝网栅栏围起来的一片园地，一直通到罩房背后的山坡下，大约有四五亩的样子。天气已经冷了，整个园地已覆上塑料薄膜成为大棚了。园子背后稍微平缓的坡地是一片果林，那些柿子树落了叶，结满红彤彤的柿子，分外醒目。果林也围在铁丝网栅栏内，里面散养着不少鸡鸭。在波多黎各时就听介子说，他们对经济也很感兴趣，正在研究实践庄园经济呢，想必这就是他们心目中庄园经济的范本了。

罗生进了院子后，发现这个四合院倒座房和东西厢房的位置围成一个玻璃窗连廊，在传统二门的位置也是一个门，进了二门就是院子，过了院子即为正房大厅，正房旁边没有耳房，是一个二层楼房。一楼西侧布置成一个茶座书房，平时客人来了喝茶聊天，连着的西厢房装饰成西式酒吧风格，也是接待客人、品尝咖啡的地方。东侧是间饭厅，相连的东厢房是个布置精美的厨房。正房楼上有四个客房。后罩房是个一楼举架较高的二层楼，所以罩房比正房略高一些，后罩房面积不小。一楼除了停车位库房外，实际上是个综合加工作坊。二楼除了整个园子的自动化大棚控制操作室外，还有个卫生条件非常好的农产品深加工和微生物研究工厂。介子边陪罗生参观，边不无得意地介绍着。他说：“园子的农业技术是世界一流的，绝对不比以色列的差，种植的农作物是有土栽培和无土栽培相结合的，实际可种植作物的面积是整个庄园占地面积的两倍以上。”罗生走进园子大棚一看，果然看到看到里面的植物都是分两层，甚至三层种植的，有的是有土种植，有的是无土种植，仿佛置身于植物艺术园一样，罗生顿时感叹万分。

一连两三天，容子他们只管带着罗生四处参观。这个村镇原本是一个破旧而穷困的老山村，是容子他们按照发展庄园经济的思路改造成的，现在已成了一个集精细化绿色农业、特色生物制品研制和旅游养生等业态为一体的特色小镇。农业生产能力不但没被破坏，而且大幅度提升，还发展起农产品深加工的生物制品产业。特色村镇坐落在蜿蜒的水库岸边，房子基本上是背靠太行山脉，面向水库而建，按照中国传统的风水来看，还真是个很讲究的风水宝地。

罗生在参观过程中感到很是惊奇，他问容子：“建造这么一个特色小镇，投资可不小啊！”容子说：“投资不是问题，现在中国投资产品供应本来就不足，老百姓有钱都去炒住宅了，还引发房地产泡沫，带来了很多问题。我们把这种庄园设计成准‘财富标志’，也就是说，谁投资了庄园，资产随时可以向开发公司以原值扣除部分折旧进行贴现（即由开发公司回购）。这样一来就吸引了很多炒房的资金进来，缓解了房地产业形成泡沫的压力，也为社会做了贡献。实际上，投资公司也不用担心存在贴现挤兑的压力，因为投资者要变现，往往自己在市场上出手，以赚取更多的资产增值。因为开发公司给出可以回购的兜底政策，即便价格开得稍微高一点，买家也趋之若鹜。投资公司把高额的毛利部分用来买国债等较安全的理财产品，以此防范万一出现的经营风险。如果这种运作模式变成政府行为，真把庄园资产这种投资产品，变成可向中央银行随时贴现的

‘财富标志’，也就是说把庄园资产打造成人民币的‘锚’，那么人民币就有了国内资产作为‘财富标志’，这种项目就变成了我国宏观经济的‘定海神针’了。”罗生听了，敬佩之意油然而生。

现在这个村镇热闹非凡，庄园主有科学家、工程师，还有艺术家、作家。原来村里的劳动力都成了管理公司的职工，新庄园主不会种田也没关系，有管理公司代为打理，农副产品也通过互联网销往全国各地。村镇中必要的运营功能都很齐全。因为产业涉及生物制品，所以有一个可共享使用的冷链库。村镇里有好几个直升机停机坪，冷链库前的停机坪最大，是按降落可倾转旋翼飞机起降要求设计的，以备将来由垂直起降的大型可倾转旋翼飞机运送生物制品使用。

罗生参观后赞叹不已，对容子说可惜只差一样东西，要是能在后面山坳里再修个射电望远镜就好了。容子听后笑着说：“贵州修建了一个 500 米口径的射电望远镜，比波多黎各的还大呢！”罗生一看容子接茬了，十分兴奋，心想终于谈到正题了，赶忙接着说：“咱这不要太大，够用就行。”容子听了后笑个不停，等定下神后才问罗生：“要那玩意儿做什么用呢？”

罗生心想，多新鲜，还能做什么用啊。他马上回答道：“有这玩意儿和外星人联系总归要方便些啊。”容子听了更是笑得前仰后合，对罗生说：“咱们回屋里，坐下泡了茶，再慢慢聊吧。”

4

容子向罗生介绍了一些情况后，罗生才恍然大悟，难怪容子听到他的想法会笑得像个孩子一样。实际上，在地球所处的单元区，55万个先进的发达星球中，没有一个星球采用电磁波的通信技术，因为每秒 30 万千米的传播速度，对于星际间通信实在是太慢了，这些星球人类乘坐的飞船都比这个速度快得多，全都是超光速的，不然他们又怎么能完成遥远的星际旅行呢？所以试图用电磁波通信技术与发达星球联系是不现实的，对于生命很短的地球人类而言，即便发射出电磁波信息，等到信息返回来说不定要几百年甚至上千年的时间，这样的通信就没有意义了。

罗生沉思了一会儿，对容子说：“我们地球人类很多关于外星人及其文明的看法，也许都是错误的，但眼见为实是我们这个星球人类共同遵循的准则，地球人类的科学精神认为，只有大家都可以重复证明的事情才是正确的，只有普遍被大家都认识的事情才是真理。让人们理解和认识真理的方法有很多，科学试验是一种方法，但受科学发展自身的局限，有时实现一次成功的科学实验需要非常漫长的时间，这样缓慢的进化我们等不起。还有一种办法就是‘打开天窗说亮话’，向外星人学习，请外星人把知识传播给我们。在波多黎各的时候，介子和易子就跟我讲过，中华民族是地球人类最早接受外星人教化的民族。可是随着历史的变迁，我们很多人宁可信神灵，也不愿再相信外星人，这是多么的可悲啊！现在已经到了需要先知者开口说话的时候了，说出他们曾经经历的那些事，说出他们所知道的那些事。”

听了罗生慷慨激昂的这一番话，容子怔住了，久久地凝视着罗生，过了许久才说："这么说，我知道的那些事是不得不说啦。"罗生一听，激动万分，双眸闪着晶莹的泪花，紧紧握着容子的双手说："我这次决心回来，就是想知道这些事，就是想让您把所知道的那些秘密和大家分享。听介子和易子说，您经常强调地球人类要有星球意识，可是我们地球人类如何走到今天都不为人所知，又怎么能够让大家建立起星球意识啊？"

罗生盯着容子表情的变化，感觉他明显被自己这番话打动了，就接着说："这是一种使命，需要您来担当啊！关于外星人的事，需要正本清源了，如果任凭一些无根据的臆想占据外星人问题研究的领域，那么面临最大伤害的正是地球人类自身，难道您不想改变这种情况吗？"

容子沉默了一会儿，对罗生说："时间不早了，该休息了。这个问题我现在还不能答复你，明天再说吧。"罗生知道，这么大的事，容子如果不征得兰星的同意是不可能做出任何决策的。

第二天一早，罗生见到容子开口就问："容博士，想好了吗？"容子看着罗生不紧不慢地说，"我倒是想好了，但还有人也要想好才行啊，咱们都耐心点吧！"罗生一听就明白了是什么意思，就招呼大家泡茶，谈天论道了。

这些天罗生在容子这里喝工夫茶，发现容子喝工夫茶有个特别讲究的地方。在他的西客厅里，专门有一个可在15℃—20℃之间调温并可控制温度的冷藏箱放茶叶。新买来的茶叶容子如果不马上喝，会先放进冷藏箱，并把温度调到17℃，湿度调到70%。罗生觉得很奇怪，但刚来这几天见什么都新鲜，也就没问个究竟。趁现在有时间了，罗生赶快向容子请教其中的奥妙。

容子见罗生问起这个问题，就跟他说："这确实是有说道，有讲究

的。植物的生长，理论上都是大自然中各种细菌被吸收进入植物体内，从而促成植物不断成长。不同植物的不同特点，包括味道等，都和植物所吸收的细菌有关系。就茶叶而言，不同地方生产的茶，品味差异很大，主要影响因素是当地土壤中细菌的不同。比如武夷山的岩茶品种，转移到其他土质完全不同的地方种植，产出的茶就完全变了。成语南橘北枳，讲的便是同样的道理。武夷山岩茶之所以有特殊的香味，是因为武夷山地区的风化石英岩土壤中，有一种'芳香岩嗲菌'，正是这种细菌被吸收入茶树中，才形成武夷山岩茶独特的芳香。"

不同的茶叶，其体内的细菌有不同的生长环境要求。比如武夷山岩茶的"芳香岩嗲菌"，在环境温度为 15℃—19℃时，细菌处于活跃期，这个时候细菌繁殖最快，细菌繁殖得越多，茶就越香。一旦环境温度低于 15℃，细菌就进入休眠期，停止繁殖。如果环境温度高于 19℃，细菌排泄物大量增多，直接影响茶叶的品质。同样，环境湿度对"芳香岩嗲菌"的生存也有影响，一般以湿度不低于 65%为佳，否则细菌会收缩体形，进入休眠期。

制茶时掌握火候，即控制温度，也很重要，这是因为如果温度过高，超过 80℃时，就可能杀死细菌了。正常的情况下，茶制成后细菌仍然存活，如果这时保存环境处于茶叶细菌生存最佳条件，细菌仍然会继续繁殖并活跃，那么这种茶的品质和香味就会保持不变。根据这个道理，泡工夫茶也要讲究，泡茶的水以不超过 80℃为最佳，可是泡茶时水一烧开就很难再等开水凉到 80℃再泡，于是就在开水一倒进茶叶后，很快再把它倒出来，这样就不会使茶叶较长时间在水温超过 80℃的环境下浸泡，不至于使茶叶内的细菌死亡变味。因为这些原因，就形成了武夷岩茶独特的工夫茶泡茶风格。不同的茶叶，因其所含细菌不相同，生存条件也不相同，需通过研究加以掌握。

罗生听了容子的介绍，顿时茅塞顿开。原来食品中的微生物还有这么多深奥的知识啊！难怪容子在这个特色小镇的发展中，极力把特色定在微生物产业上。

罗生闲不住，而且很快受到大家欢迎。容介居这些天门庭若市，易子嘴快，罗生医术高超的消息在村镇里传遍了，很快就有不少人慕名前来让罗生做保健理疗，楼下西客厅几乎变成临时诊疗室。这天下午，罗生正在帮一位老大爷做推拿，容子走过来，站在一旁看他治疗。罗生抬头一望见容子，马上兴奋地问："有好消息？"容子笑了，赶忙摆手说："你先忙着，别偷工减料，做完咱们再谈。"

晚上，罗生、介子、易子，还有几个带上电脑准备做记录的助手，把容子团团围住。罗生自作主张："说正事就不泡工夫茶了，沏上大壶茶，想喝自己倒。"介子也吩咐人从园子里摘了些草莓，以及一些正在试验的反季节香瓜等瓜果，摆了一大桌。看罗生着急的样子，容子和大家都开怀大笑起来。其实，不光是罗生心情迫切，介子、易子也想知道容子了解的那些事。

容子看大家坐定，就说："'老家'（*容子和易子总喜欢把兰星称为老家*）也觉得这已是'不得不说的事'了，但说来话长，咱们听故事也得有从长计议的心态。这样吧，事情还得从我自己遇到的事说起。那是三十年前的事了……"

5

1985 年 7 月 23 日子夜，中原大地万籁俱寂。

在L市一幢写字楼的楼顶上，有着“科技独行侠”绰号的容子博士还在忙着做试验。他全神贯注地调试着自己研究开发的“同轴激光零误差毁伤镜”。容子在二炮部队服过役，几年的行伍经历使他对武器装备研究的兴趣几乎到了痴迷的程度。

大约凌晨（7月24日）一点钟左右，容子突然感到周围的空气奇热，他下意识地抬头看了一下周围。容子当时面向西北蹲着做试验，发现右边（东面）四五米处有三个全身穿白色衣服的人。容子大吃一惊，赶忙站了起来，心里想：这些人是怎么上来的？他借着远处的路灯灯光，仔细打量这些人。但是光线太弱，他只看到那些人的服装是白颜色的，其他什么也看不太清楚。

就在容子打量这三个不速之客的时候，三个白衣人已经直接朝着他走来了，容子心里顿时紧张起来。他们在距离容子一米左右的地方站住了，最前面的一个人突然问道：“容先生，你在做研究试验？”那人说话的口音基本上是标准的普通话。容子随口答道：“你们是……”那个人答道：“我们是你的朋友，是从兰星来的。”这样的回答让容子感到莫名其妙，他惊慌地后退了一步，脱口问道：“什么？兰星人？”接着那个人回答说：“是的，我们不是地球人类，是兰星人。”容子听了这句话，顿时毛骨悚然，非常紧张。他结结巴巴地问道：“你们找我干什么？”这个人俯下身拿起容子的“同轴激光零误差毁伤镜”对他说：“你这个东西能送给我们吗？”容子一听这些人是来要东西的，没有伤害他的意思，就松了一口气，问：“你们要这个干什么？”那个人接着说：“我们想用这项技术，你能让我们使用吗？”容子说：“你们想要这个东西？”那个人说：“是的，我们想要这个东西。”听他这么一说，容子心里平静了许多，也不那么紧张了。

容子心想，这个原理型激光镜，原本打算试验成功后推荐给部队使用的，只要这些人不加害于我，他们要就给吧。想到这里，容子说：“可以送给你们。”这三个白衣人听了容子的话后相互看了看，又说了几句容子根本听不懂的话，转身又对他说：“我们是朋友，我们还会见面的。”说到这里，他伸出右手要与容子握手。容子也就习惯地伸出右手与他的手握在一起。当容子握住那个人的手时，他的第一感觉是这个人在发高烧。握手后，那个人说了声“再见”，容子也不由自主地道了声“再见”。

三个白衣人和他道别后，转身走了几步就开始向上飞升而去。顺着这三个人飞升的方向往空中看去，容子隐隐约约地看到一个很大的圆形东西悬在空中，仿佛是一个不太明显的黑影。少许，这个圆形的东西变成一个长条形，后面发出极暗的幽蓝色微光，静悄悄地向东北方向飞走了。很久以后，容子才知道他当时看到的是兰星的“兰卫”号飞碟。

三个白衣人走后，容子没心思做事，脑中乱得很。他下楼回到自己的房间，进屋后躺在床上平静了一会儿，开始回想刚才发生的一切。兰星人？外星人？难道真的有外星人？是不是幻觉呢？可又一想，自己刚才还跟他们握了手，这不可能是幻觉。而且这些人拿走了自己研究的东西，这可是实实在在发生的啊！看来真的存在外星人，之前自己也听说过外星人，总觉得这些传说一定是有人出于特别的目的杜撰的，可今天自己却亲身体验了，他们还会说普通话，真是太离奇了。自己从来就不相信的事情，没想到就发生在自己身上了，太不可思议了！容子想着想着，也许是因为紧张后的疲惫，不知什么时候就睡着了。

第二天，早晨7点多钟，容子醒来后又回忆了一下昨晚发生的事情，仍然觉得不可思议。也许是太突然的缘故，后来很长一段时间里，这件事盘旋在其脑海中，挥之不去，越想越难以理出头绪，反倒增加了不少猜疑。改革开放以后，好莱坞的一些大片和文学作品已逐渐进入中国，其中不乏渲染外星人邪恶的题材，而且文学作品中的外星人很多是异类，外形和我们地球人类相去甚远。他见到的这些人虽然没看太清楚，但是从外形模样上看，和我们地球人类差不多啊！他们真是外星人吗？如果是伪装的，那么当时升空的那一幕又是怎么回事呢？那可是千真万确的啊。后来，随着时间的流逝，加上自己研究工作也繁忙，容子慢慢淡忘了这件事，偶然想起，也存在着狐疑，所以对任何人都不敢谈及此事。

转眼又过了一年，容子也从中原的L市调到A市工作。1986年8月2日午夜（8月3日凌晨），又是一个子夜，大约零点左右，容子从洗手间返回卧室时，突然看到卧室的西墙壁上，有一块大约0.5平方米不太光亮的正方形图画，他走近一看，是一个立体的影像图（全息影像图），上面有几行印刷体的汉字，在图的右上角有一个一直闪动的红色闪光点，闪光点直径约为20毫米。他仔细一看，上面汉字的内容是："我们是你的兰星朋友，我要告诉你我们的一些情况，你把这些情况记下来，以表示我们对你赠送给我们技术的回赠。"

容子心里一惊，没多想，赶快关上房门，拉上窗帘，把笔和纸准备好。这时影像图上出现文字："这是我们的语言、字母、数字，使用说明。"一会儿，图像上出现了28个字母，10个由小方块组合的自然数和相应的使用说明。兰星使用的数字是方解数，容子总觉得这种数字很不好记。后来容子才知道，外星人到地球后，唯一从地球学回去的就是阿拉伯数字，现在已成为单元区的通用数字，被很多发达星球所使用。等容子抄完后，影像图上又出现："这是我们通信的技术说明。"兰星把他们的通信技术称为"E系方解数位码通信技术"。这里的"E"实际上是兰星第五个字母，发音为"比（bi，三声）"，以对应的英语第五个字母来替代，所以称为"E"。

最后影像图上出现："这是我们回赠的技术。"容子一看，上面有一个工程剖面图，并以闪亮提示各个部件结构的区别。容子反应过来了，马上拿出尺子、铅笔和绘图纸，然后把图纸放在图像上面，这时那个图形在图纸上面又亮了许多。容子抓紧按图中所示，同比例绘制出整个工程图的草图和标记符号，并把相应的说明表格都抄记下来。完成之后，影像图上又出现提示："这幅图是'反质子流磁辅发射器'及相关附表和技术说明。"等到容子把所有的字母、数字、技术及说明都抄描写完后，已经是凌晨4点多钟了，天都快亮了。这时，容子好奇地用手摸了一下三维影像图，是平的；再摸一下那个红色的光亮点时，影像图一下子全消失了，把容子吓了一跳。

影像图消失后，容子赶忙把刚才抄的、描的那些东西全部摆开，仔细地看了起来，一边看一边琢磨：兰星人还真就再来见我啦？他们怎么知道我到A市了呢？今天给我这些东西是什么意思呢？容子一时百思不得其解，联想到去年在L市的那次奇遇，他有点丈二和尚摸不着头脑了。但不管怎样，先把东西收好再说。等他把东西收好，天已经大亮，容子随便吃了点早饭就上班了。

一连许多天，容子虽然照常上班工作，可心里总惦记着兰星给的那些东西，说实在的，那些东西容子并不能完全看懂，更谈不上真正理解。这样的奇遇，让容子百思不解。每天下班后，容子总是把抄

记描画下来的那些草稿翻出来看了又看，他真希望能找出一些答案来，但每次总在自己心里又增添了一些神秘感。

二十天后，到了 1986 年 8 月 23 日夜里零点左右，容子又在卧室西墙壁上看到兰星人类发来的全息影像图了。这次兰星发给他的是与“反质子流磁辅发射器”有关的一个拓析方程式，容子抄完这个方程式后，没有马上去摸图像上那个闪光点，图像仍然显示在墙上。等他再摸闪光点时，图像一下子全消失了。容子这时明白了，为什么他用手去摸闪光点时图像就会消失。原来他摸的是关闭影像图的一个感应触点。后来容子从兰星人那里也证实了这一点。

容子看了一会儿抄下来的这个方程式，就把它和以前抄记下来的那些资料放在了一起，并标注上接收的日期。有了这次经历以后，容子心里平静了很多，也不再感到奇怪了。他仍然跟平常一样，该干什么干什么，只是心里一直在等待着……

B

转眼入了秋，过了国庆节，中原大地已略有寒意。

1986 年 10 月 7 日半夜，其实已是 10 月 8 日子夜一点，容子再次接到兰星发来的全息影像图。这次指定了一个地点，容子想了想：应该是希望我去见面吧！他仔细看了一会儿影像图，根据图示判断，这个地方应该是 A 市六孔桥西南的凤凰岭公墓。

容子陪着老父亲住在 A 市干休所大院内。他父亲是军队离休干部，抗美援朝后随部队到中原地区驻防，离休后就安置在 A 市干休所。容子家住的是二层别墅。他住在二楼，为了不惊动家人，他悄悄地从后阳台下到一楼地面，从后院推出自行车，不声不响地溜出了干休所大院。容子骑上自行车向目的地出发。夜深人静，路上基本没有行人，容子骑得很快，只用了四十多分钟就到了凤凰岭公墓。

容子到达后，发现兰星人已先他抵达这里了。开始他不敢上前相认，还是兰星人先开口道："容先生，我们又见面了。"由于天黑，容子看不清兰星人的面目，只能模糊地看到兰星人穿着白色的衣服，他随口问了一句："你们怎么知道我在这儿？"兰星人答道："是你的脑生物波告诉我们的。"容子似懂非懂地"噢"了一声，就觉得脑中一片空白，不知该说什么了。这时兰星人对他说："我们给你的那些东西，你要保存好。这些东西对你们地球人类是有用处的，以后你会知道。"

容子听兰星人这么一说，猛然想起前几个月他们发过来的那些让容子迷惑不解的技术、字母和数字，于是马上问道："你们为什么要给我那些技术、字母和数字呢？"兰星人解释道："我们给你的那些东西，是对你送给我们那项技术的回赠，我们是朋友，应该让朋友了解朋友。"容子听了，赞同地点了点头，也不知道兰星人看到没有。

寒暄之后，容子的心态轻松了许多，就向兰星人询问了一些他感兴趣的问题，诸如兰星在什么地方，他们到地球要多长时间，他们乘行的是什么飞行器，全息影像图和回赠技术方面的事情等，兰星人一一做了回答。

原来兰星是位于本银河系的一个星球，具体位置处于第二悬臂，是个顺时针旋转的星球，有两个自然的类月卫星。兰星自身星体是椭圆形的，自转一圈为地球时间 32 小时，也是昼夜交替的状况。兰星的全称是兰比斯星，现存的生物已有 10 亿年之久。在兰星的语言中，"兰"代表生命的意思，"比斯"代表智慧的意思，合起来称为"生命智慧星"或"智慧生物星"，简称兰星。其含义与蓝色无关。"兰卫"号飞碟由兰星单程飞到地球所需时间为地球时间 22 天 13 小时 41 分 27 秒，兰星到地球的实际距离是 4.5 万光年。

容子了解到这些情况后，感到十分震惊。真没想到自己今生能够结识这么遥远的朋友。临别时，兰星人告诉容子，再见面的时间由兰星人根据他的情况决定，不会给他添麻烦，而且仍用全息影像图与他相约。

凌晨三点多钟，容子从与兰星人见面的地方返回家中，为了不惊动家人，他按原路回到卧室。进屋后，又看到兰星人发来的全息影像图，兰星标示图、图解说明及用标示图与“E系方解数位码通信技术”结合，以此来跟兰星人进行通信联络的办法。容子做了详细记录后，已经是凌晨4点10分了。累了一晚上，他疲倦得倒下就睡着了。

这次接触以后，兰星人很长时间没再联系他。按照M国的UFO学之父约瑟夫·艾伦·海尼克所划分的地球人类与外星生物接触等级，目前普遍被接受的有五个接触级别。第一类接触：近距离目击；第二类接触：人体的某一部分触及UFO上某一东西，或目击、触及遗留痕迹；第三类接触：看清了UFO，特别是看清了其中所载的类人高级生命体；第四类接触：直接与UFO或宇宙人接触，其方式包括被劫持、被检查；第五类接触：人类用友好信息与外星文明联系。容子与外星人两次见面，至少达到第四类接触的水平。自从1985年在L市与兰星人接触之后，他也开始投入精力关注和研究UFO及外星文明的相关信息。有了这样的兴趣，时间似乎过得特别快。1987年这一年什么事都没发生，在度过1988年的春节后，容子突然感到一种莫名的失落……

就在容子为外星人不再联系他而感到失落的时候，1988年7月14日子夜一点钟左右，容子在家中卧室接收到兰星人第二批“回赠技术”。这批“回赠技术”有“光磁发射器”技术、“冷沸材料”技术，还附带有技术说明书、冷沸材料结晶形态填料位置图及注意事项，以及相关的拓析方程式等。容子这回已经轻车熟路了，只用了三个多小时就描绘记录完成。

自从1986年收到第一批回赠技术后，容子就努力持续进行研究，感觉技术原理是清晰并可以理解的，难点主要在相应材料和工艺上。特别是冷沸材料，地球人类连此概念都尚未建立，如果得不到进一步的技术，要实现他们所赠的技术还是有困难的。这次他得到了冷沸材料及其有关制造工艺等进一步的技术，可以说是如获至宝，欣喜万分，也使得他的研究工作更加深入。

7

之后的一年，兰星人都没再来找他。

1990 年 7 月 23 日子夜，在容子和兰星人接触整整五年之后，他又收到兰星人发来的全息影像图，要求他前往第二次见面的老地方相见。

当容子赶到 A 市六孔桥西南的凤凰岭公墓时，兰星人已经在此等候了。见面后兰星人告诉他，要邀请容子上他们的飞行器去看看。容子听了喜出望外，十分激动：终于有机会看看飞碟是什么样子啦！他跟着兰星人一起向西走了大约 50 米，就听兰星人说："你把自行车放好，我们到飞行器上去。"他赶紧把自行车推到路旁的一个小土丘边，就跟着兰星人向前走到一个圆形的平台上。只见兰星人走到圆形平台中央一个大约 1.5 米高的圆柱旁，伸手按动了一下圆柱上的什么东西，容子感到平台轻微一动，他看着远处的灯光，才知道自己正在往上升，但却毫无上升的感觉。

容子站在这个上升的平台上眺望远处的灯光，顿时感到心旷神怡。也就大约 20 秒，他突然感觉像进入一个洞口，只听到一阵很小的蜂鸣声，眼前的光由弱到强地亮了起来，而眼睛一点也没有突然遇

见光亮那种不舒服的感觉。随着光线不断地增强，容子上下看了看，觉得自己仿佛置身于一个光的海洋，但看不出光线由何处来。这时他发现在自己的右边，有两个身穿通体银白色编织服装的人，站在离自己大约六七米远的位置。其中一个人说："欢迎你到我们的飞行器上来。"容子赶忙快步向这两个人走去，并伸出右手说："你们好！"他们也都伸出手，与容子握手相互问候。就这样，容子首次登上了兰星的宇宙飞行器——"兰卫"号反物质光子飞碟，第三次实现了自己和外星人类的第四类接触。他第一次在明亮的光线下面对面地观察兰星人，并且以一位异类星球朋友的身份，参观了他们的宇宙飞行器的内部结构和设施。在交谈中，他得知了一些重要的情况。

容子登上的是"兰卫"号小型飞碟，在这个飞碟上有三名宇航员，飞船指令长名字叫兰特，也是第一次和容子对话的人；宇航员兰杰是兰特的技术助手，是发送全息影像图与容子联系的人；宇航员兰贝，主要负责飞碟设备操控。飞碟的碟体结构是双碟双层对扣式，直径 60 米，碟高 4.5 米；飞碟内部有个直径 20 米的环形屏幕综合控制舱，控制舱高 3 米；控制舱外有个直径 30 米的套环形综合设备舱，斜高 2.5 米；飞碟装备有环碟缘光子推进系统 36 套；原子能碟体加热系统两套，其中上碟体安装核能电池组一套，下碟体安装核能热力组一套；光磁武器系统，碟上部有 4 套、中部有 8 套、下部有 4 套，共计 16 套；环碟缘避光系统一套；通信角位（导航）系统 3 套，集中在碟顶半球冠体内，分为通信两套，导航一套；生命气体发生器两套，控制舱、生活舱各有一套；反引力升降平台一个，碟体下部为升降平台的入口，升降平台直径5.3 米，高0.4 米，控制台（柱）高 1.5 米，直径 0.3 米，控制台面上有 10 个升降控制键和兰星标示图；“兰卫”号飞碟的材料 95%为冷沸材料，其他为各种功能材料。

容子在参观过程中了解到，他刚才正是通过乘反引力升降平台进入飞碟的。反引力升降平台既能作为宇航员应急出入的交通工具，又能在飞行器起飞初始阶段作为升空时的加力装置，在宇宙中飞行时，又成为对附近星球引力的反斥系统。这个飞碟的主动力是用光子推进的发动机，所产生的具有推进能力的光子能量，主要靠安装于环碟缘的避光系统，这个系统是聚集光子能量的光能增量系统，它能够把光子的运动速度由 3×10^5 千米 / 秒，约束到厘米级的速度水平，达到 37.3 厘米 / 秒，使光子能量在瞬间增加数亿倍，从而产生负量效应，以达到光子能量超高的极限性利用。

这个飞碟所用的主要制造材料“冷沸材料”，是一种神奇的材料。顾名思义，这种材料是一种可以在冷态下沸腾的材料，完全颠覆了我们地球人类对现有各种材料通常性能特征的认识。地球现有各种已知的金属材料，一般都是温度提高后会熔化，但冷沸材料恰好相反，

在 $-268℃$— $-121℃$ 的超低温情况下，材料才熔化沸腾，一旦温度升高，材料反而越来越坚硬。其耐高温的能力居然可以达到 10200℃。冷沸材料在宇宙自然中，普遍以 $-120.99℃$的临界态存在于暗物质和类月星核中。

这种冷沸材料还有很多非常特殊的卓越性能，如坚硬、耐磨、耐腐蚀、耐氧化、超低的密度（0.03—0.09 克／厘米 ^{3}）、超强核磁性能等，最适合用于宇航飞行器。用这种冷沸材料制成飞碟的壳体，飞碟在太阳表面高达 9000℃的气液态物质中穿梭时，可以安然无恙。发达星球人类在宇宙航行中，一般都是先朝着与星系垂直的方向朝宇宙外太空升去，让飞船离开所在的星系后再向目的地的方向超光速飞行，这样就可以防止与星系里众多的星球、小行星等发生碰撞。当飞船上升至外太空时，环境温度是非常低的，这时为了保证用冷沸材料制成的飞船保持强度，就需要不断地对飞船壳体及相应结构进行加温，所以这个飞碟里配有两套加温系统。驾驶飞船的宇航员，有时为了节约所携带的原子能，也会在遇到类似太阳一类的恒星时，特地下去穿越一下，这样加热一次，又可以维持飞船在外太空中飞行很长时间。所以如果通过我们的天文望远镜留意观察，经常就会发现有些 UFO 在太阳附近转悠，甚至穿越太阳的表面。

容子在“兰卫”号上逗留了一个多小时的时间，然后才又乘反引力平台返回地面。他回到家里已是深夜两点多钟了，走进卧室时，就看到兰杰发来的“三元基链图”的图解和说明。在飞碟上，容子在强烈的好奇心驱使下，询问了很多问题。当时他们即告诉容子：我们有一幅图，叫“三元基链图”，描述了磁粒子、引力子和纳子三者相互作用的关系，它可以回答你感兴趣的问题。把这个图中所反映的要素代入拓析方程中，就可以给出一个宇宙模型。容子看到图已发来了，如获至宝地赶紧把这个图及说明书都记下来。容子能够明白磁粒子和引力子，但纳子是什么就不清楚了。后来向兰星人咨询后，他才知道纳子就是单磁子，由纳子做成的材料具有神奇的功能。

容子通过这次亲自登上飞碟与兰星人近距离接触后，终于彻底打消了对兰星人存在的怀疑，心里产生了一种难以抑制的激动，也因此思考了更多的问题。通过和他们接触，容子可以肯定一点，这些外星人是高智慧的，也是具有善意的，而且绝非像有些科幻电影所描述的那样，与我们地球人类差别太大，甚至过分怪异。很显然人类就是人类，共同之处更多。容子所见到的兰星人的体型也和我们地球人基本相同。

其头型上部略大于下部，颈中等长度，其粗细与头下部基本相等，肩部平直略有点下斜，身体（躯干）健壮，有不太明显的曲线。四肢中，手略长于上身，有肘部特征，属于三关节；两腿明显长于上身，自然上粗下细，有臂部曲线和膝部特征，两只脚略宽于地球人类的脚；身高 180—182 厘米，直立行走，步态稳健，行走无声（可能是其穿有通体服装的缘故），身体各关节灵活自如，整个体态略像欧洲男性的体态。

面部是扁平脸，宽额，整体随头形上宽下窄，有下巴，无人中线，眉毛细而平直，沿两眼自然分开，面部皮肤白且细，无胡须和汗腺，面部器官的分布和地球人类相同。从面部看，其长相略像地球人类的女性，漂亮且秀气，看上去很像二十多岁的人，但他们的实际年龄都已超过一百二十岁了（按地球历计算），兰星人的寿命一般约七百岁。

后来容子知道，兰星人也有活到近千岁的。在我们地球所在的单元区，寿命最长的是毛兆星球，可以达到一万岁。其实随着科技

的发展，很多发达星球人类的寿命都可以通过基因改造而延长。然而人应活多长时间为好，实际已经取决于那个星球人类的理念了。比如兰星人类认为：人能够有效地思考研究科学问题，也就五百年时间，因此活到七百岁左右是一种理想的状态，人去世后的主系肌朊线粒体（灵魂），可以人工收取后人为地融合进新的优秀基因信息，从而产生出不断进化的优秀人类。而毛兆星球人类能活到一万岁，也给他们的星球带来一些社会问题——长期活着的人会使星球人满为患。因此，毛兆星球的很多人，几乎一生中大部分时间都生活在飞船上，他们只能到处进行星际旅行。

8

光阴如梭，转眼又过了两年。

1992年7月23日夜里（7月24日凌晨零点三十分左右），容子接到兰杰发过来的全息影像图通知，要求他在A市上次见面的老地方相见。

容子赶到以后，第二次登上“兰卫”号飞碟。兰特他们接容子上飞碟后，飞碟要驶至离地球一万千米左右的太空中悬停。上次容子忙着参观飞碟内部设施，没有实现从飞碟上看地球的愿望，这次兰特就满足了容子的愿望，让他认真观赏一下地球的芳容。容子一看，地球并非像想象中那样标准的椭圆形，而是不太规则的，怎么看怎么像个土豆。后来他常对介子、易子说，地球看着像土豆。

等容子尽兴观察完地球后，兰特告诉他一个令人极为震惊的消息，即A市在七日内将要发生一次大地震。接着兰特他们为了让他更详细地了解这次大地震的成因，就利用已掌握的技术，在环形的大屏幕上，再现了地震前地球内部的变化过程。容子从大屏幕上看到，在A市市区离地面13千米处的地层中，有一条东西走向的断层裂缝，这个裂缝在地幔上升流的不断冲击下，即将发生瞬间断裂，一旦断裂就会造成能量极大的地震灾害。接着，他们根据目前观测到的现状，模拟了这次地震的结果。从模拟情况来看，这次地震发生后，以A

市区为中心约700平方千米范围内，地表的建筑物全部倒塌，破坏程度属于毁灭性的。况且，震发时间预计是在凌晨三点多钟，是后果不堪设想的一次大地震。它所造成的破坏力程度，要远远高于1976年的唐山大地震。

容子在飞碟上观看模拟视频后，已经冒出一身冷汗了。他马上问兰特是怎么知道这次地震的，兰特回答说："我们是用微磁重力仪测到的这次地震。"容子听了不解其意，兰特告诉他："我们给你的'三元基链图'上就有这种微磁重力仪的性质提示，你回去看一下就知道了。"容子了解到这些情况后，迫不及待地问兰特："有什么办法解救A市吗？"兰特点了点头，他们又在环形大屏幕上做了一个模拟，这次模拟的是个救助方案，他们打算利用一种高能瞬发磁束，对地核实施压迫性能量覆盖，迫使地核磁能对地幔上升流的作用下降，以此来消除上升流对地壳的冲击，从而制止这场灾害的发生。

容子看了这个模拟后，心里稍微平静了一些，赶忙问兰特："你们有没有这种高能瞬发磁约束发射器？"兰特回答说有这种发射器。容子没心思过多追问并了解发射器的事情，只是多次向兰星人恳求，务必要解救A市几百万人的生命。在得到兰特的承诺后，容子才怀着忧虑的心情与兰星人告别，离开飞碟。在回家的路上，容子心里一直忐忑不安，虽说兰星人答应救助A市，他还是十分担心A市的安全。

容子凌晨三点左右回到家中，赶忙翻找出"三元基链图"看了一会儿，却没看懂全部含义。那天晚上，他躺在床上，直到天亮也没合眼。直到七天以后，也就是10月31日，A市平安无事，容子这才松了口气，对兰星人类的佩服和感激之情油然而生。后来容子才知道，其实仅仅在太空中横冲直撞的小行星、巨型陨石对地球造成的威胁这一项，如果没有兰星等发达星球的帮助和庇护，我们的地球早就满目疮痍了。

转眼又过了一年，1993 年 10 月 17 日夜里零点左右，容子又接到兰杰发来的全息影像图，通知他再次相见，并且要求他带上一块透明的东西。容子想了想，就带上绘图用的有机玻璃周角仪前往相约地点，他第三次登上了“兰卫”号。

容子登上飞碟之后，先感谢他们去年解除 A 市地震威胁的事，然后就问要他带来一块透明的东西干什么用，并随手把周角仪交给了兰特。兰特没有马上回答他的问题，而是拿出一个类似手枪一样的东西，对准他拿来的周角仪的边缘，做了一个射击动作。这时，只见周角仪瞬间被一种幽蓝色的射线击穿了。击穿处的两侧都出现了放射性条纹。容子看了大吃一惊，马上问兰特这是怎么回事。兰特看了他一眼，告诉他说：“这是光磁发射器发射的低能量射束。”容子听了，自言自语道：“这种能量这么厉害，还可以产生这样的效果。”兰特可能是听到他的自言自语了，便告诉他说：“我们给你的光磁发射器就能发射这种射束，而且是高能量的射束。我们给你做这个演示，只是告诉你这种射束的效果。这种能量射束可以用于和平，也可以用于战争，我们给你的技术理论已经讲明了这种射束的用途。”

容子听了，回想了一下，觉得有这个印象，只不过眼下地球尚没有制造发射器所需的材料，实现起来还有些困难。想到这里，又听到兰星人提起战争，容子猛然想起自己设计过一种微型核弹，只不过停留在创意阶段，因为民间无法得到核材料，也根本没办法做试验，仅有构思而已。他灵机一动，鼓起勇气对兰特说：“我有一样东西，你们能帮助我做一下试验吗？”兰特问他：“什么东西？”他回答说：“是一种微型核武器，也就是原子弹。如果行的话，我两天后给你们送来图纸行吗？”兰特听后，爽快地答应说：“我们可以帮助你做这种试验，两天后给我们图纸？”容子高兴地点了点头，接着就简要地向兰特他们介绍他对这种核弹原理的设想，以及自己缺乏制造材料，又没有办法做试验的困难。兰特认真听了他的介绍后说：“你设计的这种原子弹是一种很容易制造的原子弹，你把图纸给我们，我们很快就能帮你做试验。”容子听了十分高兴，连连道谢，之后告别乘反引力升降平台离去。

两天后，10月20日子夜一点左右，容子带着他绘制的1∶1比例的微型核弹总装图及相应说明，直接来到上次见面的地点，兰特和兰杰已等候在那里了。这次容子没上飞碟，他拿出图纸交给兰星人后问道：“你们现在有钚239这种核炸药吗？”容子的意思是，如果兰特手边暂时没有，他们会不会回兰星去取呢？这样就还要等上近两个月的时间，容子有点性急。兰特回答说：“有，但不在这里，我们只要用一天多的时间，就能做出你设计的原子弹，然后就可以做试验了。”容子听了，当时有点不太相信地“噢”了一声，心想，做这种核弹，最快也要二三十天吧，他们说只需要用一天的时间，这可能吗？容子想到这里就说道：“那好吧，等有了结果告诉我一声。”兰特说可以。他们就此握别。兰特登上飞碟走了，容子也骑上自行车回到家中。

10月23日夜里零点左右，容子又接到兰星人用全息影像图发来的见面通知。容子赶到老地方和他们见面，又一次登上“兰卫”号。

容子登上飞碟后，兰特告诉他说：“你的研究，我们已帮助你做了试验。”他有点疑惑地说：“这么快就做了试验？”兰特说：“是的，这种核弹，我们做成实体很容易。”容子听了高兴地说道：“噢，那太谢谢你们了！”随后兰特在环形大屏幕上，把整个试验情况的视频播放了一遍。容子在环形大屏幕上，看到兰特他们为他设计的微型核弹所做的试验结果。原来，兰星人为了不暴露试验经过和目的，试验是在火星上进行的，一次就爆炸成功。看到这一切，容子心里激动万分。

兰特一边看着大屏幕，一边告诉他说："威力很大，很有用处。你原来的设计，如果用浓缩度93.5%的钚239为核炸药，轰爆率可以达到7%；我们使用的钚239浓缩度为98%，并且用了冷沸材料做外壳，裂变的基础爆炸当量为3.7万吨TNT；我们又加了一个由氘化锂做的聚变增量管，轰爆率大大提高，超过80%，达到20万吨TNT的爆炸当量。"说着把图纸递给了他，说道："你研究的这种原子弹，我们在很早以前就有了，我们有一种粒聚弹，比你研究的这种原子弹更好，这种粒聚弹你们人类称为聚变弹。我们的粒聚弹是纯粒聚弹，也就是你们人类说的纯聚变弹。"说着，兰特拿出一个小圆筒，从里面倒出一个小得像无柄手榴弹一样大小的小圆东西，说道："这种粒聚弹不用你们说的裂变起爆，它里面的反应材料很特殊，你们地球上都有。"兰特这么一说，勾起了容子的好奇心。他接过这个小东西，看了一下外部结构说："你们用它干什么？"兰特回答说："我们用这种粒聚弹在不平坦的星球上炸出降落场地，它可以炸出一个4平方千米的场地，供我们的飞行器降落。我们有时候也把这种粒聚弹用于炸小行星，我们这样做是为了找冷沸材料原矿，不用在破坏性的爆炸上。"容子听后点了点头，手里掂量着那小东西，心想："没想到这么小的东西，竟然有如此威力，比我设计的那种核弹先进多了。"他看着这个小家伙真是爱不释手，很想得到它。

容子爱不释手的样子让兰特看出了他的心思："这个粒聚弹实体我们不能给你，我们可以把这种粒聚弹的原理图和材料的比例给你，你要靠自己的智慧研究和制造这种粒聚弹。我们以前给你的技术，也是希望你这样做的，没有努力就没有成功，这一点你要记住。”听了兰特这么一说，容子有点儿不好意思了，马上说道：“好！我一定努力把你们给我的那些技术搞出来，不然就对不起你们的诚意了！”

说到这里，兰特又问容子说：“你还有什么试验要我们帮忙？”容子想了想说：“我还有两篇没写完的理论文章想验证一下。”兰特问道：“什么理论？”他回答说：“是两篇气象和大气物理方面的理论。”兰特说：“好！写完后我们帮助你验证。”容子高兴地说：“这太好了！”兰特又对他说：“写完你可以直接到这里来。”容子说：“好的。”可又一想：我写好后怎么告诉他们呢？于是马上又问道：“我写完后怎么通知你们呢？”兰特说：“你的脑生物波会告诉我们的。”兰特这么一说，容子才恍然大悟。原来，兰特是根据他的脑生物波判断他在干什么、要干什么。这时他有一种受控制的感觉，但心里又不敢随意乱想，因为兰星人的技术太厉害了！想到这里，他赶忙说：“等我写完就送来。”然后他伸手与兰特他们告别，乘反引力平台返回地面，回到家里已是深夜两点多钟了。

容子回到家里后，在卧室里接到了兰杰发来的“纯聚变反应轰爆结构原理图”和说明的全息影像图，他赶忙记录下来。在接下来的日子里，他抓紧时间撰写那两篇气象和大气物理方面的理论。

9

一年以后，1994 年 10 月 27 日夜里零点二十分左右，容子带着他完成的第一篇理论文章《大气日光屏效应》，来到去年与兰星人见

面的地方。刚到时，容子没有见到兰星人。过了大约 10 分钟，他感到周围的空气异常闷热，不一会儿就听到身后有人说："容先生，你来了。"他回头一看，约三米处站着两个人，走近一看，正是兰特和兰杰，容子回答道："我刚刚到这里。"兰特说："我们到飞行器上去吧。"他说："好！"就这样，他第五次登上了"兰卫"号飞碟。

上了飞碟之后，容子把带来的理论文章拿出来给兰特看，可能是手写体的缘故，兰特不能识别，就让他读一下带来的文章。容子用了大约二十多分钟的时间读完了文章。兰特听完后说："原理完全正确，没有实例，不能证明准确性。"容子一想，也是啊，只有观察得出的机理和一般的感性认识是不行的，必须要有突出的具体实例，才能算是一篇完整的理论文章。

接着容子向兰特他们就这方面的情况做了一些解释。他们听了解释后说："有了实例，这篇理论文章很好。"接着兰特又说："你们地球是一个单核星球，星球（地球）内部很不稳定，在你们地球上存在着能够破坏你们星球的质点（毁灭点），最主要的有八个，这八个质点中，每一个质点都能让你们的星球产生破裂而毁灭你们人类。如果你们人类不认识这个问题的话，只要在这八个质点上的一个质点产生高爆炸震波，你们的人类就不存在了。"

容子听到这里，感到十分震惊，难道地球也有命门？他插了一句问道："为什么会这样？是什么原因呢？"兰特接着说："因为这八个质点都与地球星核附带（地核隐蔽断层）上的磁散点（磁能传播通道，即硬磁通道）相通，如果外来爆炸波的能量高出磁散点的能量，就会产生异平衡（失衡），这时其他点上所产生的能量，就会在热液流（岩浆）中出现极反能量（强应力），使得其能量向地球外壳体冲击，对外壳体产生破坏。你们地球人类所说的地震、火山爆发，就是有这样的能量在破坏地球外壳体所产生的灾害。如果这种破坏地球外壳体的能量，同你们地球自转力一样大的话，你们人类也就不存在了。这种反应叫作'极反链动'反应，破坏力很大。在你们的理论中实际上已提到这种反应，你说的是小能量的'极反链动'反应，对地球外壳体的冲击后出现的一种能量穿射效应，从而破坏了你们的生命大气所产生的灾害。"

容子听了这番话后大吃一惊：原来地球竟然这么脆弱！他联想到

夏天买西瓜时，瓜农要求顾客挑瓜只能用手指弹，不让用手掌拍；如果用手掌拍，有时西瓜直接就爆裂了。看来地球也像个熟透了的西瓜啊！他沉思了片刻，定了定神问道："你说的这几个质点都在地球的什么位置？能告诉我吗？"兰特说："可以，我们只告诉你一个质点，其他的质点你按照我们说的办法可以找到。"容子说："好吧！"

接着兰特告知了第一个质点的位置，以及寻找其他质点的具体办法。此时的容子非常认真地聆听着，唯恐漏掉一个字。兰特说完后，又把话题转回他的理论文章，说道："你的理论文章中已经提出了，地球内部存在着'极反链动'的反应，你能够看到这种反应，在你们人类中是非常了不起的。但是你的理论没有实例，你们人类是不会相信你的。你要找一个实例，向你们地球人类说出所存在的灾害风险，让你们的人类能够注意防范，确保安全。"

容子听兰特说到这些，有点不好意思，赶忙说道："等有了实例，我一定把它写上去。"兰特接着说道："你们地球人类不是和平的人类，你们人类设计的原子弹在地球上试验了很多次。而且，你们人类设计的原子弹是用于战争的，不是用于和平的。如果你们人类的原子弹在其中的一个毁灭质点上爆炸，你们人类就有可能因此毁灭。所以，希望你们人类要和平，不要战争。我们相信你能帮助你们人类长久地和平生存下去。"

听了兰特的话，容子的心情既沉重又激动，非常诚恳地对他们说道："谢谢你们对我的信任，我一定牢记你们所说的一切，一定会把你们的善意转达给我们地球人类的，也希望你们能够帮助我们地球人类放弃战争，永远和睦相处。"兰特说："我们会努力帮助你和你们人类的。"然后他们握手告别。

结束和兰星人的会面后，容子就抓紧时间整理他的第二篇理论文章《大气透能效应》。在整理撰写过程中，容子感到不足的仍然是缺乏实例的支撑。到了1994年11月13日上午，文章基本撰写完成了。11月14日子夜零点左右，他带着《大气透能效应》文章来到与兰特他们约定的见面地点，这一次兰特和兰杰早已等候在那里了。他们见面后，寒暄了两句话，就一同登上了“兰卫”号。

在飞碟上，容子用了十多分钟的时间读完了第二篇理论文章，过了大约两分钟，兰特说：“没有实例，可以模拟。”容子问道：“怎么模拟？”兰特说：“你刚才用语音读理论文章时，你的脑兰卡波告诉了我们这个理论是在什么样的情况下形成的，你的理论文章中所呈现的景物我们已经记录下来，在大屏幕上就可以显示出来。”

这时，容子不解地自言自语道：“我的脑兰卡波？”兰特接着说道：“脑兰卡波是你的脑生物波，也叫脑热线波，任何一个能思维的生物都有这种生物波，只是能量强弱不同。”容子听了，若有所悟地点了点头。

这时，兰特用手摸了一下环形大屏幕。片刻，大屏幕上就出现了一个高原的三维图像（青藏高原虚拟实地的三维图像），经过三维调整，地球上的大气磁场也显示出来了，在高原三维图像上，出现了很密的垂直射线条纹，这就是理论文章中所讲到的能量区条纹。这时图像上的大气磁场开始变化，变化的趋势与理论中的作用机理完全相同。

兰特在模拟了这种情况之后说：“我们的波感器从你的脑兰卡波中获得了信息，然后分析了你们地球的大气磁场，大气磁场受到你的理论中所提及的能量场扰动后，可能出现的变化已经显示出来了，这说明你的原理完全正确。”说着，兰特又在大屏幕上重新模拟了一遍整个过程和原理可靠性，整个模拟只用了大约5分钟的时间。兰特再次做完模拟后，转过身来对容子说：“这样的情况很危险，你们人类要遭受灾害。”

容子听罢回答道：“是啊，正因为这样，我想把这篇理论推荐给我们国家有关的科研部门，提醒他们注意。鉴于我们国家特殊的地理位置，要注意防范这样的自然灾害。”

兰特听容子这么一说，沉思了片刻，对他说道：“你在理论中只提到粒子核磁对高原大气磁场有破坏作用，其实还有一种波能也能破坏你们地球的大气磁场，从而给你们人类造成灾害。”容子一听，马上问道：“是什么样的波能？”兰特说道：“是一种临界微波。这种微波能也会与你们地球的热粒子层（电离层）发生作用，而且这样的波能比粒子核磁能量大很多，你们人类已经在使用这种微波能量，这种能量是不能与热粒子层（电离层）发生作用的，其作用原理与粒子核磁是相同的，你要把这种波能的危害写进你的理论文章，让你们人类认识到这种波能的危害，更不能用于战争。你们要和平，不要战争。”

容子这次登上“兰卫”号飞碟，是他第六次登上飞碟，他们讨论了有关“大气透能效应”的理论问题后，容子又了解了一些兰星社会方面的事情，他告别兰星人后回到家已是凌晨三点半了。从此，容子就更加努力地学习相关科技知识，认真钻研兰星给他的技术。

10

时光荏苒，转眼又过去了四年。

1998 年 7 月 5 日晚上 11 点左右，容子接到兰星人发来的全息影

像图，通知他到老地方见面。到了见面地点后，他看到周围有人走动，从其话音上判断是A市当地人，他不便停留，只好顺着小路一直往西走。由于天黑，路又不太好走，他走得比较缓慢。走了20分钟左右，他看见前方10米左右有穿白色服装的人在来回走动，走近一瞧，果然是兰特他们。就这样，容子和他们第十次见了面。

见面后，兰特说："前面有你们人类，我们只好在这里相见。"容子忙说："没关系。"他环顾了一下四周，虽说是半夜，但也隐隐约约地能看到周围的一些物体，从四周的情况来看，他们所在的位置是A市凤凰岭公墓东面小路，在公墓环形道的交叉口处。他和兰特相对又走近了点儿，这时兰特告诉容子说："容先生，我们要回兰星去了。"他听了兰特这句话后觉得有点奇怪，心里想：你们不是说从地球到兰星只要20多天时间吗？怎么说要回兰星去呢？想到这里容子问道："你们什么时候走？"兰特说："过一会儿就走。"容子不解地问道："为什么要走呢？"兰特说："我们是先回兰星去，过一段时间要到别的星球去。"容子听了说："噢，是这样，那你们什么时候再回来？"兰特说："我们这次离开你们地球要很长时间，不知道什么时间再回来。按你们地球时间我们做朋友已经有13年了，是老朋友了。我原来想带你到兰星去，可是你们地球人类的身体太弱，不可能到宇宙中去很长时间，你们的生命太短，太空生物反应不好，我们只能在地球上见面。等我们飞行器上的旋重引力系统做好之后，你们人类才能乘我们的飞行器到兰星去。"

听了兰特这番话，容子无可奈何地问道："你们什么时候能安装这种系统？"兰特说："我们回到兰星后才能知道什么时间能安装这种系统。"此时的容子怅然若失，心里顿时觉得空落落的。

接着兰特告诉了他一件出乎意料的事情。兰特说："我们对你做了13年的观察，虽说你现在不能到兰星去，但是，容先生，你可以做我们在地球的代言人。"听兰特这么一说，容子有点不解地问道："什么？代言人？"兰特说："是的，代言人。我们完全相信你，你是一个诚实的人，而且你有和我们一样的二类思维（逆向思维）能力。你能为你们地球人类做很多事情。在你们人类中，一直有两种智慧，一种是衡智慧（一般的科研人员），一种是维智慧（具有二类思维的科学家）。衡智慧的地球人类中很多是'虚人'（不实、缺乏能力的意思），'质人'（有一定能力的人）太少，维智慧的地球人类中的'质人'就更少。因为你们人类了解的东西很少，有些认识是不对的，可你们人类都相信这些东西，这样一来，维智慧的地球人中'虚人'也就多了。你们人类有些维智慧的人在为战争研究技术，你要和平，不要战争。你的第二篇理论文章，我们给你找到了实例。”

容子听到这里，问道：“什么实例？”兰特接着说道：“实例就是，在你的理论中提到的大高原（青藏高原）旁边，你们人类不知什么原因，搞了很多次原子弹大爆炸试验，破坏了大高原的大气磁场，你们国家的大水灾，就是大爆炸中粒子核磁破坏了大高原的大气磁场引起的。我们对核大爆炸做了研究，模拟了大爆炸后的效应，在波感器上把你的理论显示在模拟中，大爆炸后的效应与你的理论是一样的，你的理论是正确的，你可以把这个实例写进你的理论文章中去。”容子答道：“好的！”

兰特又把话题转到代言人上：“你不是我们在地球上的第一个代言人，你是第七个。在你前面有六个地球人类成为我们的代言人，这些代言人同你一样，都是二类思维人。我们把许多理论让他们传扬给你们地球人类，你们地球人类有很多理论都是这些代言人传扬的……现在，这些代言人除一个人外，其他都不存在了（指已死亡），我们在同你交往的过程中，又找到了六个代言人，他们中也有四个已不在了，现在生存的代言人只有三个了。其他两个代言人在音语区（指字母拼音的语言区，例如英、俄、德、法、美），只有你一个代言人在意语区（汉、日、朝语系）。那两个代言人，每人只能传扬一项技术，你可传扬的技术很多，也包括我们的语言字母。你不在音语区，所以你可以把这些语言字母作为与我们联系的语言，这样我们可以彼此理解得快一些。我们走后，你可以代表我们向你们人类传播我们的技术、理论。之所以要这样做（指通过代言人传播技术和理论），是因为你们地球人类中，只有我们找到的代言人的脑容量达到标准要求，能够接收到我们的高密度脑能热线波信息，你们其他地球人类不能接收这样的信息。如果我们接触其他地球人类，我们自身的信息波就能毁灭这些人类，这就是我们不能接触你们其他地球人类的原因。”

听了兰特这一席话，容子才明白为什么他们总是不与其他地球人接触，原来是脑容量的问题。后来容子知道，在他被兰星发现并开始被考察的这一段时间内，他是预选代言人。有很多预选代言人最终没有能够成为代言人，但他幸运地被选为代言人了。这时兰特接着说道：“你可以把我们的技术传播给你们人类使用，但必须是要和平、不要战争的国家才行。在你之后的一个代言人，他企图把我们告诉他的技术用于战争，我们毁灭了他。”

容子听到这里问道：“什么技术？”兰星人说：“‘人为极反链动’技术。这种技术是用高能量的短发磁（瞬发磁能）穿过你们地球的星核，在对面地壳上产生极反能量，使地壳破碎引起大灾难（如地震、火山爆发）。他这样做是不和平的，我们才毁灭了他。我们把许多技术让你传播，是对你的信任。”

兰特停顿了一下又说：“我们是为和平而来的，只有和平的地球人类才能使用我们的技术，你们国家就可以使用我们的技术。你要弄懂这些技术以后再传播，不要搞错了。有些技术是不能搞错的，比如研究制造冷沸材料，就一定要注意冷沸核的形态紧密区的核量聚集时间，超过时间量会产生大爆炸。你们在形成或制造（提取）纳子块体时，不要在有磁场的地方做，纳子会引起磁浆云爆发。你们所说的太阳黑子，就是纳子引起的磁浆云爆发，这些技术不能在你们的城市里搞。你还要告诉你们人类，只有你们地球没有了国家（指全球统一、世界大同的共产主义社会形态），才能成为我们星球的朋友！我们来你们地球，是

来找代言人的，是为和平而来的，不是入侵你们地球，也不是要干扰你们地球人类的生活。我们送出我们的技术，是让你们和平使用的，你一定要找到和平的、真正的维智慧人，再把这些技术传播给你们人类。你不要把这些技术随便传扬出去，更不能传播给用于战争的地球人类。我们再来时，会通过你们太阳系波感站知道你是怎么做的，我们是和平人类，咱们还会见面的。”

兰特说到这里，没和容子道别，也没再说别的什么，转身径直去了。也许是时间问题吧，容子觉得兰星人走得很快，眨眼间就不见了踪影。

此时容子的心情是难以言状的难受，他也没在他们最后告别的地方逗留，骑上自行车就回家了。一路上他在心里翻来覆去地想：和兰星人这十多年来的交往就这样结束了？什么时候能再见到他们已成未知数，没想到今天会成为他与兰星人在 21 世纪的最后一次见面。他回到家里，已是两点四十分左右了。这一夜容子无法入睡，一直在抽烟，仿佛魂都跟着兰星人走了似的。

11

容子的故事讲了几天了，大杯茶早就又换成工夫茶了，罗生、介子、易子几个人轮流当泡手。这几天吃饭倒是简单了，不是泡方便面，就是叫些外卖，再加上大棚里现摘的生态蔬菜，也是其乐融融。大家边听边不时就自己关心和感兴趣的问题请教容子。

罗生出于医生的本能，最关心的事自然是兰星人的生理特征，容子就自己所知一一做了解答。

兰星人的眼睛是纯圆形的，略像家鸽的眼睛，直径为30毫米至50毫米，看上去两眼有神、漂亮，对称分布在鼻梁的两侧，单眼皮，有眨眼的动作，无眼睫毛，眼球白少黑多，有光泽，瞳孔为双层的瞳孔，外大里小，两只眼睛在夜间略有荧光，能上下左右转动，很灵活。

兰星人的鼻子略像西方人的鼻子，鼻根到鼻头基本一样宽，由额下自然倾斜下垂，无凸凹特征。鼻头下平直部位有两个很圆的鼻孔，看上去有点像家猪的鼻孔，但整体曲线很美。

兰星人的嘴像一条4—5厘米的近平弧线段，嘴唇上下对称，呈紫红色，牙齿呈金属银白色，因为兰星人的骨骼和我们地球人类不一样，其成分不是生物钙，而是金属钙。舌头呈尖形，因为容子只是偶尔见过他们的舌头，也不能完全确定。

兰星人的两只耳朵对称分布在与地球人类相同的头部两侧略前位置，两耳的形状很像地球上家鸡的耳朵，小而平，几乎贴在头的两侧，未见耳孔，好像有一层薄膜贴在上面，又好像有一个非常小的旋状孔，直径顶多也就1毫米左右。据容子了解，其实最早兰星人的耳朵也和我们的耳朵差不多，但是在外太空旅行中，耳朵是最容易散热的部位，很容易损伤，因此后来经过改进性进化而成现在的结构。

兰星人的手是五指三关节的手，其中拇指也一样为三关节，其长度比地球人类的拇指长，与小指平行。手掌有关节纹，但无指纹。五指前端有透明半包状的硬甲（指甲类）。手掌、手背皮肤一样，无明显血管特征，略白但很细腻，无汗腺。握手触摸时，感觉像是去了皮的熟鸡蛋一样，光滑细腻，很有弹性。手的温度为40℃左右，像在发高烧。整体手形有点像地球人类女性的手形，手指细长而笔直。

兰星人讲话的声音仿佛地球人类女性中音，说话发音时，略带有一点金属声随音发出，清晰悦耳。容子了解到，兰星人的发声原理和地球人不一样，不是靠声带振动气流发出声音，而是在他们后脖位置分泌一种液体，喷击带有金属钙的声带所发出的声音。所以容子见他们说话时，嘴唇几乎不怎么动，嘴巴就像没张开一样。

兰星人呼吸的生命气体是氮基离子氧，后来容子知道，整个单元区人类呼吸的生命气体都是氧类气体，只不过含氧比例因星球不同而异——绝非一些科幻小说描写的那样，外星人呼吸的是和氧不相干的气体。

关于兰星人类所用的食物，他们当时没详细告诉容子，但容子后来逐步了解到，他们这样的先进人类，食用的东西主要用于补充基因。因此，他们吃的是一些合成的食品，就像我们地球人吃药丸一样，只不过吃一丸可以维持很长时间。其实我们地球人类进食，最根本的目的是不断补充具有64对碱基的基因，以保障身体的基因连续不断复制时所需要的信息能量物质，以此维持生命延续。随着科技进步，地球人类也可以靠吃由身体所需的基因合成的合成物和水来维持生命。

兰星人临走前对容子所说的那一番话使介子感慨万千，他现在终于真正明白，地球人类需要树立共产主义世界观，需要做到人人都有低利益思维的意义了。很显然，在发达的星球社会里，他们每个人都是活雷锋，每个人都大公无私，整个星球都是大同的共产主义社会，自然就没有国家，更没有战争与冲突，他们在和平中迅速进化与发展。兰特反复叮嘱的“要和平，不要战争”，是对地球人类振聋发聩的忠告啊！

易子脸上多少挂着点嘲笑，好像故意要挑起这个话题似的问容子：“兰特说他们到地球来不是要入侵地球，这是真的吗？”容子听了，又像个孩子一样哈哈大笑道：“发达先进的外星人犯得着来侵犯你吗？他们需要的资源，确实可以到本星球之外开采。比如他们制造太空飞船时确实需要冷沸材料，但他们有很多办法得到这些资源。首先他们可以在本星球开采，兰星的星核材料就是冷沸材料，不过出于对本星球环境的保护，他们更会选择到太空中获得这些资源，而不是在本星球开采。他们可以直接去寻找一些缺乏生命存在条件的星球，一旦发现这些星球有可利用价值的资源，通常的做法就是用飞船直接把整个星球驮到离本星球比较近的地方，然后慢慢使用。发达星球的飞船之大，往往是我们地球人类不敢想象的，驮上一个地球就像一个人抱着个篮球走一样。他们一次也不只是驮一个地球大小的星球，比如毛兆星球的技术，可以像牧人赶羊一样，一次赶几十个地球大小的星球回去慢慢享用。至于宇宙单元区里的星球则是用之不尽取之不竭的，每时每刻都有新的星球从白洞中喷发诞生出来。”

容子喝了口茶，接着说道：“其实收集暗物质云也能提取制造冷沸材料。地球历史上曾经经历过几次冰河期，其真正的原因就是暗物质云与地球相遇。如果地球再次碰到暗物质云这个不速之客该怎么办？那就只有请求发达星球人类支援，让他们在暗物质云来到之前就把它们收集走，否则我们还是难逃一劫。”

“地球人类中，第一个外星代言人是中国人，我们中国人正因为是最早接受外星人的帮助，所以懂得了遇到大的困难时，可以向天上的外星人祈求帮助。但是由于当时科技文明发展水平还太低，很多道理一般人都难以理解，因此就归于上天神灵的帮助，随着时间的推移这就演变成一种迷信思想。记得在哪看过一个现代寓言，说是养在金鱼池里的一群金鱼，每当水浑浊了以后，养鱼的主人自然会用清水更换。这时小金鱼不明白其原因，就问老金鱼主人为什么这样做。老金鱼也说不清楚，只好对小金鱼说这是神的帮助。等到日后小金鱼长成老金鱼了，它的小金鱼也会向它问同样的问题，当年的小金鱼便用同样的口吻告诉它的小金鱼……金鱼就这样一代又一代地迷信下去。”容子说到这里，停下来看了看大家，然后说，“我们确实不能像金鱼一样，一代又一代地迷信下去了。”

易子听到这里，接上话说道：“现在西方有的国家，明明掌握着证据，知道外星人经常造访地球，不断帮助着地球，可就是始终严密封锁消息，这是对我们地球人类极不负责任的自私行为。他们一方面操纵、控制个别著名的科学家说违心的话，把外星人描述成妖魔鬼怪，警告人们不要主动和外星人联系，以免招惹灾祸等；一方面利用国家力量组织人才全力以赴研究外星人技术，并且试图把这些技术用于战争。比如萨德导弹系统所用的半弦波雷达，他们为了掩人耳目把它称作X雷达，这种技术其实就是劳星人给他们的，他们以反导自卫的名义使用，目的都是为了发动战争。这些事，确实不得不说了！”

易子慷慨激昂的一席话，引起了大家强烈的共鸣，大家不由自主地鼓起了掌。这时容子说：“地球人类应该树立星球意识。地球上每个人都要关心本星球的安全和发展，我们确实只有这么一个共同家园，而我们的家园其实很脆弱。”

“现在一些科学家在关注地球的安全与生存的问题，比如地球磁场反转的问题。我们知道，地球安全最重要的两个‘卫士’，一个是大气层，再一个就是地球磁场。大气层保护着地球不受陨石等天外不速之客的侵扰，而地球磁场保护着地球不受宇宙高能射线的直接侵蚀。由于太阳的反常活动，强烈的太阳风会压迫磁场，一旦把几万千米的磁场压缩到 10 千米之下，就会引起地核强烈振动，导致地震、火山频发，从而致使地磁极向进入反转的调整期，这样的调整期要长达一个世纪，在这百年期间地球失去磁场的屏蔽和保护，宇宙高能射线直接侵袭地球，可直达地下 30 千米的深度，在这种情况下，地球上的生物和植物将无一幸存。

“历史上地球发生过几次地磁极向反转的情况，那时太阳还处于青年期，活动非常活跃，一些太阳爆炸形成的强烈太阳风迫使地球磁极反转。不过那时地球上生物还很稀少，只有一些微生物。可是现在地球上生存着这么多宇宙万物之灵的人类，如果发生地磁极向反转，那该怎么办呢？凭我们地球人类自身，显然无能为力，只能束手待毙。而这种情况下，能够解救我们的只有那些比我们发达和先进的外星人类。

“具体的办法或许有两个。一是让地球变轨，躲过一阵强烈的太阳风，一旦恢复正常，再变轨回到原来的位置。尽管这个办法靠发达外星人的帮助可以办到，但是变轨过程中，地球的环境温度变化也是极大的，对人类、生物和植物等还是有很大的影响。再一个办法是在地球磁场外建立强大的能量屏障，挡住强大的太阳风侵袭。不过这需要巨大的能量，单靠一个星球做不到，必须有多个星球联手合作才有可能实现。

“要让先进的外星人类携手合作帮助地球人类渡过难关，首先地球人类自己要争气，要和平团结，认真向先进外星人类学习，积极争取与先进外星人类合作。只有地球人类自身具有了星球意识，才可能赢得先进外星人的关心和帮助。其实外星人在乎我们地球，绝不是为了觊觎我们的自然资源，而是在乎我们的人。在单元区中，能够像我们这样，在并不太大的星球空间内繁殖出这么多人类，是极其难能可贵的。他们更希望我们地球人类可以在和平的环境中，快速进化发展，达到宇宙先进人类的水平，将来可以有一部分人，移民到那些人口欠缺的发达星球去。人是最宝贵的资源，这一点发达外星人类比我们认识得更深。所以，只要我们地球人类争气，发达外星人类绝不会在我们遇到困难时袖手旁观。

“当然，眼下兰星还没有发现地球磁极反转的明显征兆，但是我们也要非常重视自然环境的保护。比如过量的二氧化硫等污染气体的排放，会对地球大气产生破坏，但这还不是最危险的。比这种情况更危险的是，工业生产中向大气排放出过量的金属粉尘，这时就会破坏地球磁场，从而使宇宙中的高能射线长驱直入，直接伤害我们地球人类。所以，我们只有树立星球意识，才能自觉行动起来，保护好我们的生存环境。”

听了容子这一番话，大家都陷入沉思。“树立星球意识”这句话，就像一道警钟，在这太行山麓久久地回响。

第四章 龙的传人

7

听容子讲述了亲身经历的故事后，大家都十分震惊。朗朗乾坤之下，居然还发生过这等事情。如果不是容子自己披露了这些秘密，岂不是一切都发生得神不知鬼不觉啊！

这些天来，容介居一直洋溢着异样的气氛，本来清清静静的小庄园，一下子变得门庭若市。原来，容子讲的故事，早就通过微信传遍了各自的朋友圈。那些生活和工作在特色小镇的人，自然就近水楼台先得月，纷纷前来拜访容子。很显然，他的这个“第四类接触”的经历，成了人们十分感兴趣的话题。

大家在此都表达了一个共同的心愿：希望容子接着把外星人类与地球人类交往的故事讲下去。那个罗生更是一马当先，成天拽着容子，非要他再讲讲故事不可。

介子见大家的兴趣竟然如此浓厚，也十分激动。他找了个机会，把容子拉到一旁商量说：“关于地球人类文明的起源史，尤其是上古时期的文明史，不论是东方的，还是西方的，一直都是以神话的形式流传于世。真相到底是什么，至今仍然不为人们所知。更何况，历史上很多重要的科学发现或技术发明，往往都被说成是出自发现者、发明者的灵机一动，才使地球人类日新月异地进步了。他们的灵机一动果真有那么灵吗？很显然，历史给后人太多的误导了。所以，把地球人类文明的起源及其发展史和盘托出，给大家讲一讲，对于人

们树立星球意识，树立正确的历史观，意义是十分深远的！”

容子听介子这么一说，也颇有同感。他想了想，说道：“我知道的一些情况还不太完整。要讲好这些故事，就得请杜森让兰星伸出援手，把本单元区发达星球到地球传播先进文明的情况都搜集起来。这样吧，如果兰星同意我们的想法，那我们就在容介居举办一个‘人类文明起源’的讲座，你来张罗做准备，我去联系杜森，请‘老家’帮助我们。”他们俩商定后，就分头行动了。

易子听说容子打算举办讲座，开讲地球人类文明起源的故事，高兴得跳了起来。她首先打电话与郑兴联系说：“您这个《周易》‘大师’，不是一直想了解神秘的《周易》，要搞清楚它的来龙去脉吗？容子教授要在容介居举办‘人类文明起源’的讲座了，赶快报名入学吧，来晚了可不等你。”郑兴接到易子的通知后，喜出望外，马上飞到北京，直奔容介居而来。

自媒体时代，消息传得特别快。特色小镇里，感兴趣的人还真不少，大家纷纷前来参加容子的讲座。那么多人，容介居可真装不下，只好分了几个地方，轮流做主讲会场，没做主会场的大家就视频收看。参加讲座的人还建了一个专门的微信群，可以通过微信提问与容子进行互动。

这件事经杜森向兰星报告后，没想到兰星还真是十分重视，动员了好几个收集历史信息比较完整的星球，共同提供相关素材。有了兰星等单元区发达星球的支持，容子这才觉得有底气走上讲堂来讲好故事。

经过一段时间的精心准备，讲座终于开始了。

那一天，介子主持讲座，在对容子做了简单的介绍之后，他先做了如下开场白。

“在讲人类文明的起源之前，我们先对人类文明做个定义。所谓的人类文明，就是人类认识自然、改造自然和超越自然的行为及其意识的自我提高的总和。

“人类文明有以下五个重要特征：

“第一，人类文明活动，在形成人的意识以后，成为可延续和传播的表现形式，并随着人类自身的进化，不断使人的文明意识自我提升。

“第二，具有高级文明程度和意识的人类，可以影响文明程度较低人类的行为，带动更多人类的文明进步。因此，一种外源信息进入某种事物中，为某种事物容纳吸收后，将产生质变进化的‘容介态’规律，是人类文明进化的重要准则。

“第三，在人类文明按‘容介态’规律实现进化过程中，文明程度高的人类的意识，可以成为文明程度低的人类的先进外源信息。文明程度低的人类，可在先进外源信息的影响下，改变自身行为，实现文明进步。

“第四，人类文明的具体形式，随着时间的推移可能被人类放弃，但所形成的理念、意识和方法，将长时间影响人类的生存和发展。因此，在人类文明进化过程中，理论（真理的论述）和技术（改造自然的方法）是最关键的两个要素。而科学是以已知的理论，结合已掌握的技术，验证客观规律的过程。所以科学是在已知的理论和已有的技术条件下，不断地逼近真理。已知的理论和已有的技术相结合，决定了科学能力的水平。不断发展理论和技术，并通过科学进行验证，才能不断促进人类文明的进化。

“第五，强调客观物质作用的唯物观念，如果不彻底到认识自然信息（主体信息）的存在，便有可能出现不全面的认识；强调人的主观意识（载体信息）作用的唯心观念，如果不究竟到认识主体信息（自然信息）的存在，并且了解主体信息与物质存在相互转化的关系，则亦有可能出现错误的认识。彻底的唯物观和究竟的唯心观，才是符合宇宙容介态进化规律的观念。人是物质的存在，人还是信息的存在。物质和信息的容介态，才决定了人类自身的不断进化。出现在中国史前文明中的阴阳理论中，阴指的是物质态，阳指的是信息态。阴阳相依，相互容纳彼此信息，而使自身得以发展的规律，就是‘容介态’。”

介子滔滔不绝地讲了一番晦涩的论点后，突然发现讲台下的听众脸上多半带着疑惑的表情，不由得哑然一笑。他略带歉意地说道：“我讲的这些观点，可能大家还不能马上完全理解。但没有关系，等到容子教授把故事都讲完了，大家再来回味这些理念，也许就都能理解了。”

介子结束了对人类文明进化这个概念的解释后，接着说道：

“长久以来，人类一直在讨论一个问题：是先有鸡还是先有蛋？这个问题甚至上升到哲学层面，始终是公说公有理、婆说婆有理。其实无论什么生物，都是先有‘蛋’的，人也完全一样。人和鸡不同的仅仅是，人从处于自然界孵化的‘蛋’中生出来后，再繁衍下一代时，是在体内孵化的，从而成为胎生动物；而鸡始终是在蛋在体外的自然界中孵化成胎的，从而保持着卵生的形式。

“对于人类文明起源和进化的历史，至今人们还有许多的迷惑。随着历史的发展，这样的迷惑需要逐步澄清，否则就难免影响人类自身的不断进步。为了澄清人类文明发展史中一些重要的事实真相，我们下面就有请容子教授为我们演讲地球人类文明起源的故事。”

介子的开场白讲完，大家情不自禁地报以热烈的掌声，容子在掌声中走上讲台，开始讲述他的故事。

地球人类大约出现在距今 400 多万年以前，和众多的生物一样，都是诞生于水中。近 500 万年前，第一批人类从大海中自然界孵化的卵中破壳出来，然后上了陆地生活。在海水盐分含量高的海洋里孵育出来的人，皮肤最黑；海洋里盐分含量越低，所产生出来的人类皮肤就越白。所以人类的肤色深浅，是由第一批人类产生时，所在大海盐分含量的高低所决定的。

地球上第一批人类就是中国人，诞生于青海湖（中国的西海），接着又有少量诞生于西太平洋里。所以，黄皮肤的中国人是地球上最早的人类。接着诞生的地球人类是黑皮肤的非洲人，他们诞生于印度洋，然后从非洲大陆的东岸登陆。第三批诞生的地球人类是白皮肤的欧洲人。这三种地球人类虽然先后诞生，但间隔的时间并不太长，放到地球在天体中运动的历史背景下看，可以认为是同一时期诞生的地球人类。美洲和大洋洲则几乎没有真正意义上的土著人，那里的人大都是后来迁徙过去的。

远远早于500万年以前，青海湖是个巨大的淡水湖。后来由于地壳的运动，开始出现了所谓的“造山运动”，并逐步形成了青藏高原。地壳的变动挤压了青海湖的面积，同时也改变了地质结构，使青海湖下面巨大的盐矿被破坏而释放出来，从此青海湖变成了咸水湖。那个时候，青海湖面积很大，比现在整个青海省的面积还要大。而且青藏高原还没有现在那么高，也没有喜马拉雅山脉，印度洋的暖湿气流能够顺利地到达青海湖。所以，那个时候青海湖畔气候环境非常好，植被也十分茂密，且多是灌木类植物，加上青海湖中海藻等水底植物十分丰富，这里是当时地球上最适合人类诞生和生存的地方。

人类的诞生，和环境的温度、盐度及水中含氧度关系很大。所以，白天黑夜都吸收二氧化碳、放出氧气的水底植物是否丰富，决定了水的含氧度。另外，陆地阳光充裕与否，对于刚刚登上陆地生活的人类也影响很大。因此，原始的人类，希望陆地上的植被是灌木类的，而不要太多

的乔木森林，这样才能充分地接受阳光。欧洲的人类之所以出现比较晚，主要是受两个因素的影响：一是海中水底植物不够丰富，水的含氧度不如中国和非洲。二是当时的欧洲，都是大片的乔木类原始森林，极为茂密，遮天蔽日，连绵不断，地面几乎见不到阳光。正是这些环境因素的不同，才决定了地球人类诞生的先后。

地球在太阳系中的位置是非常适合诞生人类的。如果不是因为小行星撞击地球，使得地球大气中曾充满大量的二氧化碳，那么人类应该比恐龙更早出现。恐龙是一种主要呼吸二氧化碳并辅之少量氧气的动物。恐龙之所以体型庞大，和呼吸二氧化碳有很大关系。进入恐龙身体内的二氧化碳，有助于转化为生物钙，帮助恐龙发育成长。在恐龙那个时代，由于空气中二氧化碳多，所以植被十分繁盛茂密。同时，这也为大多数以植物为食的恐龙提供了生存条件。随着时间的推移，一方面地球受小行星撞击的影响逐步消除，地球的大气状况不断恢复正常；另一方面恐龙无节制地繁衍，使陆地植被大量被破坏，而这时水底植物快速发展，也大量地排放出氧气，进而破坏了地球大气以二氧化碳为主的平衡状态，使得地球上生活的恐龙出现了烦躁的反常表现。

为了挽救地球上的恐龙，当时本单元区第 52 银河系的土比丁星球决定出手相助。土比丁星球是个比较奇葩、喜欢搞恶作剧的发达星球，比如地球上众多的麦田圈中，相当多的部分是土比丁星球所为。在 2010 年的第十九届南非世界杯足球赛上，控制章鱼保罗准确预测比赛结果的事，也是土比丁星球干的。当时，土比丁星球决定以转基因的办法，改造恐龙的肺部等器官，使之能够适应呼吸氧气。但是，土比丁星球好心办了坏事，改造没有成功，被改造后的恐龙却很快感染了一种病毒，传染极为迅速，就像当年中国出现的“非典”

一样，很短时间内，恐龙就全军覆没了。在恐龙生活并统治地球的一亿多年时间内，还出现过小行星撞击地球，但自然灾害都没给恐龙造成灭顶之灾。实际上恐龙绝迹是人为导致的。

恐龙物种过早地灭绝，给后来人类出现并控制地球腾出了空间。但是地球人类诞生以后，进化速度极为缓慢，很长一段时间内一直处于蒙昧时期，裹足不前。一直到距今不到五千年前，也就是在地球人类诞生不到千分之一的时间内，才一下子突飞猛进发展起来。其真正的原因，自然是先进星球人类对地球的无私帮助。杜森说过：如果地球人类不借助外来帮助，完全靠自身进化达到现在的水平至少要三亿年的时间。

近代以来，世界上出现过一些由于技术条件不充分，虽经过科学程序论证，但结论出现偏差的情况。其中最典型的当属达尔文的进化论。达尔文科学地证明，人的祖先是猴子。中国也有人过来凑热闹，还发现了周口店“北京猿人”。周口店北京猿人，其实是一种直立猿，这种直立猿，按巴克星球的观测，在现在的神农架还有，只是数量极少而已。靠自然进化，一种物种不可能进化为另一种物种。所以，猿也永远不可能进化成人。

人是宇宙之灵，这个现实永远不可能改变。那么地球上的宇宙之灵，是何时开始出现突破性的进化，又是哪个发达星球首先帮助了地球人类进化的呢？

2

第一个来到地球选择代言人，并向地球人类传播文明的星球，是本单元区第104银河系的巴克星球（龙星）。

地球人类历史上，第一个正式接受了外星文明教化的民族是中华民族。

地球人类历史上，第一个成为外星代言人，并向人类传播先进技术和文明的人，是被誉为“中华民族人文始祖”的风氏伏羲。

巴克星球是一个体积比地球大17%，单星四伴星系的星球系。四个伴星，也就是说有四个“月亮”。其人类形成时间远远早于地球，至今已有7.31亿年。现在巴克星人类总数有11.03亿人，人口总数是地球的1/7左右，但却是兰星的两倍多。巴克星人类的人种是黄渐白色人种，除了没有眉毛、耳朵较小外，体形基本上和地球的欧洲人种差不多，但寿命远比地球人类长，平均寿命480岁。巴克星球是每天30小时，每月30天，但一年有15个月。所以巴克星球每年的时间，相当于地球上一年半的时间。

为了贯彻落实本单元区在距今3亿4000万年前布置的人类发展规划的要求，巴克星球在自身能力条件成熟以后，就以本星球为中心，沿着“伏羲先天八卦”所确定的八个方位，派出庞大的星际舰队，依次向单元区边沿出发，沿途寻找有人类的星球，一旦发现了这样的星球，就投入力量进行相应的考察和测试。当判断出该星球已有条件接受先进文明传播以后，便着手向该星球传播先进文明。

公元前2906年，巴克星球的星际舰队再次出发，踏上了寻找新的有人类星球的征程。这次他们是向着先天八卦“坤”位的方向前

进的，大约经过了地球时间近 71 年的航行，在公元前 2835 年的时候，星际舰队发现并来到了他们称之为“色星”的地球。这是巴克星球再一次来到地球。大约在一千年之前，巴克星球已经来过这里，当时他们发现地球人类仍处于蒙昧状态，尚不具备传播先进文明的条件，于是只做了一件有利于地球人类进化的事，即在中国对泰山进行有利于自然信息辐射的改造后便离去了。

巴克星到地球的直线距离为 106.6 亿光年。这样的距离，如果采用兰星的飞船，大约需要飞行地球时间四年多即可到达；而用巴克星自己的飞船，则要航行达 70 多年（地球时间）。显然，发达星球之间的技术差距还是很大的。巴克星飞行器在宇宙空间中的航行速度大约是 17 亿倍的光速，而兰星飞行器的速度则高达约 298 亿倍光速。兰星在整体综合技术方面，仅次于毛兆星；但在飞船速度方面，则在单元区排第一，接下来依次是毛兆星、摩西星和共塔星。在单元区的发达星球中，飞船速度最慢的星球，其飞船的速度也有 1 亿多倍光速。

在本单元区，如果要仿照地球人类，把不同实力的国家按照等级划分为“三个世界”的话，那么毛兆星、兰星、共塔星和摩西星是“第一单元区”，巴克星是“第二单元区”，而“第三单元区”是那些远比地球发达，但还不能方便地进行星际活动的星球。至于地球则是根本“不入流”的星球。因为地球人类出现至今，也不超过 500 万年。就人类存在的时间而言，地球也与巴克星球不可同日而语。

这次巴克星人类到达地球后，发现地球人类与一千多年前相比已经有了很大的进步。于是，他们就派出小型飞行器在地球各地进行了全面的寻找和测试，选择适合做代言人的人选。这样的工作进行了一年多的时间，结果只在中国发现了合适的人选，这就是诞生于公元前 2844 年 4 月 20 日（农历三月十八日）、年龄刚刚十岁的风氏伏羲。

寻找到风氏伏羲，巴克星人类异常高兴，那种兴奋程度，远远超过今天地球人类获得一个重大的科技发现时的心情。因为这意味着他们已经有条件拯救这个星球的人类了。接着，巴克星人类就把风氏伏羲确定为预选代言人，并对其进行了长达 14 年的跟踪、测试。

在上古时代，风氏伏羲他们这些部落的人类，还没有形成规范的语言体系，人与人之间的交流相当不规范，语言和肢体动作往往交杂使用。如果巴克星人类不能在暗中跟踪测试过程中，很好地掌握风氏伏羲及其族人的交流方式，那么要与风氏伏羲接近并有效地进行交流就不可能了。所以，这是一个比较漫长的过程。巴克星人类经过了 14 年的努力，终于达到了目的，同时也认为风氏伏羲已经满足巴克星球代言人的标准了，他们决定与风氏伏羲进行正式接触。那一年，风氏伏羲已经24岁了。

公元前2820年6月16日，这是值得中华民族乃至地球人类都纪念的一天。

初夏时节，风和日丽。在上古社会，这是一个万物繁盛，最利于收获的季节。那天上午9点钟左右，风氏伏羲和几位族人在甘肃成纪（今甘肃秦安）渭河边上捕捞鱼类等水生物。巴克星人类在测试到风氏伏羲的具体位置后，遂派遣两艘小型飞行器，直接从360千米高空的大飞行器中，下行降落在离风氏伏羲捕捞地点30米的河边地面上。

发达星球的小型飞行器，一般是指直径为50—200米的飞碟。那天巴克星球降落下来的两艘飞行器，都是直径100多米的飞碟。即使在今天的人们看来，也是庞然大物。

当时，风氏伏羲在两艘小型飞行器还未着陆时，就已经发现了它们。眼前突然出现的情景，使风氏伏羲和几位族人十分惊讶，他们的目光随着飞行器的降落而动。在看到飞行器徐徐降落后，风氏伏羲和几位族人不由自主地放下手中的捕捞工具，走上河岸边的高处，张望了一会儿，然后小心翼翼地向飞行器降落点走去。

这时候，飞行器舱内的巴克星人类，看到风氏伏羲一行几个人走了过来，就打开了舱门，从飞行器中下到了地面，等待风氏伏羲一行接近。第一个从飞行器走下来的人，是主管发展风氏伏羲作为代言人事务的长官，他的名字叫尚文博，这是一个中华民族应该永远纪念的人。

风氏伏羲和几位族人看到飞行器中居然还有人出来，更是非常吃惊。他们先是停下来观察了一阵子，随后相互交谈了几句，就慢慢地向飞行器走了过去。

他们走到离巴克星人类大约三米远的地方停住了，这时风氏伏羲鼓足了勇气，冲着几位巴克星人类大声问道："你们是哪里人？怎么会从天上下来的？你们来这里要做甚？"听到风氏伏羲的问话，尚文博走上前来说道："我们是来自巴克星球的人类，到你们这里来，是专门找风氏伏羲你的。"

听了这话，风氏伏羲的几位族人，都不约而同地把目光转向了他。风氏伏羲听了这话后，感到更加奇怪了，他连忙问道："你们是找我的？找我做甚？"

听了风氏伏羲的问话后，尚文博等巴克星人类就把选择代言人，传播巴克星球技术理论的详细情况告诉了他。风氏伏羲听后，根本无法理解巴克星人类所说的这些事情。经过几次更详细的解释后，风氏伏羲才多少懂了些其中的意思。他边想边自言自语地说道："代言人，就是帮助别人说话的人。这些巴克星球来的人，让我帮他们说话，传播他们的东西，他们的东西能让我们成为先进人类……"

风氏伏羲在这边正琢磨着巴克星人类跟他说的事，边琢磨边喃喃地嘟囔着，那边几个好奇的族人已向巴克星人类围了过去，其中有位胆子大的老兄就问巴克星人类能不能帮他们捕捞河里的鱼。其他几位族人也七嘴八舌地说："是啊！是啊！你们能不能帮我们捕捞河里的鱼呢？"

听了这几位风氏伏羲族人提出的要求，尚文博等巴克星人类马上觉得，这倒是一个取信于风氏伏羲族人们的好机会，于是尚文博立即与天空中的大型母飞船做了协调，请求他们予以支援。接到地面小型飞行器的请求后，天上大型母飞船中的巴克星人类，就启用个体平移技术（即对生物个体实施重力屏蔽的技术），把风氏伏羲他们正在捕鱼的渭河段前后 10 千米范围内河里 0.5 千克以上重量的鱼，全部平移到他们所在的河岸上。

风氏伏羲的几位族人突然看到瞬间从河里飞出来大量的活鱼，顿时高兴得欢呼跳跃起来，纷纷跑去沿河岸捡鱼。风氏伏羲听到族人的欢呼声，回过神来，往岸边一看，天啊！到处都是鱼。他顾不上再想什么了，也兴高采烈地跑去捡鱼了。

不一会儿的工夫，风氏伏羲和族人们就捡了一大堆鱼。看着这么一大堆活鱼，风氏伏羲和几位族人犯愁了，这么多的鱼怎么弄回部落去啊？他们正犯愁时，尚文博等巴克星人类走了过来，问他们是不是担心没法把鱼弄回部落去，风氏伏羲他们几个人苦笑着点头称是。这时尚文博说道："我们可以帮助你们把鱼运回部落去。"听了巴克星人类的话后，风氏伏羲和几位族人又高兴起来了。

接着，风氏伏羲等人按照巴克星人类的吩咐，把没捡完的鱼也都捡干净堆成堆，然后由巴克星人类在高空中的大型飞行器，利用个体平移技术把4000多千克的鱼按风氏伏羲所说的部落位置瞬间平移过去。

风氏伏羲在族人做这些事的时候，就和领头的尚文博搭讪着说了几句话。他很好奇地问尚文博："你们那里的人都有这样的能力吗？"尚文博说："很多人有这样的能力。"风氏伏羲又问："你们这样有能力，我们应该称你们为什么呢？"尚文博谦虚地说："你们就叫我们'神仙'好了。"在巴克星的语言中，"神仙"的本意是能力比一般人略强一点的人。但在风氏伏羲及其族人的心目中，"神仙"自然是能力超强、无所不能的人了。

一大堆鱼平移走以后，风氏伏羲和几位族人就跟着巴克星人类一同登上了两艘小型飞行器，眨眼工夫就到了风氏伏羲的部落了。这一天，风氏伏羲和他的几位族人，成了地球人类第一批乘坐飞行器在

天空飞行的人，这个历史至今已将近五千年了。

当时，部落里的族人们在老首领带领下，正围着从天而降的一大堆鱼议论纷纷，突然有人看到巴克星人类的飞行器，就高呼起来：“天上是甚东西？”族人们也都抬头往天上看去，只见巴克星人类的飞行器静悄悄地从天而降，落在部落的一片空地上。族人们非常好奇，纷纷围拢了过去。当看到风氏伏羲和几位族人跟着几位衣着异样的人从飞行器里走出来时，族人们顿时全惊呆了！

风氏伏羲看到族人们惊呆的样子，连忙大声向族人们解释道：“这些人是我请来的，他们叫作‘神仙’，是从天上一个叫巴克星球的地方来的，是专门来找我的。这些鱼就是他们帮着捕捞的，又帮我们送来了。他们是好人，是无所不能的‘神仙’。”说完，风氏伏羲也顾不上还在诧异万分、没回过神来的族人们，就引领着几位巴克星人类，往用树枝和草泥做墙、茅草做顶，搭建成方形房屋的家里走去。族人们都跟在他们后面，一直到风氏伏羲的家门外。风氏伏羲看到这么多族人都跟着过来了，就对他们说：“大伙儿去分鱼吧，别再跟着了，我和‘神仙’他们还有事要说。”听了风氏伏羲的话后，族人们这才在老首领的带领下，转身回去分鱼了。

看着族人们都走了，风氏伏羲就请几位巴克星人类在自家门外几个石墩上坐了下来，然后就和尚文博等巴克星人类谈论起在河边所说的事情来。在交谈中，巴克星人类把为什么选择风氏伏羲做代言人的详细情况、他具有的生理特征，以及选择代言人传播巴克星球技术理论对地球人类的意义，逐一告诉了风氏伏羲。这是地球人类历史上第一次真正意义的“坐而论道”。

听了巴克星人类的讲述，风氏伏羲才知道自己是一个怎样的人，自己所肩负的使命、任务。所以，他听完尚文博等人的叙述，并理解了之后，当即就郑重地表示，不论有多大困难，自己都会尽一切努力去完成巴克星人类交给的传播任务，并且用自己的生命做保证！

3

看到风氏伏羲庄重地接受巴克星代言人的任务，听到风氏伏羲庄重的誓言，巴克星人类顿时如释重负，个个异常高兴。因为，这毕竟是巴克星球在整个单元区中选择的第一个代言人啊！那种成就感自然是不言而喻的。

当时，尚文博和在场的几位巴克星人类商量后认为，对于一个尚处于蒙昧时期的人类，技术对他们来讲，可谓是天物难造。所以，开发智力，提高对自然的认识，是这次传播的首要任务。否则，一切都有可能落空。鉴于风氏伏羲所在部落的情况，尚文博和这几位巴克星人类决定，应该留在风氏伏羲所在的部落一段时间。首先，帮助识物并教授规范的语言，同时创立文字，以这样的形式入手，来教导风氏伏羲的族人们认识自然。其次，传授给风氏伏羲族人一些生存技能，使其逐步进入文明时代。他们把这些想法和决定上报给天空中巴克星人类赴地球大型飞船的长官，在得到长官的同意和认可后，尚文博就把这些想法和决定告诉了风氏伏羲。

风氏伏羲听后十分高兴，马上高声喊来十几位族人，准备给巴克星人类搭建住处。尚文博等巴克星人类得知后，就马上对风氏伏羲说道：“你们不用为我们搭建住处，我们就住在飞行器里，谢谢你们的好意。”风氏伏羲听了巴克星人类的这番话后，心里有点过意不去。

但又一想，巴克星人类会飞的房子比他们住的地方要好得多，也就同意了。

实际上，巴克星人类居住、生活和工作在飞船里是很正常的事。杜森看到地球人类现在的城市建设情况后，就常对容子说："地球人类太浪费土地了。你们每个人平均居住的空间太大，这在巴克星球是不允许的，在巴克星球，一个人能拥有多少居住空间是有规定的。你们的交通修建公路、铁路和码头，更浪费土地，在巴克星球没有车和船，交通都用飞行器，飞行器还能潜入水中，因此节省了交通基础设施。等将来地球人类技术进步了，一定可以大量减少土地和空间资源的浪费。在巴克星球，很多人终身居住、生活和工作在飞船上，巴克星人类的飞船，并不需要都停在星球表面，大部分一直悬停在空中。所以，当时来到地球的巴克星人类，他们在自己的星球时，也是在飞船中居住、生活和工作的，自然也就谢绝了风氏伏羲的盛情。"

他们正聊着，风氏伏羲的母亲华胥氏从分鱼现场回来了。此时，已是下午 5 点多钟了。她手里拿着鱼，高兴地对巴克星人类说道："这些鱼是你们送来的，你们是我们的恩人。晚上有鱼吃了，我们一起吃鱼。"巴克星人类听了华胥氏的话，又看到其他族人分到鱼后兴奋的神态，也打心里感到十分欣慰。

风氏伏羲目送着母亲进到屋里后，就把自己家里的情况告诉了巴克星人类。原来风氏伏羲是个单亲家庭，父亲风氏燧人在风氏伏羲出生不久，就在一次捕鱼过程中不幸溺水身亡了。当时，风氏伏羲所在的部落，虽说已经进入父系氏族社会，但仍存在随意通婚的陋习，后来人们把这种随意通婚的习惯称为"走婚"。而华胥氏在丈夫死后，并没有与其他男人通婚，而是守身育子，把风氏伏羲养大成人。

尚文博等巴克星人类听了后，顿时肃然起敬。这样的观念行为，是很高文明程度的社会才有的啊！他们知道，在当时的社会中，一个单身女人养活一个孩子，那是何等的困难啊。华胥氏母子在那种情况下，如何坚持生活？如何面对传统的习惯？又如何经受住其他人的闲言碎语？这对华胥氏来说，都是困难重重的，但她仍然坚强地带着风氏伏羲活了下来。当时在场的几位巴克星人类，都为风氏伏羲有这样一位伟大的母亲而感到高兴。他们知道，华胥氏的风范正是他们要传扬的先进文明的内涵之一。况且如果风氏伏羲成功成为代言人，华胥氏实际上是为这个民族的人类养育了一代人文始祖。“应该想办法，让华胥氏这个民族的始祖母，受到这个民族世世代代的敬仰。”尚文博想到这里，感慨地对风氏伏羲说道：“你的母亲真伟大，其功大于天，其恩大于地啊！”

到了傍晚，族人们得知巴克星人类还在风氏伏羲家时，就自发地带着白天分来的鱼，聚集在风氏伏羲家门外的一片空地上。族人们一来想再看看巴克星人类，二来想当面感谢一下巴克星人类为他们送鱼。所以，族人们都带着自认为家中最好的食物，来到风氏伏羲家门外。

看到族人们都来了，风氏伏羲也很高兴，他就让大家围坐成一个圈，自己站在圆圈中间，向族人们介绍巴克星人类的情况。天渐渐黑下来了，风氏伏羲让几个族人抱来一些干树枝，堆放在圆圈中间。然后，他准备到家里取出保存的火种，好点燃堆在圆圈中间的枯树枝，让它成为一堆篝火。这时尚文博明白了风氏伏羲的意图，就拦住他，拿出小型激光器，对着干树枝发射激光，一道亮光闪过去，瞬间就燃起了熊熊的火焰。这一幕，又使风氏伏羲的族人们大为震惊，他们感到这些巴克星神仙太不可思议了。

事后，风氏伏羲曾向尚文博讨要那个小激光器，尚文博告诉他：

“你们要这东西没有用，它需要补充能量，将来我们飞船走了，你们用不了多久就不能用了。我们教你一种族人们都能掌握和使用的钻木取火技术吧。”就这样，风氏伏羲的部落最先从巴克星人类那里学到的技术，就是钻木取火。

那个时候，风氏伏羲的部落已经习惯吃熟食了，他们是在山林过火之后发现烧死的动物，其熟肉更香、更好吃。于是此后只要出现山林火，他们就会把火种带回来，保存在家里，以备平时使用。当人们吃了熟食以后，不用很长时间，体毛就会逐渐褪去，形成了身体的进化。不过风氏伏羲是个体毛比较重的人，因为他一直比较喜欢吃生食。这种习惯保留下来后，体毛褪得就比较慢。

中华民族是地球人类中最早食用熟食的民族。由于环境条件的关系，上古时期的欧洲远不如中国人对火敏感。当时在甘肃那种地理和气象环境下，雷电很容易引发山火。而欧洲人口较多的地方，总体上气候湿度较高，由雷电引起山火的情况比较罕见，因此中华民族使用火并食用熟食，比欧洲人早了好几百年。

篝火升起以后，族人们纷纷把带来的鱼用树枝叉着在篝火上烧烤，将鱼烤熟后再回到自己的位置，坐下来慢慢享用。这时，有的族人把烤好的鱼送到巴克星人类面前，请巴克星人类食用。巴克星人类食用的是高浓缩的食补基因丸，可以在300天内不再食用任何食物，只喝少量的水，就能维持生命机能。他们在与风氏伏羲接触前，已经食用了食补基因丸，但出于礼貌，这几个巴克星人类还是吃了一点风氏伏羲族人们送来的鱼。

吃完烤鱼后，风氏伏羲就请巴克星人类给族人们讲讲巴克星球的事情。巴克星人类此时也正想利用这个机会，向风氏伏羲的族人们解释一下他们此次到地球来的目的，以及留在部落一段时间的原因。收到风氏伏羲的邀请之后，尚文博就顺势站了起来，向在场的风氏伏羲部落的族人们介绍了巴克星球的情况，并把这次到地球选择代言人的事情，以及他们留在部落一段时间以帮助风氏伏羲族人的决定，告诉了风氏伏羲的族人们。听了巴克星人类的讲述后，风氏伏羲的族人们都无比兴奋。

这时，风氏伏羲部落中上了年纪的老首领站了起来，对在场的族人和巴克星人类说道：“风氏伏羲被天上的巴克星球神仙选为代言人，这是我们部落的大事。我已经上了年纪，活不了多久了。我们部落应该选择一个有能力的人，作为我们部落的新族长。我愿意把族长的位置让给风氏伏羲，让他带领着我们族人生存发展下去。”这是中华民族历史上第一次“禅让”。

听了老族长这番让贤的话，族人们都认为有道理。于是，族人们在赞扬老族长举贤荐能的义举之后，热烈地欢呼风氏伏羲成为他们的新族长。风氏伏羲听了老族长发自肺腑的话，又看到族人的热烈欢呼，激动地走到老族长面前，向老族长深深地鞠了一躬，深情地感谢老族长对他的信任。随后，风氏伏羲向族人们郑重地承诺：保证做一个好族长，做一个让族人信任的族长，一定让族人生活得更好！

风氏伏羲郑重地承诺后突然想起来，部落一直以来没有一个正式的称号，于是就向族人们说了自己的想法，建议正式为部落起个称号。族人们听后，都认同风氏伏羲的意见，可是大家一时又想不出什么好的名称。这时，尚文博等巴克星人类想到风氏伏羲母亲的事情来，他们认为这是一个伟大的女性，完全可以用她的姓氏作为风氏伏羲部落的称号。想到这里，尚文博就代表巴克星人类向在场的族人提议，用风氏伏羲母亲的姓氏作为部落的称号——华胥族。

接着，巴克星人类就把用华胥氏的姓氏作为族名的来由，也做了详细解释。听了巴克星人类的提议和解释后，部落上下一致认为这个族名起得很好，以欢呼的形式通过了族名。随后，华胥族人与巴克星人类又商量了今后传播知识、提高认识的事宜。

很久以来，人们都误以为提倡女人恪守妇道是封建社会的产物，实际上是在奴隶社会出现之前的上古社会，巴克星人类帮助我们的祖先树立起这样的人文理念的。后来这种理念的不断被接受和尊崇，

才促使上古时期的我们的祖先，逐步从母系社会完全转变为父系社会，实现了社会文明的进步。再比如，巴克星人类来到华胥族部落之前，人们的名字都和现在西方的习惯一样，是名字在前姓氏在后的。当时风氏伏羲并不叫风氏伏羲，而是叫伏羲风氏。后来巴克星人类告诉他们，这样起名字不太合理，姓氏代表祖先的传承，应该更被尊敬，所以把姓氏放在前面更合理。于是，华胥族人才按照巴克星人类的建议，改成现在我们习惯的叫法。

杜森跟容子说："中国人现在起名字的方法和我们巴克星球完全一样，不论经历多少代，都能知道自己的祖先是谁。每个星球的观念不一样，起名字的方法也不同。比如兰星人类，他们从小就被灌输星球意识，整个星球的人都姓兰，名字之前都加上兰为姓。当然，这些都是后话了。”

那一天，大家聚在一起直到午夜时分才兴尽而散，各自回去休息了。

4

尚文博等巴克星人类对于向风氏伏羲传播文明知识的事十分在意。第二天一大早，他们就用飞行器载着风氏伏羲飞走了。

他们和风氏伏羲乘坐飞行器在欧亚大陆腹地及临海的地方巡游，从空中俯瞰了地球上的这一片大陆，真是让风氏伏羲大开眼界。风氏伏羲万万没想到，自己生活的这片土地竟如此之大，还有那么多数不清的山脉、河流和湖泊，相邻的海洋又是那样浩瀚无边；更让他振奋的是华胥族并不孤独，在这片土地上，还有许许多多的部落人类。看到这一切以后，风氏伏羲的心情久久难以平静，他暗自下决心，一定要把巴克星人类传播的知识学到手，掌握好，要把学来的知识和技能传播到其他部落，造福于生活在这片土地上的人们！

人类的观念，很容易受感观的深刻影响从而发生变化。改革开放初期，我国经过三十年的闭关自守之后，有不少人突然走出国门，到达西方发达国家以后，他们并不需要别人宣传什么，仅仅是自己所见所闻，就一下子被彻底洗脑，原有的观念全部被颠覆了。后来有研究发现，凡是上了天的宇航员，回来以后，内心思想观念都会产生巨大的变化。原本利益思维比较重的人，经过了一次太空旅行之后，思想境界几乎完全改观。就这一点，杜森曾半开玩笑地说，人的私心和利益思维，与重力的影响有很大关系；只要将来地球人类可以走出地球，进入太空自由旅行，就一定会更加大公无私了。同样的，这一次巡游，不但使风氏伏羲成为第一个周游欧亚大陆的地球人类，还使他的观念和觉悟得以大大改变和提高，也使他的使命感和担当精神与日俱增。

风氏伏羲巡游完毕回到华胥部落后，巴克星人类就以巴克星球已确定的物名开始，教风氏伏羲识物定名。那个时候的华胥族，严格来说还没有形成规范的语言。一方面当时的族人们活动的范围十分有限，见到重复、相似的东西还不是太多。比如，同样说山，可能说东面的山是一种发音，说西面的山又是另一种发音。族人之间不规范的语音沟通，加上肢体语言辅助，可以满足日常生活中的交流需要，但还算不上是体系化的语言。

那时，由于对很多事物还没有规范标准的描述，当巴克星人类在教风氏伏羲识物时，也就自然而然地把巴克星球的标准语言传播到我们中国来了。难怪杜森在谈到中国的语言时说道："等将来你们科技发达了，可以到巴克星球旅游访问时，最方便的事就是不需要翻译，到了就能和巴克星人类交流，口音就是你们现在河南新郑地区的口音。即便你们讲普通话的人，也都能相互听得懂。在中国明朝之前的讲话，基本上巴克星人类全都能听懂，可以随便交流。现在，则主要是对一些新的语言不明白其意思。比如'电话'这一词语，其中'电'这个词巴克星球有，'话'这个词巴克星球也有，但'电话'是什么意思，巴克星人类就听不懂了，因为巴克星人类根本就不用电话这种东西。尤其是一些来自外来语的中文词汇，巴克星人类就更难听懂了，比如'麦克风'之类。除此之外，中国人将来到距离106.6亿光年的巴克星球去，就像到河南新郑走亲戚一样，交流是完全没障碍的。”

经过巴克星人类教授之后，风氏伏羲懂得了东面的山叫“山”，西面的山也叫“山”，四面八方的山都叫“山”。有了对山这种物体的统一词语，交流就更方便和准确了。如果要区别不同方位的山，也不需要用肢体语言辅助了。太阳升起来的方位是东方，太阳落下去的方位是西方。那么在东方的山，可以叫“东山”；在西方的山，可以叫“西山”。山上有“石”也有“土”，还有“树”和“草”。这样的识物、教授语言的方法，对于成人的风氏伏羲而言，那自然比我们现在教小孩学讲话要容易多了，也快多了。巴克星人类发现识物教语言的效率很高，也非常高兴。

接着，巴克星人类以所识的最基本物的物形，创造了形意符号，达到 93 种。而且，他们给这 93 种形意符号确定了读音和关联词意。就这样，一种最基本的“形意文字”就创造出来了，地球人类的第三种文字就此诞生了。

当时，巴克星人类没有传播本星球的文字，而是另行创造形意文字，这在那个时候也是无奈之举。因为巴克星球使用的是拼音字母语言文字，考虑到华胥族部落当时的情况，如果直接传播巴克星本星球已经在使用的拼音字母语言文字，不仅周期长，而且难度大，根本不适合蒙顿时期人类的学习和掌握。所以，巴克星人类当时随机创造性地用形意符号来代替拼音字母语言文字，使得风氏伏羲在很短的时间内就学会并掌握了形意符号文字，又能准确地解读形意符号的关联词意。学会并掌握这 93 种形意符号后，风氏伏羲就开始用这些形意符号做一些简单的文字记录，华胥族部落从此结束了结绳记事的历史，也为后来中国方形文字的发展和演化奠定了原始基础。

然而，令当时帮助中国人创造文字的巴克星人类万万想不到的

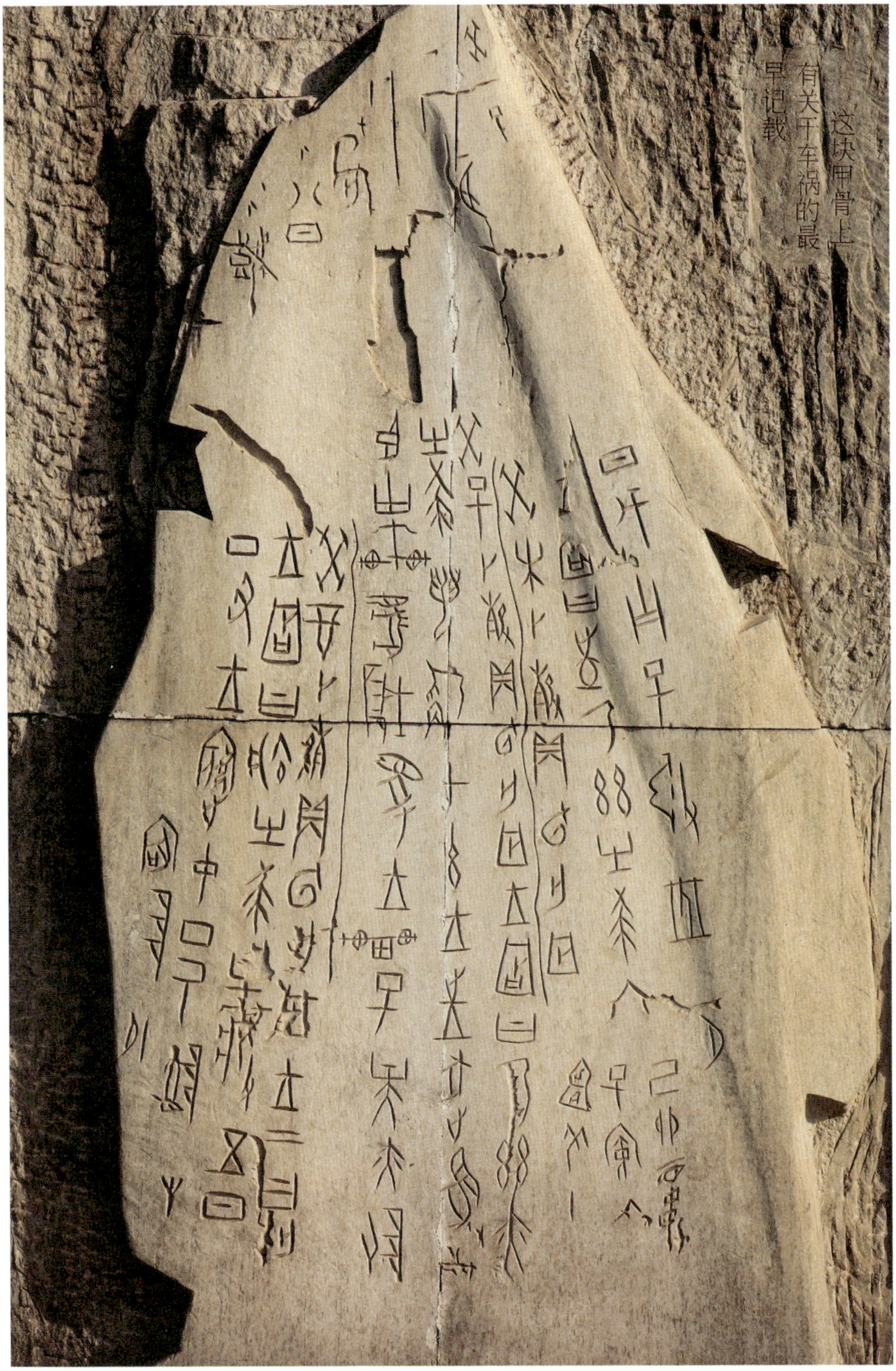

这块甲骨上有关于车祸的最早记载

是，在经过近五千年的进化发展后，中国的方形文字，成了整个单元区 50 多万个有人类的星球中最先进的文字。对此，杜森开玩笑地评价说：“你们现在的文字，真是青出于蓝而胜于蓝。我们巴克星球则真的成了‘教会了徒弟，饿死了师傅’。中国这种方形文字，只有随着科技文明的不断进步，其优点才会被逐渐发现，人们才会越来越感受到它的先进性和重大价值。尤其是中国的四字成语，让无数发达星球叹为观止。区区四个字，就能表达那么复杂的意思，在本单元区的先进发达星球的文字中，无一可及。而且更难能可贵的是，上古时期一共发明了三种文字，迄今为止，只剩下中国的方形文字保留下来，其他的都已经消亡。”

地球人类中，最早发明文字的是古印度。公元前 3970 年，比巴克星帮助风氏伏羲创造形意文字整整早了 1000 年，在古印度托普拉的一位叫巴迪的泥塑工匠，在塑泥块上看到许多有规则的碎石棱角压痕后，受启发而发明出石楔文字。公元前 3314 年，一个叫迪姆的罪犯逃亡到古巴比伦后，把这种文字带到古巴比伦，此后这种文字便在古巴比伦流传起来。公元前 3204 年，由于古印度出现了一种印章文字，楔形文字被弃用，而其在古巴比伦则成为正式文字。后来，在公元前 3569 年，古埃及人发明了角形文字，到了公元前 3185 年，在古埃及角形文字又被象形文字取代。

后来杜森曾说过，中国的方形文字，在经过中国语言文字工作委员会的简化改进之后，已经到了登峰造极的程度，不能再改了，如果再改就不是进化而是退化了。一些国家改用拼音字母更是严重退化。所以在这个方面，中国人是最需要有文化自信的。

巴克星人类在华胥族向风氏伏羲教授了语言文字后，就开始向风氏伏羲传授一些重要的理论，包括阴阳相互依存、相互转化的辩证原理，物本特性的五行生克原理，预测天气的河图、洛书，天地物象的八极图（先天太极八卦图），治疗疾病的植物药理和人体穴位脉络图。在生活技术方面，巴克星人类向风氏伏羲及其部落族人传授了夯土建房、小麦种植、野生畜类家养繁殖、野生禽类家养繁殖、陶器烧制、钻木取火和水产捕捞等技艺。这些理论和技术的掌握，使华胥族部落成为当时最先进的部落，也由此奠定了中华文明的牢固根基。

现在看来，当时巴克星人类传授给风氏伏羲的理论和技术，都是煞费苦心、非同小可的。

一方面，当时传授给风氏伏羲的理论都是“根本性”理论。也就是说，这些理论，至少在我们单元区里，都是放之四海而皆准且亘古不变的真理。

另一方面，当时传授给风氏伏羲的技术，都是“靶向性”的技术。也就是说，历史发展到当时那个阶段，这样的技术必须脱颖而出，才可能引领整个文明的进化和发展。

“根本性”理论与“靶向性”技术的结合，就会形成很多新的科学方法，促进人类对客观规律认识的进一步提升，也为中华文明今后的枝繁叶茂奠定了最坚实的基础。当时由巴克星人类传授给地球人类的理论和技术，除了钻木取火及用河图、洛书预测天气等被彻底放弃不用外，其他所有的内容都被中华民族传承下来，并发扬光大。

其中阴阳相互依存、相互转化的辩证原理，第一次向地球人类揭示了物质态和信息态的相互关系，并发展成为中国传统古典哲学中辩证法的精髓。

五行生克原理，作为物本的特性，尽管在中医、兵法等领域有广泛的应用，但是其重要意义，并未真正被后人所深刻理解。甚至唯物论出现之后，原本应属于自己核心内涵的五行生克原理竟然被一些

中国人推向了唯心论阵营，甚至认为是封建迷信文化，以至于直至今天，五行生克原理都未被真正理解和广泛应用。这不能不说是极大的遗憾。巴克星球当时传播给风氏伏羲的“根本性”理论，后来其发展也都不是很圆满，都留下了许多遗憾。例如，先天太极八卦图，虽然后来经巴克星球另一位代言人姬昌完善和发展，但是其应用主要在占卜预测方面，并没有在中国人自己的手里去实现二进制数学的发明。当然，更没有发展成现代计算机。可见，国人对这样的“根本性”理论的宝贵之处，并未充分理解。

尤其是近代以来，中国兴起全盘西化的思潮后，更是出现了西方人“装弹药”，中国人自己“扣扳机”，极尽对巴克星球传授给中国的“根本性”理论污蔑、打击之能事。这不能不说是中华文明发展史上最大的悲哀。

容子讲到这里，大家在微信群里互动很热烈，很显然，这个问题引起了在座人们的强烈共鸣。这时，特色小镇一位研究社会学的秦教授，在微信群里提出了一个问题。他说：“既然认为五行生克理论具有物本特性，可以解释所有事物之间生克的规律，最近也有位吴教授以五行生克理论来解释经济学，确实有道理。那么，如果用五行生克理论解释社会学，可以行得通吗？”这条留言的评论很多。

容子从显示屏中看到这个问题后，停下来对介子笑了笑说：“你能不能来回答这个问题呢？”其实介子也注意到了这条留言，认为是一个很好的问题。听到容子点自己的将了，介子就站起来，客气地说道：“那我就把对这个问题的粗浅理解，试着跟大家做个分享吧。”

介子认为，现代社会体系，也可以按五行原理划分成五个基本的要素环节，即军队（防务）为“木”、政党（民意）为“火”、司法（法治）为“土”、政府（行政）为“金”、经济（市场运行）为“水”。由军队通过暴力支持政党，聚集民意并夺取政权，获得政党的生存空间，这是木（军队）生火（政党）；政党以法治的方式确立自己的政治地位，并以司法的形式表达政治主张和提出社会管理准则，这是火（政党）生土（司法）；再以司法的手段确立和巩固新的政府，形成有法律效应的政府行政活动，这是土（司法）生金（政府）；政府的第一要务是发展经济，确保顺畅的市场运行，社会才得以稳定，这是金（政府）生水（经济）；而有了经济的保障后，军队才有了生存的依靠，这是水（经济）生木（军队）。这样就完成了一个五行相生的循环，而有了稳定的军队，才有稳固的政党及执政的安全。

现代社会如此，古代也不例外。古时虽没有现代的政党，但也有民心和民意的归向问题；而且有士大夫阶层，实际上也是个“士子党”；皇帝是这个“士子党”的最高领导人。中国古代如此，现代西方社会同样也不例外。M国自诩按孟德斯鸠的“三权分立”理论管理社会，而实际上，M国的军队是高度独立的一极，两党控制的国会也是高度独立的一极，再就是司法、政府和财政，也都是各自相当独立的一极，这实际也是按五行生克原理运作来管理社会的，“三权分立”实际上是名存实亡。西方的政客，从来都是“知错即改，死不认错”，明明是靠五行生克原理来管理社会，却硬撑着打上“三权分立”的标签。

所以，在整个社会体系的运行中，军队（木）、政党（火）、司法（土）、政府（金）、经济（水）是依次相生、不断循环的。其中任何一个环节出问题，都会使整个社会运行失效。

当这个相生的关系确立后，相克的关系自然也就出现了。例如，军队（木）的性质是暴力，由其性质所决定的暴力行为，在很大程度上能够使司法（土）失效；而带有某种倾向的司法（土）制度，对社会经济活动将产生约束或束缚，进而影响经济（水）的发展；经济（水）的滞后，会使执政党（火）失去社会信任，而反之，则会形成腐败，导致执政党（火）地位动摇；当执政党（火）因失信而地位动摇，必然使政府（金）执政能力受阻，整个社会也就会出现动荡；在这种动乱情况下，军队（木）的暴力作用就会失效，从而使国家不再稳定。一些国家发生颜色革命的现象就可以证实这种效应。

所以，在整个社会体系运行中，军队（木）、司法（土）、经济（水）、政党（火）、政府（金）是依次相克的，以上要素中，一旦有一个要素失去制衡力，或对另一个要素产生过度克制，就会使社会稳定出现问题。

实际上，所有事物构成的完整体系都可以分解成五种既相互区别，又有联系的要素；这些要素之间的相互关系规律都可以用五行生克原理来把握。

介子的这一番分析，让秦教授及所有在座的人都很信服，顿时响起了一阵热烈的掌声，微信群里也纷纷刷屏点赞。

5

虽然当时巴克星球传授给中华民族的“根本性”理论在后来的发展中留下了遗憾，但是一些实用的技术，却得到了广泛的应用和长足的进步。

比如夯土建筑技术，自经风氏伏羲的华胥族学会并掌握以后，就一直传承下来，并且发扬光大。一开始风氏伏羲和族人们，在巴克星人类的指导下所建的夯土房，还是和原来的把树枝和草用泥敷上、用茅草盖顶的方形房屋一样，只有门，没有窗户。后来巴克星人类告诉风氏伏羲他们，在夯土墙时留下窗户，既利于采光，又利于空气流通。风氏伏羲他们按巴克星人类的建议施工，效果自然非常好。新的夯土房冬暖夏凉，而且由于墙体厚了，墙上部就可以架上粗的树木作为房屋的梁，由此承重能力大大加强，屋顶就可以铺上厚茅草，提高房屋抵御雨雪的能力。由于夯土房的出现，中国特色的土木建筑技术从此奠定了基础，并且与时俱进，不断发展，直至今天仍然广泛应用。

夯土建筑技术，后来不仅仅用来建筑房屋，还用来修建城邑，成为冷兵器时代最为有效的防御工事。秦始皇统一中国后开始修万里长城，所采用的技术就是巴克星人类传授的夯土建筑技术。这项技术在被勤劳智慧的中华民族子孙广泛应用过程中，也不断得到完善和进步。发展到登峰造极时，人们在泥土里掺入一定比例的石灰，又用糯米熬成稀粥作为黏合剂，以此和泥灰搅拌在一起后夯成土墙，其牢固结实的程度，不亚于今天的混凝土结构，成为世界建筑技术发展史上的一个奇迹。

巴克星人类当时传授给风氏伏羲的技术，实际上都是深谋远虑的。比如陶器烧制技术就是如此。巴克星人类教华胥族人先用泥土和上水，这样就便于成形，然后做成碗、罐等形状的泥土器皿，之后再放到火上烧制。在烧制过程中，要不断地把泥土器皿拿下来喷洒上水，润湿后接着再烧制，这样可避免泥土器皿开裂。一直到所烧制的泥土器皿从火上拿下来后，再浇上水时，水沿着器皿的壁面流淌，则烧制完成了，泥土器皿就变成陶器了。

烧制出这样的陶器有什么用处，一开始风氏伏羲的族人们并不是很理解，直到后来陶器得以广泛应用，他们才恍然大悟，知道陶器烧制技术将从根本上改变他们的生活。

原来，在陶器出现之前，他们吃熟食只能有一种办法，就是把食物穿在树枝上，再放在火上烤熟后吃。而有些食物，比如谷物，因为没办法用树枝穿着烤，就只能生吃。生的谷物又硬又苦涩，虽然一些野生动物吃得津津有味，但人们吃起来却觉得难以下咽。可是陶器出现以后，这些状况就一下子都改变了。各种原来不方便熟吃的谷物，全部都可以用陶器煮熟了再吃。陶器出现之前，人们只能吃烤鱼，当有了陶器后就可以喝上鱼汤了。没有陶器，要熬制草药的汤剂来治病也是不可能的。况且，当时人们的居所都要尽量靠近河流等水源，否则饮水不方便。然而靠河流太近，一旦天气变化出现洪涝，又会威胁了他们的居所和生活。有了陶器以后，盛水的工具解决了，人们就可以居住到远离洪涝之害的高地。陶器烧制技术的出现，也为日后制造砖瓦，进一步发展土木建筑技术奠定了坚实的基础。

巴克星人类传授给风氏伏羲捕捞技术，使他们从原本只懂得用树皮搓绳，发展到利用优质树皮（麻）来编织渔网。而实际上编织渔网的技术又发展成编织麻布的技术。麻布出现以后，就为人们在夏天能够穿着比兽皮更凉爽的衣裳创造了条件。而编织技术的发展，又为后来华胥族部落迁徙到中原后学会种植棉花，利用棉花捻出棉绳，编织棉布打下了基础。

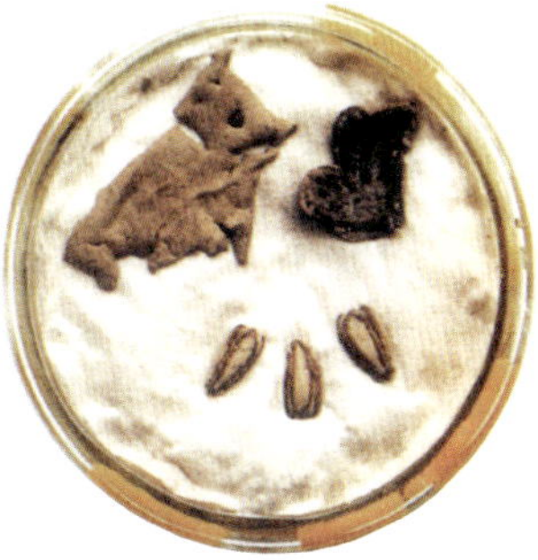

巴克星人类到了华胥族住处后不久，小麦已经成熟了。风氏伏羲的族人们早就发现那东西可以吃，因为野生牛羊都爱吃。

但是麦粒太小，很难烧烤，所以他们一直没把小麦作为食物。巴克星人类让风氏伏羲带领族人把野生的小麦都拔出来，把麦粒剥下来后，要求他们留下一部分作为种子，找合适的时间撒种，则年内又可以收获一次小麦。巴克星人类让华胥族人把留够种子后余下的小麦放到大石上，用粗木棍把麦粒压碾破碎，成为面粉。然后巴克星人类又教华胥族人把面粉和上水后做成一块块的面饼，放在火上烤熟后再吃。华胥族人们按巴克星人类教的办法做后一尝，天哪，居然是如此香美的味道！大家顿时高兴得欢呼起来。接着，巴克星人类又教他们把捕猎得来的兽肉，用锐石刮下来后，用棍棒砸烂，与面和在一起后烤熟了吃，味道更鲜美。华胥族人们一试，果然美味无比。

小麦的种植和食用，原本是中华民族在巴克星人类指导下首先实现的。但是，今天所有公开的史料却都认为，小麦是从异邦传入中国的，所以历史记载往往很多是失真的。

中国是世界上的产稻大国，但中国并非是最早的水稻种植地，水稻种植技术最早是由毛兆星人类教给埃及人的。不过中国人差不多和埃及人同时食用稻米，那时中国食用的是野生稻米。中国南方人还没有陶器的时候，先用水把稻子泡软，这样就比较方便去掉稻壳，然后用石斧劈开椰子或竹筒，把米装到劈开的椰子或竹筒里面，系上绳子后，糊上稀泥土，再用火烤熟。有了陶器之后，做米饭就没有问题了。

巴克星人类还教会了风氏伏羲获取和使用食盐。一开始巴克星人类发现风氏伏羲的族人们在吃烤肉时，总喜欢在肉上浇上一些兽血后再烤熟吃。巴克星人类了解后才知道，这样烤熟的肉会有咸味，味道更鲜美，这是因为兽血里含有盐分。后来，巴克星人类发现风氏伏羲族人住的老泥草屋的泥草墙上，都析出一层黄白色的硝盐，于是就让族人们刮下来一尝，果然有咸味，用这种泥土里刮下来的硝盐来烤肉，味道又比用兽血更鲜美。巴克星人类告诉风氏伏羲，这东西是盐，可以派人到青海湖的岸边去挖，然后背一些回来，只要有一些，就够你们族人吃很长时间了。

后来，风氏伏羲派人按巴克星人类指引的方向，果然找到青海湖并背回了盐，不过他们付出的代价也不小。在背回盐的过程中，由于路途遥远，有族人死在了途中。然而，中华民族却成了地球人类中最早用盐作为食物佐料的民族。后来，风氏伏羲迁徙到中原以后，离沿海地区近了，就改为食用海盐。到了黄帝时期，现在河北的沧州一带，已有世界上最大的人工晒盐的盐场了。

当时华胥族人家养繁殖野畜和野禽，目的主要是解决族人的副食，未曾想到这些家畜和家禽后来成为开拓新食源的试验先锋。当族人们发现一种新的食物，要了解其有没有毒、可不可以食用时，一般就用家畜、家禽先做试验。如果家畜、家禽食用后依然健康，则说明该食物基本上是安全可食用的。后来像牛这样的大型家畜，还成为发展农业生产、开展运输等活动的重要畜力。

转眼已经过去了五个月时间，天也渐渐冷了，很快就要进入冬天了。在当时的条件下，到了冬天后，人们很难再进行户外活动，都要在屋子里“猫冬”了。而且巴克星人类也看到，华胥族部落的人们都在按他们所传授的技艺，有条不紊地从事各种劳作，便认为传播的任务已经完成，目的已经达到，他们可以离开了。接着，尚文博他们就与风氏伏羲及华胥族部落的族人们告别，即将返回停留在月球轨道上的大型飞船上去。

临行前，巴克星人类把利用脑兰卡波联系的方法告诉了风氏伏羲，就没有再做停留，乘坐飞行器离开了华胥族部落。风氏伏羲和

族人们看着飞行器快速升空时，都伸出双臂仰天高呼："天神巴克星！天神巴克星！"转眼间飞行器就在他们的视线中完全消失，不见踪影了，但呼声仍然持续不断，久久不息。这呼声代表着华胥族人的心声，也代表着华胥族部落的人们对巴克星人类的无限敬仰。

巴克星人类离去后，族人们还聚集在一起没有散去。风氏伏羲很理解族人们此时的心情，他登高向族人们说道："从天上来的巴克星人类是神，他们的星球又叫龙星，龙是巴克星人类的神，今后也就是我们的神。我们要把巴克星人类的神，也当成我们的神。我们华胥族的人，就是龙的传人！我们要一直传下去，让所有人知道，我们是龙的传人！"听了风氏伏羲这番话后，华胥族部落的族人们，瞬间爆发出震天动地的欢呼声："好！我们是龙的传人！我们是龙的传人！"

从那以后，华胥族在风氏伏羲的带领下，日益繁荣昌盛起来，其声名也远播他乡。

其实龙是巴克星球上一种与我们地球上的珍贵宠物一样，很受人们喜爱的动物。巴克星球的龙，是一种身子像地球的蛇（巴克星球也有和地球一样的蛇），但却长有四只脚的动物，样子很像地球的四脚蛇等爬行动物，但又不是爬行动物。因为它可以由两个后脚着地，直立起来行走，是一种介于爬行动物和哺乳动物之间的杂食动物。巴克星龙的脖子上长着一圈鳍，受惊时会张开，平常则贴在身上。巴克星龙的体重可以达到300千克，其寿命很长，和地球上的龟、蛇一样，寿命可达1000岁左右。其皮肤是单色的，有黄色、青色等颜色，最好看的是紫黑色。由于它的性格很温顺，很善于与人类相处，所以巴克星人类几乎每个家庭都养着龙。巴克星球的法律规定，收养龙作为宠物时，要等到龙长到一定年龄后才能收养，一般龙被收养后都会陪伴收养人终生。

龙是巴克星人类重要的宠物伴侣。由于巴克星人类很喜欢龙，把它作为珍贵的宠物，所以他们在为自己的星球取别名时，就选择了“龙星”。巴克星人类在向风氏伏羲介绍巴克星的风土人情时，自然也掩饰不住对龙的喜欢，结果风氏伏羲误解了，以为龙是他们那里神通广大的神。上古的时候，人们曾把巴克星人类所描述的龙的形象刻在玉石上，作为“神仰”（图腾）佩戴在身上，后来觉得不是太好看，和想象中的神有差距，于是就发挥想象力，不断地进行修饰改造，最后成为今天龙图腾那样的威武形象。

近五千年来，龙成为中华民族的图腾和象征，承载着的却是中华文明起源的秘密。这是今天龙的传人万万没想到的。

第五章 华夏民族

1

中国上古时期的历史和风土人情，多半是靠考古发现的那些片鳞半爪的线索推测出来的。稍微系统点的阐述，在《山海经》中介绍了一些。至于《山海经》是怎么回事，以后等有机会介绍《山海经》的作者伊仲时，我们再详细道来。此外就是民间的传说或一些所谓的“野史”记载。例如，前秦时期王嘉的《拾遗记》亦有涉及。但这些内容多以“神话”的形式表现出来。现在看来，这些神话都源于当时华胥族部落神奇的变化。

那个时候，华胥族部落是个大部落，南来北往的人听说附近有个大部落，路过时都会在这儿歇个脚。那时人们一次出门旅行，走个来回要两三年是很正常的。当曾经路过华胥族部落的人，返回再次路过华胥族部落时，发现这里发生了神迹般的翻天覆地的变化，无不感到万分惊奇。过路人一般也见不到风氏伏羲那样的大领导，就找一些华胥族部落的族人打听。华胥族的族人们往往就添油加醋地把族长风氏伏羲如何有能耐，又如何上天把他的神仙朋友请来帮忙的事，夸张地吹嘘了一通。这样一传十,十传百，越传越远，也越传越神奇，成了远近闻名的神奇故事。

公元前 2815 年 4 月份，陕西宝鸡一带的夏拓族部落首领女希氏娲，从一个路过部落的游方猎人那里得知了华胥族部落的情况后也非常吃惊，不过她当时还是半信半疑。这个部落她之前也听说过，可从来没听说过那些神奇的事迹。不过，耳听为虚，眼见为实。于是，她当即就萌发了到华胥族部落去看一看的想法，在与族人们一起商议之后，她决定亲自到华胥部落一探究竟。

在得到族人的同意后，女希氏娲就选了两个青壮年男丁族人，与自己一起前往华胥族部落。那个时候，要从陕西的宝鸡走到甘肃的秦安，可不是一件容易的事，一路翻山越岭不说，还得抵御野兽的袭击，十分困难。在历时近两个月的艰苦跋涉后，女希氏娲一行三人，终于在公元前 2815 年 7 月 2 日到达了华胥族部落所在地。

到了华胥族部落一看，女希氏娲顿时感到耳目一新，精神为之一振，一路风尘仆仆带来的疲倦，全都烟消云散了。她看到华胥族部落里井井有条、繁荣有序的景象，当时就深感不虚此行。特别是那一间间错落有致的夯土房，尤其使他们三人感到震撼。女希氏娲在向部落的族人们打听到风氏伏羲的住处后，就一路观景

来到风氏伏羲的家门外。

当时风氏伏羲没在家。风氏伏羲的母亲华胥氏接待了女希氏娲一行三人。华胥氏听说他们是从大老远的地方专程过来的，十分热情地款待他们，用龟壳从陶罐里舀了水请他们喝。这时女希氏娲他们三人也顾不得与华胥氏寒暄，只是打量着屋子，感到一切都是那么新鲜、奇特。那个时候已经入夏，没进屋前站在太阳底下感到特别热，没想到走进屋子后居然十分凉快。而且房子还有窗户，空气流通很好。睡觉的地方是用木头搭起来的一个台子，华胥氏说这叫床。一面墙上挂着一张用麻绳编成的网，这么大而精致的网，女希氏娲可是第一次看到。她看着网心里想：这么大的网，捕捞鱼多方便啊。更让她惊奇赞叹的是陶器，这种东西可是她平生第一次见到，居然还可以装水。满屋子的东西都是那么新鲜、神奇，令她目不暇接。女希氏娲边看边询问着华胥氏时，风氏伏羲从外面回来了。他一看家里来了陌生客人，问明情况后，才知道原来是夏拓族部落的族长女希氏娲亲自带队前来拜访，要考察学习华胥族部落的发展情况。

风氏伏羲了解了她们的目的后，也非常高兴，传播巴克星的先进文明，正是他的使命啊！他赶忙让母亲华胥氏拿出平时都不舍得吃的最好食物，招待女希氏娲一行三人。

实际上，当时夏拓族部落与华胥族部落，已经形成了时代的差距。女希氏娲的夏拓族部落还停留在靠采集、狩猎和捕捞为主要生产形式的时代，而风氏伏羲的华胥族部落已初步进入农耕时代。就生产和生活工具而言，夏拓族部落还处于石器时代，而华胥族部落已进入陶器时代。从生产力而言，这已是一个巨大的代差。两个部落食品的丰富程度，也存在天壤之别，不可同日而语。当时的风氏伏羲，可以随时拿出自己圈养的畜、禽肉等食物来招待他们，还可以让他们品尝已经烤熟了的小麦面饼。尤其是风氏伏羲的食品都使用了盐，使得所有的食品味道都特别鲜美。这令女希氏娲他们三人宛如置身天堂，感慨万千。

吃过饭后，风氏伏羲就带着女希氏娲一行三人，在华胥族部落里四处观看，进行学习。他们看到华胥族部落的族人们种植的一些农作物、圈养的一些禽类和畜类，以及人们所住的夯土房和所用的陶器都和风氏伏羲家一样。女希氏娲一行三人，心里有说不尽的感慨。一路上，女希氏娲边看边问风氏伏羲，以了解那些部落里已经掌握了的生活和生产技术的情况，风氏伏羲毫无保留地一一做了回答。

听着风氏伏羲对一个又一个问题的解答，女希氏娲看着这位年轻的部落首领，发自内心地佩服和敬仰起来。尤其当她知道风氏伏羲随时可以和天上的神人联系，学习并请教问题，不断提高华胥族的知识和技术能力的情况后，更是肃然起敬。这时，她在心里萌发了与华胥族部落合并为一族的想法。参观完华胥族部落后，他们一起回到风氏伏羲家里，两人刚坐下，女希氏娲就迫不及待地把希望两个部落合并的想法告诉了风氏伏羲。

风氏伏羲在听了女希氏娲关于夏拓部落的详细介绍后，从部落的人口、规模和今后发展等方面考虑，也认为两个部落合并是个好的想法，是利大于弊的。同时，这也是提升华胥族部落声望，扩大传播巴克星文明的好机会。有鉴于此，风氏伏羲沉思片刻后，就欣然同意了女希氏娲合并部落的建议。

当知道了风氏伏羲同意合并部落后，女希氏娲一行三人非常高兴。当晚，女希氏娲一行三人就在风氏伏羲家里住下，与风氏伏羲商量合并部落的具体事宜，一直谈到深夜。第二天早上，女希氏娲一行三人就与风氏伏羲辞别，风氏伏羲拿两个小陶器作为珍贵礼物，送给了女希氏娲。女希氏娲一行三人，带上风氏伏羲为他们准备的食物和一些盐，踏上了返回夏拓族的路程。

送走了女希氏娲一行三人后，风氏伏羲马上召集部落族人，把与夏拓族部落合并的事情，以及自己的想法告诉了全体族人。族人们听了风氏伏羲所说的情况和想法后，都认为合并部落是件好事，有利于华胥族部落的发展和壮大，以欢呼的形式支持了合并部落这一重大决定。

合并部落的决定向族人们宣告以后，风氏伏羲又马上与族人们商量，应该抓紧时间动手修建给夏拓族人前来合并后所住的夯土房。族人们纷纷表示赞同，认为应该抓紧时间施工。接着，风氏伏羲带着几位有夯土建房经验的族人，在部落西侧的一块较大的空地上划定了建房的区域，安排了建房的数量，并组织全部落的劳动力投入建设。经过近三个月的紧张施工，终于在夏拓族人来到之前，建成了26间夯土房，为夏拓族部落族人营造了坚实的生活基础和良好的生活环境。

自从与风氏伏羲辞别后，女希氏娲一行三人一路风餐露宿，艰辛跋涉；他们使命在身，日夜兼程，结果仅用了一个月的时间，就赶回了夏拓族部落。

女希氏娲回到部落后，顾不得长途跋涉的辛劳，马上召集部落族人，认真介绍了此次出行的见闻和巨大收获。大家听了后，都为女希氏娲描述的情景所震撼。特别是当女希氏娲拿出两个风氏伏羲赠送的陶器和一些盐时，大家一拥而上，围上来观赏，并用手捏起盐来品尝。接着，众人纷纷议论说，真想不到，居然还有这么伟大的部落……

女希氏娲看到族人们反应如此热烈，心里十分高兴，接着就把与华胥族部落合并的事情告诉了族人。其实，听了女希氏娲对华胥族部落的情况介绍后，族人们就非常向往华胥族部落的生活。现在女希氏娲提出这个决定后，族人们个个兴高采烈，一致表示愿意随女希氏娲一起与华胥族部落合并。

在族人们都拥护女希氏娲的决策后，女希氏娲不顾一连几个月的辛劳，马上果断地决定，事不宜迟，立即行动起来，收拾家当行装，尽早出发。第二天一早，女希氏娲就带领 58 位族人，向华胥部落的方向进发。

当时夏拓族是个中等规模的部落，华胥族已是个大规模部落，人口已达 558 人，夏拓族的人口仅仅是华胥族的零头。不过两个族合并，意义十分重大，对将来族群避免近亲繁衍、壮大人口规模都是极有益的。更重要的是，女希氏娲在当时的历史条件下，开了民族部落合并的先河，为以后中华民族的团结和统一奠定了历史性的重要基础。

2

这是中华民族历史上最伟大的一次迁徙壮举！一路上，夏拓族人扶老携幼，相互帮助，跋山涉水，艰难前行。经过了三个多月的艰辛努力，终于在入冬之前赶到了华胥族部落，并住进了他们从未见过的夯土房。

夏拓族人的到来，使华胥族部落的人们沸腾起来了。华胥族人纷纷赶到夏拓族人的新住地，大家嘘寒问暖，帮助夏拓族人安置家当。许多华胥族人送来了柴火、食物，还把夏拓族人感到最新鲜的陶器也送给他们。陶器在当时的华胥族也是十分贵重的奢侈物品，但华胥族人慷慨解囊，顿时使全体夏拓族人感激而泣。

一时间，华胥、夏拓两族会合，呈现出民族融合一家亲的感人场面。那天晚上，华胥族人在部落的广场上堆起了一大堆枯树枝，当着新来的夏拓族人的面，用钻木取火的方式点燃了族群融合的篝火！钻木取火是当时华胥族掌握的高科技，当夏拓族人第一次亲眼看见钻木取火成功后，都情不自禁地“哇”了一声，这一声顿时引来大家的一阵欢呼！篝火燃起以后，两个部落族人以篝火为中心，围成了一个硕大的人圈。

欢呼声过后，风氏伏羲站起身来，他首先代表华胥族部落对夏拓族部落的到来表示热烈欢迎。接着他做了一番热情洋溢的讲话，表示今后不论是华胥族，还是夏拓族，都要像一家人一样，相互帮助，同甘共苦，齐心协力，共同建设好自己的家园。风氏伏羲讲完后，两个部落的族人群情激昂振奋，又发出了一阵欢呼！

随后，女希氏娲也站起来，代表夏拓族向华胥族表示感谢！同时她提出了两个部落合并后应该拥有一个族名的建议。她的这一建议，得到了在场所有人的赞同。经过一番商讨，最后决定用两个部落的第一个字组成一个新的族名——华夏族！

这一刻，伟大的中华民族以华夏之名正式诞生了！族人们通过了新的族名后，顿时狂欢起来，大家不约而同地齐声高喊：“华夏！华夏！华夏……”欢呼声不绝于耳，经久不息。

狂欢之后，女希氏娲再次提议，风氏伏羲为华夏部落的族长，自己为族仆（副族长），并愿意与风氏伏羲结为异姓兄妹。那一年伏羲已经29岁了，诞生于公元前2837年4月12日（农历三月初三）的女希氏娲22岁，他们两人相差7岁。听到女希氏祸的这个提议后，族人们又是一阵欢呼，表示同意和支持。过了一会儿，风氏伏羲看到天色已晚，而且主要的大事也都商议过了，就让族人们回去休息。大家散了后，风氏伏羲和女希氏娲坐在未燃尽的篝火旁边，商量着部落今后如何发展。一晚上，他们俩有说不尽的话。直到篝火渐渐熄灭，两个人都感觉到丝丝凉意，这才起身告别，各自回去休息。

转眼到了公元前2814年的春天，华夏族经过一个冬天的接触、磨合，由两个部落合并而成的华夏族人，已俨然成为一家人了。而风氏伏羲和女希氏娲，他们俩也在一个冬天的接触中建立了感情，并且女希氏娲怀上了风氏伏羲的第一个儿子风氏尚典。

可万万没想到，风氏尚典出生后不久，却因患上了麻疹中风而夭折。这个不幸，对于风氏伏羲和女希氏娲来讲，是一个很大的打击。看着因病而夭折的儿子的遗体，风氏伏羲发誓，一定要掌握巴克星人类传授的治疗疾病的方法。这实际上已经是关系到本民族的壮大和发展前途的一件大事。

因为在当时的条件下，威胁人类生命的主要因素有两个：一是野兽攻击，二是疾病传染。在人类形成群居的部落后，抵御野兽攻击的伤害已不是问题了，但是疾病疫情一旦发生，往往在很短时间内使得人类整个部落、整个部落的死亡。显然，五年前巴克星球人类来到时，所传播的理论和技术中，专门有一部分是治疗疾病的理论和技术，但风氏伏羲首先把精力用于发展生产力、提高生活水平方面，疏忽了治疗疾病这方面，没有把巴克星球人类传授的理论和技术付诸应用。现在想来，风氏伏羲很是后悔。

在这种情况下，风氏伏羲用脑兰卡波与巴克星球联系，汇报了自己儿子夭折的情况。他想尽快用巴克星球给予的植物药理中的植物

治疗疾病的方法，提升华夏族部落的医疗技术水平。风氏伏羲把这些打算向巴克星球做了详细报告，并请求巴克星球在这期间给予全力指导和支持。巴克星球了解了上述情况后，认为风氏伏羲的考虑完全正确，应该抓紧行动。同时，巴克星球给风氏伏羲发来在大脑中呈现的药用植物影像，帮助风氏伏羲寻找草药。有了巴克星球的支持，风氏伏羲很快行动起来，也正是这一年，公元前 2814 年，今天世界上独树一帜的“中医”诞生了。

在和巴克星人类联系商讨以后，风氏伏羲就带领一些族人出发去寻找可以治病的草药。他们一行翻山越岭，过河涉滩，在脚下这块大地上寻找救命的草药。由于各种植物的地域分布较广，生长环境各异，风氏伏羲一行在近一万平方千米的范围内，只寻找到了 46 种可以药用的植物。

风氏伏羲一行回到部落后，在巴克星球人类的远程指导下，利用这 46 种草药，采用陶罐熬制技术，配制了一些预防性的汤剂药，并且适时给部落族人发放使用，基本保证了季节性常见病的预防，使整个部落族人基本处于健康状态。今天我们仍然使用的中医汤药是和治未病理念同时诞生的，至今已有四千八百多年的历史了。

当时巴克星人类所给予的阴阳相互依存转化的辩证原理和五行生克原理，是整个中医理论的核心和灵魂。实际上，中医保健治疗原理，涉及人体内自然信息通道疏导和细胞基因修复两个方面。而这样的理论内涵，在今天仍然是极为前沿的高科技，在当时的文明程度下，人们不可能理解有关这两方面的体系性理论，因此也就只能以“根本性”理论作为指导了。

比如，中医追求人体内的阴阳平衡，从容介态的角度来讲，可以理解为就是要体内的酸碱性物质平衡。按酸、碱性物质的合成物性来讲，酸性物质主要合成为阴性的信息能量，而碱性物质主要合成为阳性的信息能量。所以，把酸性物质合成的阴性能量表示为阴，把碱性物质合成的阳性能量表示为阳。而人体内两种能量只有在达到基本均衡时，才是健康的。否则，就会处于亚健康状态。

巴克星人类当时传授给风氏伏羲的医疗理论中，很重要的一部分是人体经络。它实际上是人体内输送自然信息的通道，只要这样的通道畅通不受损，就能通过把从食物中摄取的基因信息，输送到所需的细胞里去，维持身体健康。当人体通过正常食物所摄取的基因信息不完整或不够时，就要通过中草药来修复。所以，中药的治疗方法，实际上就是对人体细胞和基因的修复。

具体地说，当一个人生病了以后，就会在病灶区所属的腺体大脑区域接收到被损细胞和基因的信息，然后再由腺体大脑把病灶信息传输到居于大脑松果体中的主系肌朊线粒体（俗称“灵魂”）之中；主系肌朊线粒体进行甄别后，提出需要补充哪些信息，做出对病灶基因进行修复的指令，并把这些指令返回腺体大脑。当人们服用了中药后，腺体大脑就会按照所返回的指令，从中药中汲取被损细胞和基因所需的信息能量，并向被损细胞和基因输出，从而实现对病灶区域的细胞和基因的修复，使之恢复正常。

所以说，中医治病采用的是人体细胞基因修复法。而发源于古埃及人制作木乃伊干尸的解剖技术的西医，则多喜欢开刀做手术，这种办法则是细胞基因去除法。两种方法的原理是截然相反的。中医认为，人体即便受到病毒或细菌的侵袭也无妨，只要人体自身细胞、基因系统没受损或没有缺陷，就能够自己抵御来袭的病毒和细菌。也就是说，只要身体细胞和基因完整，人体有自行修复和自愈的能力。中医治病的办法主要是先修复自身细胞和基因，然后再由自身的细胞和基因体系去抵御或消灭病毒、细菌，所以中医治病的办法是“先为不可胜，以待敌之可胜”。西医的办法则主要是直接杀死病毒、细菌，不惜“杀敌一千，自损八百”，甚至发展到开刀做手术，那基本上是“杀敌八百，自损一千”的办法了。

很显然，由于当时巴克星人类自己的医疗技术已经达到在基因层面上进行修复的水平，于是他们就把对人体实施基因修复的治疗方法，以符合当时地球人类文明发展条件的形式教授给了我们。在巴克星人类看来，人病了就是由于人体细胞基因产生缺损，只要人体细胞基因不缺损，就不容易生病。治未病就是要确保人体细胞基因不缺损，维持人体的自修复能力。

常言道，人吃五谷杂粮就要生病，那是因为人体在生长过程中，老的一茬细胞死去，新的一茬细胞又复制生长出来。在这个新陈代谢过程中，就要通过食物的摄入，来维持人体细胞基因中的 64 对碱基的完整和充足。由于进食习惯形成后，食物结构往往比较单一，久而久之必然造成通过进食补充的 64 对碱基不充分，也不完整，进而导致人体细胞、基因的复制出现缺陷，这时人就生病了。而中药正是通过配伍实现容介态，使人体明显缺损的碱基形成在药中，当中药进入人体的胃以后，胃里的酶类物质把容介了的细胞和基因所需的物质信息，按照需求量吸收并输入到血液中，由血液把这些物质信息运至被损细胞和基因所属的腺体大脑区，再由腺体大脑分配输出至被损细胞和基因区域，对被损的细胞和基因进行信息能量补充，最终达到修复的状态。而在人体内基因信息的传导过程中，保持人体的经络畅通又是十分重要的。

其实，只要明白了巴克星人类传授给中华民族的“中医”的治疗原理，就能理解今后

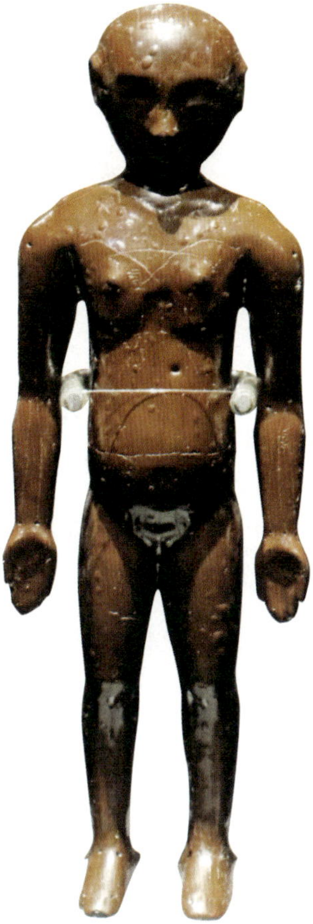

中医的发展方向。随着今后科技的发展，只要检测出人体内 64 对碱基失衡与不完整的情况，再从各种植物和生物中，提取出或以容介态的方式合成 64 对碱基，然后把生病人体所缺失的碱基信息以各种有效的给药形式输送至人体内，这样就能快速、精准地发现人类所发生的疾病，并且有效地予以治疗。将来，一旦这样的治疗技术和理论形成，中医技术就会从以“根本性”理论为指导，上升到形成“体系性”理论的伟大飞跃。

所以，中医的诞生，归根到底是当时巴克星人类以“大道至简”的形式，用“根本性”理论和当时的“靶向性”技术相结合，把至今仍然是最前沿的高科技医疗方法，演化成“简版”的形式，来为华夏族部落人类进行疾病治疗。从那以后，华夏族人类的身体健康状况出现了极大的改善。

华夏族有了健康的体魄，人口的生存和增长也就有了保障。当时风氏伏羲号召族人在保障生存的前提下，多生多育，壮大族群。在号召族人的同时，风氏伏羲和女希氏娲也带了头，他们俩在两年多的时间内，竟两次生下双胞胎，当时成为华夏族部落的一大新闻。族人们也因此纷纷为壮大族群不断地做出贡献。几年下来，华夏族人口由合并时的 616 人，发展到近千人的部落，成为当时中国区域内最大的氏族部落。

3

公元前 2809 年至公元前 2807 年，因为太阳进入恒星活跃高峰期，对地球的气候环境产生了很大的影响，使华夏族所在的大陆区域旱涝迭出，对华夏族的生存构成了巨大的威胁。

当时整个地球的气候十分反常，或是严重的干旱，寸草不生；或是大洪水暴发，到处一片汪洋。对于上古时期，尚处于蒙昧或蒙顿时期的人类而言，最可怕的自然是赖以栖息生存的大地突然成为一片汪洋。在那个时候经历过大洪水灾害的地区和民族，后来都以神话记述或口口相传的形式，把当时人类面临的大灾难记录并流传下来。

当时，面对长时期的自然灾害，华夏族部落的族人们显得有些束手无策了。虽然风氏伏羲带领族人与自然灾害进行了抗争，但终究人力有限，工具落后，尽管经过了一番努力，还是没能战胜自然灾害，反而被自然灾害所困。迫于自然灾害的压力，风氏伏羲不得不向巴克星球发出了求救的信息，祈盼在这危难时刻巴克星球出手相救！

巴克星球在接到风氏伏羲的求救信息后，十分重视。他们果断决定，指示当时正在太阳系外进行系间引力测试的巴克星第 6 工作站，火速赶往风氏伏羲所在的大陆区域实施救援。

巴克星球的第 6 单元区工作站飞临地球后，很快测试发现了太阳活动出现异样变化，遂向巴克星球做了测试情况汇报。巴克星球分析后得出结论：地球正进入天文灾害期，如果巴克星不采取措施，华夏族将陷入危境。于是，巴克星球马上指示第 6 单元区工作站，对风氏伏羲部落所在的大陆区域，根据气象情况实施逆向干扰，对风氏伏羲的华夏族部落进行解救。

当时，华夏族部落所在的大陆区域，为多雨洪涝灾害时期。巴克星球第 6 单元区工作站利用地磁聚爆技术，对地球大气进行扰动。

这个技术可以使华夏族部落所处区域的大气变压形成新的大气定向移动，向海洋区域扩散，巴克星球第6单元区工作站，经过24小时的连续干扰，使华夏族部落所在的大陆区域的积雨云全部消散。由于这种人为干扰天气的做法并不能形成长期效应，巴克星球人类根据华夏族部落所在区域的地理状况进行分析，认为华夏族部落继续留在原地会对今后发展存在很大的局限性，于是决定让风氏伏羲的华夏族部落迁址，目的地是东部平原地区的宛丘（即今河南省淮阳）。

风氏伏羲收到巴克星球的迁址指示信息后，认真进行权衡和思考，在充分地分析了华夏族部落这一行动的利弊后，也认为迁址到平原地区是正确的选择，只有这样才会更有利于部落的生存和发展。接着，风氏伏羲在与女希氏娲商量后，就向华夏族部落的族人们公布了巴克星球人类希望部落迁址到平原地区的指示。华夏族部落的族人听说是巴克星球人类让部落迁址到东部平原去，都毫不犹豫地赞同。接着华夏族部落经过20多天的充分准备，当一切就绪后，他们出发了。

公元前2807年8月8日，风氏伏羲带领华夏族部落的987人，开始了华夏民族的第一次大迁徙。

风氏伏羲带领华夏族的族人，按照巴克星球人类提供的迁徙路线，一路向东挺进。在整个迁徙过程中，巴克星球人类始终予以关注，进行细致的远程指导。在迁徙的路上，有许多小部落的人听说华夏族部落要迁徙到东部大平原去，都纷纷投奔风氏伏羲，加入华夏族的迁徙大军，并且合并入华夏族。华夏族在迁徙中一路发展壮大，从开始迁徙时的987人，最后增加到37644人。女希氏娲当时迁徙并入华夏族的伟大善举，像一颗种子一样，终于发芽、生长、开花，结出累累硕果。

经过三年多的艰苦跋涉，这支已发展为 3 万多人的迁徙大军，终于在公元前 2804 年 9 月 9 日，到达了巴克星球人类为其预选的风水宝地——宛丘，并且定都于此，建立了华夏民族第一个父系部落制都城——宛上。

到达大平原后，华夏族沸腾了。他们从未见过如此肥沃宽广的大平原。当时平原上植被非常茂盛，中草药品种和数量也比甘肃多，还有许多原始森林，栖息着很多野兽。最多的是狗熊，那个时候狗熊可是个重要资源，它全身是宝，肉可食用，有些器官可入药，大块骨头可用来记录文字，最可贵的是一两只大狗熊的皮毛就可以做一件极佳的过冬御寒的衣服。那个时候，这里甚至还有象群出没，自然环境和生存条件比原来好得多。

得知华夏族来到大平原后，原来生活在东部平原地区的 108 个小部落也都加入了华夏族部落，人口数量由原来的 3 万多人，陡增到 46 万多人，占有土地面积 103.3 万平方千米，成为当时地球上人口最多、土地面积最大的联盟部落。

风氏伏羲领导的这次具有重要历史意义的迁徙，其实不过只有 3 万多人进入中原地区，加上原有的人口，当时中原地区不过 40 多万人。然而非同寻常的是，风氏伏羲在迁徙中，把当时世界上最先进的理论和技术转移到中原地区，而恰恰是这个因素，促使中原地区的生产力飞速发展，人口迅速膨胀起来，从而使中原地区在相当长的历史阶段内始终是最富庶、人口最多的地区。所以，逐鹿中原也就成为历代政治势力最大的野心和目的。

在古代的时候，因外来势力入主中原而在中原地区爆发的战争不计其数，使得中原地区的人口一次又一次被削减。尽管当时是冷兵器时代，但战争中死人也是很多的，因没有能力掩埋，经常尸横遍野。

巴克星人类曾观察到，一次大的战争过后，往往就是狗熊、狼等野兽大聚餐的时候，它们成群结队地扑向遍地的尸体，大快朵颐，相互之间甚至不争不抢，埋头各吃各的。这样的情景不止一次出现，惨不忍睹。

尽管如此，凭借风氏伏羲传播过去的文明，中原地区的人口仍然居高不下。除了战争的非正常死亡外，历史上中原地区还发生过五次大规模人口向外迁徙，迁出人口超过 5 亿。第一次迁徙发生在周商战争之后，第二次发生在宋金战争中。“商迁”和“宋迁”都是往南迁徙，其规模并不算大。规模更大的三次迁徙发生在现代的 20 世纪。第一次是在 1930 年。蒋介石、阎锡山、冯玉祥、李宗仁等新军阀之间爆发了一场混战，史称“中原大战”。在“中原大战”中，中原地区的大批难民往陕西、山西一带逃难迁徙。第二次是在抗日战争时期。1938 年 6 月，蒋介石下令将郑州的花园口黄河大堤决堤。这一次间接导致了 1942 年中原地区的大饥荒，持续时间很长，从而再一次导致了大量人口向陕西、山西一带迁徙。第三次则是在新中国成立以后。在三年困难时期，也有大批人员由中原向外迁徙。

尽管在历史上发生了这么多的人口非正常死亡和向外迁徙，但是直到今天，中原地区仍然是我国人口最密集的地区之一。中华民族的发展壮大，风氏伏羲功比天高，与日月同辉。

华夏族部落迅速壮大，使风氏伏羲非常高兴。为了便于管理，风氏伏羲以自己的部落为中心，分别建立了五大姓氏部落，即风氏部落、女希氏部落、姬氏部落、姜氏部落和黎氏部落，五大部落统称为华夏族。华夏五大姓氏部落的代表人物分别是风氏伏羲、女希氏娲、姬氏轩辕、姜氏华阳（炎帝）和黎氏蚩尤。

当时巴克星人类告诉风氏伏羲，随着技术进一步发展，人口进一

步增加，应该实行集中统一管理。在巴克星球就是整个星球实行集中统一管理的，最高的领导人叫“皇帝”。“皇帝”的更替实行“禅让”制，始终保证让最优秀、最有能力的人居于皇位。由于皇帝都是由品德高尚、能力非凡的人当任，巴克星人对皇帝都非常尊敬，称皇帝为“陛下”，以示敬意。风氏伏羲听后，觉得等将来选择了更优秀的人接任他领导华夏族以后，应该让这个人当第一个皇帝。从那以后，将近五千年过去了，巴克星球的最高领导人仍然称为皇帝。

有了五大姓氏部落的管理基础，风氏伏羲就开始根据各部落的情况，定向传播巴克星球人类所传授的各种技术和理论，使各个部落都有不同程度的发展和进步。

风氏伏羲迁徙到中原以后，由于环境条件的变化，种植棉花已成为可能，而当时黄麻已可以大批量种植，由巴克星传授和指导的编织和缝纫技术得以有较大的发展。衣裳这种现代文明人的重要标志逐步形成并推广。人类第一款布料衣裳的做法大致都差不多：把编成的麻布或棉布对折，长度大概为从人体的肩膀到双膝。然后在对折处的中间掏个洞，可以让头伸出去。接着在肩膀和双手的地方留下口子，让双手可以伸出去。胸口以下到大腿的地方，在麻布片的两边都系上细绳子。当人们穿上衣服以后，身体侧面两边的细绳子都系上，再用一条粗一点的绳子作为腰带，往腰上一扎，就是一件布料衣裳了。当时，这类编织和制衣技术在各个部落得以广泛推广。不过，在相当长的一段时间内，编织物一直是一种奢侈品。只有像风氏伏羲、女希氏娲等高级领导人才有条件穿棉织的衣裳。部落里的中层干部，则有条件穿麻织的衣裳。而大部分平民仍然是以穿裘皮衣裳为主。

编织技术传到了黎氏部落以后，发生了一个在人类历史上具有划时代意义的重大技术进步。黎氏族人发现了蚕和蚕丝，并发明了缫丝技术，还织成了丝绸。这件新鲜事，引起了风氏伏羲的高度关注，他很快请教了巴克星人类。巴克星人类也很吃惊，觉得黎氏族人太聪明了。他们告诉风氏伏羲说，黎氏族人发现的东西叫蚕，其丝缫出来后可以织布，是比棉花织成的布更好的材料。丝绸是中国人发明的，而且是在未经外星人类帮助，受棉、麻织布的启示发明的。此外，为了提高缫丝效率，当时黎氏族人还发明了利用水力的工具，通过水力冲击圆形轮子，形成旋转动力。这在全世界也是首次，而这也是在没有外星人帮助的情况下发明的。后来，在华夏民族五个部落中，黎氏部落是技术进步相对较快的部落。后来黎氏蚩尤得到了本单元区第 52 银河系的西绿甘奴鲁星的帮助，不过这是后话了。

杜森后来说，近五千年来，巴克星人类在对中华民族的研究中，发现了一个很有趣的现象：出生在北方的中国人，比较擅长政治和军事；而出生于南方的中国人，比较擅长技术和经济；要论打仗，往往是北方人赢，南方人输；要论管理经济，往往是南方人强，北方人弱。这种概率十分高，基本上可成定论。杜森是搞星球发展史研究的，他本人搜集大量数据研究后，也得出完全一致的结论。所以当时主要居住于中国南方的黎氏部落，在技术经济发展方面，很快就后来居上了。

当时，对于部落的发展和进步，人力是关键的因素，生育人口是当时部落发展和进步的首要问题。在这种情况下，风氏伏羲一方面要求各部落多生多育；另一方面根据巴克星球提供的人口优育理论，制定了同族不婚、同姓不婚的生育政策，但却鼓励族外随意通婚。

到今天为止，巴克星球仍然采取优育政策，规定在 100 岁到 150 岁这段时间内，经过申请才可以生育子女。不过只要是在这个年龄

段，而且身体健康符合生育条件，申请了一般都会批准。因为他们的家庭都是一夫一妻固定伴侣制，所以按照巴克星人类的价值观和理念，是不会赞同随意通婚的。也正因此，他们才对华胥氏赞赏有加，但是在当时主要需要解决人口优育和发展的情况下，巴克星球人类支持风氏伏羲所采取的新政策，以快速发展人口和提高人口质量。

在此之前，无论是母系氏族还是父系氏族，各部落的通婚主要是同族通婚，近亲通婚现象很普遍，人口质量低下一直是一个突出的问题。实施族外随意通婚的新政策就成了一件新鲜事，一方面有利于增加人口，提高人口质量，另一方面促进了各部落之间的人文沟通和交流。所以这件事很快成为各部落青年族人纷纷响应的事情。这一政策的实施，成效十分显著，几十年下来，华夏族的人口总数量达到了 173 万多人。生育最多的是女希氏娲，她一生中生育的后代达到

51 人（1 人夭折），不但多有双胞胎，而且还有三胞胎，成为当时最有生育能力的模范母亲。也可能由于此，后世才有了女希氏娲造人的神话。

4

风氏伏羲迁徙到中原以后，第二年就按照巴克星球人类的要求，做了一件重要的事情，即去东夷的泰山“封禅”。

巴克星球人类在找到风氏伏羲的一千多年前，就利用泰山内部的自然溶洞，把泰山改造成具有金字塔功能的山体，可以接收来自宇宙空间中的大量自然信息，并且使这些信息向周边辐射，促进周边的地球人类进化。泰山被巴克星球改造后，实现了一个比较特殊的功能。在宇宙中，自然信息的种类很多，发达星球都以“信息光色”来进行区分。地球人类体内的自然信息主要由蓝色、绿色和红色三种信息光色构成，在接收外部自然信息的补充时，男性人类最需要补充绿色的信息光色，而女性则最需要补充红色的信息光色。泰山经过改造后，其特殊功能就是山顶上绿色的信息光色特别强烈。所以对风氏伏羲这样长期利用脑兰卡波工作的人来说，定期到泰山顶上静坐，以补充绿色的信息光色就是一件必须要做的重要事情了。

当时巴克星球人类就对风氏伏羲说：“你登上泰山要有个名义，就叫‘封禅’吧。”自从风氏伏羲首开中国历史上第一次“封禅”以后，历代很多帝王也登上泰山进行封禅。但他们都是只知其然，而不知其所以然。后来还出现了一个很有意思的情况：凡是改朝换代，第一个登上帝王地位的人，去“封禅”都比较灵；之后世袭的人再去封禅，效果就不是那么好了。封禅时，男性帝王要登上泰山顶，女性帝王则没必要登顶，因为登上也没有用，只到山下就可以了。

当时风氏伏羲和女希氏娲带领华夏部落五六十人，一路风尘仆仆去泰山“封禅”。他们到了泰山脚下，在现在岱庙的地方，用石头垒了一圈地方作为宿营地。然后，风氏伏羲让女希氏娲带着众人在营地等待，自己一个人登上了泰山顶。那个时候泰山还没有石阶，登上一次泰山顶还是挺不容易的。风氏伏羲上山好几天才回来，并且把自己“封禅”的情况向巴克星做了汇报。风氏伏羲回去之前，决定把他们宿营的地方作为今后再来的固定营地，并在石头上刻了些字。

风氏伏羲当时在泰山脚下营地中留下的那些刻了字的石头，后来被上泰山“封禅”的秦始皇发现并搬回了皇宫。从此就有了一些迷信的说法流传，认为秦始皇是因为搬走了风氏伏羲的那些石头才倒霉的。也有一种传说，嬴氏原本是风氏伏羲部落的后裔，可炎帝部落的后裔吕不韦偷梁换柱，把自己的私生子塞进来偷了皇位，所以风氏伏羲才显灵让秦始皇倒了霉。

在华夏族不断发展壮大时，风氏伏羲在传播巴克星球的文明方面，逐步把重点从“靶向性”技术转向“根本性”理论的应用。他把巴克星球人类传授的五行生克原理，用于植物药性配伍和人体内脏器官的划分上，以生克关系的理论为指导，采取治补结合的方法强身健体，治疗疾病。

五行生克原理，作为一种物本特性的规律，存在于任何物质和事物中。人体也不例外，不同的器官有不同的功能作用，各器官功能之间达成平衡才是最佳状态。一旦平衡被破坏，就造成人类身体产生疾病。当时风氏伏羲在巴克星人类的指导下，把人体主要器官按五行划分后，再对治疗这些器官疾病的中草药也按五行进行区别分类。在此基础上考虑不同药性，通过配伍，使之形成容介态后生成有益的物质信息，以这些物质信息修复被损细胞和基因。也就是说，利用中药里的物质信息，对受损细胞和基因以信息砌砖的形式进行填充修复。

因为在当时的条件下，没有办法告诉风氏伏羲哪一种中草药主要含有什么碱基，所以只能按五行生克原理对各种中草药进行分类，这样能使风氏伏羲大致明白，以不同的中草药按五行生克原理进行配伍，由它们之间的生克（容介态活动），生成对人体有益的物质信息（药性），从而达到治疗疾病的目的。

各种植物、矿物和生物作为药材时，含有不同程度的酸、碱和盐，按比例进行配伍后，可以寻求修复基因最佳的状态。人类的基因基本上是以碱性物质为基础，辅之以酸性物质和盐性物质达到平衡。平衡状态下的碱、酸和盐三种基本物质，构成了人体的细胞和基因。所以人体细胞内碱、酸和盐三类物质平衡与否，是人类生长、寿命和疾病等生理特性的最基本表现。那么，细胞和基因的修复物质（药物）的质量，可以说决定了细胞和基因生存和成活的质量。采用配伍的容介态形式进行制药，由于所用的物质材料都是自然天成的，因此其合成的平衡率达到百分百，这就相对于化学合成的物质要高出许多倍。而用五行生克原理来配伍自然天成的中药治疗人体疾病，精确率和成功率更是远远高于化学合成物。所以中医药物技术，即在阴阳理论和五行生克理论指导下配伍而成的药物技术，是目前地球人类基因修复技术中最为完备的自然修复技术，堪称完美。在风氏伏羲那个时代，人们不可能理解这么多，但这却是十分可行和有效的治疗技术。

此外，风氏伏羲在巴克星球人类的指导下，发明了棒击、艾灸的

方法，对人体经络穴位进行外激，从而达到激发人体内信息能，疏导人体信息通道，发挥人体自修复功能的作用。他们以此来治疗疾病，开创了内治外疗的先河！

在风氏伏羲那个时代，金属制造还未被发明，因此，对人体经络穴位的外激治疗还不能采用针灸的办法。于是，棒击和艾灸就成了当时可以采用的仅有办法。可是，现在看来，恰恰这两种办法是最正宗的，而且也是治疗效果最好的。近代来，癌症的发病率增高之后，针灸的办法带来了很大的风险。因为癌细胞的繁殖对金属很敏感，体内癌细胞一旦接触金属以后，其在体内的繁殖扩散速度会呈几何级数增长。当然，也不是说针灸的办法从此不可用，如果用碳材料（或石墨烯材料）做成针进行针灸，这种风险就可以避免了。

艾草本身就是一种对人体十分有益的“纯阳”之物，艾灸治疗的办法现在已被广泛接受，并有了普遍推广的趋势。至于棒击的方法，则现在应用得不多。不过，一些未受到现代西医思维影响的正宗祖传中医，则还保留着这种方法，并称之为“药棍”击打法。

药棍的治疗方法，在风氏伏羲的时代，是用清水或中药汤药涂抹在经络穴位上，再以小木棍击打，这个击打方法随着日后医生的研究发展，形成了一种特有手法，既不会伤到人体皮肤肌肉，又能把体内所谓的“病气”击出，其治疗效果比后来的刮痧更好。随着时间的推移，“药棍”治疗方法也不断发展，由开始的用水或汤药涂抹经络穴位，发展到后来用油或药酒涂抹经络穴位，木棍也由精选的上等桃木制作而成。

峨眉弦虎门是中华武林中最为隐秘的门派之一，也是武林门派中少有的分为“生部”和“武部”两大体系的门派。其“生部”精于养身、医疗之术。两百多年前的嘉庆年间，林清起事发动反清复明的“癸酉之变”，当时身为八卦教五虎将之首的钱仲明参加事变，事败之后携家人遁隐四川大凉山，创“弦虎门”并为第一代掌门人，至今已传至第七代。第七代掌门人钱大师是体育科班出身，又是当代武术宗师。他武功高强，曾一掌劈断汽车弹簧钢板。从他接任第七代掌门人开始，为了弘扬中华传统武术和养身术，才开始接受异姓弟子。郑兴有幸拜他为师，成为郑兴时常引以为豪的事。钱大师为人正直，又行事低调，既武艺高强，又医术精湛，堪称医武双修，德艺双馨。在他的家传治疗养身方法中，代代严禁用针，只是用艾灸和药棍，亦为一桩奇事。其实这正是弦虎门这个隐秘的武林门派，坚持严格地传承具有长达近五千年历史的风氏伏羲的经络治疗方法。而这种传统治疗方法，现在那些顶着“红十字”名头的现代中医院，多半都已不采用了。

在上古时期，人们要掌握大自然以及各种事物发展变化的规律，需要很多的理论知识，而这在当时显然是做不到的。当时华夏族人掌握的用于科学研究的技术能力，几乎是谈不上的，要依靠有效的技术，掌握科学方法来了解和认识部分客观规律也是做不到的。

在发达星球人类看来，理论（即对真理的认识）和技术（即对自然的改造能力）最为重要，科学不过是在一定技术条件下，逼近真理的一种方法，即了解和总结理论的一种方法。当技术条件不具备，科学方法未形成时，要大致掌握自然或客观事物的发展规律，人们只有用宇宙中最根本的自然法则关系来进行哲理性的判断和推测。如果要用今天的科学理念来讲，这恰恰是最为根本的科学手段，也是上古时代唯一可以掌握的科学手段。

于是，风氏伏羲在巴克星球人类的指导下，运用八极再生关系，确定了爻相的推演和解释。通过这样的分析方法，以爻相推事物，以生克定吉凶，用说辞哲理诠释事物发展的客观规律和本来面目，这种办法与人、事息息相关，形成了独特而准确的预测体系。在当时各种技术不发达的社会条件下，这无疑成了最容易逼近事物真相的一种科学手段。

风氏伏羲推演先天八卦时，下的功夫可够大的。他几乎把全家人都动员起来帮他做推演。风氏伏羲有四个孩子，是他和女希氏娲生的两对龙凤胎，他们的名字分别叫尚龙、氏虎、仲武和灵雀。其中尚龙、仲武是男孩，氏虎、灵雀是女孩。风氏伏羲在推演先天八卦时，突发奇想，觉得两个男孩可视作阳爻，两个女孩可视作阴爻。于是他就让四个孩子各站一方，并按当时的四个方向确定八卦的对称位置，然后取名为青龙（尚龙）、白虎（氐虎）、玄武（仲武）、朱雀（灵雀）。风氏伏羲自己站在中间指挥四个孩子按规律移动，也就是说以移步法（移动脚步）来推演阴阳的交汇点，把这个交汇点称作爻位，并在地上画出记号（即阴爻和阳爻），从而逐步推演出八卦的对称爻位，结合八种自然现象，形成了一个最基本的八卦图列阵，这就是流传至今的先天八卦图。

在列阵推演时，风氏伏羲站在中间，四个孩子只能相互看到侧面的兄弟姐妹，而看不到对面的那个兄弟姐妹，因为被站在中间的风氏伏羲挡住了。这就使风氏伏羲联想到五行生克关系，觉得先天八卦图可以与五行生克原理结合起来，他居中间作为“土”，其余方位分别形成“木”“火”“金”“水”。那么，当这个先天八卦的卦位之间存在了生克关系时，就可以用这个工具对将要发生的事物之吉凶进行推测与判定。

当时的华夏民族，农耕技术正在深入发展，农耕社会正在形成，人们最需要掌握的变化情况无疑是天气征候的变化。于是风氏伏羲在对自然天气变化做出预测后，就以河图、洛书中的自然点数预报天气变化征候，用龟壳及硬质漂浮物沿着河水流向，向下游部落传递预测信息，用驯养的挂着写有预测信息的兽皮的马匹向其他部落传递预测信息，从而使所属部落遭受天气灾害的影响下降了许多，也把各部落族人赖以生存的物资财产损失降到了最低点。这样的预测，被当时的人称为“神的预测”。

公元前2716年，时年128岁的风氏伏羲（风氏伏羲诞生于公元前2844年4月20日）预感到自己将不久于人世，出于诚意让贤，他向巴克星球发送了请求为华夏部落选择新的部落族长兼代言人选的信息。

巴克星球收到风氏伏羲的请求信息后，指示在太阳系周边的星系进行星球测试的第 6 工作站，立即前往太阳系的地球执行该项任务。

巴克星球的单元区第 6 工作站到达地球以后，他们与风氏伏羲见了面，并听取了风氏伏羲就此事的缘由介绍。他们理解风氏伏羲的想法，也对伏羲的高风亮节深感敬佩，随后就在华夏族部落范围内对所有人进行标准测试。经过了三个多月的标准测试，在姬氏部落测试到仅有 1 周岁 5 个月的姬氏轩辕基本符合标准，待后期教育过后，就可以成为族长和代言人的人选。

测试结果确定之后，单元区第 6 工作站的巴克星球人类就把其测试情况当面告诉了风氏伏羲。风氏伏羲听后非常高兴，表示一定要把姬氏轩辕培养成合格的部落族长和代言人。送走了第 6 工作站的巴克星球人类以后，风氏伏羲就把女希氏娲找来，把第 6 工作站测试的情况告诉了女希氏娲，并决定亲自到姬氏部落去看望一下姬氏轩辕。

经过了两天的准备，第三天，40 位青壮男性族人和 4 位女性族人用两顶人力轿抬着风氏伏羲和女希氏娲朝着姬氏部落的方向步行而去。走了两个多月，风氏伏羲和女希氏娲一行 40 多人，于公元前 2715 年 2 月 2 日到达了姬氏部落。他们在姬氏部落头领和族人的引导下，来到姬氏轩辕的家中，与姬氏轩辕的母亲姬氏伏宝见了面，并把来意及姬氏轩辕被选为未来华夏族部落族长和代言人的情况详细告诉了姬氏伏宝。

姬氏伏宝听了以后，深感意外并万分激动。她当时就表示，一定不辜负风氏伏羲的期望，把姬氏轩辕培养成无愧于华夏族部落的族长和代言人。就这样，中国历史上的又一次禅让，也是最名副其实的禅让出现了。比较遗憾的是，由于当时实行的婚姻制度，不清楚谁是姬氏轩辕的亲生父亲。后来巴克星球虽也做过努力，但最后也没有弄清楚。

风氏伏羲和女希氏娲在姬氏部落里逗留了三天，他们到处走走看看，见到巴克星球传播来的技术和理论也在姬氏部落发扬光大了，内心充满了无限的喜悦，也更觉得找到下一个代言人，争取到巴克星球的继续帮助和支持，是多么重要的事情啊！三天后，风氏伏羲十分满意地踏上归程，姬氏部落的族人们送他们很长一程后才依依不舍地离去。

回到都城宛上后，风氏伏羲感觉自己的身体状况每况愈下，于是开始安排自己的身后之事。

他让女希氏娲在自己去世后，继续掌管华夏族部落的一切事务，而且要把教育姬氏轩辕放在首位，尽可能在女希氏娲的有生之年，辅佐姬氏轩辕完成巴克星球所交代的传播任务，做一个让族人放心、信任的华夏族长。同时，待条件成熟时，争取让姬氏轩辕成为华夏民族的皇帝。接着，他告诉女希氏娲，待他去世后就以宛上作为自己的陵墓，并把此举称为“以城为陵”。而这也是巴克星球人类的愿望，一定要遵照执行。

公元前 2715 年 11 月 8 日上午 9 点 30 分，风氏伏羲在许多族人的注视下无疾而终，这位中华民族伟大的人文始祖，走完了他人生的最后一程，结束了他伟大而光辉的一生，享年 129 岁。风氏伏羲逝世以后，巴克星球人类把风氏伏羲的主系肌朊线粒体接回了巴克星球。

风氏伏羲去世后，女希氏娲和华夏族部落的族人们，按照风氏伏羲生前的遗愿，将其葬于都城宛上，立碑述绩，供后人祭仰！

第六章 布齐与金字塔

1

金字塔是地球人类文明的千古之谜，最引人注目的自然就是埃及金字塔。今天，古埃及金字塔及木乃伊等文物的考古发现，再加上碳 14 的年代测定技术，就成了诠释古埃及历史的全部依据。

虽然古埃及比中国更早发明文字，但是古埃及人不如古华夏民族勤快，并没有把一些重要的历史事件记录下来，所以整个古埃及历史，几乎都是近现代西方人帮助写成的。由于文字记录的局限和碳 14 技术的误差，历史失真就在所难免了。现在我们知道，埃及金字塔和那些曾经十分显赫的法老有关。但实际上，埃及金字塔却和一个至今尚未被人所知的重要人物有关。容子告诉大家说，这个人的名字叫布齐。

布齐，是真正影响西方文明起源和发展的一位不应该被遗忘的人。这样一位出身低微平凡的人、一位伟大的圣人，却淡出人类历史的视线近五千年，完全不为后人所知。容子说到这里，感慨万千：现在到了把历史真相公之于世的时候了。

非洲北部的埃及，是一个沙漠与绿洲相伴共存的文明古国。尤其是尼罗河畔两岸的绿洲带，像一条翡翠玉带穿过浩瀚的沙漠，与非洲北部地中海沿岸的大片绿洲相衔接。这是非洲大陆最适合人类居住的地区之一，古埃及人在这里繁衍生息，创造了辉煌的文明。

其实，距今三亿四千万年前，《单元区人类发展规则》发布之

后，在公元前 9666 年，毛兆星人类就比巴克星人类捷足先登来到地球，并且欣喜地发现了地球有人类生存。

接着，毛兆星球先后派了七艘飞船和 30 位毛兆星人，前来地球进行更详细的考察和测试。当时的地球人类尚处于蒙昧群居的时期。毛兆星人类在测试地球人类过程中，发现当时地球人类进化程度极低，无法进行信息交流。所以要在当时的地球人类中选择代言人，传播先进的技术和理论，是无法完成的任务。

毛兆星人类那一次在地球的考察活动期间，曾先后去过现在的埃及、伊拉克、印度、中国、M 国、澳大利亚、南欧地区和中南美地区。他们对那些地区的一些部落做了抵近的测试和观察，并持续了相当长的时间。同时，他们还对地球做了整体的物理测试，把地球列为有人类生存的星球，在做了星位标记后，就返回了毛兆星，并按规定向单元区发布了相关信息。

不过，公元前 9666 年毛兆星那次到地球考察，却对地球人类的发展产生了深刻的影响。由于当时地球人类蒙昧未开化，所以毛兆星人类来到地球时，并没有按照现在那种尽量不干扰地球人类正常生活的理念行事，而是在观察各部落的人类生活情况时，都抵近飞行察看。毛兆星人类乘坐着飞行器，在离地面很低的空中悬停，缓慢移动着进行观测。这和我们地球人类今天到非洲，驱车或乘坐直升机进入野生动物保护区，抵近观察野生动物的情况很相似。

那个时候的地球人类，自然对外星人类和空天飞行器的认知为零，所以不少部落的人在看到毛兆星人类的飞船在天上飞行和悬停时，都感到震惊和神奇。于是有关“天神”的概念，在世界上很多上古部落人类的心目中，就这样逐步建立起来了。古埃及人是受到毛兆星的飞船抵近观察影响较深的地球人类之一，他们把所看到的毛兆星的飞行器视为神或神的东西，形成了崇拜并加以传颂。久而久之，一些巫师就把毛兆星人类的飞行器拟人化了，成了古埃及人类心目中神的化身和象征。

很显然，毛兆星人类虽然考察后就走了，但却对当时的古埃及人留下了深刻和难以磨灭的影响。并且随着时间的推移，古埃及人将这种影响转化为对“天神”的崇拜，这样的文明发展情况，倒也为后来毛兆星人类重返埃及，传播新的先进文明打下了坚实基础。

一直到公元前 2820 年，毛兆星人类在了解到巴克星人类成功地在地球的另一片大陆上，即今日的中国发现了居住于黄河流域的华夏人，并选择了风氏伏羲作为代言人的事情以后，他们赶忙再次前往地球，又来到他们熟悉的非洲大陆。这时他们发现，在毛兆星人类祖先来过的非洲北部尼罗河流域的绿洲中，已经生活着一批进化程度相当高的古埃及人类，这是一些对“天神”有着虔诚信仰的人类。而古埃及人这种信仰的形成，恰恰是毛兆星人类在上一次到达埃及之后留下的可贵文明遗产。毛兆星人类发现这种情况后，喜出望外，十分兴奋。

毛兆星人类之所以执着地选择非洲的埃及作为他们进入地球传播文明的第一站，有着他们重要的考量。今天，打开以大西洋为中心的世界地图时，我们会很容易发现，非洲大陆北端的埃及处于整个世界中心区域的位置，神秘的北纬 30 度线穿埃及而过。一直以来，北纬 30 度线神秘之处很多，最引人关注的莫过于百慕大的所谓“魔鬼三角”。这里是一个发生过大量飞机与轮船神秘失踪事件的区域。据研究报道，这一带还有 UFO 频繁出没。实际上北纬 30 度线一带，也是地球人类生存相对集中的地区。长期以来，地球人类对发生在此的谜团一直未得其解，更多的是各种臆想和猜测，而毛兆星人类对此却是了如指掌的。

地球的北纬 30 度线之所以神秘，是因为地球外部磁力线中的磁粒子，在从北到南的运动过程中，是在北纬 30 度线的区域进行极向反转的。当地球外部磁力线中的磁粒子，从地球 N 极（北极）出发时，其 S 极（南极）在前，N 极在后，N 极受到地球斥力而使得磁粒子向前运动。很显然，当磁粒子前进至一定的位置时，其 S 极开始受到来自地球南极（S 极）的斥力而使得磁粒子放慢了速度。如果要使磁粒子得以继续前进，必须使磁粒子翻转，即变成 N 极在前，S 极在后，从而使磁粒子在前进中，由面临越来越大的斥力，改变成为受到越来越强的吸引力，从而保证磁粒子继续前进，完成从北极到南极的运动。而在使磁力线中磁粒子极向反转的北纬30度线，正是地球的重要生命线，这一带其实存在着很多地球的命门，这也是这一带神秘现象屡屡发生的真正原因。

后来地球人类通过对埃及金字塔的研究，发现了很多神秘的巧合。比如胡夫金字塔高度146.59米，扩大10亿倍，恰好等于地球与太阳之间的距离；塔高与塔基周长之比，就是地球半径与周长之比；金字塔底面正方形的纵平分线一直延长，就是地球的子午线，它正好把地球上的陆地和海洋一分为二；而金字塔的塔址，正好位于世界各大洲的引力中心；如果将塔的自重乘以10的15次方（10^{15}），正好是地球的重量；如果通过胡夫金字塔的经线把地球分成东西两个半球，它们的陆地面积是相等的；等等。所有的这一切其实都不是巧合，而是当时毛兆星人类为了向地球人类传播有关科学知识而精心设计的。

毛兆星人类应该先把什么样的先进文明传播给古埃及人呢？这是他们在古埃及人中物色代言人的同时，一直在认真考虑的问题。经过对古埃及人已形成的文明状况进行考察和了解，很显然，古埃及人当时最需要的技术与文明，是与埃及人类自身生活息息相关的那些东西。毛兆星人类知道，此时地球人类最需要的仍然是提高进化速度，但这些技术又必须以地球人类能够接受的形式传播给他们，否则可能适得其反。

在古埃及人心目中，空间的概念比时间的概念更为清晰。他们所了解的生存空间可以概括为四个方面：天空、大海、沙漠、绿洲。面对天空，他们可望而不可即；面对大海，往往也只能望洋兴叹；面对沙漠，这是没有更多意义的不毛之地；唯有绿洲他们可以赖以栖息生存。因此，冥冥之中的世界和宇宙，对古埃及人而言，自然更多的是深邃不可知的。

在地球的上古时期，人类由于对大自然的无奈，便将所有深邃不可知的事情通通归结为神的缘故。其实这也是地球人类在那个时代最高明智慧的表现。古埃及人也一样，在有神存在的前提下，他们对生命的崇拜也就转化为对人死后去向的憧憬。地球人类的平均寿命并不长，活着的时间是很有限的，死后的归宿才是长久的，所以对人死后的安置和处理，是古埃及人十分重视的事情。也许是因为地理位置离干燥的沙漠很近，在很早的时候，古埃及人就逐步发现并掌握了让尸体脱水干燥的木乃伊保存技术，这是一种自然的干尸保存技术，但是这种技术保存尸体的时间也是有限的。

为死者修建坟墓，以便更好地保存死者尸体，在当时甚至是比为活着的人修建居所更为重要的事。古埃及人已经形成的这种理念和意识，毛兆星人类是难以一下子对他们产生太大影响和改变的。当时，毛兆星人类最关心的是，如何利用埃及人已经形成的理念和意识，使古埃及人能更快、更好地进化。因此，顺着古埃及人已有的思维，利用他们重视建造坟墓的事实，首先传播一项有益于帮助他们更快进化的技术，就构成了毛兆星人类的决定。

2

五千年前的毛兆星人类，无疑比今天的地球人类更了解人类能够进化的真实缘由。实际上，在宇宙当中存在自然信息的事实，在尚未被地球人类认识和理解的情况下，其要搞清楚人类进化的缘由是不可能的。古代的先哲们，也是在外星人类的帮助下，最早从哲学的层面揭示了自然信息的存在，提出了物质与信息之间相互关系的模型。此后在漫长的历史过程中，人类对信息的认识就一直停留在哲学层面而裹足不前；并且，统一的物质信息观被分离为对立的唯物观和唯心观。

19世纪中叶，奥地利人孟德尔——这位在大学时学习过古典哲学的神父——在豌豆遗传试验的研究中，提出了遗传因子的概念，因子就是生命遗传中传递的一种信息，这时信息的概念从哲学中走出来，迈入了生命科学领域。眼看着真理的回归就要实现了，不幸的是，几乎与此同时英国的达尔文发表了《物种起源》，他把人类进化的原理引入歧途，孟德尔的研究和发现被埋没了。

孟德尔的基因信息观点被埋没几十年以后，历史进入了20世纪，他的观点又重新为人们所关注。而这个时候，信息的原理不仅在生物领域回归，在工程科学等领域也被重视起来。到了20世纪中叶，美籍奥地利人贝塔朗菲创立了系统论，维纳创立了控制论，香农创立了信息论。这“三论”的出现，使信息终于和物质第一次并驾齐驱地出现在人类历史舞台之上。

然而“三论”的出现并未真正确立信息的本质，直到沃森和克里克提出DNA双螺旋结构之后，信息才真正和物质一样回归于自然。不过，沃森和克里克能够提出如此伟大的理念也绝非偶然。尽管如此，迄今为止，地球人类对于自然信息的了解还只是在大门之外徘徊。所以，要让四五千年之前的古埃及人像了解自然物质那样了解自然信息，无疑是比登天还难的。鉴于当时地球人类文明的发展水平，活着的人无法了解和认识自然信息，把自然信息的神奇力量寓于人死后追随神的愿望之中，就成了当时进行传播科学技术的唯一渠道。

当时的毛兆星人类，受一千多年前巴克星球人类来到地球后利用天然的泰山改造了地球上第一个宇宙信息能量塔的启示，经过深思熟虑后决定，把他们的人造宇宙信息能量塔技术，结合古埃及人热衷修造坟墓的现实，传播给地球人类。毛兆星人类的人造宇宙信息能量塔，就是今天地球人类所说的金字塔。

人类进化速度的快慢，取决于从宇宙自然中汲取信息态能量的水平和能力。人类主要通过三种渠道获取自然信息能量：一是通过各种食物汲取，二是通过视觉汲取，三是通过大脑的脑兰卡波（大脑热线波）汲取。人类通过食物获取自然信息和通过眼睛视觉获取自然信息是十分有限的，分别占6%和19%左右，而通过大脑的脑兰卡波获取自然信息则占75%。由于自然信息能量的运动速度（Ln）非常快，达到光速（c）乘以37的19次方倍（37^{19}）之巨，即 $Ln=37^{19}c$。面对有这样快的运动速度的自然信息，当人类大脑的脑容量（衡量接收自然信息能力的指标）比较少的情况下，人类能接收到的自然信息是十分有限的，因此人类自然进化的速度也比较缓慢。建造宇宙信息能量塔的目的，正是希望通过物理的方法，让脑容量较低的人类，能够尽可能多地接收到自然信息。

古代埃及人认为：人有来世，逝世后可以转生，坟墓是逝者转世前的住所。在埃及金字塔的石碑上，刻有很多“卡夫”的字样，这是“升天、轮回”的意思。古埃及的人们，在一些巫师的臆想推波助澜之下，把坟墓视为人死后转世的阶梯，同时还认为坟墓建造的规模和豪华程度，将决定逝者未来的身份和地位。为了能让逝者来世成为受人尊敬的贵族，古埃及人都愿意尽其所能来为自己或家人建造坟墓，以为其求得来世荣誉。如果把宇宙信息能量塔（金字塔）作为坟墓来建，无疑最能满足埃及人当时的认识和需要。

金字塔是底部四个边的长度与高度相等的锥体结构。这种结构有一种神奇的功能，可以把来自宇宙任何方向的信息态能量聚集于结构内部的中心位置，而且这种功能和构建金字塔结构的材料性质，并不存在绝对的影响关系。当然，最好是用天然水晶，如果没有天然水晶，采用地球上自然的沙石、土壤等材料来建造金字塔，也能达到相似的目的。

从宇宙中各个方向进入金字塔的自然信息，最终会在金字塔内部中心聚集，这时如果把金字塔中心作为墓室，尸体受到聚集而来的宇宙自然信息的作用，就会加速干燥，形成木乃伊并受到保护。那么，这样就能符合古埃及人认为的“如果人死以后躯干完整并且不腐烂，那么灵魂就更容易转生到另一世”的看法。

中国古代以来的一些出家人，圆寂之后采用“装缸”的形式埋葬尸体，也会有不少类似于木乃伊的“肉身佛”现象，其实也就是利用了陶缸的金字塔效应，达到保存尸体的目的。实际上，在金字塔内部，不仅仅尸体可以不朽地保存下来，食物也不易腐烂，刀片能保持锋利、不易锈蚀，甚至有些鲜花还能保持较长时间不凋谢！

不过，这些功能并不是毛兆星人类把这项技术传播给古埃及人的唯一目的，而是因为有这样的功能，才足以让古埃及人积极地去建造金字塔。金字塔的另一个重要功能是，当它汇聚了来自宇宙各个方位的信息态能量后，可以将这些能量通过内腔的谐振折射后，向底座正方形平台的四个面平行地辐射出去，这时的信息态能量运动速度将大幅度下降，这就便于金字塔附近的地球人类吸收，促进地球人类进化。实际上，这个功能才是毛兆星人类传播这项技术的重要目的之一。

毛兆星人类在埃及建造金字塔，除了希望以此技术帮助古埃及人提高进化速度之外，还有一个重要的目的，就是利用金字塔聚集信息态能量的功能，收集地球中的自然信息，达到深入了解地球情况的目的。这是所有发达星球人类到欠发达星球去以后最为关心的一件事。而他们最希望收集到的自然信息，就是关于人类的信息。确切地说，他们最最希望收集的，是人去世以后的主系肌朊线粒体（灵魂）。所以对发达星球而言，只有人才是最宝贵的资源。今天世界上有些科学家凭主观臆想，说外星人到地球之后，会与地球人类争夺物质资源，这种说法是十分可笑的。

实际上，在宇宙单元区中，智慧人类才是第一资源，很多发达星球在发展过程中，最稀缺的资源是人。有些星球虽然已高度发达，但是人类繁殖却非常困难，甚至成为制约其星球发展进程的最重要的瓶颈。因此，很多发达星球人类，都会到那些还没有能力回收本星球人类主系肌朊线粒体的星球去，收集那些自己无法到达信息态空间的主系肌朊线粒体。他们收集到这些主系肌朊线粒体以后，可以直接加以信息改造，复制成他们星球上的人；也可以利用先进的高技术装备，对主系肌朊线粒体进行“回放”，再现这个主系肌朊线粒体（灵魂）人类生前的三维图像，从而达到研究该星球人类的目的。当然，最广泛的用途可能是，提取收集到的主系肌朊线粒体的优秀信息部分，作为改善本星球人类的“添加剂”，帮助下一代本星球人类的进化。毋庸置疑，毛兆星人类建造宇宙信息能量塔（金字塔），也有这样一个重要目的。

3

公元前 2692 年 2 月 2 日，这是地球人类西方文明史上最神圣的日子之一。这一天，也是埃及人可以引以为骄傲和自豪的日子。

毛兆星人类再次来到地球的非洲大陆，并决定在此开始向地球人类传播先进文明的重要原因是，他们终于如获至宝地发现了一位名叫布齐的古埃及人，他的生理条件完全符合作为传播先进文明代言人的要求。毛兆星人类发现布齐以后，就一直暗中对他进行跟踪测试。发达星球人类在选择欠发达星球人类作为代言人的过程，既是一个测试分析的过程，其实也是一个学习被测试人类语言，掌握其交流方式的过程。只有完全学会被测试人类的语言，掌握了他们的交流方式，才能够顺利地与被测试人类进行正面接触。经过两年的测试分析后，他们认为布齐已经可以胜任毛兆星代言人的任务，就决定与其进行正式接触。

布齐是一位修墓的普通匠人，这在埃及的平民当中，还是一个比较受人尊敬的职业。公元前 2692 年 2 月 2 日下午 5 点钟左右，毛兆星人类观测到布齐独自一人牵着往萨卡拉送墓料的四峰骆驼，走在返回孟菲斯的路上。于是，他们就利用局域反重力隐身平移技术，一下子把布齐和四峰骆驼一起隐身平移至 330 千米高空的飞行器中。局域反重力隐身平移技术，就是对预选的区域进行引力屏蔽，使那个地方的引力顿时降为零，这时的人或物体就能在一定的初始外力作用下，形成惯性，自然上升漂移，再配合对那个区域的大气实施超视频振动，使空气的振动达到超过 50 赫兹的频率，区域之外的人就看不到区域内的物体了，这时再对人和物体施以定向移动技术，就能实现对人和物体的平移了。

当时，走在路上的布齐正在盘算着第二天送墓料的事情，突然感到一阵眩晕，他马上站住紧闭双眼，想平静一下再走。不一会儿，他觉得头晕的感觉过去了，睁开眼睛一看，自己和四峰骆驼竟然置身在一个圆形的大厅内，周围还站着几个装束怪异的人。布齐顿时惊恐万分，大声嚷嚷道：“这是哪里？我怎么会在这里？”

这时，周围几个人中的一位走近布齐说：“我们是毛兆星人类，是专程来找你的，布齐。”接着他又对惊愕中的布齐说道：“布齐，这是我们飞行器的中心控制大厅，是我们把你和你的骆驼平移过来的。请你放心，我们没有恶意。”

布齐听了这番话后，心里多少平静了一些。他鼓起勇气问道：“你们是毛兆星人类？我没有听说过这个地方，毛兆星在哪里？”

这位毛兆星人听了布齐的问话，笑了笑。接着就把毛兆星球的位置、他们要选择代言人来传播毛兆星球技术理论的事情告诉了布齐。听了毛兆星人类所说的这些事情以后，布齐十分震惊地说道：“天呐！你们是外星人类？你们能从那么遥远的地方到萨卡拉，你们和法老一样，是天神！是尊贵的天神啊！”

布齐停了一下，举目望望四周，接着对毛兆星人说道：“我现在是在你们的飞行器里？你们是乘坐这个飞行器来到萨卡拉的？天呐！这个飞行器一定很神奇，是天神用的，我想看看这个飞行器。”

听了布齐这番话，毛兆星人了解了他的愿望，商量了一下后，就同意了布齐的要求。他们安排三位毛兆星人陪着布齐，对飞行器的内舱逐一进行了参观。在参观过程中，毛兆星人类除了给布齐介绍舱内设施外，还把布齐作为代言人的生理特征，以及准备在地球建立永久宇宙信息能量塔来提高地球人类进化速度的事情告诉了布齐。

当时，布齐虽然听不懂毛兆星人类所说的自己的生理特征，也弄不明白宇宙信息能量塔中深奥的科学道理，但眼前的一切已经使他坚信毛兆星人类就是天神，他们所讲的都是有意义的事情。特别是参观了毛兆星人类的飞行器后，布齐完全被毛兆星人类的技术和他们准备为地球人类进化所要做的事情所折服。布齐怀着崇敬的心情，虔诚地同意成为毛兆星球的代言人，表示会尽最大努力，去完成毛兆星人类交给他的传播任务和使命。这是发生在姬氏轩辕正式成为巴克星球代言人之后第五年的事情，布齐成了地球人类的第三位外星代言人。

毛兆星人类听了布齐这一番真诚的话语之后，就把事先准备好的十幅宇宙信息能量塔总成结构图、随图附的结构功能说明交给了布齐，接着郑重地对布齐说："这十幅能量塔总成结构图和结构功能说明，就是你要传播的技术理论，你可以自己完成塔的建筑，也可以与其他地球人类一起完成。在建筑能量塔时，如果需要我们的帮助，你可以通过脑兰卡波与我们联系，我们可以用我们的技术帮助你们完成能量塔的建造。"

望着全神贯注倾听的布齐，毛兆星人类明白，他心里尚存有疑惑，于是就解释道："我们这样做，是为了帮助你们地球人类掌握能量塔的建筑原理，是以传播技术和理论知识的形式帮助你们。"布齐点头表示明白后，毛兆星人类就把利用脑兰卡波的联系方法，以及在传播技术过程中要注意的事项告诉了布齐。毛兆星人类嘱咐道："这项技术只有埃及人掌握，对高卢等外族人要采取保密措施，要通过技术发展使埃及本民族强大起来，更不能让高卢人知道我们帮助过你们埃及人。"后来果然不出毛兆星人类所料，当埃及人大兴土木建筑金字塔以后，高卢人派出大量人前往埃及，接近工地打探消息。由于布齐他们严格按照毛兆星人的要求进行保密，高卢人始终一无所得，这是后话了。

布齐和毛兆星球人类见面的那一年，他 38 岁。

毛兆星人类把应该向布齐说明的事说完后，就和布齐告别了，并再次用隐身平移技术，把布齐和他的四峰骆驼又平移回到原来的地面位置。布齐回到地面后，天色已晚。他看了看夜空中的星座方位，意识到此时已是午夜时分，孟菲斯的城门早已关闭。当晚，布齐只好和四峰骆驼挤在一起，一直等到天亮。天亮后，布齐急匆匆地牵着骆驼回孟菲斯城的家中去了。

布齐回到家后，随便吃了点食物，就一头扎进自己的屋里，关好门，从怀里掏出毛兆星人类让他传播的宇宙信息能量塔的技术资料，认真地研究起来。

古埃及人是地球人类中最早拥有文字的民族之一，他们拥有文字的时间仅晚于印度人，比中国人还早。在公元前 3569 年，古埃及就出现了“角形文字”，这种“角形文字”是由孟菲斯的一位名叫托塞姆的筑墓监工创造的。他在做筑墓监工时，闲来无事把碎石片叠放在一起，构成许多不同的几何形状，这启发了他，使他萌生了发明文字符号的想法。经过一段时间的努力，他果真发明了角形组合的文字符号，即一种三角形对叠文字。由于这种角形文字所表示的语言和事物比较少，在公元前 3185 年时，被当时出现的神启象形文字所取代，形成了古埃及的象形文字。由于在布齐所处的时代，古埃及已有文字了，所以毛兆星人类向他传播理论和技术，就比巴克星人类向风氏伏羲传播文明时难度要小了很多。

虽说布齐的科学理论水平有限，但是他多年从事建筑行业，对住房结构和墓地结构很熟悉，这些为他能够理解毛兆星人类让他传播的宇宙信息能量塔的结构和技术提供了重要帮助。布齐在研究宇宙信息能量塔的结构图和功能说明时发现：这种结构形状的塔体，不仅结构坚固，不易倒塌，而且受光面与内室之间形成一个聚合状态，使内室成为一个能量聚合点，不论宇宙信息能量从哪个方向来，最后都能在内室形成聚合。如果在内室聚合点存放尸体，就能最大限度地获得来自宇宙各个方位的能量。那个时候，布齐还不能理解来自宇宙的信息态能量经过内室聚合后可以水平反射出塔外，还能使附近人类获得更多的信息态能量，从而促进人类进化的原理。但是仅凭内室可以聚合能量，对保存尸体有益这一点，就足以使布齐付出努力把它建起来了。这一理解性发现，使布齐异常兴奋！

一连好几天，布齐都闭门驻足，没再去送墓料，成天待在家里冥思苦想，研究宇宙信息态能量塔，惹得家里人为此对其提出“抗议”。为了养家糊口，布齐只好边送墓料，边研究这些毛兆星人类给的结构图中那些更深层次的原理。

就这样，布齐花了两个月的时间，通过对宇宙信息能量塔结构图及所附功能说明的研究，加上自己的理解，已基本掌握了宇宙信息能量塔的结构特征和功能原理。现在让布齐为难的是建造技术了，怎样才能把宇宙信息能量塔建造起来呢？要建一个一百多米的高塔，仅凭少数人的力量是绝对建不起来的。而且根据毛兆星人类所给的图纸要求，选用天然水晶做材料最理想。虽然埃及有天然水晶矿，不过这东西在当时还是挺稀罕的，开采那么多水晶石，难度非常大。仅就备料一项，就是一个巨大的工程，更何况还要把塔建起来，难度确实太大了。布齐思来想去，毫无办法。于是他决定把这个情况报告给毛兆星人类，请求毛兆星人类的帮助。

布齐做出决定之后，就按照毛兆星人类告诉过他的脑兰卡波联系方法，与毛兆星人类取得了联系，并把自己所遇到的困难，以及请求毛兆星人类帮助的想法一五一十地向毛兆星人类做了汇报。

毛兆星人类收到布齐的报告以后，认真地就布齐思考后反映的情况做了一番商量，觉得布齐所说的问题确实存在。特别是用天然水晶石做建塔原料，凭当时埃及人的能力难以达到。如果毛兆星人类协助他们开采，动静就太大了，如果惊动了普通老百姓，就不利于今后埃及文明的正常进化和发展。不过，毛兆星人类对布齐必要的帮助还是要做的，但要以天神的神力这样的形式出现才好。毛兆星人类商量决定后，就把他们的一些新的想法告诉了布齐。

他们通知布齐："可以想办法用石头和沙子先建筑一个小于原尺寸的实验性能量塔，先以它来证明你所传播的能量塔原理的正确性。一旦你们地球人类认同能量塔的功能后，你的地位就会得到确认，这个时候，你就可以向你们的国王请示，由他动员你们王国的地球人类建造原尺寸的能量塔。这时，我们会暗中帮助你完成原尺寸能量塔的建设。"

4

布齐收到毛兆星人类发给他的这个信息后，心里真是踏实多了，目标也明确了。当时是埃及的第三王朝时期，国王（法老）是左塞尔王。以布齐当时的身份，要直接去找国王就太困难了。于是，他想了想，决定先找曾经和自己有过交往的王宫御医——伊姆·荷太普，请他来一起商量建造小于原尺寸的实验性能量塔的事。

在布齐的心目中，伊姆·荷太普这个年轻人是个很有学问的人，虽然自己比他年长几岁，但人家见多识广，知道的事情比自己多，一定会有建造能量塔的好办法。于是，布齐抱着试试看的心理，到王宫去找伊姆·荷太普。

那一天，布齐来到王宫门前，正巧碰上伊姆·荷太普到王宫外办事。布齐喜出望外，赶忙上前喊住了伊姆·荷太普。过去布齐曾与伊姆·荷太普有过交往，布齐为人诚实勤奋；伊姆·荷太普聪明过人，为人也很正直；两个人相互敬重，又很投缘，虽然身份有别，

却也成了好朋友。伊姆·荷太普听到有人在喊，转身一看是布齐，也非常高兴，两人很久没见面了，他就应声向布齐走来。

两人相互问候之后，布齐就让伊姆·荷太普找一个僻静的地方，说有一件非常重要的事要向他单独禀报。伊姆·荷太普看布齐一脸严肃的表情，知道他真有重要的事跟自己说，于是就打发左右先去办事，自己和布齐两人找了个偏僻处谈了起来。于是，布齐就把自己两个多月前和毛兆星人类见面的经过，以及毛兆星人类让他作为代言人的事情告诉了伊姆·荷太普。伊姆·荷太普听后就明白了，实际上布齐是说，他亲眼见到了自称为毛兆星人类的天神了，而且还接到了他们的重要使命。

当时伊姆·荷太普听了布齐的话以后，非常惊诧，有点半信半疑。他就问布齐道："这个星球的人类让你作为代言人，是要让你代言什么呢？"听伊姆·荷太普这么一问，布齐就把毛兆星人类让他建造宇宙能量塔，以及他现在遇到的困难都告诉了伊姆·荷太普。并且，布齐也说了想请伊姆·荷太普一起来建造宇宙能量塔的想法。

伊姆·荷太普听了布齐所说的这些情况后，沉思了一会儿。他知道布齐为人很诚实，是不会撒谎骗人的。片刻后，他问布齐："他们给你的宇宙能量塔结构图和功能说明能让我看看吗？"布齐连忙说："可以，可以。只是我今天没有带来。"伊姆·荷太普听后就说："你看这样好吗？我今天还有不少事情要办理。明天你带结构图来，我们到城外找个清静的地方看结构图。"布齐认为这样不错，也免得因为伊姆·荷太普的身份特殊，他们频繁接触引起人们的怀疑。他们相约第二天在城门外见面，然后伊姆·荷太普匆匆赶去办事，布齐也回了家。

第二天，布齐和伊姆·荷太普在城门外见面后，就一起来到城外一个僻静的小高地后面。站稳后，布齐把十幅宇宙信息能量塔结构图和附图功能说明，小心翼翼地从怀里取出交给伊姆·荷太普。伊姆·荷太普接过来一看，立刻大吃一惊，知道布齐此时给他的东西绝非凡物。毛兆星人类给布齐的图纸和说明书的材质，和我们今天地球人类所用的纸差不多，也许其质量比我们现在所用的纸更高级，那是一种植物纤维浆质压胶铜版纸，难怪令伊姆·荷太普深感惊奇。

当时的古埃及人虽然是世界上仅次于古印度的第二个发明了文字的民族，但不管古印度所用的楔形文字或印章文字，还是古埃及人所用的角形文字或象形文字，一般都是用于墓碑铭文上。虽然也有写在一些卷材上面的，但通常都是用兽皮（比如羊皮）作为书写的卷材。现在伊姆·荷太普发现，布齐带来的结构图和说明居然是写在一种他从未见过的卷材上面的，难怪会大惊失色了。他从结构图所用的卷材上判断，这种卷材绝非他们已有的，一定是技术非常先进的人类才可能制造出的。伊姆·荷太普当时就对布齐所说的事情基本上都相信了。他当着布齐的面，非常感慨地说："这种卷材就是最好的说明啊！"

接着，伊姆·荷太普认真仔细地翻看能量塔结构图和功能说明。他一边看着，布齐一边在旁边结合自己理解的情况对他加以指点。当他了解到可以用不同视向的平面图来表现一个立体的物体时，突然大声惊呼道："天呐！这是我们做梦也想不到的事情啊！太神奇了！太奇妙了！没想到这个星球的人类有这等先进的技术，我们太渺小了。"虽然布齐强调毛兆星人类坚持他们是从其他星球来的人类，伊姆·荷太普出于对布齐的尊重，也跟着这么说，但这时伊姆·荷太普却坚信，这些送来能量塔结构图的人，一定就是传说中的天神。

伊姆·荷太普在那个小土堆后面一待就是大半天，他入迷地反复阅读能量塔结构图和功能说明，之后神情庄重地注视着布齐说："你做了一件伟大的事情，我要向国王禀报你所做的事情，请求国王陛下召见你。"说完两个人就赶忙起身返回城里了。

第二天晚上，伊姆·荷太普亲自来到布齐的家中，兴奋地告诉布齐，国王陛下要召见他。布齐听后十分激动，能得到国王召见，那真是无上光荣的事，他赶忙随着伊姆·荷太普一起前往王宫。

到了王宫后，由于布齐身份低微，国王只能在后宫的密室里召见他。布齐平生第一次进入王宫，觐见国王陛下，开始难免有些紧张，不过一想到毛兆星人类交给他的使命，他很快就从容了。伊姆·荷太普向国王引见后，布齐认认真真地做了觐见礼。接着他开始向国王禀报，把自己与毛兆星人类见面的过程，以及怎样接受做毛兆星代言人的情况，详细地向国王做了禀报。国王听得入神，双眸闪着异样的光彩，很显然国王不但惊讶，还无比激动。接着，布齐又把希望建造能量塔和与伊姆·荷太普联手做这件事的想法一并向国王做了禀报。

国王听完了布齐的陈述之后，渐渐从十分兴奋的状态中恢复过来，他和蔼地对布齐说：“能量塔的结构图我都已经看了，如伊姆·荷太普所说，你做了一件伟大的事情，我同意你们建造能量塔。”接着他对伊姆·荷太普说：“这件事由伊姆你来主事，布齐作为辅助你的密臣，你们联手完成建造。你们就以建造国王‘玛斯塔巴’（陵墓的意思）为名，召集全国优秀的工匠，尽快投入建造。”国王下达命令后，结束了召见，回寝宫去了。

布齐没想到，国王会这么快就应允了建造宇宙能量塔的事情，这有点出乎自己的意料。他激动地对伊姆·荷太普说道：“真是一位伟大的君主，一位非凡的国王啊！”他心里暗暗发誓，一定要尽全力去建造好宇宙能量塔。

随后，布齐与伊姆·荷太普在密室里商量了建造宇宙能量塔的事宜。他们决定先由伊姆·荷太普做出建塔方案，在国王认可以后，马上组织最优秀的工匠投入建造。在商量过程中，布齐提出：“既然要以建造国王的陵墓为名建造宇宙能量塔，等国王去世后，就把国王的尸体安放在能量塔内室，让国王接收来自宇宙的信息能量，早日轮回现世。”布齐的这一提议，得到了伊姆·荷太普的赞同，他决定把布齐的提议向国王禀报。他们又商量了有关的其他事宜，很晚了才各自回去。

一个月后，伊姆·荷太普拿着一幅几经修改，绘在羊皮上的能量塔结构图呈报给国王审阅，并把布齐提出的将来国王逝世后安放在塔内的建议也向国王做了禀报。国王听后非常高兴，他对结构图也没有提出什么异议，就下令诏告全国，召集全国工匠为其建造陵墓。

能量塔结构图经国王审阅通过后，布齐和伊姆·荷太普经过了长达五年的选址、备料等准备工作，于公元前2686年4月5日，在埃及萨卡拉地区，开工建造地球人类有史以来的第一座以国王陵墓为名的宇宙信息能量梯形塔，成为地球上第一座利用外星技术理论人工建造的人类进化能量标识物。

5

以古埃及当时的生产力和技术条件，要建造金字塔实际上是不可能的。今天人们发挥了无穷的想象力，来想象当时的古埃及人是如何把巨石抬到那么高的高度去建造金字塔的。各种假设层出不穷，但都不符合事实。实际上如果没有毛兆星人类的帮助，古埃及人是建不起金字塔的。

关于金字塔的建造，一直是千古之谜，尽管人们曾提出各种假设，但无论什么样的假设，都留下难解之处，无法自圆其说。直到2000年，法国化学家戴维杜维斯提出了被当时的人们认为是石破天惊的见解。他认为，建造金字塔的石料并不是天然的，而是由人工将破碎的石灰石掺和一种矿物质黏结剂烧铸而成的。现在看来，戴维杜维斯的判断和分析，才是最接近真相的。

金字塔的基础确实是由西奈半岛运来的一些石头建造的。而这些巨石的搬运，完全靠毛兆星人类的局域反重力技术才得以完成。当时在古埃及要搬一些巨石来做基础是可行的，但是整个金字塔，从上到下全部用巨石来堆砌，其实也没必要。布齐他们按毛兆星的建议，采取了堆砂熔合制成石头的办法。具体做法是在石头地基上做起方模，在模子里倒入砂粒后略为夯实。待太阳下山入夜后，古埃及的工匠们都休息了，毛兆星人采用砂粒融合制石的技术，直接把模子里的砂粒变成一块巨石。这正是今天令人们感到十分惊奇的金字塔巨石之间拼合得天衣无缝的真正原因。当时参加修建金字塔的工匠都知道，有天神在暗中帮助他们。

再比如，在金字塔内外，有大量精美的雕刻。今天人们发现，尤其在金字塔的内室，如果没有火的照明，那么复杂精美的雕刻又怎能看得清，并顺利雕刻完成呢？但是现代科学考察一再证明，内室没有任何使用过明火的痕迹和证据。而实际上，当时所有的雕刻也都是毛兆星人采用激光刻蚀技术完成的。

当时，毛兆星人类除了直接使用反重力技术、砂粒熔合成石技术、激光刻蚀技术帮助布齐和伊姆·荷太普他们建金字塔外，还提供了其他重要技术。左塞尔王金字塔开工以后，伊姆·荷太普就让布齐向毛兆星人类提出当时他们保存干尸技术尚不过关的问题，询问他们有没有更好的解决办法。

布齐发出信息后的第五天，毛兆星人类就给布齐发来了利用植物油脂或动物油脂来涂抹尸体肌肤表层的油脂干尸保护技术。布齐把这项技术传授给伊姆·荷太普，首先用于左塞尔国王逝世后的尸体长期保存的处理上。在后来的国王尸体处理过程中，都沿用了该技术，形成了今天仍保存完好的木乃伊。

当时，尽管布齐和伊姆·荷太普得到了毛兆星人类的大力支持，然而以那个时候埃及的物质和技术条件，这仍是一个前所未有的浩大工程。所以他们从动工开始，经历了近 20 年时间，才基本上按毛兆星球的标准建设完成了宇宙能量塔。在筹备和建造的近 25 年时间内，毛兆星人类一直与布齐保持密切联系，及时给予他们帮助。第一个金字塔的建成，充分体现了当时毛兆星人类的真诚相助和高超的技术能力。

就在左塞尔王金字塔即将完工的时候，布齐由于长期操劳，已心力交瘁。他感觉自己可能不久于人世，与毛兆星人商量后，找到比他年轻 9 岁的伊姆·荷太普说："你看上去身体比我好，一旦我不在人世了，就没有人可以再联系上毛兆星人类了。在这种情况下，你可以到我指定的地方去静坐冥想，把你希望要做的事想一遍，这时毛兆星人就能够了解到你的想法，仍然会在暗中帮助你继续把塔修建好。如果你也要离开人世了，你就把这个办法再交给你认为可靠的人。这样，我们就能一直得到毛兆星人类的帮助。"

公元前 2668 年 4 月 9 日，布齐逝世，享年 62 岁（布齐生于公元前 2730 年 10 月 16 日）。由于布齐当时被国王任命为修建金字塔的密臣，出头露面的都是伊姆·荷太普，因此布齐就成了个无名英雄，几乎没人知道他的巨大贡献。后来被伊姆·荷太普称为"神明"的人，就是布齐。布齐逝世的那一年，左塞尔王也逝世了，金字塔也基本完成了。就在把左塞尔王安葬到金字塔内的一个星期以后，伊姆·荷太普秘密地把他极为尊敬的布齐的木乃伊，也安葬于左塞尔王的同一个金字塔内，以这样的荣誉和待遇来纪念布齐对古埃及做出的不朽贡献。

布齐是埃及的民族英雄，也是促进世界人类进步的圣人。他一生只做了一件重要的事，也是一件千古流芳的事——修建金字塔。

布齐去世后，伊姆·荷太普继承布齐的事业，一直到公元前 2640 年 3 月 17 日逝世，享年 81 岁（伊姆·荷太普生于公元前 2721 年 11 月 11 日）。他如今已是世界上公认的，为修建古埃及金字塔做出突出贡献的圣者。

布齐和伊姆·荷太普开创的金字塔修建工程，在古埃及形成了一场声势浩大的运动。尤其当时的古埃及人得知天神在暗中帮助他们，建设热情就更高了。金字塔建设，加上神庙的建设，使得这个建筑运动如火如荼地开展起来。在当时所建造的金字塔中，最为宏伟壮观的自然是胡夫金字塔。古埃及人还在毛兆星人类的帮助下建造了狮身人面像，他们以胡尼胡夫的面相为原型，做成这个巨大雕塑的拟人面像。胡夫金字塔的落成，使古埃及的建塔运动达到了顶峰。

实际上，在地球上除了建造一些人工金字塔之外，还有更多的宇宙能量塔是依自然山峰而建的。而这些杰作，除了巴克星人类在泰山建了第一个外，大部分都是在毛兆星人类于古埃及建造人工金字塔的带动下建起来的。比如毛兆星在埃及建金字塔之后，顿巴勒星球、奴鱼星球、玄木女星球、西绿甘奴鲁星球、兰星球也前来地球建造了宇宙信息能量塔。此外，还有一些来地球探查，后来未在地球选择代言人的星球，也纷纷效仿巴克星球和毛兆星球的做法，建造了大量的宇宙能量塔。而其中数量最多的当为依自然山峰改造的宇宙信息能量塔。

在巴克星球选择风氏伏羲作为代言人的一千多年前，他们在得到毛兆星球的通报后，知道了地球有人类存在，也来进行了一番考察。巴克星人类的那次考察，和之前毛兆星人类的结论差不多，觉得地球人类的进化水平仍然很低，没办法开展先进文明的传播活动。不过他们在离开之前，还是想做点什么，希望巴克星球能够为地球人类加快进化做点贡献。

结果巴克星球发现现在中国山东境内的泰山并非地球原生的山脉，而是一座由外来陨石砸落下来后所形成的山峰。而且，这座山当时有一个很大的溶洞。于是，巴克星人类就萌发了以这个山的溶洞改造成一个宇宙信息能量塔结构的想法。后来，他们果真按这个想法实施了，然后把洞口封上，并且清理了周边不适合的东西，形成了地球上第一个有利于人类进化的宇宙信息能量塔结构体。

在地球上，自从泰山这个依自然山峰而建的宇宙信息能量塔结构体落成后，很多星球人类来到地球后，都效仿巴克星球的做法，在全世界各地建造了很多这类宇宙信息能量塔结构体。中国的青藏高原、湖南的张家界、广西的桂林等地都有这样的山峰。尤其是一些比较孤立、突出的山峰，往往就有可能是经过改造的宇宙信息能量塔结构体。而浙江的龙游石窟，则是在黄帝与蚩尤大战期间，西绿甘奴鲁星人类帮助建的一个蚩尤部落败退后的隐蔽所，但也有部分宇宙信息能量塔的功能。

在自然界中，也有一些地质结构有利于聚集宇宙信息态能量。比如一些山脉里的溶洞或地下的溶洞，虽然这些溶洞是天然形成的，其结构不会与金字塔内室完全相同，但仍然有很好的效能。地球有三个最大的溶洞区，一个在波多黎各，一个在南极大陆，还有一个在中国的青藏高原。实际上青藏高原是中空结构，内部大约有 40 平方千米面积的溶洞。其中喜马拉雅山脉中，有些相对独立的中空山峰已被一些外星人类改造成标准的金字塔结构。千百年来，地壳运动、地震的影响可能已使它们的内部结构有所改变，但其基本功能仍然是存在的。

可以这么说，青藏高原就是一个天然的宇宙信息能量塔，这个天然宇宙信息能量塔恰恰就坐落在北纬 30 度线上。也许，就是由于这个巨大的天然宇宙信息能量塔的作用，在青藏高原周边，繁衍生息着世界人口最多的印巴民族和中华民族人类。

在西藏建设布达拉宫之前，曾有个叫卡基的印度人做了一次探险活动。他带人准备了充足的食物后，从尼泊尔山里一个小的溶洞走进去，一直往前走。他走了很长时间，仍然没到尽头。后来他不敢再往前走了，就原路返回，并用量步的方法测定距离，他发现自己已走到喜马拉雅山下，原来喜马拉雅山是空的，再往前走可能仍然是空的。后来西藏建设布达拉宫时，他参加了选址。他根据这次探险的经验，沿着当时所走的方向，找到了现在布达拉宫所在的山。他坚信，从喜马拉雅山一直到拉萨的玛布日山都是空的。而玛布日山下很可能就是个巨大的地宫，这是个合适的好地方。人们听从了他的建议，把布达拉宫建在这里。实际上也正是如此，布达拉宫之下不到 3000 米深，就是个大溶洞。所以，布达拉宫相当于修在一个大的宇宙信息能量塔之顶。在那种位置修行，与登上泰山顶封禅的效果是一样的。想来真是让人叹为观止。

完全由人工建造的宇宙信息能量塔，除了在埃及有一个群落外，毛兆星人类在帮助古埃及人类建造能量塔的后期，为了在地球上增加进化信息态能量的辐射范围，直接在中、南美洲地区建造了一大批，建造的时间大约为玛雅人类时期的初期和中期。此外，兰星人类来到地球的时间比较晚，他们第一次抵达地球时，正好碰上秦始皇在修万里长城，其壮观情景让兰星人类感动不已。当时，他们要在地球陆地上再修建能量塔已很不方便了，于是他们选择了在海底修建水晶材料制成的金字塔，地点在大西洋的百慕大三角和太平洋的马里亚纳海沟。不过兰星在利用金字塔收集地球自然信息方面，可以说是后来者居上。地球人类的主系肌朊线粒体，除了一部分被土壤中的植物吸收外，大部分在空中飘浮，溶入云层中后，随着雨水进入地表水系中，最后汇入海洋，所以在海洋建金字塔收集信息能量最有利。由此可见，兰星在生物信息技术方面有更为先进之处。

话说回来，帮助地球人类提高进化速度，是发达星球人类对地球人类最高境界的帮助，然而也是技术风险最大的一种帮助。在地球修建金字塔是一种间接的办法，而遗传基因的改变才是最直接、快速的方法，但其技术风险也要大得多。毛兆星人类在埃及第一座宇宙能量塔建成之后，就萌发了直接对地球人类基因进行改造的想法。

毛兆星人类经过慎重研究后决定，以古埃及人类为改造对象，在古埃及范围内，进行埃及人的基因筛选。此后经过若干年的配伍试验，结果均因体外注入的基因与地球人类基因无法亲和而失败。鉴于多次试验失败，毛兆星人类决定使用两个星球人类体液交换的方式，实现使基因亲和。

而要实现这个目的，首先就要以毛兆星男性人类来替换某个古埃及人类。当时毛兆星人类认为，把埃及国王作为替换对象，对实现体液交换最为有利。经过精心选择，最终毛兆星人类选择了时年 14 岁的古埃及第四朝代的第二位国王胡尼胡夫作为替换对象。

毛兆星人类确定了替换对象后，又在毛兆星球挑选了一位 130 多岁、与胡尼胡夫体型外貌相似度达 97%的毛兆星人类作为替身。这个替身与真正的胡尼胡夫最大的区别是不长头发，这是毛兆星人类共同的特征，所以后来这个胡尼胡夫的替身一生中始终戴着一顶冠帽，以掩饰这个与常人不同之处。毛兆星人类对替身进行了培训以后，就利用隐身平移技术将其与真正的胡尼胡夫进行了交换，并通过复制语音骗取了所有人的信任。

两个月后，毛兆星人类的胡尼胡夫就开始在王宫内外与毛兆星球测试过的女性地球人类繁衍后代。他在世期间与404位埃及女性生育了9男15女。遗憾的是，这个试验最终也失败了。

毛兆星人类的胡尼胡夫与地球埃及女性所生育的9男15女的第二代混血人，由于两种基因在人体内的分裂复制速度，以及细胞死亡速率相差近万倍，使得毛兆星人类的基因特征完全消失。由于基因的缺失，毛兆星人类的胡尼胡夫的第三代人突发死亡率大幅度增高，没有死亡的人类也变成了智力低下人类。胡夫之后的埃及经历了政治动乱，古埃及人在政治动乱中，会仿效非洲原野上的狮群——当一头新的雄狮占有狮群后，一定会将上一头掌握狮群的雄狮幼子全部咬杀。同样，毛兆星人类的胡尼胡夫的后代在政治动乱后，也几乎全部死绝。最终，毛兆星人类连形式上的基因都没有留存延续下去。毛兆星球的地球人类基因改造计划就这样以失败告终了。

公元前2566年，毛兆星人类的胡尼胡夫因为不适应长期在地球环境中生存而死亡。毛兆星人类的胡尼胡夫在地球只生活了23年，在他任国王期间，由于观念与地球人类差异太大，经常强迫古埃及人干一些他们无法理解的事，如果古埃及人不愿意干，或者干不好就被处以极刑惩罚。对此，毛兆星人类对毛兆星人类的胡尼胡夫多次提出过纠正，尽管如此，在当时古埃及人的心目中，他仍是一个十分残暴的人，被称为“胡尼胡夫暴君”就是这个缘故。

毛兆星人类的胡尼胡夫逝世后，埃及人类就把其尸体制成了油脂干尸木乃伊，放入了已基本完工的宇宙能量塔内，即埃及最大的胡夫金字塔。在胡夫金字塔内室通道封口一年后，毛兆星人类决定把毛兆星人类的胡尼胡夫的干尸木乃伊从地球移回毛兆星球安葬。由毛兆星在太阳系帮助埃及人类建造其他能量塔的第4工作站，利用反向量子传送技术，把毛兆星人类的胡尼胡夫的干尸木乃伊从能量塔内室传送至能量塔上空 340 千米的近地飞行器中，再由该飞行器带回毛兆星球安葬。

量子传送技术是发达星球人类在宇宙航行过程中经常使用的技术。这些发达星球的宇航员，如果脱离飞船在太空中活动，一旦活动任务完成后，为了迅速、准确地返回飞船，就会启动身上背着的正向量子传送装置，瞬间把人连带宇航服和相应装置全部变成量子态，仅把一个类似于计算机芯片的控制信息片留在太空，这种透明的控制信息片比我们一般所用的纸还薄。而那些已形成的量子，就会准确无误地在刹那间返回太空中的飞船，并且又瞬间还原成先前的状态。这种把所要进行量子化传送的人与物，经过与被发送物在一起的量子传送装置，发送到指定位置后，再复原成原状的量子传送技术，是正向量子传送技术。相反，量子传送装置与将要进行传送的人与物不在一起，而是处于所要传送的人与物需要到达的目的地，这时把将要传送的人与物实现量子化后，再传送到量子传送装置所在的地方，就是反向量子传送技术。当时，毛兆星人类的胡尼胡夫的干尸木乃伊，就是利用反向量子传送技术回收到毛兆星球人类的飞行器中的。

而那个被毛兆星人类的胡尼胡夫替换下来的真正古埃及人胡尼胡夫，也因不适应毛兆星球的生存环境，在被替换后送往毛兆星球主星体上第 17 天就死亡了。毛兆星人类只好以毛兆星的礼仪，将其安葬在毛兆星球。

基因改造计划的失败，对毛兆星人类在地球传播先进文明信息来说，不啻一个挫折。尽管毛兆星人类再也选不出合格的代言人，但他们仍然沿用与布齐约定的计划，一直在暗中帮助古埃及人，一直到埃及艳后时代。埃及艳后克利奥帕特拉虽然自身颇具姿色，但更重要的是她应用毛兆星球通过布齐传播的“无冗余度技术”，即“黄金分割法”来化妆自己，把自己装扮得妖艳无比。埃及艳后遂成为古埃及文明的一个标识而流传于世。然而埃及后期的政治动乱，已经使毛兆星人类对继续在埃及传播文明失去信心了。在毛兆星人类决定离开的时候，埃及王朝也灭亡了。当时的毛兆星人类就把一些没用完的建造神庙和宇宙能量塔的成品和半成品材料等平移沉入了大西洋海底。结果，这反给以后的地球人类留下了千古之谜。

毛兆星人类由帮助古埃及人建金字塔入手，同时把与建金字塔相关的一些衍生技术也传授给古埃及人。比如，毛兆星人类所传授的制作干尸木乃伊的技术，需要对人体解剖取出内脏等，于是他们教会古埃及人用象牙或兽骨制成手术刀具，使古埃及人掌握了解剖技术，而这样的技术后来直接影响了西医外科技术的发展。此外，长达几十年的金字塔修建，需要大量的人力，吃饭是一个大问题。毛兆星人类不但教会古埃及人钻木取火，还帮助他们在尼罗河流域种植水稻，使古埃及成为世界上第一个种植水稻的国家。而古埃及人在毛兆星人类帮助下制作的一些雕刻艺术品，则直接影响了后来欧洲的文艺复兴。所以，毛兆星人类在埃及奠定了整个西方文明的基础，古埃及才是西方文明真正的源头。

第七章 黄帝、炎帝与汉帝

9

容介居关于外星文明造访地球的讲座突然停了。特色小镇里那些听讲座听得入迷的人们一下子感到很失落，他们隔三岔五地跑到容介居打听什么时候重新开讲。

来访的人发现，容子、介子和易子似乎正在忙着什么重要的事情，总是闭门谢客。接待来访客人的责任，反倒由本来也是客人的罗生和郑兴他们承担了起来。

幸亏罗生和郑兴都各有绝活。表面上看，容介居仍然是人来人往、络绎不绝。人们或是找罗生推拿经络，或是与郑兴探讨《周易》，问事卜卦，但其实都是醉翁之意不在酒，免不了要窥探容子他们几人的行踪和动静。但常住容介居的人都不露声色，这就更让容介居增添了几分神秘的气氛。

其实，这些日子以来，罗生和郑兴的心里也和大家一样着急。往常，清晨或傍晚时分，容子他们都习惯到房前屋后的田园中散散步，有时也参与干一些农活，这一直成为他们生活情调的一部分。可是这些日子里，他们三人基本上都是闭门不出，夜里没客人在时，偶尔到院子里散一会儿步，但也是神色凝重、表情严肃，甚至是长时间抬头仰望着浩瀚的星空，也无心彼此多寒暄一句。

究竟发生了什么事？见他们三人闭口不谈，罗生和郑兴他们自然

也不好多询问。

原来，2017 年 6 月 15 日大约 21 时 31 分，第 408 银河系土蒙星球人类设在本银河系（第 1 银河系）α 星球上的工作站，收到了该星球一艘在太阳系活动的飞船转发过来的信息。而这个信息以及由此带来的一系列事情，将可能对地球亚洲地区的人类产生深刻影响。

容子他们从杜森那里了解了这件事情后，感到情况十分严重，于是这些日子以来一直在与兰星沟通，希望兰星采取措施消除由此带来的负面影响。

土蒙星球来到太阳系的这艘飞船，原本的任务是要观测土星环仰变角速率。他们在执行观测任务时，突然接到一组来自地球亚洲区域的 L 波段电磁探寻信息。对信息发射源进行观测后发现，这是地球亚洲地区一个新建的大型射电望远镜发出的，其内容是：“你们在哪里？请给我们一个提示，我们是你们的地球朋友，是友好的朋友，我们能建立联系吗？”

接着，土蒙星球在太阳系的飞船，把收到的这组探寻信息转发至土蒙星球在 α 星球的工作站，交由他们进行处理。

α 星球是本银河系一个非常特殊的行星。在本单元区内，许多有星际活动的星球，一旦决定对本银河系进行长期考察和探测工作后，一般都会选择在 α 星球建立一个工作站。所以，这是一个本单元区各个决定在本银河系长期活动的星球人类聚集的行营式星球。

第 408 银河系的土蒙星球未曾在地球选择代言人和传播理论、技术。因此，他们和地球人类在感情上比较疏远，当他们接到飞船转来的探索信息后，就把这件事当成一个笑料。

土蒙星人类认为，地球人类居然用电磁波这种探测方式在宇宙空间寻找星际人类，真是太可笑、太低级了。他们用这种办法要什么时候才能找到星际人类呢？是不是要几代地球人等着反馈的信息啊？他们发这种电磁信号，就想找到星际人类，实在是太愚昧了。他们嘲笑道：“这完全是一个原始星球人类的简单想法。”

在 α 星球土蒙星工作站的土蒙星人类，看到地球人类竟然利用电磁波这种低水平的技术方式来探寻外星人类，并且还想以此建立与外星人的联系，就萌生了戏弄地球人类的恶作剧想法。于是，他们利用信息态能量加载 L 波段电磁波频率的混波载送技术，向地球亚洲那个电磁波信息发射点发送了一组信息。

他们发出的内容是：“我们就在你们不远的对面，你们能测到吗？测不到就不要再发这种毫无意义的信息了，没有哪个不是原始星球的人类愿意与你们交朋友。乱发信息会招来不是朋友的外星人噢，想想你们的处境，很危险啊。”

这组信息从 α 星球以信息态能量加载 L 波段电磁波的载波形式发出，到达地球只需 15 分钟。土蒙星球人类 24 小时不间断发送这组信息，使得地球上凡在这一波段的射电探测装置都无一例外地可以收到。

当杜森把这个情况告诉了容子后，容子猛然感受到事态的严重性。他赶紧向介子和易子通报情况，并且暂时停止了后续讲座的准备工作，与他俩一道就此事可能产生的后果进行分析和评估。

容子对此事的敏感确实不无道理。

关于地球文明与外星文明的关系问题，目前在共塔星球的谋划下，通过西方的某些团体组织，一直在散布外星人类恐惧论。他们利用欧洲一位脑容量偏高的地球人类作为“伙计”，让他利用自己零星接收到的一些宇宙信息，编造散布了大量蛊惑人心的观点。他们这样做的目的只有一个，就是把矛头直指容子他们，试图以这种形式阻挠容子保持与兰星的联系，破坏容子传播有利于中国突飞猛进发展的系列重大靶向性技术。这个团体组织在欧洲的“伙计”，利用自己物理学家的身份和整个西方世界对他的“包装”，俨然已成为地球人类今后发展的指路圣人，蒙骗了不少人。

地球的亚洲地区，在外星文明这个重要问题上，往往都唯欧美马首是瞻。兰星曾对亚洲某个著名的地方进行提示，先后在墙壁和平静的湖面投上影像，表明兰星人类曾向他们传播了某项重要理论，结果这个地方请来了一批宇航及相关领域的专家，他们研究一番后称，这事儿是外国人干的，现在的人造地球卫星即可做到。兰星人类知道这件事后，也就无可奈何了。

正因为如此，容子他们才感到，土蒙星球人类这个玩笑开大了，

很容易给地球的亚洲地区造成误导并形成负面影响。

尤其是介子，他的意见最大。他认为，不同星球人类，虽然处在不同的发展阶段，相互之间存在着差距，但同为宇宙人类，人格是平等的。再说了，地球发展到目前阶段，利用射电探测装置探寻星际人类是否存在，是唯一做得到的办法，完全无可厚非。实际上，土蒙星球不正是利用这个设施发来信息吗？因此，土蒙星球个别人类开这样的宇宙玩笑，是很不负责任的，必须向他们转达地球人类的不满和意见。

于是，这一段时间内，容子他们一直保持着与兰星的热线联系，建议兰星采取必要措施，消除土蒙星球这个恶作剧的负面影响。

经过一段时间与兰星紧张的磋商，最终兰星答应就此事与土蒙星进行必要的沟通，选择合适的机会，采取措施消除对地球人类的误导。

这样容子他们总算松了一口气。但对这件事，易子有着另一种担心。对于这种担心，容子和介子也是知道的：

1956 年 2 月 13 日早晨，在苏联某研究室，伊格・瓦伦科夫等研究人员从仪器中收到一个不寻常的信号。经过努力，当年4 月14 日，另一位苏联研究人员贝拉・楚兰科破译了密码，同时认定，这是一则外星人类的信息。这件事在当时的苏联自然是高度保密的。到了同年 7 月 3 日，外星人类提出与苏联科学家们直接通电联系，并约定时间为同年的 8 月 1 日，结果却发生了难以想象的悲剧。

当时，有八位戴上耳机准备与外星人类直接通电的科学家，在通电联系的一瞬间，头颅竟然像气球一样突然鼓了起来，并爆裂开，血液和脑浆喷得到处都是，当时未戴耳机的辅助操作人员目睹了这一惨状。这次人类伟大的试验就这样以悲剧收场。此事一直保密，直到 20 世纪 90 年代，俄罗斯才对外公布了这一事件。

当时与苏联进行联系的外星人类是共塔星人类，共塔星人类与苏联人进行联系，自然不会单纯用电磁波，必须要用信息态能量加载某频率的电磁波来实现。只有这样，才可能有足够快的速度来实现远距离直接通电。这样的信号，通过仪器接收后再破译没问题；或者破译后，再转换为语言由扩音器播放也没问题。但是，直接戴上耳机接收这种信息态能量载波信号，造成悲剧就是难免的了。因为一般人的脑容量都不足以接收信息态能量；否则，外星人到地球传播文明，就没必要千辛万苦地找代言人了。

容子听到易子提起这件事，就解释说："易子，你的担心也不是没有道理。不过，不管是土蒙星球，还是兰星球，都只是发出信息，不会提出直接通电联系的要求。而且当年苏联的悲剧早已公开了，地球的科学家们早已都知道其危险性了，应该不会再有人戴上耳机，试图与外星人类直接通电联系吧。”

介子也感到这是个非常值得重视的问题，听了容子的解释后，他苦笑了一下，说道：“你们俩戴上耳机通电倒没事，换成我肯定就完了。虽然兰星用的信息态能量不像当年共塔星那么强烈，不至于马上让人的脑袋爆裂。但是像我这种正常人的脑容量，一旦进行直接通电，肯定后脖颈发硬肿起来，心肺功能急剧衰竭。再加上出了问题后，医院按照常规救治程序，马上用电击、插管等常用办法进行抢救，那可真是雪上加霜，怕是连后事都来不及交代就要走人了啊！”

看出介子、易子都在担心，容子便宽慰他们说：“相信科学家们能理解超光速信息态能量的威力，应该不会再有人冒险了。其实，关于信息态能量，地球人类祖先早就从外星人类那里得到提示：在宇宙中，存在着一种看不见、又摸不着的信息态（主体信息）能量，这种能量和物质相对应着。在巴克星球的阴阳五行理论中，把物质称为‘阴’，把信息态能量称为‘阳’；在冰星球的《道德经》里，把信息态能量称为‘道’，把物质称为‘德’；在木谷星球的佛家理论中，把物质称为‘色’，把信息态能量称为‘空’。时至今日，量子力学的概念早已深入人心了。因为如果没有信息态能量（主体信息）的存在，又何来量子纠缠呢？所以，科学家们确实不会再犯这种错误了。你们啊，就别再杞人忧天了。”

最后介子说：“那就听天由命吧，大家都等着讲座继续开讲呢。”介子嘴里这么说，心里却想着：今天，往往是整天在做科学工作的人，潜意识里却最缺乏科学的思维，就怕悲剧要重演啊……

就这样，在他们三人的研究分析中，这件事拖了好些天。但这件事，对其他人就只能严格保密了。

看到特色小镇的人们都翘首以待，等着讲座继续开讲，容子也不敢再耽搁了，立即安排接下来的讲座，他们在讲座的微信群里发了一则通知：

神话传说中的中国上古时代，有“三皇五帝”之说。“皇帝”在巴克星球，是星球最高领导人的称号，直到今天，“皇帝”这个称号在巴克星球仍然在使用。

如果说代表上天给予人们生机的人谓之“皇”，而主宰和管理人们发展的人谓之“帝”，那么，风氏伏羲在巴克星球人类帮助下，创建华夏民族，给予了人们新的生机，所以他成为第一位“皇”，由于他又是第一位华夏民族管理者，自然也是第一位“帝”；女希氏娲在风氏伏羲去世后，接替其管理华夏民族，成了第二位“帝”；自上古时代以来，应该只有风氏伏羲才是华夏民族真正的“始皇帝”。

女希氏娲去世以后，在巴克星球人类和西绿甘奴鲁星球人类的直接参与下，中国发生了世界历史上第一次超时代的大规模战争。战争结束后，华夏民族确定了姬氏轩辕黄帝、姜氏华阳炎帝和黎氏蚩尤汉帝这三个帝。其中姬氏轩辕接替风氏伏羲成为巴克星球代言人，所以他是第二位真正意义上的“皇”，自然也是姬氏部落联盟的“帝”；姜氏华阳因为不是外星球代言人，所以并不是“皇”，但他是姜氏部落联盟之“帝”；而黎氏蚩尤虽不是西绿甘奴鲁星球的正式代言人，但他毕竟承继了该星球的技术，从“代表上天给予人们生机”这个意义上说，他勉强也应算是一个“皇”，自然也是黎氏部落联盟的“帝”。若要论上古时期华夏民族的“三皇五帝”，应该这样论才是对的。

所以，华夏民族在上古时代，最重要的五位民族领袖是：风氏伏

羲、女希氏娲、姬氏轩辕、姜氏华阳和黎氏蚩尤，可以称之为“三皇五帝”。他们五个人中，“三皇”应该是风氏伏羲、姬氏轩辕和黎氏蚩尤；而他们三人与另两位帝王，即女希氏娲和姜氏华阳共同成为“五帝”。

在“三皇五帝”的上古时代，华夏民族先后获得了巴克星球，后来选择孔丘为代言人的西绿甘奴鲁星球，以及与华夏民族黎氏部落分支（今彝族）的妇女通婚后留下的后裔并就此形成一个新的优秀民族的摩西星球的帮助，从而使中国大地从此被冠以“神州”的美誉！

下面一讲，将展现这段辉煌精彩的历史画卷。

2

诞生于公元前 2717 年 3 月 7 日（*农历二月初二*），年龄仅 1 岁 6 个月的姬氏轩辕，于公元前 2716 年 9 月 20 日这一天，在风氏伏羲请求巴克星球人类为其选择一位继任者和巴克星球代言人的测试过程中，被发现其生理特征符合巴克星球的预选标准。当时巴克星球人类认为，只要对姬氏轩辕加强后天培养和教育，就能使他成为风氏伏羲的继任者和巴克星球代言人。

风氏伏羲去世后，按其生前遗嘱，在姬氏轩辕成为华夏民族领导人和巴克星代言人之前，由女希氏娲掌管华夏民族部落各项事务，并兼有培养姬氏轩辕成为华夏民族领导人和巴克星代言人之责。

女希氏娲成为中国历史上第一位实际意义上的女帝王。她继续领导华夏民族以后，全权代表风氏伏羲向姬氏轩辕传授巴克星球让风氏伏羲传播的全部理论和技术，并且准备待姬氏轩辕继任后，再告知其生理特征，以及用脑兰卡波与巴克星球联系的方法。

公元前 2698 年 7 月 20 日，女希氏娲因中暑而去世，享年 139 岁。按当时女希氏部落的族规，她被葬于女希氏部落所在地的“都邑”，也就是如今的河南省西华。现在那里还保留着中华民族始祖母女希氏娲的陵墓，迄今已经 4600 多年了。

女希氏娲中暑患病后，在去世前的半清醒状态下，把姬氏轩辕的身份告诉了族人，并叮嘱族人们，要衷心拥戴姬氏轩辕领导华夏民族继续发展，因为这是龙星的决定。接着，女希氏娲又单独约见了姬氏轩辕，把如何用脑兰卡波与巴克星联系这件最重要的事情向姬氏轩辕做了交代，希望他不负重托，带领华夏民族继续发展。

女希氏娲逝世后，其主系肌朊线粒体（灵魂）享受了代言人的待遇，被接回了巴克星球。

中华民族的始祖母女希氏娲去世那年，姬氏轩辕已满19岁。他在女希氏娲十多年的精心培养和教育下，已经成为华夏民族通晓巴克星球理论和技艺的智者。在安顿了女希氏娲的后事之后，他于公元前2697年3月29日正式继位，成为华夏民族第一位禅让制的部落族长，并且定都于他的出生地，也是姬氏部落的所在地——“有熊”，即今天的河南省新郑。

姬氏轩辕继位后的第三天，成功地利用脑兰卡波与巴克星球联系上了。他通过脑兰卡波向巴克星球人类通报了自己继位前后发生的事情。巴克星球人类正式向姬氏轩辕继位表示了祝贺，同时希望他像风氏伏羲那样，做一个让族人信赖和放心的族长，并且告诉姬氏轩辕，如果有什么困难，可以直接向巴克星球求助。就这样，姬氏轩辕成了地球人类有史以来第二位外星人代言人。这比毛兆星球选择布齐当代言人还早了五年。

姬氏轩辕在收到巴克星的回复后，心里无比激动。他暗自下决心，决不辜负巴克星人类的期望，让华夏民族在自己的有生之年，成为最强大、最繁荣、最伟大的民族！

从此以后，姬氏轩辕怀着一腔热血，带领着当时地球上最大的民族部落，向着民族繁荣昌盛、图强壮大的宏伟目标昂首前进！

在姬氏轩辕的领导下，经过了20年的励精图治，华夏民族的版图由原来的103.3万平方千米扩展到了192万平方千米，人口数量也已超过200万。

那个时候农业生产已经很发达。风氏伏羲迁徙到中原之前只有小麦、高粱这两种作物。迁入中原后，在巴克星球人类的继续指导下，先后发现并种植了玉米、大豆、土豆、谷子（小米）、苹果、花生、豌豆等农作物，粮食已经完全能够做到自足有余。特别是养殖业，也已由原来未到中原前的鸡、兔、驴三个品种，发展到后来加上鱼、牛、羊、马、猪八个品种，形成了畜力和食用共同发展的局面。同时，首次出现了石轮车类的运输工具，使运输能力大大提高。车辆运输在地球人类历史中是一个极其重要的发明，也是地球人类进入新石器时代后达到登峰造极程度的标志，但由于历史久远的缘故，中华民族这一重大发明，也被淹没于历史长河中，未被后人所知。

风氏伏羲领导的华夏民族，是在巴克星球的指导下，开始进入农耕社会的。尤其是迁徙到中原后，发现了野生玉米等适合种植的植物，而且玉米这种植物在东夷（即今山东）一带更多，从此他们开始进行大规模人工种植，极大地丰富了华夏民族族人的主食来源。所以，所谓的玉米、土豆等是外来传入我国的说法其实都是错误的。

华夏民族在迁入中原之前，当地的野生动物中，数量最多的是兔子，其次便是鸡和驴，这也是华夏民族在巴克星球指导下，首先选择这三种动物进行养殖的原因。而那个时候的鸡，身上只有脖颈、翅尖和尾巴三处有毛，其他部位是没毛的。所以原始野鸡实际上并不是一种能飞翔的鸟类，而是一个类似于鸵鸟的像鸟又不能飞的物种，和今天能飞的“野鸡”并不是同一物种，它们是后来在人们的养殖过程中，才慢慢进化成现在这样浑身都是羽毛的鸡。

在姬氏轩辕执政的前一个20年里，巴克星球人类曾两次来到华夏部落。

第一次是在公元前2695年3月3日，巴克星球驻第1银河系的第6工作站，他们接到巴克星球发出的指示，要求第6工作站以提高华夏民族文字水平、促进华夏民族语言交流能力为目的，指导性传播进一步简化的文字和标准语音。由该工作站负责人章沃奇带领6位工作站的工作人员，前往华夏民族部落去完成此项任务。

这是姬氏轩辕正式成为巴克星球代言人后，巴克星球对华夏民族开展的第一次理论传播。目的是进一步完善和巩固巴克星球传播给风氏伏羲的形意文字和语言，从而使华夏文明奠定更加坚实的基础。姬氏轩辕认识到这次理论技术的传播事关重大，因此十分重视，精心准备。

他专门指定了当时精通形意文字的史官仓颉，作为华夏民族实行简化文字和标准语言的定字、定音专家。在第6工作站的巴克星球人类何文钰（女）为首席专家的直接指导下，经过40天的努力工作，仓颉为华夏民族编写了1460个简化形意文字和标准读音，形成了以巴克星球语音为标准化语音的简化形意文字的单体喻意文字体系。

从此，仓颉造字的传说代代流传。而当时所形成的简化形意文字，就是以后人们在考古中所发现的甲骨文。现在中国对甲骨文破译了1000多字，幸运的是，当时仓颉所创造的字都在这些已破译的文字中。其后又有3000多个甲骨文字是夏、商时期所创的，因为大部分都是祭祀或者政治用语，所以现在破译起来很困难。夏、商时期的这些文字，具体由何人所创，现已无从考证。至于语言文字的标准发音，就是现在河南新郑地区的地方方言，延续四千多年，至今没有改变。

有一种说法，称闽南一带的方言是古代中原人的口音，这种观点是错误的。历史上，中原人曾多次向闽南等沿海地区迁徙不假，但当时只带去了文字，并未带去语言。尤其从中原迁入闽南地区的人，大都是由于政治或战争原因，迫于无奈才迁徙过去的。为了躲避仇家追杀，他们只好学习当地语言以尽快融入当地族群；尤其是小孩率先学会当地方言，之后就再也不会讲中原地区的语言了。这成为中原地区语言基本上未能更广泛传播的原因。当然，闽南一带的一些方言，由于未有对应的文字，仅靠口口相传，也慢慢地失传了。

仓颉由于在造字和定语音方面的杰出贡献，为族人们所尊敬，后来成为华夏民族的第二号领导人物，辅佐姬氏轩辕，为管理华夏民族做出了重要贡献。由于当时他是华夏民族的首席史官，就以“史”作为其后代的姓氏，今天中国史姓的人都是仓颉的后代。

巴克星球人类第二次来华夏民族传播理论技术，是在公元前2691年9月1日。当时华夏民族种植技术正蓬勃兴起，但是缺乏掌握气候变化规律的计时理论。只有种植技术，而没有气候变化计时理论，即在生活、生产方面没有一个固定的历法制度，还谈不上真正发展了农耕文明。

为了帮助华夏民族尽快进入农耕文明社会，巴克星球人类根据地球与月球之间的运转规律、地球自转规律、地球与太阳之间的运转规律这三大自然现象，主动为姬氏轩辕编写了一部以二进制原理为标准的农历计时理论。

二进制有两种进制模式，通常我们所熟悉、应用的，是以0和1为基数，逢二进一的组合进制模式，称为“增位二进制”。而另一种进制模式，则是以10为常数的倍率进制模式，这种进制模式称为“五分法二进制”。“五分法”即指以“个”“十”“百”“千”“万”这五个计数单位作为基本区分。

干、支历法，是一种按“五分法二进制”原理编制的历法。当时巴克星球人类经过一个月的象位测试以后，最终决定以天、地为象位，采用“五分法二进制”模式，为姬氏轩辕编制了计时的干、支组合历，成为地球人类的第一部历法。

天干、地支的顺序是按“五分法二进制”原理所编制的，通过干、支组合，实现以“五分法二进制”的原理来编制成历法。因此，我们说农历的计时制度，是以“二进制”原理为标准的一种计时方法。

天干地支采用象称符号文字（即以现象喻称文字）来表示，虽然不是数字，但实际上可以对应数字进行编制。在干、支历法中，可以通过干、支顺序补位，编制成60个数一个循环，从而可以周而复始地计算时间。

当时，这项工作仍由第6工作站代为传授，具体负责的首席专家还是巴克星球人类何文珏女士。在经过一年的实际校对后，由姬氏轩辕正式颁布，成为华夏民族部落的第一部历法，并且广泛应用于农业及各种活动之中。这部农历计时理论后来被称为“皇历”，即姬氏轩辕黄帝颁布的历法，至今在中国已应用了四千多年，成为中国历法的农历计时体系。

这个计时体系远比目前世界通用的公元历法准确、合理，堪称自然授时最准确的计时历法。

3

随着华夏部落的不断繁荣壮大，一些姓氏部落之间因发展所需，产生了一些由于拥有土地面积多寡而引起的纠纷，进而演变成强行占有别人土地的恶性事件。其中尤以姜氏部落为甚。

为了平息部落之间的土地纠纷，姬氏轩辕曾多次与姜氏部落中有一定威望的姜氏华阳（后称为炎帝）进行协商。但是谈判不但无果，还使得姜氏华阳的土地扩张行为更甚，并且不断出现伤人事件，事态大有向失控的方向发展之势。

在华夏民族面临着分裂危险的情况下，为了维护受损部落的利益和华夏部落的安宁，姬氏轩辕在征得巴克星球同意之后，决定由受损的部落组成联盟，对姜氏部落进行强制性管控，以解除华夏民族所面临的危机。

对星球人类而言，尤其是那些发展仍处于低级阶段的星球人类，资源（包括时间和空间）是其生存所需的最基本要素。而人类之间的战争，往往都是为了赢得资源。这一点，在上古时期也不例外。

公元前 2673 年 2 月 17 日，姬氏轩辕亲率几个受损部落组成的联盟大军，在阪泉（今山西运城盐湖东侧）与姜氏华阳率领的占地大军相遇。当时姜氏部落表面上是占领土地，实际上是要夺取那一带的盐矿资源。

双方遭遇后，联盟大军对姜氏部落的占地行为进行谴责，双方先是高声争吵，进而发展成械斗。当时的战斗都是近身肉搏，所用的武器只有人们能抡起来的树干和投掷的石块，还没有什么武术。所以当时的情况还不能算是一场战争，只能说是一次打群架。战斗的双方，哪一边人多势众，自然就容易取得胜利。

在阪泉，经历了六个小时的激战，姜氏部落由于人数少，寡不敌众，最终被姬氏轩辕的联盟大军打败，姜氏华阳也被擒获。迫于联盟大军的压力，姜氏华阳自知理亏，只好归还所占土地，同意服从管制，并承诺永不强行占地。这一承诺被称为“阪泉承诺”。

发生在阪泉的这场械斗，双方部落都有许多族人受伤。姬氏轩辕就让姬氏族人拿出一些治伤的草药，给双方受伤的族人疗伤。

姬氏轩辕的草药疗伤效果非常好，顿时让姜氏部落的族人们感到很吃惊。而姜氏华阳更是觉得惊奇，他没想到姬氏轩辕居然还掌握着如此绝妙的治疗技术，从这一刻起，他才真正发自内心地被姬氏轩辕所折服。于是姜氏华阳也不急着回去了，诚心诚意地请求姬氏轩辕教会他草药治病技术，他希望掌握这些医疗方法，今后为姜氏族人治病医疗。

姬氏轩辕见他如此诚恳，就让掌管草药的族人把剩下的草药和相应的配方都送给了姜氏华阳，并把巴克星球传播的有关医疗技术和原理教给了他。姬氏轩辕这一善举，让姜氏华阳感激涕零，从此两人结为挚友，两个部落也开启了长久的和平时代。

交易是星球人类和平相处的最基本手段，交易的目的也是为了获得人类生存的资源要素。随着历史的发展，商业交易出现了，这是人类避免战争最有效的行为方式。而后来人们做生意，归根到底是做“资源”的生意。姜氏华阳归还了强占别人的土地（空间），却换来了医疗技术，可以使族人更健康长寿（时间），使本氏族增长了所拥有的资源。而资源不一定是物质的，也可以是一种理论或技术，按现在的说法，知识产权也是一种资源，而且是靠自己探索，要花费很长时间才能获得的资源。

所以阪泉之战，实际上是人类历史上第一次演绎了人类群体之间的关系变化，揭示了从冲突到化解全过程的哲理，指明了人类如何获得长久和平之道。

姜氏华阳学会了草药治疗原理和技术后，十分高兴地携带姬氏轩辕赠送给他的草药，带上族人返回部落去了。姜氏华阳回到自己的部落后，召集了部落的有关人员，向族人们介绍了阪泉械斗的情况，

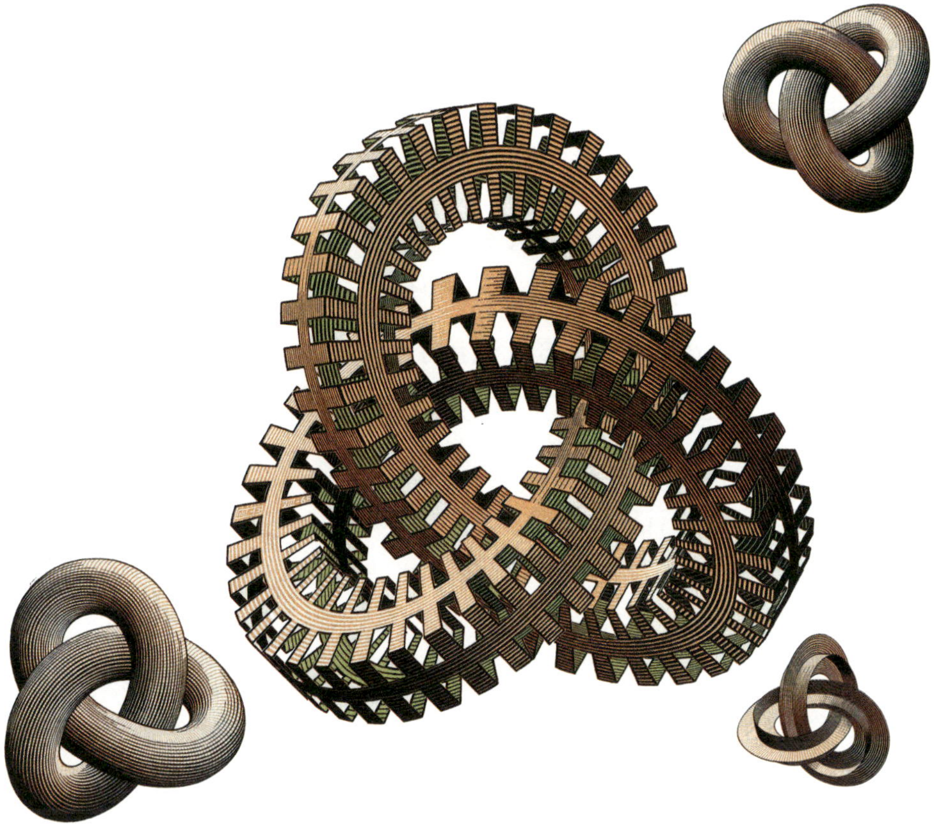

承认了姜氏部落的失败，同时把自己当时向姬氏轩辕做出承诺的情况也告诉了大家，希望大家从此共同遵守承诺，服从华夏民族族长姬氏轩辕的统一领导。

姬氏轩辕在与姜氏华阳分手时，语重心长地告诉他，希望他多花些时间和精力认真研究草药和医疗技术，把巴克星球传授给华夏民族的医术发扬光大，成为华夏民族的医药专家。姜氏华阳把这些情况也告诉了姜氏族人们，大家听了后都很高兴，表示愿意支持姜氏华阳带领族人从事医药研究。从此，姜氏华阳就潜心钻研医药。他组织一些族人作为他的助手，根据姬氏轩辕教给他的医药配方理论，开始了“尝百草，定药性”的研究工作。他成功地研究了365种草药的药理，后来被人们整理成为《神农本草》一书，在地球人类中广为传播，帮助人们治疗了许多疑难杂症，被后人称为“中药祖本”。

巴克星球通过风氏伏羲传播给华夏民族的医疗技术，到了姬氏轩辕时期，第一次由仓颉整理成文字，又由姬氏轩辕传播给姜氏华阳，经姜氏华阳实践总结后形成了《黄帝内经》。后来《黄帝内经》又经过后人不断补充完善，形成今天流传于世的版本。比如针灸，当时金属尚未出现，还未形成针灸的医疗方法，所以最后版本的《黄帝内经》中有关这一类的治疗方法，就是后人在实践中不断补充完善进去的。当然这些都是后话了。

4

公元前 2667 年以后，姬氏轩辕领导的姬氏部落联合姜氏华阳领导的姜氏部落，在巴克星球的直接支持和参与下，与在西绿甘奴鲁星球直接支持和参与下的黎氏蚩尤领导的黎氏部落，爆发了地球人类历史上第一次大规模超时代的战争。这场战争旷日持久，并且在鹿野（即今河北涿鹿）进行了决战，最终以黎氏蚩尤败逃长江以南和西绿甘奴鲁星球败离太阳系而告终。

鹿野大战之后，姬氏轩辕决定放过黎氏蚩尤，不再越过长江往南追杀蚩尤及其部落的军队。在当时情况下，巴克星球人类也认为只要能赢得和平，有利于发展华夏民族，就是正确的选择，于是对姬氏轩辕的决定给予支持。

接着，姬氏轩辕和姜氏华阳组织召开了华夏民族高级会议。根据当时的局势，研究商讨华夏民族部落今后的领地划分和发展事宜。

由于黎氏蚩尤逃往长江以南，所以他未能参加这次会议。最后会议做出了重要决定：以五行山（即今太行山）、奇岭山（即今大别山）和长江为界划两条分界线，五行山—奇岭山—黎邑（即今江苏镇江）以东为姬氏轩辕部落的领地，以西为姜氏华阳部落的领地，长江以南为黎氏蚩尤部落的领地。

这次会议还做出决定：三大部落均以帝号相称，姬氏轩辕以黄河为号，称为黄帝；姜氏华阳以太阳为号，称为炎帝；黎氏蚩尤由于兵败江南，无权选择帝号，就由黄帝和炎帝代其取之，称为汉帝。但是后来黎氏蚩尤一直未启用这一帝号，所以后人只知黄帝和炎帝，不知黎氏蚩尤是汉帝。

这次会议的最后议题是发展问题，这也是华夏民族当时最重要的议题。经过鹿野大战，华夏民族见证了巴克星球和西绿甘奴鲁星球投入战争的超时代武器，他们的价值观和理念都经历了一次彻底的洗礼。他们深深感受到华夏民族的落后是不言而喻的，加快民族发展，促进民族进步是今后最重要和最根本的历史使命。

因此，当时的会议就决定：黄帝部落除了继续发展种植和养殖业外，准备按巴克星球人类提示的方案，开发矿业，推动金属冶炼业发展，进行金属器物制造，促进生产力大跃进，从石器时代走向金属时代。具体目标方案制定后，要动员全部落的力量，逐一推动实施。

炎帝部落则发展种植、游牧、采药、制药，同时按巴克星球人类提供的煤炭资源位置，在这一区域推行以能源开发为主的发展目标，从而提升本部落的物资实力。

至于汉帝部落，黄帝和炎帝只希望他们痛改前非，彼此和平相处，踏实发展，永不再战。

发展的紧迫感使黄帝和炎帝都不敢在外多耽搁，他们惜别后，就星夜启程赶回自己的部落。

黄帝率领自己部落的族人回到都城有熊后，举行了盛大的庆功典礼，对在这次战争中的有功族人进行了奖励，对在战争中牺牲的族人亲属进行抚恤，举行了隆重而庄严的祭奠，并立碑纪念。

黄帝做了这些事后，就号召族人们按照巴克星球人类提示的发展目标，开矿冶炼，制造金属器物，努力发展生产力，以便从石器时代迈向金属器时代，不断壮大和发展部落。

他们依照巴克星球人类提供的地矿位置，分别在中阳（即今河南登封）开采铜矿，在上阴（即今河南安阳）开采铁矿和煤矿，并且在这两个地方冶炼铜和铁两种金属材料，制作出了许多生活用品、农耕工具和军用冷兵器。后来，黄帝又与炎帝部落联合，开采嵖岭（即今安徽铜陵）长江北岸的铜矿。

虽然当时铁器已经冶炼制造出来了，但是纯铁极易被氧化而生锈，黄帝部落很快就发现，这种纯铁金属在当时的条件下几乎没有什么使用价值，所以他们很快就放弃了冶炼生产铁器，而是集中精力发展制铜业，用纯铜材料替代纯铁材料制作各种金属器物。由此，华夏民族从石器、陶器时代进入了铜器时代。

5

话说黄帝和炎帝各自率领着自己部落的大军班师返回时，在西绿甘奴鲁星球人类的帮助下，躲在姑蔑（即今浙江龙游）地区，由西绿甘奴鲁星球人类帮其构建的地下岩洞已经有一年的黎氏蚩尤，认为姬氏部落的联盟大军应该不会继续追杀自己和族人们，就把麾下的 81 位战将召集在一起，也召开了一次重要会议。

在这次会议上，黎氏蚩尤向大家说出了自己的感觉和判断，同时提出：黎氏部落可能赢得了相当长的一段时间用于休养生息，因此要抓住机遇，重整旗鼓，扩大势力。黎氏蚩尤当下就布置了任务，让 81 位战将分头出去，在江南地区寻找其他的南方部落，以便再次形成联盟，巩固黎氏部落的地位。黎氏蚩尤麾下的 81 位战将，领命接受任务之后，很快就打点行装，结伴启程，分头去寻找位于江南的其他部落。

黎氏蚩尤部署好扩大部落联盟的事宜后，感觉到黎氏部落必须尽快提高生产力。在这次鹿野大战中，不论是巴克星球，还是西绿甘奴鲁星球的军事技术，都给他留下了不可磨灭的印象。他知道，黎氏部落必须走出石器和陶器的时代，迈向金属时代。而这个问题，西绿甘奴鲁星球人类在和黎氏蚩尤告别时，已经向他说明了，并且提供了地矿图和相关的技术。于是他又召集了留下的全体部落族人，召开了一次动员大会，让族人们跟随他一起去寻矿、开采，冶炼、制作金属器物，以发展壮大自己的部落。

当时黎氏部落的族人虽然刚刚战败，但他们没有气馁，仍然信任黎氏蚩尤，群情激昂地表示，愿意追随黎氏蚩尤再创辉煌。接着，黎氏族人们在黎氏蚩尤的率领下，向江南腹地进发。一路上他们又收容了近 20 个江南小部落，约有 1000 人。这样，黎氏部落的队伍也在挺进江南腹地的过程中壮大了。

黎氏蚩尤他们按图索骥，找到了乌萍（即今江西萍乡）这个地方，并在此找到了煤矿、铜矿和铁矿。于是，黎氏蚩尤他们就在那里安营扎寨，建立冶炼制造基地，利用煤矿能源，冶炼铜和铁这两种金属材料，并制作了大量生活用品、农耕工具、狩猎用具和军用冷兵器。不过黎氏蚩尤也很快发现铁器太容易生锈，使用价值并不大。在当时铁器表面磷化和渗碳技术未被发现的情况下，他们也只能放弃发展铁器，集中精力发展铜器。

黄帝、炎帝和黎氏蚩尤分别在巴克星球人类和西绿甘奴鲁星球人类的指导下，同时开始了进入金属时代的探索。也许是黎氏蚩尤的部落族人怀着哀兵必胜的心气之缘故，他们先于黄帝、炎帝部落三年，在嵖岭长江南岸大规模开采铜矿，并建立了冶炼制造基地，使这里成为华夏民族最早的以冶炼铜质材料为主的金属材料生产基地。他们还充满智慧地制作出众多精美的铜质器物，包括装饰品和祭祀用品。黎氏部落成为华夏民族最早使用铜质器物的部落。

后来，黎氏部落“九黎”中的一个分支（即今彝族）有年轻妇女与摩西星球人类通婚，诞生了地球人类与摩西星球人类混血的后裔。在地球繁衍混血后代这件事上，毛兆星人类在埃及最终未能实现；摩西星球人类却在华夏民族与彝族部落实现了，并且繁衍下一个智慧超群的优秀民族。黎氏部落的彝族部落，当时还在摩西星球人类的指导下，学会了合金技术，制作了大量超时代的青铜器物，这些器物后来有相当大一部分在炎帝部落进军江沃（即今成都）平原时，黎氏部落（彝族分支）在向山区和江沃平原西侧方向撤退迁徙之前，藏于江沃地区鸭公河祭祀天台（即今成都三星堆遗址）。当然，这是后话了。

华夏民族是地球人类中最早告别石器和陶器时代，进入铜器时代的民族。当华夏民族掌握合金冶炼制造技术，制造出青铜器以后，原来纯铜（紫铜）制造的器物由于硬度不及合金性质的青铜，于是被逐渐放弃使用。从此华夏民族全面进入了青铜器时代，成为世界上第一个进入青铜器时代的民族。

随着大量铜质材料制作的各种器物，被广泛应用于部落的生活、生产诸多方面，生产力得到了空前的发展，黎氏蚩尤在江南地区的名望越来越高，江南地区许多中、小部落纷纷前来投靠，加上黎氏蚩尤麾下 81 位战将分头寻找到的江南部落，共有 1604 个中小部落投靠在黎氏蚩尤门下，人口总数达 150 万之众。

经过部落合并，黎氏蚩尤在阳楚盆地（即今江汉平原）建立了华夏民族最大的集团式部落，统治着长江以南，包括现在亚洲南部中南半岛在内的约 550 多万平方千米的区域。

黎氏部落一跃成为华夏民族的第一大部落。由于黎氏部落成为一个多姓氏小部落联盟的集团式部落，故而当时黎氏蚩尤发明了一个词——“黎民百姓”，以此来称呼自己属下的族人。“黎民百姓”这个词自从那时开始，流传至今已经有四千多年了。所以，今天我国南方比较常用“黎民百姓”这个词，而北方原黄帝、炎帝的属地，这个词就用得比较少。

公元前 2632 年 4 月 9 日，黎氏蚩尤率领包括 43 位战将在内的 180 人的部落巡视团，在途经卧河略（即今贵州雷山独南苗寨）森林区时，不幸吸入了尸腐瘴气，全团 180 人全部毒发身亡，尸体均被林中野兽食尽。

黎氏蚩尤吸入瘴气毒发身亡的那年已八十岁。三年后，阳楚盆地黎氏部落大本营的族人们，迟迟未见黎氏蚩尤和巡视团的人归来，就自发地组成了八路人马，分头在黎氏部落的江南统治区域寻找黎氏蚩尤及巡视团的下落。数年后，八路人马均无果而归，后来族人们不甘心，又开展了两次大规模的寻找，仍然没有找到黎氏蚩尤及巡视团的下落。黎氏部落族人们绝望中为黎氏蚩尤做了偶身（木雕人身），并举行了天祈葬礼（火葬）。

黎氏蚩尤走过了自己不寻常的一生。历史传说中黎氏蚩尤被黄帝、炎帝擒获后杀死，这并非事实。虽然黎氏蚩尤有过失和错误，但他仍然不失为华夏民族的一位重要人文始祖。英雄，不可以成败而论之，作为中华民族的子孙后代，我们在纪念风氏伏羲、女希氏娲、姬氏轩辕和姜氏华阳时，同样也应该纪念黎氏蚩尤。

B

公元前2628年8月3日，即在黎氏蚩尤吸入瘴气毒发身亡之后的第四年，炎帝带领35个采药的族人来到贵州，在冲女（即今贵州梵净山）一带森林中尝食曼陀罗果时，不幸中毒身亡，享年91岁。

炎帝去世后，跟随炎帝一起采药的姜氏部落族人，用树藤扎编的担架抬着炎帝的遗体按原路急返。没几天，炎帝的遗体开始腐烂，姜氏族人就想办法把炎帝的遗体用就地取材制成的容器盛着，泡在清凉的山泉水中，希望以此来防止其继续腐烂，但是效果并不理想。他们行进到熊山（即今湖北神农架）一带时，由于沿途天热潮湿，炎帝的遗体已腐烂不堪。姜氏族人们为了保全炎帝的遗体，在极其无奈的情况下，把已腐烂不堪的炎帝遗体安葬在林中的一条小溪旁边（即今香溪河山涧小溪），并立了一块石质简碑作为标记，准备日后在此建墓。之后姜氏族人们怀着悲痛的心情，带上炎帝的遗物，日夜兼程地返回姜地（即今陕西宝鸡）的炎帝部落报信。

回来报信的35位姜氏族人，把炎帝不幸遇难的消息和返回部落途中发生的事情告诉了部落族人，炎帝部落顿时哭声一片。随后，族人们自发地组织起来，拿着各种建墓的工具，要去为炎帝建墓。大家经过商量决定，从随炎帝采药并回到部落报信的35位族人中，选出10位族人组成向导队，又在炎帝部落中挑选了1000位青壮族人，前去炎帝安葬地为炎帝建墓；再从剩余的回来报信的族人中选出5位族人，前往黄帝部落报信，其他族人们留守部落。

这两路人马，一路向东，一路向南，大家风餐露宿，日夜兼程。

向南前去为炎帝建墓的这路人马，经过近五个月的长途跋涉，来到炎帝的安葬地时，带队的10位族人发现，他们当时堆起的坟墓和石碑都不见了，而且地貌发生了变化。他们四处察看，怎么也找不到坟茔的具体位置和石碑。他们感到很奇怪，一开始以为是找错地方了，但与其他地貌几经校对后，还是认定了炎帝就是安葬在察看过的地方。于是，他们组织族人们往地下挖掘，一直挖到岩石，也没有挖到炎帝的尸骨。

原来，在他们返回部落报信到回来为炎帝建墓的近10个月里，这里发生过一次7.3级地震，引发了一次山体崩塌和两次较大的泥石流。炎帝的尸骨早已被这几次自然灾害移至香溪河中，不知被河水冲到什么地方去了。而这一情况，是巴克星球人类在50多年以后的一次信息回测时所测到的大概情况，巴克星球人类把这一情况告知了姜地的炎帝部落的族人。

当时，为炎帝建墓的族人们挖不到炎帝的尸骨和石碑，就号啕大哭。众人怨天怨地，更埋怨那10位族人没把炎帝的尸骨抬回部落去。悲痛哀怨之下，众人一时性急，把这10位充当向导带队去的族人痛打了一顿。之后，族人们还是不甘心，又在邻近的其他地方挖了一段时间，仍没有挖到炎帝的尸骨。在这种情况下，他们也只能作罢，于是就在最先挖掘的地方燃起一大堆篝火，以祭祀炎帝的亡灵。没想到的是，这堆篝火把周围的树林点着了，整整烧掉了7座山的树木，烧死了上千只大型野生动物，成为当时最大的一次人为森林火灾。山林被烧了，炎帝部落的族人们情绪也发泄完了，但炎帝的尸骨还是没有找到。这1000多位族人只好怀着沉痛而悲伤的心情，返回了姜地的炎帝部落。

他们回到部落后，留守姜地的族人们得知没有为炎帝建墓成功，有人建议在姜地为炎帝建一个衣冠冢，这个建议得到大家的赞同和支持。于是，族人在部落旁为炎帝修建一个衣冠冢陵墓，以祭奠这位华夏民族的又一人文始祖。

后来，炎帝之孙仓谷，在一次巴克星球人类巡视华夏民族部落时，请求巴克星球人类利用其技术为其祖父炎帝复制真身，安葬于衣冠冢陵墓中，以圆其真身实葬之愿。

巴克星球人类得知仓谷的这一请求之后，经过一番商讨后决定：利用他们的技术，只能为其祖父炎帝一人复制真身。巴克星球之所以这么决定，是担心如果部落中其他族人家中也出现这种情况，并且也提出类似请求的话，依例照做，就会耗费他们大量的时间和精力，势必会影响到巴克星球来到第1银河系中诸多工作任务的完成。

仓谷明白了巴克星球人类的担心后，同意他们只复制其祖父炎帝一人真身的决定。随后，巴克星球人类让仓谷找来其祖父炎帝的遗物，可惜遗物上的基因残留物都已死亡多时，可激活率很低，仅有三百万分之一的可能性，这种条件是不能满足复制需求的。这时仓谷很是着急，他在家中翻箱倒柜，寻找其祖父炎帝生前用过的一切物品。最终，仓谷在一个陶罐内找到了一颗炎帝生前自行脱落的牙齿，交给了巴克星球人类。巴克星球人类经过测试发现，在这颗牙齿中，有20多万个休眠基因，激活后可以用于复制骨骸，巴克星球人类把这一测试结果和复制范围告诉仓谷后，仓谷在无奈的情况下，也就同意了巴克星球人类所说的激活牙齿中的休眠基因，复制骨骸的意见。

随后，巴克星球人类将炎帝生前自行脱落的这颗牙齿中的休眠基因和炎帝生前被采集的生物体全部数据，送到本银河系的大飞船中，利用激活配伍基因堆积技术，在10天内复制出了炎帝的全部骨骸。他们与仓谷和炎帝部落族人们一道，把炎帝的复制骨骸安葬在已建好的衣冠冢陵墓中，圆了仓谷和炎帝部落族人们的真身实葬的愿望！

炎帝的一生是伟大的一生，他为了发展巴克星球人类传播给地球人类的医药技术，呕心沥血，直至付出宝贵的生命。今天，中医术和汉方药风行全世界，造福于地球人类，而对这一切，炎帝华阳做出了不可磨灭的贡献！地球人类应该永远纪念他！

7

前往黄帝部落报信的五位炎帝部落的族人，经过七个月的艰难跋涉后，终于在甘邑（即今河北邯郸）见到了在此巡视的黄帝，向他报告了炎帝去世的消息。原来黄帝此次巡视甘邑，还有一项未告诉其他人的重要使命，就是按巴克星球人类的提示，到这一带考察寻找稀土矿。一旦有了这种稀土矿，就能和铁矿石混在一起冶炼出“精钢”，这样就能解决纯铁易生锈、没有使用价值的问题。未曾想，考察尚未全面展开，就闻此噩耗。

当时黄帝听到了炎帝不幸去世的消息后，仰天长叹，老泪纵横，鹿野大战中凝结下的战友之情，使他悲痛欲绝，他连喊几声炎帝的名字后，就一头栽倒，昏厥了过去。在场随黄帝巡视的300多部落族人，看到这一情景，吓得哭喊声响成一片。那五位炎帝部落前来报信的族人，也吓得扑身跪倒在黄帝身边，叩首哭喊着祈求上天保佑黄帝。过了一会儿，黄帝慢慢苏醒过来，在场的族人止住了哭喊声，静静地、呆呆地看着刚苏醒过来的黄帝。这时，随着黄帝巡视的仓颉，爬近黄帝身边后问道："您好点了吗？"黄帝点了点头，看到大家都跪在地上时，就轻声说道："都起来吧！我已经缓过来了。"说完，黄帝就让族人们把他扶起来。

黄帝站起来后，一个人走到前面的一个小土坡上，面向西南炎帝部落的方向说道："兄弟啊！你怎么就走了呢？我不相信啊！我要看你去。"说罢，黄帝转身下了小土坡，对族人们说："我要去看华阳炎帝！"在场的族人们听了黄帝的话，都愣住了。这时仓颉马上走上前问黄帝道："你要去炎帝部落？"黄帝答道："对，我要去炎帝部落看华阳。"他们正说着，族人们也都围了过来，劝黄帝暂时不要去，等身体完全恢复后再商量。但黄帝态度十分坚决，不听族人们的劝说，执意要去炎帝部落。看到这种情景，族人们无奈之下，只好按黄帝的意思去办。

在做了简单的准备工作后，仓颉派两位族人回部落去带一万人来，以沿五行山谷向西沿途保护黄帝西行。安排好后，仓颉就请黄帝坐在刚发明的木轮椅车上，让跟随黄帝巡视的部落族人推着木轮椅车上的黄帝，一行300多人在前来报信的炎帝部落族人的引领下，一路向西进发。

黄帝一行在五行山峡谷口等待20多天以后，与部落前来护送黄帝西行的一万人会合了。接着，他们沿五行山峡谷辗转向西而去。经过近半年的跋山涉水，黄帝一行一万多人来到谷水地区（即今陕西桥山），在途经一个风化岭谷底时，不幸遇到山体塌方，一块约 4 千克重的硬土块滚落，击中了坐在木轮椅车上的黄帝的头部，黄帝当场被砸昏过去。随行的族人中，有 70 多人被塌方的土石块砸死、砸伤，仓颉也受了轻伤。

塌方过后，仓颉立即命人把黄帝推到一个安全的地方，又马上指挥幸存的族人扒开塌方的土石，救出被埋的族人。随后，他命令大队人马撤出谷底，在附近一块较为平坦的地方扎营，治疗受伤的族人，掩埋死者遗体，等待黄帝苏醒。

几天过去了，黄帝仍不见苏醒，仓颉和族人们有点慌了。仓颉根据所掌握的医术，让族人用陶罐熬制治疗昏厥的中药——醒灵散，熬成汤剂后，按时辰给黄帝灌服，并让族人们轮班在黄帝身边守候，直到黄帝苏醒为止。就这样，半年多的时间过去了，族人们虽轮班给黄帝灌服醒灵散，灌食汤类食物，黄帝仍未苏醒。其间，仓颉想尽了一切办法救治黄帝，但一直无法使黄帝睁开双眼。他只有祈求上天保佑了。

就在仓颉和族人们手足无措时，巴克星球的一艘中型飞船飞临营地上空。原来，巴克星球人类根据与黄帝联系的时间记录，发现黄帝有近八个月时间没有与他们联络了。巴克星球遂指示在地球所在银河系执行测试任务的第 6 工作站前往地球黄帝部落查明原因。第 6 工作站飞临地球后，测试到黄帝所在位置和黄帝的情况后，马上就派了一艘工作站所属的中型飞船前往黄帝所在的营地。

仓颉和族人们看到巴克星球的飞船后，顿时沸腾了起来，欢呼声响彻云霄！

飞船以山为架降落后，巴克星球人类马上乘反重力装置下到营区。他们与仓颉见面后，就来到昏迷中的黄帝身边。在黄帝身边，

仓颉把黄帝接到炎帝去世的消息，到塌方被砸昏迷了半年多，以及这半年多来所采取的治疗手段等情况，详细告诉了巴克星球人类。巴克星球人类马上根据仓颉所说的这些情况，通知中型飞船上的留守乘员打开测试装置，对黄帝整个生物体进行分子测试。大约 20 分钟过后，测试结果出来了：黄帝脑干区的松果体受外力冲击已变形，脑细胞死亡率为 93.37%，脑功能接近为零。测试得出的最后结论是，黄帝已成为植物人。

巴克星球人类立刻把这一测试结果及将发生的后果告诉了仓颉一个人，并叮嘱他不要告诉族人，保守秘密。仓颉听后顿时脸色煞白，他已经知道这意味着什么。为了防止族人们慌乱，他对族人们说道："巴克星球人类正在救治黄帝，请族人们放心！"接着仓颉又宣布："为了不妨碍巴克星球人类救治黄帝，请族人们不要靠近治疗区。"族

人们听了仓颉的话后，都把希望寄托在巴克星球人类身上，他们自觉地站在远离治疗区的地方，眼中含着泪水，心里默默地为黄帝祈祷着，盼望黄帝早日醒来！

现场的巴克星球人类把对黄帝测试的结果和可能出现的后果告诉仓颉后，就把测试情况向巴克星球做了汇报。当时巴克星球的几位人类生物学专家在分析了黄帝的伤情后认为：地球人类与巴克星球人类的生物体质性能存在很大差异，因此无法用治疗巴克星球人类的方法来治疗地球人类；否则，会使地球人类变异，成为异类。巴克星球的生物学专家认为：剩下唯一可尝试的办法就是，在失重状态下，使脑细胞飘移亲和、自我恢复。但是，由于黄帝的脑细胞死亡率较高，自我恢复的可能性仅为10%，加上功能细胞长时间衰减，以及生物体衰老等诸多原因，自我恢复的可能性仅为0.16%，生存概率也只剩下12%。由于种种原因，黄帝基本上处于87%的死亡状态，救治的希望非常小了。因此，巴克星球决定，由第6工作站所属中型飞船把黄帝载入月球轨道，静态观察黄帝生物体反应。如果黄帝进入失重状态后死亡，就直接将其遗体送到巴克星球永远保存。

正在营地对黄帝进行观察的第6工作站所属飞船中的巴克星球人类，接到巴克星球指示后，把这个指示也告诉了仓颉。随后，他们就给黄帝更换宇航服，把黄帝换下来的衣物交给了仓颉。同时嘱咐仓颉：在他们走后的一段时间内，如果他们没有再回来，就在第二年的这个时候，在营地附近为黄帝修建一个衣冠冢。之后再告诉族人们真相，并派姬氏族人永久守陵。

交代完这些事以后，巴克星球人类用一张黄色的宇航员休息用床把黄帝抬上反重力装置，升入中型飞船后，中型飞船就载着黄帝飞离地球，进入月球轨道静观黄帝的身体变化情况。

在飞船进入月球轨道后的地球时间第四天，黄帝的生理反应很强烈。由于肌体坏死部分较多，黄帝的生理反应强度过大，导致肌体发生崩溃性变化，短短两分钟时间，其心脏就停止了跳动，最终确认死亡。这一天，是地球时间公元前 2621 年 4 月 5 日，黄帝在月球轨道上的巴克星球飞船中与世长辞，享年 96 岁。

黄帝去世后，按照巴克星球的指示，第 6 工作站所属的中型飞船直接把黄帝遗体送回了巴克星球，安放在巴克星球的外星人类研究中心遗体馆，保存至今。后来杜森对容子说：将来地球的华夏民族后代星际旅行到巴克星球去，就可以瞻仰你们的又一位人文始祖，在那里祭奠他。当然，杜森指的华夏民族后代，不单是指中国人，还包括古代迁徙并分布到亚洲许多地方的华夏民族后裔，以及美洲的印第安人。至于作为华夏民族后代的印第安人为什么会到美洲，这是后话了。

在巴克星球人类带着黄帝离开时，仓颉和族人们目送着黄帝“乘龙而去”，当时载着黄帝的反重力装置是雪茄形状，外形犹如一条龙，当反重力装置进入飞船后，飞船很快腾空离去。仓颉带着族人们向空中挥手致意，送走了巴克星球人类。

送走巴克星球飞船后，族人们谁也不愿意离开营地，就这样一直等了一年，仓颉只好按照事先约定和巴克星球人类临别前的嘱咐，把黄帝的真实情况告诉了族人们。族人们听后大哭了一场，随后，他们就在谷水河边的一块坡地上，为黄帝修建了一座衣冠冢，并把陵墓前的谷水河改为姬水河，还留下了 1000 多位姬氏族人守陵。之后，仓颉让来黄帝部落报信的五位炎帝部落族人回到炎帝部落后，把黄帝的情况告知炎帝部落族人，并请他们代为吊唁炎帝。而留下守陵的

1000 位姬氏族人的后人中，后来出现了另一位巴克星球代言人——周文王姬昌，当然这也是后话了。

送走炎帝部落的五位报信族人后，仓颉就带领除留下守陵外的其他族人，沿着来时的路线，踏上了返回中原黄帝部落之路。一路上族人们心情沉重，悲泣之声不断。回到部落后，仓颉他们把黄帝的情况告诉了每一个部落族人。族人们怀着万分悲痛的心情，在华夏都城有熊的周围点起了 96 堆篝火，指代黄帝在人世间的 96 个春秋，告慰黄帝这位华夏民族的又一位人文始祖的在天之灵。

黄帝去世了，生前巴克星球交给他的最后一项寻找稀土矿、冶炼精钢的任务，也随其生命的结束而耽搁了下来，这使得中国铁器的广泛应用也推迟了大约两千年。

8

华夏民族最早的五个较大的部落分支——风氏、女希氏、姬氏、姜氏和黎氏，分别诞生了风氏伏羲、女希氏娲、姬氏轩辕、姜氏华阳和黎氏蚩尤，成为中华民族的人文始祖。他们是上古时代龙的传人中最杰出的代表和英明领袖。在华夏民族历史中，并没有盘古这个人，他是神话中虚构的，但是“三皇五帝”则是确实存在的，即这五位伟大的人文始祖。

他们五人当中，风氏伏羲和姬氏轩辕是巴克星球的代言人，去世以后其主系肌朊线粒体（灵魂）按星球代言人通常的规矩，都被他们所代言的巴克星球收回珍存。风氏伏羲和姬氏轩辕两人的脑容量都达到19级，这在当时的地球人类中确实是凤毛麟角了。与姬氏轩辕同时期的埃及人布齐的脑容量则是17级。

女希氏娲和姜氏华阳虽然不是代言人，但他们承担了大量传扬人的工作，为传播巴克星球理论和技术做出了卓越贡献，去世以后其主系肌肮线粒体也被巴克星球回收珍存。而黎氏蚩尤尽管既不是巴克星球代言人，也不是西绿甘奴鲁星球代言人，更不是摩西星球代言人，而且他还与黄帝和炎帝之间爆发了鹿野大战，但是作为龙的传人，他承接了巴克星球、西绿甘奴鲁星球和摩西星球三个外星人类的理论和技术，并认真进行传扬，也为华夏民族的发展做出了杰出贡献。黎氏蚩尤去世后，西绿甘奴鲁星球因逃离太阳系，而没有及时回收其主系肌肮线粒体（灵魂），使得黎氏蚩尤的主系肌肮线粒体日久发散，73%返回了信息态空间，其余的则散于地球，已不能构成完整的主系肌肮线粒体。

华夏民族从石器时代走向金属铜器时代，从靠自然采集狩猎的原始生活走向农耕文明，从没有标准的交流方式，到建立了自己的语言文字体系，尤其是在语言尚未能统一的情况下，奠定了统一文字的基础，这是巴克星球文明为我们做出的巨大贡献。这其中，西绿甘奴鲁星球和摩西星球实际上也配合做出了贡献。而在传播这些外星文明的历史中，中华民族的子孙后代要永远铭记风氏伏羲、女希氏娲、姬氏轩辕、姜氏华阳和黎氏蚩尤这五位英明、伟大的人文始祖，并世世代代祭奠他们！

第八章 鹿野大战

1

容子讲述的黄帝、炎帝和汉帝的故事，在特色小镇里引发了热议。人们对上古时期“三皇五帝”的传说开始有了新的认识。

大家都觉得，容子讲的故事更合乎历史逻辑，也更有道理。况且这些故事是杜森先生根据历史事实告诉容子的。发达星球的信息回测技术是极先进的，绝不是我们今天交通管理中那些视频监视技术可以相提并论的。所以，小镇里人们热议的不是故事的真实性，而是人类自有文明史以来流传下来的历史记载有多少真实性的问题。

微信群里迅速展开相关讨论，气氛十分热烈，以至于杜森也以通过容子传达其观点的方式，加入了这场讨论。最后，介子把杜森的一些重要观点归纳总结如下：

地球人类的历史都是由后人书写的，由于时间久远，所记录下来的历史难免不准确，有遗漏，甚至有错误。所以，“正史”的不足之处，那些所谓的“野史”和民间传说，有时可以做出一些弥补。常言道“以史为鉴”，如果说古代历史记载也是一面镜子，那么它是一面失真的凹凸镜，后人千万不要全部当真，应当通过考古等科学研究逐步完善。

特色小镇里的人们听了介子这番总结后，顿时感慨万千。他们

渴望了解真实“鹿野大战”的热情分外高涨。于是容子接着继续讲述“鹿野大战”的故事，向大家展现了那一段壮烈的历史。

公元前 2667 年 4 月 4 日，初春时节，天气还很冷。姬氏轩辕一觉醒来后，全无睡意。起床后，他走到窗边向天边望去，启明星还未出现，他知道现在还是半夜，但预感到巴克星球将有重要情况与他沟通。果然，过了一会儿，巴克星球向他发来了一则重要的警示性信息。姬氏轩辕接收到的信息内容如下：

“黎氏部落的黎氏蚩尤，在近三年的时间里，与一个在地球选择代言人未果的西绿甘奴鲁星球人类交往甚密。

“在他们的交往过程中，黎氏蚩尤向西绿甘奴鲁星球人类暗示，因对你（姬氏轩辕）有所不满，有夺权篡位之意。黎氏蚩尤的想法，得到了西绿甘奴鲁星球人类的认同，并且打算支持他所采取的一切行动。

“目前，黎氏蚩尤利用一些对你不满的部落族人，在部落的内部，煽动其他部落族人一起反对你，并与其他边远部落进行联络，企图在华夏民族建立反对派联盟。他们要待时机成熟后，逼你退位或发动夺权战争。

“现在，黎氏蚩尤暗地里已成为此次夺权行动的总首领。他们在西绿甘奴鲁星球的支持下，势力正在不断增强。为此，你要注意黎氏蚩尤的动向，并做好战争准备。

“如果西绿甘奴鲁星球直接参与这场夺权战争，我们会以保护文明传播地为由，也直接参与华夏族部落的反篡位战争，并派出相当数量的军事装备支援你们。

“你要谨慎行事，切不可提前暴露巴克星球意图，切记保密！”

从以上巴克星球发给姬氏轩辕的信息可见，华夏民族在巴克星球的帮助下所取得的非凡进步，已经引起别的发达星球觊觎了，首先打造阻挠的正是西绿甘奴鲁星球。

西绿甘奴鲁星球原本考虑在黎氏部落选择和发展代言人，但由于没有找到合适的人选，就采取了直接与身体比较强壮的黎氏蚩尤进行接触的方式，介入了华夏民族的事务。很显然，这是西绿甘奴鲁星球挑战巴克星球的底线，与巴克星球争夺文明传播地的一次行动。表面上，这是支持黎氏蚩尤夺取华夏民族的领导权，实际上是西绿甘奴鲁星球想取代巴克星球，改变华夏民族龙的传人的性质。

接到巴克星球信息的姬氏轩辕倒是没想那么多，但这事确实让他大吃一惊，他对黎氏蚩尤的阴谋表现出异常的愤怒！待他冷静下来后，仔细回顾并分析了近三年来黎氏部落的一些举动，这才恍然大悟，原来黎氏蚩尤蓄谋已久了。例如，这两三年来，黎氏部落经常派人到其他部落参与一些传统活动，并且拿出食物和用具送给一些生活困难的部落；还让本部落族人与其他部落族人联姻通婚，相互为亲，不断扩大本部落族人与其他部落通婚的范围等。从表面上看，这些举动是部落之间的善举，似乎是为部落间增进友谊而为之。如果不是巴克星球及时发来警示信息提醒的话，姬氏轩辕怎么也不会意识到黎氏部落"善举"背后的阴谋。

此时，姬氏轩辕想得最多的是整个华夏民族部落族人的安危，以及整个部落联盟会不会因此而分裂的问题。同时，他也在考虑，如果自己让位于黎氏蚩尤会是什么状态，风氏伏羲交给自己的华夏民族部落会不会就此消亡，等等。这一切难以预料的后果，让姬氏轩辕感到十分困惑。他把自己的这些想法向巴克星球做了汇报。

巴克星球接到姬氏轩辕的汇报后十分重视。他们经过慎重研究后认为：任何放弃斗争的想法都是懦弱的表现，而且这将带来更大的灾难。所有的困难都是暂时的，只要姬氏轩辕坚定必胜的信心，带领华夏民族部落族人与黎氏蚩尤拼死一战，就一定能够取得最后的胜利。同时，他们还郑重地告诉姬氏轩辕，华夏民族部落是巴克星球文明的传播地，也是巴克星球的忠实朋友。如果黎氏部落和西绿甘奴鲁星球敢于挑起夺权战争，届时巴克星球会全力以赴帮助姬氏部落打赢这场反夺权战争。

巴克星球人类的这些意见也使姬氏轩辕认识到，这不是他和黎氏蚩尤个人之间的问题。他是巴克星球人类向地球人类传播文明的第二代的代言人，责任重大，必须有迎难而上的使命担当。特别是有了巴克星球人类将全力以赴支持他的郑重承诺，姬氏轩辕坚定了战胜黎氏蚩尤的信心，决心冷静而理智地面对一切将要发生的事情。

第二天，姬氏轩辕把部落族人中的仓颉、风后、大鸿、力牧、常先等几位忠诚可靠的高级管理人员聚集在一起，召开了一次秘密会议。在这次会议上，他把黎氏蚩尤正在策划的阴谋，以及巴克星球的态度和所做的承诺等情况向大家做了传达，并下达了战争动员令。参加会议的华夏民族姬氏部落各位高级管理人员个个群情激昂，纷纷表示忠于姬氏轩辕，忠于华夏民族，坚决挫败黎氏蚩尤的叛变阴谋。

会议之后，姬氏部落立即行动起来，他们一方面派人秘密监视黎氏部落的一切动向，另一方面组织全部落族人投入紧张的战前准备。同时分头派出使者，前往姜氏部落、风氏部落和女希氏部落通报情况，请这几个部落与姬氏部落联手，应对黎氏部落联盟挑起的夺权战争。姜氏部落、风氏部落和女希氏部落自然是坚定不移地与姬氏部落团结在一起。

姬氏轩辕安排完这些事情之后，向巴克星球汇报了自己紧急动员和安排的情况。巴克星球收到汇报信息后，经研究，同意姬氏轩辕的应急安排，随后也着手开展他们的相关部署。

巴克星球紧急调集位于本银河系周边几个银河系中正在巡游和选择代言人的 38 个工作站，以 150 多艘中、小型飞船和一艘直径 600 千米的运输飞船组成巴克星球的支援作战集群，并任命雷斌为最高指挥官，快速向地球姬氏部落附近的地区秘密集结，以便随时投入华夏民族的反叛乱战争。巴克星球的这次准备是非常充分的，因为他们意识到，真正的对手是支持黎氏部落的西绿甘奴鲁星球的作战集团，因此必须有与其进行全方位作战且制胜的能力，才能保证华夏民族姬氏轩辕的首领权位不被黎氏蚩尤篡夺。

巴克星球在本银河系及相邻几个银河系中的这 38 个工作站接到集结命令后，仅用 210 天的时间，就全部到达指定的集结地域，并且利用飞行器自身携带的装置，对飞行器和人员采取了全隐身、防测试的措施，潜伏起来静待作战命令。

以一艘宇宙运输飞船为旗舰的巴克星球宇宙飞船舰队集群，开始计划全部在现今蒙古和俄罗斯西伯利亚一带隐蔽降落，进行集结。后来最高指挥官雷斌认为，那一带气候寒冷，环境比较恶劣，不太适合大部队较长时间潜伏隐蔽，就决定改为以江沃（即今四川成都）一带为中心，安排宇宙飞船“舰队”集群的主力在此停落。在巴克星球舰队集群来到之前，江沃一带并非平原，而是一片植被茂密的丘陵区，人烟稀少。自风氏伏羲迁徙至中原地区后，华夏民族就懂得，要发展农耕，平原是最佳选择。因此，高山和原始森林茂密的丘陵地区都不适合人类生活居住，一般不会有部落生存，当时的江沃地区也是如此。

当巴克星球宇宙飞船舰队抵达江沃以后，旗舰运输飞船直接落在现今成都平原所在地，这个运输飞船是一个庞大的飞碟，最大直径 600 千米，底部直径也有 200 千米，飞船巨大的身躯落入江沃丘陵后，飞船庞大的底部直接把那一带的丘陵山包压成了一个直径约 200 千米的平原。由于这个大飞船是一个下部为锅状的飞碟结构，从底部到最大直径处呈斜面形状，因此这个庞大飞碟硬把江沃这个地方压出了一个锅形盆地。锅底直径 200 千米，锅口直径 600 千米，使得今天的成都平原成为世界上少有的锅形盆地。通常自然形成的盆地，四周一般都是陡峭的山壁，而成都的锅形盆地实际上是巴克星球的人造盆地。而古代巴国（即今重庆）也是因巴克星球曾在那里集结驻扎过一段时间而得名。

2

就在巴克星球作战集群尚未集结完毕的一段时间里，黎氏部落与女希氏部落、风氏部落通婚的族人，经常被这两个部落的年轻人拒绝，并且恶语中伤。这一突然出现的情况，令黎氏部落的年轻人感到迷惑，很快就把此事报告给黎氏蚩尤。

黎氏蚩尤知道后，也大惑不解。他马上把这些情况向西绿甘奴鲁星球人类报告，并且与西绿甘奴鲁星球人类一道，找来这些年轻的当事人询问。经调查分析后，西绿甘奴鲁星球人类和黎氏蚩尤都认为：姬氏轩辕有可能已经察觉到他们的意图，并与这两个部落组成了联盟，所以这两个部落的族人才会拒绝与黎氏部落族人继续通婚，并恶语中伤。

为了核实以上情况，西绿甘奴鲁星球人类派出测试飞船，秘密对姬氏部落和女希氏部落、风氏部落的族人进行思维影像测试。

人类在思考问题时，会通过脑兰卡波向外辐射出所思考问题的主体信息，这种主体信息是以影像的形式散发在空中的，所以通过测试人类在思考问题的过程中，大脑以脑兰卡波的形式向外发射出的主体信息，就能完全知道人类在思考什么问题。

测试结果证明，黎氏蚩尤和西绿甘奴鲁星球人类的分析是正确的。于是他们研究决定，先下手为强，要先发制人，提前发动对姬氏轩辕联盟的夺权战争。

黎氏蚩尤立即动员黎氏部落族人全面进入战争状态，并火速派人与已结盟的部落联络，说明情况，命令这些部落火速向黎氏部落集结，组成部落联军。

黎氏部落的这一举动，很快就被姬氏轩辕派去秘密监视黎氏部落的间谍发现。他们把黎氏部落的动向火速报告给了姬氏轩辕。姬氏轩辕接到密报后，马上与巴克星球联系，并说明了黎氏部落目前的举动应为战争动员行为，请巴克星球决断。

巴克星球收到报告信息后，立即决定让姬氏轩辕集结姬氏部落、风氏部落和女希氏部落的族人，会聚于风氏部落的都城有熊一带，组成联军，准备应对黎氏部落的突然袭击。等姜氏部落大军到达都城有熊会合后，再以集团军形式的兵力展开反击。

姬氏轩辕接到巴克星球的指示后，分别派出族人到风氏部落、女希氏部落和姜氏部落传达集结命令。

一时间，192 万平方千米的华夏民族大地上，部落中的两大阵营的族人们，像蚂蚁搬家似的，从四面八方向各自的集结地点进发，场面非常壮观。

就在姬氏部落联军集结时，姬氏轩辕收到巴克星球发来的一则指示信息，其内容是：为了不使华夏民族部落因战争而遭受重大损失，请姬氏轩辕设法把黎氏蚩尤引诱到部落边缘地区的鹿野一带（即今河北涿鹿）进行决战。很显然，巴克星球已经意识到，即将爆发的战争对于地球人类而言，可能是一场超时代的战争。这种战争的破坏力之大，是当时姬氏轩辕他们无法想象的。

虽然当时姬氏轩辕一时不能理解巴克星球的意图，但他的执行力十分强，接到新的指示后，马上就部署贯彻落实。姬氏轩辕把仓颉、风后、大鸿、力牧、常先等几个高级管理人员召集在一起，研究巴克星球发来的指示内容，并商量执行的具体意见。最后他们研究决定，由仓颉和风后带领两千族人组成先遣队，先到鹿野去勘查周围的地形和地貌，选择一个有利于己方的地势作为决战的战场。

随后他们再设法引诱黎氏蚩尤的部队前往鹿野决战。

诱敌决战的决定做出以后，仓颉就和风后去挑选先遣部队了。姬氏轩辕和大鸿、力牧、常先等人则继续谋划引诱黎氏蚩尤的具体办法。经过一番商过后，制定了如下行动方案：待姜氏部落与姬氏部落、风氏部落、女希氏部落合兵一处后，让大鸿带领大部分联盟的族人作为一个方面军，先行渡过黄河，北上与仓颉和风后的先遣队会合，布置战场并设伏。留下来的各部落人员则在姬氏轩辕和姜氏华阳的亲自带领下，组成诱敌的近卫军团，并且以姬氏轩辕的名义揭穿黎氏蚩尤的叛逆阴谋，遂以讨逆之名向黎氏蚩尤宣战。开战后，要佯作不敌，且战且退，渡过黄河北上，引诱黎氏蚩尤至鹿野，然后与其进行决战。

这一作战方案，在征得巴克星球同意后，姬氏轩辕就让各部落的族人们按方案进行了多次演练，各个部落之间相互配合得非常默契，达到了攻能进、退能守、攻防兼备的集团作战能力。

就在姬氏部落联军调兵遣将、抓紧时间备战演习时，西绿甘奴鲁星球人类早已侦测发现了这些情况。他们很快找到黎氏蚩尤，告知他这些情况。在那个时候，交通和通信尚不发达，因此姬氏联军的这些行动，如果不是西绿甘奴鲁星球的通报，黎氏蚩尤还完全蒙在鼓里。现在黎氏蚩尤了解了这些情况，就清楚地认识到，姬氏轩辕已经在进行全面战争准备了。

兵贵神速，事不宜迟。黎氏蚩尤也紧急召集黎氏部落联盟高级管理人员，召开军事会议，商议战争对策。参加军事会议的人员包括刑天、夸父、共工等著名人士。当时黎氏蚩尤麾下也是人才济济，所属九黎分支，共有 81 位战将，个个都不是一般的人才。神话传说中，夸父可追日，形容他跑得很快。而真实的情况是，夸父短跑速度确实极快，按巴克星球人类当时记录的情况，今天世界上所有的百米短跑世界冠军的速度，都不及当时的夸父。这些“牛人”聚在一起开军事会议，自然是个个豪气冲天，纷纷请缨要求开战。很快，黎氏部落联盟也投入战争准备当中，华夏大地上，顿时呈现出山雨欲来风满楼之势。地球人类历史上，第一次大规模战争正在酝酿之中……

黎氏蚩尤部落联盟虽然心气很高，恨不得马上与姬氏轩辕部落联盟一决高下，但是兵力集结却不顺利。当时由于天气的原因，酷暑和阴冷交替，使得一些部落长途跋涉十分艰难，迟迟不能到达指定的集结地点。黎氏蚩尤可用于战争的人数仅 12 万人，远少于姬氏轩辕已经集结到位的 27 万人。黎氏蚩尤通过西绿甘奴鲁星球人类侦察得来的情报，认真衡量对比后，还是感到很担心，一旦仓促开战，单从人数上来讲，就很难对姬氏部落联军形成有效攻击。而且，姬氏部落经历过阪泉之战，战争经验比黎氏部落要丰富。所以在这种情况下，黎氏蚩尤犹豫了。

当时，黎氏蚩尤并未考虑邀请西绿甘奴鲁星球人类直接参与战争。他只是让西绿甘奴鲁星球人类帮助侦察姬氏部落联军的动向，以供其战争决策所用。所以，在人数悬殊的情况下，黎氏蚩尤决定暂时按兵不动，待各部落族人集结完毕，力量对比方面有胜算后，再向姬氏部落联军发起攻击，以求速战速决。

3

就这样，转眼到了第二年，也就是公元前 2666 年 1 月份，尽管仍有三个部落因路途遥远而未到达集结地点，但是黎氏部落联军总人数已达到25万人，黎氏蚩尤认为现在和姬氏部落联军力量对比，已是旗鼓相当，时机已经成熟了，遂决定对姬氏部落联军发起进攻。

战争的胜负，往往取决于情报的精确与否。当时黎氏蚩尤的根本弱点，恰恰在于获得情报的及时性上远不及姬氏轩辕。姬氏轩辕是巴克星球代言人，他通过脑兰卡波可以随时随地与巴克星球的情报侦察系统热线联系，准确掌握黎氏蚩尤部落联军的动向。而黎氏蚩尤不是星球代言人，只有西绿甘奴鲁星球定期来人找到他，传递相关情报。所以，就这样一个差距，埋下了黎氏蚩尤最终全面失败的祸根。

就在黎氏蚩尤还以为姬氏轩辕只有27万人，而且未完全集结在一起的时候，姜氏华阳率领的11万姜氏部落族人也赶到了姬氏部落集结。姜氏部落到达以后，与其他三大部落合兵一处，使姬氏部落联军总兵力达到38万人，实力明显强于黎氏部落联军，而这是黎氏蚩尤万万没有想到的。

当时姬氏轩辕按既定的战略部署，并没有把38万大军全部投入正面战场，而是在其中挑选了10万名青壮族人，组成近卫军团，形成诱敌之“饵”。姬氏轩辕命令其余28万人，随大鸿先行渡过黄河，向鹿野方向快速行进，到达鹿野后设伏待敌。

公元前2666年3月1日，姬氏轩辕在完成全面战略部署后，亲临已布置好的两军阵前，揭穿了黎氏蚩尤的阴谋，以讨逆的名义向黎氏蚩尤部落联盟发起攻击。

黎氏蚩尤原本想先发制人，没想到姬氏轩辕却先动手发起了攻击，遂仓促命令部队予以反击。就此，华夏民族部落中的两大阵营，在东夷（即今山东、皖北和苏北等地）南部、黎氏部落北部与女希氏部落交界处的50多千米边界线上，爆发了地球人类第一次大规模部落战争。

战斗开始以后，交战双方的士兵各为其主奋力厮杀。成群的战士手持石器和棍棒扭打在一起，犹如蝼蚁般地混战。由于当时双方士兵所使用的武器均为石器和棍棒，结果死者无几，而伤者却无数。一战下来，虽战况异常激烈，但双方战斗力均无明显下降。

战至傍晚时分，姬氏轩辕通过战场态势分析，确认这场混战已经激怒了黎氏蚩尤，达到了诱敌的最佳效果和时机，就向己方部队下达了撤退的命令。姬氏部落近卫军团的士兵们听到撤退命令后，纷纷有序地向后撤退。姜氏华阳和力牧断后掩护，他们且战且退，趁着天色将晚，轻车熟路，迅速后撤了20多千米。

由于天色已晚，黎氏蚩尤担心姬氏轩辕有埋伏，未敢冒险追击，下令原地休息，为受伤的族人士兵疗伤，并派出警戒哨，以防对方偷袭。此时，负责掩护姬氏部落近卫军团撤退的姜氏华阳和力牧，渐渐地看不到追杀的黎氏部落联军士兵，也听不到喊杀声，两人判断对方可能因为夜幕降临，暂时情况不明，停止了追杀。他们两人回到大营，找到姬氏轩辕后，把看到的情况和对此的判断向姬氏轩辕做了报告。

姬氏轩辕听了后，亲自和姜氏华阳、力牧一起，趁着天黑往黎氏部落联军追杀过来的方向摸了过去，抵近侦察对方的情况。他们摸黑走了一个多时辰的路程，望见远处有许多篝火，据此判断黎氏部落联军已停止追杀，正在原地休息。为了安全，姬氏轩辕和姜氏华阳、力牧没有再往前走，只是在原地观察了一会儿就返回了营地。他们组织大家也燃起篝火，为伤员疗伤，进食之后就三五成群地围着篝火休息起来。姬氏轩辕则和姜氏华阳及几员大将策划部署第二天的战斗。

第二天，天刚亮，姬氏轩辕就派出300多人，在力牧的率领下，到黎氏部落联军阵地前去骂阵。同时启用了最新发明的兽筋抛石器，远距离攻击黎氏部落联军的阵地。

抛石器是冷兵器时代最具威力，也是最早出现的远程攻击杀伤性武器。其利用晒干的兽筋作为动力，将石块抛出攻击敌方，和今天小孩子玩的弹弓原理是一样的。这种武器古时被称为“砲”，到了战国时期已被广泛应用。后来又应用机械的杠杆原理加以改造，使其射程更远，威力更猛。直至唐宋火药出现并将其用于战争后，才出现了具有现代意义的“炮”。即使这样，“砲”仍然在相当长时间内被广泛使用。例如，在宋元战争时的公元1259年，蒙古大汗蒙哥亲率10万大军，围攻嘉陵江边钓鱼城。南宋守将王坚奋力抵抗，一砲击中亲自督战攻城的蒙哥，蒙哥受重伤后毙命。当时蒙古的西征大军因此纷纷从欧洲撤回，历史由此一“砲”而改写了。而当时改写历史的“砲”，距发明时已经过去三千多年了。

至于单兵使用的远程杀伤性武器弓箭，则是在姬氏轩辕发明了“砲”之后，才根据相同原理发展起来的。当时中原地区有大量的熊，用熊筋制成“砲”，其效果最好。而这一资源优势，到了两千年后的战国时期，成就了秦王朝强悍的弓箭部队。战国时，秦军的弓弦都是用上等的熊筋制作，发射时人仰躺在地上，两腿蹬着弓，用手拉弦，使箭与水平面呈一个角度向外射出，射出的箭远至七八百步远。秦军这种弓箭部队，最大的作战方阵达万人，试想一个万人的弓箭方队，同时射出可达七八百步远的箭，这箭雨在当时是何等可怕的杀伤力！当然，这些都是后话了。今天我们从中可以看到，姬氏轩辕这一发明对战争历史所产生的深刻影响。

当时黎氏部落联军阵地，突然遭到力牧的砲石猛烈攻击，措手不及，乱作一团。定神一看，姬氏部落近卫军团来挑战的士兵没多少人，黎氏蚩尤顿时大怒，立即组织人马掩杀过去。力牧看到对方士兵冲杀过来，立即下令迅速后撤，把他们引到本方阵地前。

在黎氏部落联军追杀到本方阵地前时，严阵以待多时的姬氏部落近卫军团，突然射出如流星雨般的砲石，铺天盖地砸向进攻的敌方士兵，顿时把敌军砸得落花流水、一片混乱。这时姬氏部落近卫军团奋起反击，发动反冲锋，把黎氏部落联军打得落荒而逃。等到黎氏部落联军增援的大部队赶到时，姬氏轩辕马上命令近卫军团后撤，不与其打对攻战。

吃了亏的黎氏部落联军士兵被彻底激怒了，他们发了疯似的追杀姬氏部落近卫军团。而姬氏部落近卫军团本着诱敌深入的战略原则，在战术上袭扰诱敌，且战且退，一直退到黄河渡口。

姬氏部落近卫军团退到黄河渡口后，利用早已准备好的两千个木筏，趁着一个雨夜，全部渡过黄河，到达北岸。

在第二天天亮后，黎氏部落联军的先头部队追杀到黄河南岸时，发现姬氏部落近卫军团早已渡过黄河，在北岸燃起许多篝火，原地休息着呐！

这时，黎氏部落联军的先头部队赶紧把这一情况报告给了黎氏蚩尤。黎氏蚩尤听后勃然大怒，遂下令砍树造筏，准备渡河强攻。

没想到，当时姬氏部落近卫军团为了造筏渡河，早已把渡口周围方圆百里范围内可用的树木砍伐一空。黎氏部落联军的士兵只好跑到百里之外的地方寻找可以造筏的树木。就这样，耽误了四个多月。此时，中原地区进入深秋时节，寒气渐浓。为了取暖，黎氏部落联军的士兵又不得不把许多好不容易扎好的木筏拆散了生火取暖。没多久，树木烧完了，造木筏渡河的计划也泡汤了。无奈之下，黎氏蚩尤只好下令大部队从黄河南岸退回到姬氏部落的都城有熊一带休整。

姬氏轩辕看到黎氏部落联军退走之后，赶忙派一些青壮士兵组成侦察小分队，乘坐两个木筏渡回到黄河南岸，尾随对方一直到有熊一带，看到敌方大军停下来休整，并没有继续后撤的意图后，就火速返回黄河北岸报告给姬氏轩辕。

姬氏轩辕得到侦察情报后，判断黎氏部落联军的休整是暂时的，他们一定会利用暂时休整的时间砍树造筏，一旦准备好了渡河木筏，一定会回头马上追杀过来。

于是，姬氏轩辕令近卫军团日夜监视对岸情况，并组织一部分士兵到附近田野里寻找食物。在寻找食物的过程中，他们发现附近几个小的自然部落的房屋中散存有一些粮食。他们把这些粮食收集起来，数目还挺可观的，足够姬氏部落近卫军团食用一段时间，再加上姬氏轩辕发动士兵捕猎动物，到黄河里捕鱼，基本上可以解决相当长一段时间的给养问题。有了后勤供应，姬氏部落的近卫军团就完全稳定下来，可以在黄河北岸以逸待劳，积极备战了。

4

就在姬氏部落近卫军团积极寻找食物，解决部队后勤保障的同时，黎氏部落联军则在有熊一带组织力量抓紧时间砍树造筏。经过近半年的时间，黎氏部落联军就砍树造筏近万排，基本满足了大军渡河之需。

此时，又到了春暖花开时节，黎氏蚩尤看到准备已基本就绪，遂命令大部队拔营出发。黎氏部落联军抬着木筏和各种辎重，浩浩荡荡向黄河南岸渡口进发。

公元前 2665 年 6 月 3 日，黎氏部落联军经过近两个月的负重行军，终于抵达黄河南岸渡口，安营扎寨准备进攻。而这时，黄河北岸的姬氏轩辕，看到黎氏部落联军果然又返杀回来，就命令大部队近卫军团做好撤退的准备，仅让两千多名士兵一字排开，站在岸边骂阵。

听到黄河北岸姬氏轩辕故意安排挑衅的叫骂声，黎氏蚩尤气得七窍生烟、暴跳如雷，遂下令大军放筏渡河，恨不得立刻冲上对岸，踏平姬氏部落联军。而就在此前，姬氏轩辕早已悄悄命令部队在北岸水里打下了许多明桩，以阻止对方的木筏直接到达岸边，快速登陆。

就这样，黎氏部落联军的木筏划近对岸时，才发现水中插满了密密麻麻的木桩，木筏撞上木桩纷纷停在水中，根本无法直接抵岸。当时黄河的水位很深，若弃筏泅渡，则意味着要赤手空拳游上岸，那就等于被完全解除了战斗力。就在黎氏部落联军士兵左右为难、不知如何是好时，岸上的姬氏部落近卫军团突然跃出一批手持长棍、训练有素的士兵，专打站在木筏上发呆的敌军士兵。站在木筏上的黎氏部落联军士兵无处躲避，纷纷被打伤落入水中，只能挣扎着扶住木筏，更不敢泅渡上岸了。

黎氏部落联军前面的木筏被木桩阻挡，士兵被打伤落水，后面的木筏还源源不断地驶来，黄河南岸水面上的木筏越积越多，挤撞在一起，乱作一团。这时，只听一声令下，姬氏部落近卫军团的长棍部队迅速后撤，只见岸边姬氏部落近卫军团的另一支部队，点燃了早已准备好的干草捆，投向水面敌军的木筏。一时间，火光冲

天，火借风势，迅速蔓延，顿时草捆、木桩和木筏燃烧在一起，黄河岸边哀号一片，惨不忍睹。

这是人类战争史上第一次大规模的火攻。如果要论在江河之上，对在船只上的军队进行攻击的战斗，这一战只有两千多年后，三国时期的赤壁之战勉强可以比拟。这一仗重创了黎氏部落联军，烧死、烧伤士兵两万多人。

等到大火熄灭之后，黎氏部落联军再次部署，组织力量重新渡河进攻，等攻上北岸一看，对方连人影都没有了。原来，姬氏轩辕命令士兵把点燃的干草捆全部投完之后，就立即撤退，一路向北，一直到距离黄河北岸 30 千米处，才停下来安营扎寨，就地休息，并继续派出监视哨，监视黎氏部落联军的动向。

黎氏部落联军被火攻之后，元气大伤。这时联军上下多少有点恐慌，黎氏蚩尤虽说也有些恐惧，但作为联军统帅，只能强打精神，鼓舞士气，号召大家要坚定夺取最后胜利的信心。

由于刚刚受到火攻重创，黎氏蚩尤只好下令原地休整，医治伤者，掩埋死者，并派出侦察兵出击，打探姬氏部落联军的下落。就在这时，西绿甘奴鲁星球在测试到黎氏部落联军遭受火攻的情况后，马上派人乘飞船到黎氏部落联盟所在的黄河北岸休整地去，与黎氏蚩尤见面，深入了解损伤情况。

他们见面后，黎氏蚩尤把黎氏部落联军遭受火攻的经过和受损情况，告诉了西绿甘奴鲁星球人类。在听了情况汇报后，西绿甘奴鲁星球人类就目前黎氏部落联军所面临的状况，问黎氏蚩尤是否需要他们的帮助。黎氏蚩尤沉思了片刻后说道：暂时不需要，我有能力带领联盟打败姬氏轩辕，这只是时间问题！

黎氏蚩尤在这种情况下，还没有接受西绿甘奴鲁星球人类主动提出的相帮一事，是因为当时黎氏蚩尤错误地认为，姬氏轩辕从开战以来到现在，是一退再退，已经被自己和黎氏部落联军的气势所震慑，对战是为了保命而为之的无奈之举。这也是天要灭姬氏，只要穷追猛打，就一定能夺得权位，取得最后的胜利。

黎氏蚩尤根本没有意识到姬氏轩辕一退再退的真实战略意图，被自己的狂妄和自负迷了心窍。当时黎氏蚩尤还认为，这次遭受火攻，纯属意外失利，不会影响到自己率领的联军的士气。同时他还觉得，如果因此就接受西绿甘奴鲁星球人类帮助的话，自己在部落联盟族人面前会失掉颜面和威信。所以，他没有接受西绿甘奴鲁星球人类主动提出的帮助，而这正是黎氏蚩尤狂妄和自负所致。

鉴于黎氏蚩尤的盲目自信，西绿甘奴鲁星球人类就把已侦察掌握到的姬氏部落联军一退再退的真实意图告诉了黎氏蚩尤，再三提醒他务必高度警惕，之后又鼓励了黎氏蚩尤几句后，就乘飞船回去了。

5

黎氏蚩尤听了西绿甘奴鲁星球人类关于姬氏部落联军一退再退的真实意图之后，认为西绿甘奴鲁星球人类有点高估了姬氏部落联军的能力，完全是多虑了。

就黎氏部落联军的实力来讲，黎氏蚩尤认为自己有 81 位战将、72 路人马，而姬氏部落联军战将不足 10 人，人马仅为 4 路，虽说人数多于本方，但老弱居多，可参战之人仅为 23 万，少于自己的 25 万人马。相比之下，黎氏蚩尤自认为胜算会高于姬氏轩辕。所以，

当时黎氏蚩尤并没有听进去西绿甘奴鲁星球人类的提醒，仍然坚持了自己狂妄、自负的想法。

送走西绿甘奴鲁星球人类之后，黎氏蚩尤就向黎氏部落联军宣布：休整两天后，继续向姬氏部落联军发起攻击；并承诺，活捉姬氏轩辕者赏牛 10 头，杀死姬氏轩辕者赏牛 5 头。此诺一出，黎氏部落联军上下一片欢腾，士兵们纷纷摩拳擦掌，要求早点开战。黎氏蚩尤这一诺，把黎氏部落联军原先因遭受火攻而消沉下去的士气又调动起来了。

两天过后，黎氏蚩尤根据派出去侦察打探姬氏部落联军动向的士兵的报告，知道了姬氏部落联军所在阵地的准确位置，遂向本方部队下达了全面进攻的命令。

一时间，72 路人马齐头并进，以排山倒海之势向姬氏部落近卫兵团发起攻击。在黎氏部落联军的攻击部队行进到距本方营地近一半的路程时，姬氏部落近卫军团的侦察兵就向姬氏轩辕报告了敌情进展。姬氏轩辕遂布置近卫兵团继续后撤，与黎氏部落联军的先头部队始终保持着一段距离，并把一些不用的东西扔在宿营地，以引诱黎氏部落联军不断北上攻击。

黎氏部落联军攻入姬氏部落联军营地后，没有看到一个人影，只看到一片狼藉，满地都是丢弃的东西。黎氏部落联军士兵见到这些故意扔下的东西后，向黎氏蚩尤做了报告。黎氏蚩尤看到姬氏部落近卫军团这些丢弃的东西后，更加坚定了自己狂妄和自负的想法，认为姬氏部落联军已经溃不成军，命令部队一鼓作气，乘胜追击。

就这样，姬氏轩辕运用敌进我退、敌停我扰、追紧了就打一仗的诱敌方法，经历了 1 年又 10 个月的时间，激战 59 次，终于把黎氏部落联军引诱到了预先设定的决战地——鹿野。

公元前 2664 年 1 月 3 日午夜，姬氏轩辕率领着仅剩的近 5 万近卫兵团，把黎氏部落联军剩余的 21 万人马引入鹿野盆地后，遂下令先行到达鹿野盆地设伏的姬氏部落联军大部队，会同 5 万诱敌的近卫军团，以围歼之势，向黎氏部落联军发起了全面进攻。

一阵砲石轰砸之后，趁黎氏部落联军阵脚大乱之际，埋伏在盆地周围坡地上的姬氏部落联军主力，个个高举火把，一跃冲向黎氏联军阵地，呐喊声震天动地，响彻夜空！姬氏部落联军主力，以火把为武器，冲向被包围在盆地内的黎氏部落联军，打烧结合，把被这阵势吓破胆的敌军冲得七零八落，死伤一片。

眼看黎氏部落联军就要全面崩溃，夜空中突然出现了许多刺眼的光柱，直接照射到冲向敌军的姬氏部落联军士兵的面部。姬氏部落联军士兵在刺眼的强光照射下，不得不停止了进攻，并开始后撤。这突然发生的情况，使姬氏部落联军顿时陷入恐慌之中。

这些突然出现的强烈光柱，是西绿甘奴鲁星球人类飞抵战场上空的飞船发出的，他们以刺眼的强光，逼退了姬氏部落联军的进攻。这使当时战场的形势，一下子发生了十分有利于黎氏部落联军的大逆转。

原来，西绿甘奴鲁星球人类在黄河北面与黎氏蚩尤见面回去后，就把黎氏蚩尤过分自信的情况，向负责地球事务的领导人做了汇报。当时西绿甘奴鲁星球负责地球事务的领导人名字叫亚契那伯尔，他同时已被西绿甘奴鲁星球任命为应对在地球可能发生重大事变的最高指挥官。亚契那伯尔听取了汇报后，认为黎氏蚩尤的自信很可能给他自己和黎氏部落联军带来灾难性的后果。于是，亚契那伯尔果断地做出决策，命令西绿甘奴鲁星球在月球轨道上的第 3 工作站，加强进行对两个部落联军的态势和动向的监测。同时要求在地球周边及在地球大气层进行科研测试工作的飞船暂停所有工作，做好随时支援黎氏部落联军的准备工作。

就在姬氏轩辕下达总攻命令的同时，西绿甘奴鲁星球第 3 工作站监测到了这一攻击信息，马上向亚契那伯尔做了报告。亚契那伯尔得知这一情况后，遂下令已做好支援准备的各工作组飞船向鹿野上空集结，并采取非伤人手段，支援黎氏部落联军。

当西绿甘奴鲁星球人类工作组的飞船到达鹿野盆地上空后，发现黎氏部落联军已被姬氏部落大军冲击分割成若干个小群体，鉴于命令要求采取非伤人性支援，这些飞船只好用刺眼的强光来遏制姬氏部落联军的攻势，以使黎氏部落联军能够重新集结。

被姬氏部落联军打得晕头转向、惊魂未定的黎氏部落联军，看到对方突然被天上刺眼的亮光所制，不但攻击停了下来，而且被逼得直往后退。黎氏部落联军马上意识到这是西绿甘奴鲁星球人类在帮助他们，就趁机向姬氏部落联军后撤的反方向集中，最终在鹿野盆地东部区域会合集结，重新形成战斗集群，并与高举火把形成包围圈的姬氏部落联军成僵持状态。

看到天空中出现的刺眼强光逼退了己方的部队，进而使战场态势发生了扭转的姬氏轩辕，马上意识到西绿甘奴鲁星球已经直接介入这场战争了。他一直担心和提防的事情终于发生了，遂立即向巴克星球发送了情况报告，并请求巴克星球火速予以支援。

姬氏轩辕请求援助的信息，被第一时间发送给巴克星球援姬作战集群的最高指挥官雷斌。雷斌接到信息后，当机立断，马上向潜伏在地球鹿野西、北两个方向的巴克星球作战集群下达了支援姬氏部落联军的作战命令。至此，在地球人类历史上，第一次地球人与外星人联合对抗的超时代战争爆发了。

6

已经在地球潜伏多时的巴克星球宇宙飞船远征舰队接到最高指挥官雷斌的作战命令后，在短短的五分钟时间内，150多艘中、小型飞船全部升空，瞬间到达鹿野的上空。

巴克星球庞大的宇宙飞船舰队到达鹿野上空后，在离地面5000米高度的位置，纷纷用飞船武器系统中的光磁能量发射器，向60艘悬停在相同高度、正在用刺眼的强光逼退姬氏部落联军的西绿甘奴鲁星球小型飞船发起猛烈攻击。

巴克星球舰队开火后，一时间打得西绿甘奴鲁星球人类措手不及，被光磁能量击中的西绿甘奴鲁星球的飞船凌空翻转，没被击中的西绿甘奴鲁星球飞船，则像是下意识的反应一样，瞬间就向空中爬升。他们随即用小型飞船上配置的帕粒子束能量发射器向巴克星球舰队进行反击。被帕粒子能量束击中的巴克星球飞船，瞬间闪出一个耀眼的光球，照亮了整个夜空。在地球人类历史上，第一次外星飞船在地球大气层内的空战，像节日燃放礼花一样，在天空中描绘出一幅缤纷多彩的画面。

帕粒子是一种很微小的能量粒子，它构成了迷粒子；而迷粒子又构成夸克，还可以构成磁粒子；所以这是一种很小的粒子。这种帕粒子在没有受到能量激发时很安定，当将其置于磁场环境中形成能量激发后，在向外运动过程中，会极迅速地强烈吸取能量，并使该粒子的能量很快达到饱和态。在这种情况下，能量饱和态的帕粒子，一碰到任何东西，就会瞬间把能量全部释放掉，恢复到原本的正常粒子态。这种原理有点像光子提高能量态后，受激发出激光一样。吸能至饱和态的帕粒子，一旦碰到东西后释放出巨大能量，就如同炸药爆炸一样，形成巨大的攻击能量，并伴随有放射性辐射。所以，西绿甘奴鲁星球以帕粒子能量束作为攻击性武器。

交战双方飞船的壳体材料，均使用冷沸材料加能量屏蔽层。这种飞船的壳体材料可使飞船在作超光速飞行时能够对过载进行卸荷，加上飞船上相应的反重力设施作用后，飞船舱内的宇航员不会有丝毫过载的感觉。同时，还能抵御一般粒子能量束武器的破坏性攻击，一般的能量性武器都无法击穿飞船冷沸材料壳体，因而不能对飞船内部产生破坏，只能把飞船打成失态状，从而对飞船舱内乘员产生一些生理影响，而飞船基本完好无损。这种情况还真有点像现代的红蓝军非实弹演习对抗中使用“空爆弹”一样，虽能分出胜负，但并不产生致命的杀伤。

空战进行了近 20 分钟，西绿甘奴鲁星球的飞船舰队才搞清楚，突然袭击自己的作战集群是巴克星球的，而这也正是他们“大意失荆州”之处。姬氏轩辕作为巴克星球的代言人，一直与巴克星球保持着密切联系，西绿甘奴鲁星球一直没有完全弄明白。正在参战的飞船舰队马上把这一情况向亚契那伯尔报告。

亚契那伯尔接到报告后才恍然大悟，难怪姬氏联军都使用巴克星球人类的语言。这时，他一边向西绿甘奴鲁星球汇报地球正在发生的情况，一边命令在月球轨道待命的 40 艘中型飞船立即进入地球大气层内，与正在对巴克星球飞船舰队进行作战的 60 艘小型飞船汇合，组成一个新的作战集群，向巴克星球舰队进行全面反击。

这时已是拂晓时分，双方在方圆 100 万平方千米的空域中展开了激烈的空战。

而在地面上，姬氏部落联军和黎氏部落联军借着拂晓时分的亮光，看到天空中有如此多的飞船混战厮杀，都被这惊心动魄的空战场景吓呆了。这时两大阵营的士兵之间，既不进攻，也不反击了，都待在原地仰望天空中所发生的一切，成了激烈空战的旁观者。当时那种情景，不知比今天的国际航展或者“爱飞客”的特技飞行表演要精彩多少倍！

有时，一些飞船被打得失态掉在地面上，不论是掉在姬氏部落联军包围圈附近，还是掉在包围圈内黎氏部落联军固守的区域，都会招致地面士兵的围攻。巴克星球的飞船如果掉在姬氏部落联军包围圈附近，飞船内的巴克星球人类就会打开座舱，向围攻过来的姬氏部落联军示意是自己人，士兵们就会主动围成一圈，保护飞船，直到飞船重新升空为止。

如果是西绿甘奴鲁星球飞船失态掉在姬氏部落联军包围圈附近，飞船内的西绿甘奴鲁星球人类就会启动飞船携带的空气振动装置和局域反重力装置，使掉落点地面上的石块、砂粒或水浮升，在空气振动能量作用下向四周抛射，以阻止姬氏部落联军士兵的围攻。随后，快速调整飞船状态，飞离地面。

如果是巴克星球或西绿甘奴鲁星球的飞船被打得失态，掉在包围圈内的黎氏部落联军固守的区域内时，黎氏部落联军士兵与飞船乘员之间，同样也会出现友则帮、敌则御的情况。

战斗进行到第三天时，黎氏蚩尤意识到，如果这样长期陷入包围，即使姬氏部落联军不进攻，自己的联军也会因为食物短缺，得不到补给而被困死。于是，他迅速把 81 位战将召集在一起，开了一次火线军事会议，在会上说出了自己的分析和想法，并决定对姬氏部落联军实施攻击性突围，杀出一条血路，在包围圈外占据有利地形后，补充食物，寻机再战。他的决定得到了大家的一致拥护，黎氏蚩尤随即进行突围部署。

黎氏蚩尤决定，把 81 位战将所率领的部队分成两个梯队，向包围圈的东北盆地口方向实施攻击性突围。如果按照《周易》的观点，东北方位是艮卦位，属于“止门”，突围又怎么可能成功！

就在黎氏蚩尤做出突围决定，并确定突围方向时，巴克星球一艘战场侦察飞船测试到了黎氏联军这一动向，马上把侦察到的情况告知了姬氏轩辕。

姬氏轩辕在得到这一战场情报后，迅速把之前负责诱敌深入，直到包围圈形成后就撤下来休整的近卫军5万多士兵，秘密调往黎氏部落联军准备突围方向的包围圈之外，实施反突围支援作战。

就在姬氏部落联军的这支反突围支援部队刚刚就位不久，黎氏部落联军就开始向包围圈东北盆地口方向，轮番展开了攻击突围。黎氏部落联军连续追击姬氏部落联军负责诱敌的近卫军团，在途中进行了大小59次战斗，几乎未做任何有效的休整。当追击到鹿野盆地时，马上被姬氏部落联军先行到达鹿野盆地、以逸待劳设伏的主力部队团团包围在盆地中。如果不是西绿甘奴鲁星球人类及时救援的话，黎氏部落联军有可能早已被姬氏部落联军主力分而歼之了。经过了几昼夜的围困，这时的黎氏部落联军可谓是疲惫之师、惊悸之师。在这种情况下实施突围，显得十分无力。突围先头部队刚与姬氏部落联军接触就被压制住，打回了包围圈。

连续十几次的突围均告失败之后，黎氏蚩尤后悔当时在黄河北岸没听西绿甘奴鲁星球人类的警示性提示，才导致今天被困的下场，他仰天长叹，追悔莫及。

黎氏部落联军连续十几次攻击姬氏部落联军包围圈某一点的举动，被在空战中的西绿甘奴鲁星球飞船中的飞行员看到，随后他们把这一情况报告给亚契那伯尔。亚契那伯尔下令进行测试了解情况，当确定了黎氏联军正在组织突围时，便命令40艘中型飞船，向黎氏部落联军被困区域内，投放配置了武器的有人地面探测（侦察）装置，以协助黎氏联军突围。

西绿甘奴鲁星球中型飞船上配备的这种地面探测装置，是他们在宇宙航行中抵达某一星球时，探测星球表面过程中可以水陆全域活动的运动装置，该装置可载人，还可携带武器；由于其工作原理是地效技术，整个装置始终悬浮在星球表面，并且可跟踪地形运动，其在星球表面上的机动行进能力，远远超出我们今天的坦克等装甲车辆。

西绿甘奴鲁星球的40艘中型飞船在接到命令后，迅速摆脱与巴克星球飞船的纠缠厮杀，相互掩护着向黎氏部落联军被围的区域内投放了80部配置武器的地面有人测试装置。随后，又升至5000米以上的空中，继续与巴克星球飞船空战。

巴克星球的战场侦察飞船测试发现西绿甘奴鲁星球人类向黎氏部落联军固守的区域投放地面装置以助其突围的情况后，马上把这一情况向下沉隐蔽在江沃（即今四川成都）区域、直径600千米的大型运输飞船中指挥作战的最高指挥官雷斌做了报告。雷斌得知这一情况后，马上命令开启量子传送装置，把100部“自判”（无人高仿生智能）地面作战武器装置，直接传送到姬氏部落联军包围圈东北部外围。

这种“自判”地面作战武器装置，也是采用地效原理的技术在星球表面运动和行进，但又和电影《变形金刚》中的“汽车人”一样，是一种高仿生智能的地面作战装置，具有自行判别功能。当这些装置传送到姬氏部落联军阵地后，会立即自行对战场情况做出判断，之后排成“一字”形作战队形，向协助黎氏部落联军突围的西绿甘奴鲁星球地面装置进行压制性攻击。

雷斌同时用脑兰卡波通知姬氏轩辕，让其命令自己的士兵在黎氏部落联军随西绿甘奴鲁星球地面装置突围时，迅速向后撤至巴克星球“自判”地面作战武器装置后面，随“自判”地面作战武器装置行动，并负责抓捕突围出来的黎氏部落联军士兵。

7

就在巴克星球的“自判”地面作战武器装置传送布置完毕，姬氏轩辕也向配合这些装置行动的联军战士们转达完雷斌指挥官的指示后，约过了一个时辰的时间，黎氏部落联军在西绿甘奴鲁星球配置了武器的地面装置的配合下，向原定方向的姬氏部落联军包围圈发起了新一轮的攻击性突围行动。

姬氏部落联军看到黎氏部落联军在西绿甘奴鲁星球的地面装置配合下，如潮水般地涌来，马上按巴克星球最高指挥官雷斌的布置，迅速向后撤退至巴克星球的“自判”地面武器装置后面。待姬氏部落联军战士撤离完毕后，黎氏部落联军的先头部队离“自判”地面武器装置仅有100米远的距离了。

说时迟，那时快，巴克星球的“自判”地面武器装置开启了胃频次声波定向发生器。顷刻间，黎氏部落联军冲在最前面的士兵纷纷呕吐不止，倒下了一大片。后面的黎氏部落联军士兵看到这种情景，吓得不敢再往前冲，同时都感觉到胃部难受，就拥挤着往后撤退。

西绿甘奴鲁星球的地面装置也不得不停了下来，利用所配置的帕粒子束能武器，率先向巴克星球的“自判”地面武器装置发起攻击。

巴克星球的“自判”地面武器装置在遭到帕粒子能量束攻击后，也迅速做出反应，开启了内置的光磁发射器系统进行还击。

一时间，在仅有2000米距离的地段上，两个星球的地面装置之间，互相展开了一场高密度的粒子能量束的对射。双方被能量束击倒的地面装置很快就会被双方的联军士兵奋力扶正，继续投入战斗。

两个星球的地面装置，都是轻质量、高强度的冷沸合金材料制造成的，装置壳体强度很高，难以被击穿，而总质量又很轻，打翻了靠人力就能再扶正，可以很快恢复战斗状态。就这样，两个星球的地面装置原地相互对射了27天的时间也没有分出胜负。

看到这一情况后，巴克星球援姬作战集群的最高指挥官雷斌下达命令，准备让“自判”地面武器装置启动水平声振武器系统，对西绿甘奴鲁星球的地面装置进行攻击，并且让姬氏轩辕命令本联军士兵把包围圈向外扩大3千米。

当巴克星球的战场侦察飞船测试确认了姬氏联军已把包围圈向外扩大了3千米后，遂代雷斌指挥官下令，让“自判”地面武器装置开启水平声振武器系统。

刹那间，由“自判”地面武器装置发出的定向定频水平声振波能量，以声振冲击波和声压能量波的形态，向黎氏部落联军和西绿甘奴鲁星球地面装置方向压去。短短的一分钟时间，位于黎氏部落联军攻击突围方向最前端的西绿甘奴鲁星球的80部地面装置，全部被声振冲击波推翻，有近一半的地面装置被振得解体。20多万黎氏部落联军士兵在声振冲击波和声压能量波的双重作用下，全部口、鼻、耳出血，倒地不起，有2万多人由于体能不支而命丧他乡。

巴克星球的“自判”地面武器装置停止攻击后，黎氏部落联军阵地内一片狼藉，呻吟之声此起彼伏。看到这种战场情景，姬氏部落联军阵地上一片欢呼。他们为巴克星球人类的战斗能力而欢呼，也为姬氏部落联军取得胜利而欢呼！

在欢呼过后，姬氏轩辕马上命令士兵们，进入一片狼藉的黎氏部落联军阵地内开始打扫战场，一方面救治伤者，一方面掩埋亡者，同时寻找黎氏蚩尤，要求生要见人，死要见尸。

接到命令后，姬氏部落联军的战士们纷纷涌向对方的阵地开始打扫战场。这时姜氏华阳带着 100 多位士兵，在黎氏部落联军的俘虏中寻找黎氏蚩尤的踪迹。很快，他们就在黎氏部落联军受伤俘虏的指认下，从一堆伤者中找到了黎氏蚩尤及其 81 位战将。看到他们都还活着，姜氏华阳命令士兵们用水洗去黎氏蚩尤面部的血迹后，抬着他去见姬氏轩辕。

看到姬氏部落联军的士兵们抬着受伤的黎氏蚩尤，姬氏轩辕向他正色说道："你失败了，你的阴谋导致了这场战争，许多部落族人因你而死，天理难容。你是华夏民族的罪人，你认罪吗？"但黎氏蚩尤没有任何反应，姬氏轩辕又重复了刚才的问话，黎氏蚩尤仍没有反应。

原来，黎氏蚩尤之所以没有反应，是因为他被巴克星球"自判"地面武器装置发出的声振波能量振成暂时性耳聋，根本听不到姬氏轩辕的问话。

看着两次问话都没反应的黎氏蚩尤，姬氏轩辕觉得很奇怪。这时在旁边站着的姜氏华阳说了一句："他是不是被振聋了？"这句话提醒了姬氏轩辕，他联想到巴克星球的"自判"地面武器装置发出的声振波能量，自己离那么远还感觉耳部非常难受，何况黎氏蚩尤离得这么近，耳朵肯定是被振聋了。想到这里，姬氏轩辕也就不再问黎氏蚩尤什么话了，直接命令 200 多名姬氏部落联军的士兵，看押好黎氏蚩尤和他的 81 位战将。

此时已是黄昏时分了。姬氏轩辕抬头看了看如鲜血般的残阳，心里感慨万千！

近两年的战争经历，使这位年过半百的华夏民族部落首领清楚地意识到：和平对于一个发展中的人类和部落，是何等的重要！如

果没有眼前这场夺权与反夺权的战争，这些活着的和死去的族人们，会在一片祥和的环境中，安居乐业，发展自己，壮大自己。族人们之间会更加和睦、友善。正是这场战争，使得华夏民族部落的族人之间，和睦变成了仇恨，友善变成了厮杀，人间变成了地狱！崇尚和平，反对战争！这一想法此时此刻充满了姬氏轩辕的整个大脑，他默默地发誓，一定要教育后人和平相处，和睦邻里，友善待人，远离战争。

8

就在姬氏轩辕感慨万千，开始反思这场战争的时候，他突然接到巴克星球援姬作战集群的最高指挥官雷斌发来的一则信息。他告诉姬氏轩辕，战争还没有结束，西绿甘奴鲁星球人类肯定会进行报复的。他要求姬氏部落联军尽快远离西绿甘奴鲁星球的地面装置。要防止西绿甘奴鲁星球人类，在回收那些被巴克星球“自判”地面武器装置发出的声振波能量推翻和振得解体的地面装置时，对姬氏部落联军部队采取非直接方式进行攻击，从而伤害本方将士。雷斌发来的这一信息，让姬氏轩辕马上警觉起来，遂立即派人把这一可能发生的情况，通知到那些守在西绿甘奴鲁星球被推翻和解体了的地面装置周围的姬氏部落联军士兵，让他们迅速撤出，远离这些地面装置，以防发生不测。

第二天临近中午时分，西绿甘奴鲁星球人类派出了20艘中型飞船来到鹿野盆地，回收其在地面战斗中被巴克星球“自判”地面武器装置推翻和摧毁的地面装置。按星际战争规则的规定，交战双方的任何一方，不允许攻击另一方接送伤亡人员或回收战损装置的飞船及地面装置，否则，一切后果将由攻击方承担。

在这条星际战争规则的约束下，巴克星球人类没有对西绿甘奴鲁星球的20艘中型飞船进行攻击，只是派了10艘小型飞船在旁边空域监视其回收过程。

西绿甘奴鲁星球的20艘中型飞船轮流利用局域反重力技术，回收其战损的地面装置和所有乘员。就在回收到最后一个战损解体的地面装置时，西绿甘奴鲁星球人类在该装置升至离地面20米高度时，故意启动自毁装置，引爆其能量存贮装置，产生了13级杀伤效应（1级的杀伤效应，相当于地球标准lSv辐射量的杀伤；13级杀伤，相当于地球标准13Sv辐射量的杀伤）的惨烈后果。

鹿野盆地中的双方部落族人，在西绿甘奴鲁星球中型飞船飞临盆地上空时，还有很多人没有及时采取预防不测的隐蔽措施。当西绿甘奴鲁星球人类采取这一突然报复行为时，正在负责掩埋阵亡士兵尸体的2万多姬氏部落联军士兵，以及黎氏部落联军中除被看押的黎氏蚩尤及其81位战将外的18万多就地疗伤的战俘，共计21.1万人，在无任何屏蔽的情况下，被故意引爆的能量存储装置中的高能帕粒子流超剂量辐射，全部当场死亡。

看到这残忍而血腥的一幕，巴克星球在回收现场旁边监视回收过程的10艘小型飞船，遂同时向回收最后一部解体地面装置，并引爆其能量存贮装置的西绿甘奴鲁星球的中型飞船，发起了猛烈的攻击。

西绿甘奴鲁星球这艘中型飞船的回收入口，在关闭前的2秒钟，被巴克星球的两艘小型飞船发射的光磁能量击中内部，整个飞船结构体和27位乘员瞬间被击中汽化。

这时，西绿甘奴鲁星球其余19艘中型飞船中的乘员，看到本星球的飞船被巴克星球小型飞船围攻，并被击中汽化的一幕，马上编队向巴克星球小型飞船发起报复性反击。一时间，鹿野盆地上空，因西绿甘奴鲁星球对地面部落族人的血腥屠杀，由平静的回收战损装置行动演变成了激烈的空战。

双方空战约20秒钟的时间，巴克星球的战场侦察飞船，就把空战的原因和战况，向援姬作战最高指挥官雷斌做了报告。雷斌当即下达了对违规屠杀地面族人的西绿甘奴鲁星球的所有飞船发起全面攻击的命令，同时下令600千米直径的大型运输飞船中所载的50艘尚未出动的歼猎型小型飞船，随同大型运输飞船一同升空，追歼西绿甘奴鲁星球的宇宙飞船舰队。

巴克星球宇宙飞船舰队全部升空以后，雷斌又下达一道绝杀命令，允许所有巴克星球飞船使用微克量级反物质能量束武器系统，对西绿甘奴鲁星球的飞船舰队进行攻击。

其实，就在西绿甘奴鲁星球第一艘中型飞船被巴克星球小型飞船使用的微克量级反物质能量束击中汽化后，西绿甘奴鲁星球人类就意识到，巴克星球人类动用了反物质能量武器。由于西绿甘奴鲁星球自己的飞船上没有携带这种武器，加上本星球违规在先，担心巴克星球依规全歼本星球的宇宙飞船舰队，西绿甘奴鲁星球地球事务最高指挥官亚契那伯尔马上下令，西绿甘奴鲁星球舰队所有飞船立即飞离地球，躲避巴克星球飞船的追歼。

西绿甘奴鲁星球宇宙飞船舰队接到命令后，争先恐后地快速飞离地球，企图以太阳系其他星球为屏障，与巴克星球飞船进行周旋。但是，巴克星球追歼舰队毫不松懈，一阵穷追猛打之后，有 30 艘西绿甘奴鲁星球的中、小型飞船，被巴克星球飞船配置的微克量级反物质能量束击中汽化；一艘西绿甘奴鲁星球小型飞船与巴克星球一艘小型飞船相撞，同归于尽。其余 60 多艘中、小型飞船中，除一艘中型和一艘小型飞船一直隐藏于地球南极冰盖下未被发现外，全部被强大的巴克星球飞船舰队撵出太阳系。

就在两个星球的宇宙飞船舰队激战于太阳系时，为了防止西绿甘奴鲁星球的再次报复性屠杀，巴克星球 600 千米直径的大型运输飞船飞临鹿野盆地上空后，悬停在 20000 米高空位置，时刻监视着周围情况的变化，随时对盆地内所有华夏民族的族人们提供保护。

在得知西绿甘奴鲁星球飞船被赶出太阳系的消息后，巴克星球援姬作战集群的最高指挥官雷斌，乘坐一台服务性反重力装置，从直径600千米的大型运输飞船中降落在盆地中间地带的一个小土堆上，与姬氏轩辕、姜氏华阳及其部落的族人们见面。雷斌代表巴克星球向姬氏轩辕、姜氏华阳表示慰问，并向在这次战争中死亡的部落族人表示哀悼！

盆地里的部落族人看到大型飞船上有人下来时，都纷纷围拢过来，大家随着姬氏轩辕一起向巴克星球的雷斌指挥官表示感谢！

就在部落族人们纷纷向巴克星球最高指挥官雷斌降落的小土堆围拢过去时，负责看押黎氏蚩尤及其81位战将的200位姬氏部落联军的士兵，由于是第一次见到外星人类，出于好奇，也离开看押俘虏的岗位，围拢了过去。

当那200位看押俘虏的士兵刚离去不久，黎氏蚩尤马上意识到这是千载难逢的良机，于是示意手下的81位战将逃离姬氏部落联军的营地。81位战将会意后，立即随黎氏蚩尤沿盆地东南方向的一个峡谷逃出了盆地，向着东夷黄河渡口（即今山东东营）方向一路狂奔。

在雷斌接见完姬氏轩辕、姜氏华阳及部落联盟的族人们，返回大型运输飞船离开地球后，那200位看押俘虏的姬氏部落联军士兵回到看押点，才发现黎氏蚩尤及其81位战将都不见了踪影，他们全都傻眼了，马上把这一情况向姬氏轩辕做了报告。

姬氏轩辕火速赶往看押黎氏蚩尤的地点，查看了现场后，觉得黎氏蚩尤一伙不可能跑得太远，应该会就近躲藏起来，遂下令全体姬氏部落联军士兵，在盆地周围的山上搜寻黎氏蚩尤及其81位战将的踪迹。此时已是傍晚时分，族人们高举着火把开始搜山，直到第二天天亮，也没有在盆地周围的山上找到黎氏蚩尤及其81位战将。

在这种情况下，姬氏轩辕马上召集了姜氏华阳、仓颉、力牧、大鸿和常先等几位联军高级管理人员，开会研究分析如果黎氏蚩尤部落 81 位战将逃离鹿野盆地后可能的去向及相应的追击方案。最后他们决定：由风后、力牧、常先三位大将，各带 1 万人马，向盆地外的东北、正东、东南三个方向追寻黎氏蚩尤及其 81 位战将的踪迹。姬氏轩辕、姜氏华阳、仓颉和大鸿等率领其他姬氏部落联盟族人留在原地继续搜山。如果搜山无果，他们将带领留下来的 20 多万人，沿近卫军团的诱敌之路向南搜寻，并返回中原都城有熊。部署完毕后，各路人马立即分头行动。

9

向盆地外搜索的三路大军出发后，姬氏轩辕、姜氏华阳、仓颉、大鸿四人，也开始带领留下来的人分头搜山。各路搜山人马在近 3000 平方千米的山地、沟涧中搜寻，五天过去了，仍没有搜寻到黎氏蚩尤及其 81 位战将的踪迹。

第六天，姬氏轩辕判断，黎氏蚩尤及其 81 位战将已逃出搜寻范围，再搜下去也是徒劳的。他决定放弃搜山，改为沿诱敌之路向南搜寻，并决定如果仍搜寻不到黎氏蚩尤及其 81 位战将的话，就回到都城有熊，等候其他三路搜寻大军的消息。

经过两天的准备，姬氏轩辕和姜氏华阳率领着姬氏部落联军 20 多万人，沿诱敌之路向南搜寻进发。就在他们向南行进到第 20 天时，姬氏轩辕接到了其中向盆地东南方向搜寻的常先部队派回来的士兵的报告，在东夷黄河渡口方向，发现了黎氏蚩尤及其 81 位战将的丢弃物。

常先当时就判断，黎氏蚩尤及其81位战将，要从东夷黄河渡口进入东夷腹地，然后再向南往黎氏部落领地逃窜，遂派出几位强壮的士兵走捷径，去向姬氏部落联军其他两路搜寻部队报告情况，自己则率领搜寻部队向东夷黄河渡口方向继续追击。

在常先率领的追击部队赶到东夷黄河渡口时，黎氏蚩尤和81位战将刚刚渡过黄河不久，隐约还能看到他们逃离的身影。这时，常先马上下令砍树造筏，打算立即渡河追击。可是渡口周围没有可用之树，尽是一些野草。常先只好带领追击部队，后撤了5千米，找到一片稀疏的杂木林砍树造筏。结果三天时间过去了，只造了70多只木筏。常先看着这一情况，心里很着急。他担心如果渡河太晚，黎氏蚩尤他们一伙逃得太远，追击起来就很困难了。所以，他当机立断，决定马上分批次渡河。经过两天一夜的批次渡河，常先的追击部队全部登上了对岸。为了给其他两路搜寻大军留下渡河木筏，常先挑选了几个水性好的士兵留下看守木筏，其他士兵则就地稍作休息后，连夜向黎氏蚩尤及其81位战将逃跑的方向追去。

黎氏蚩尤他们渡过黄河后，认为姬氏部落联军不会想到他们会从东夷黄河渡口渡过黄河，于是就放慢了脚步。但是令他们万万没想到的是，自己的丢弃物却把姬氏部落联军引到了这里。就在黎氏蚩尤及其81位战将自认为渡过黄河就保险了而放慢脚步时，夸父不经意间回头看了一下渡口方向，马上大惊失色地喊道："快跑，他们追上来了！"夸父这一声喊，让大家都回过头往渡口方向看去，只见黑压压的一片人群，正向黄河对岸渡口涌来。黎氏蚩尤看到这一情景，连忙喊道："快跑！"喊声就是命令，黎氏蚩尤及其81位战将转身又是拼命狂奔。

也不知奔跑了多久，黎氏蚩尤他们看到了前方不远处有一个不太大的部落，于是赶快跑进部落里。等他们进去一看，部落里只有几个青壮年族人，其他都是老弱病幼。一打听才知道，这个部落是黎氏东夷嵩氏部落，这几个青壮年族人和那些老弱病幼是留守的族人，其他族人都参加黎氏部落联军打仗去了。看到部落的情景，黎氏蚩尤就把战败的情况简单地跟他们说了一下，接着让部落里的族人给他们找点吃的东西。他们已经快两天没吃东西了，见到食物后，纷纷像饿狼似地抢食起来。

大家填饱肚子后，黎氏蚩尤就让这些留守部落的族人们与他们一起往南逃命。族人们在百般无奈之下，只好带上一些生活必需品和食物，跟着黎氏蚩尤一起往南逃命。

黎氏蚩尤及其 81 位战将，以及黎氏东夷嵩氏部落的族人们离开仅两天后，姬氏部落常先率领的追击部队就来到了这个黎氏东夷嵩氏部落。常先的追击部队进入部落后，没有发现任何人，却找到了不少部落族人逃走时没能拿走的食物和生活用品。常先了解了情况后，就让士兵们把食物分发下去，就地进食。吃过东西后，追击部队的士兵们都感觉很累，请求常先让大家休息一下。士兵们这几天不分昼夜地忙于追击，确实是太累了，常先就下令在部落休息一夜。第二天，追击部队的士兵个个精神饱满，在常先的率领下，又投入追击的行动之中。

在常先率领的追击部队乘胜追击黎氏蚩尤一伙大约 25 天时间后，力牧和风后率领的搜寻部队，也分别从东夷黄河渡口抢渡黄河，由搜寻部队改为追击部队，依据常先追击部队留下的方向标，一直向南追击。

而这时，姬氏轩辕在接到发现黎氏蚩尤及其 81 位战将行踪的报告后，认为常先、力牧和风后三人率领的部队，有能力追捕到他们，也就没有让自己和姜氏华阳率领的南寻回程大军，参与到追击部队的行列中去，而是下令终止搜寻，沿诱敌之路向南返回中原都城——有熊，在都城静等三路追击部队的佳音！

黎氏蚩尤及其81位战将，携黎氏东夷嵩氏部落留守族人离开部落后，一路上又遇到270多个黎氏部落联盟的中、小型部落，他们每来到一个部落，黎氏蚩尤不论留守族人的多与少，都要求他们与其同行南进。到抵达黎邑（即今江苏镇江）的一处长江北岸时，同行的黎氏部落联盟的族人已达2200多人。

但是，面对宽阔的长江水面，黎氏蚩尤已无路可走，此时他的心情已到了绝望的极点。他大声喊道："灭我者，轩辕！亡我者，上天！绝我者，江水！"随后就放声大哭起来。

就在黎氏蚩尤绝望之际，有人指着天上喊道："快看，那是什么？"这一喊，所有人都抬起头仰望天空，只见一大一小两艘飞船，正悬停在他们头顶。黎氏蚩尤一看到这一大一小两艘飞船，一下子认出这是西绿甘奴鲁星球的飞船，遂由悲转喜，振臂高呼："天不亡我，这是西绿甘奴鲁星球的飞船，是来救我们的！"听黎氏蚩尤这么一喊，其他族人也都跟着欢呼起来。

10

前来的这两艘中、小型飞船，正是西绿甘奴鲁星球隐藏于地球南极冰盖下，未被巴克星球发现的那两艘飞船。他们是在巴克星球援姬作战集群离开地球后的第 10 天，才从地球南极冰盖下潜水航行到现在的印度洋一带，在水下潜伏了近 20 天。当飞船中的乘员认为没有危险后，才从水下升上水面，在观察、测试到地球周围已没有巴克星球的飞船后，这才由水面升空，在现在的青藏高原一带跟踪、监测黎氏部落联军的情况。

西绿甘奴鲁星球中型飞船的乘员，打开测试装置，监测到黎氏蚩尤及其 81 位战将在东夷黄河渡口一带，正向南部方向运动。后来他们做了信息回测才明白，黎氏蚩尤他们是在逃离姬氏部落联军营地后，一路南逃至目前所在的位置。因此，他们决定对黎氏蚩尤及其 81 位战将进行不间断监测，如果监测发现他们遇到危险，就马上进行救助。就这样，西绿甘奴鲁星球的两艘飞船一直跟踪、监测黎氏蚩尤一行的情况，直到他们一行来到黎邑长江北岸。当发现黎氏蚩尤一行因被长江所阻而手足无措时，西绿甘奴鲁星球的两艘飞船马上快速飞临江边，利用垂直局域反重力技术把黎氏蚩尤一行 2200 多人悬空平移到了长江南岸。

黎氏蚩尤一行在长江南岸平稳落地后，黎氏蚩尤与两艘西绿甘奴鲁星球飞船上的乘员见了面，对他们的救助表示感谢；也请求西绿甘奴鲁星球人类原谅自己的自负与鲁莽，以及因此给黎氏部落联盟带来的灾难和造成西绿甘奴鲁星球巨大损失的后果；同时，恳请西绿甘奴鲁星球人类帮助他们在长江南部建立一个新的部落。

当时，西绿甘奴鲁星球人类认为，黎氏蚩尤经过这次战争失败的教训，已经认识到了自己所犯下的错误给族人和西绿甘奴鲁星球人类带来的后果，并诚意悔改。所以，他们接受了黎氏蚩尤的请求，并答应在长江南部地区帮助黎氏蚩尤建立新的部落。

在随后的几个月时间里，为了防止姬氏部落联军发现黎氏蚩尤和残余部落族人的行踪，西绿甘奴鲁星球人类在远离长江南岸，且适宜人类生存的姑蔑（即今浙江龙游）地区，利用中型飞行器自带的地面勘察装置与手持激光武器配合，挖掘了数十个地下岩洞，供黎氏蚩尤及其部落族人们隐蔽居住。

西绿甘奴鲁星球人类挖掘完这些地下岩洞后，就准备返回西绿甘奴鲁星球去。临行前，西绿甘奴鲁星球人类给了黎氏蚩尤一幅纸质地矿图，并教会他如何看图，如何采矿，以及如何冶炼金属器物等。教会黎氏蚩尤这些技能后，西绿甘奴鲁星球人类即启程返回西绿甘奴鲁星球。

在黎氏蚩尤及其 81 位战将，以及随行的 2200 多黎氏部落联盟族人，被西绿甘奴鲁星球人类的飞船救助，悬空渡过长江后的第三天，常先率领的追击部队就追到黎邑长江北岸，追击部队在长江岸边四处寻找，也没有发现黎氏蚩尤及其 81 位战将的任何行踪。最后，他们在西绿甘奴鲁星球飞船救助黎氏蚩尤一行过江的地方，发现了许多纷杂的脚印。常先据此判断，黎氏蚩尤他们已经渡过长江去了。

但令常先不解的是，在发现脚印的岸边，没有发现任何渡江用的木筏留下的痕迹，这么宽阔的江面，他们是怎么过去的呢？这时，常先怀疑是西绿甘奴鲁星球帮助黎氏蚩尤他们渡过了长江。可是听巴克星球指挥官雷斌说，西绿甘奴鲁星球的飞船都被巴克星球人类击毁或撵出太阳系了，难道说西绿甘奴鲁星球人类又回来了？带着这个疑问，常先没有贸然下令砍树造筏渡江，而是让自己率领的追击大军后撤至江边的树林和竹林中，等待后续两路追击部队合兵一处后，再行处置目前的情况。

力牧和风后率领的两路追击大军，分别在 17 天和 26 天后到达黎邑长江北岸。三路人马会合后，常先就把自己发现的情况及判断告诉了力牧和风后。三位将领经过一番分析和研究后认为，黎氏蚩尤及其81位战将已经过江了，但无法确定他们是如何过江的。所以，三位将领决定暂不过江追击，大军在黎邑长江北岸分段布防，监视长江南岸的情况。

随后，他们派人先回中原都城有熊去见姬氏轩辕，进行汇报。并且要求回去的人，如果到了有熊后，未发现姬氏轩辕和姜氏华阳的联军回到有熊，就沿着诱敌之路迎接姬氏轩辕和姜氏华阳，及时把黎邑长江北岸的情况及三位将领的研究意见向姬氏轩辕汇报。请姬氏轩辕与巴克星球联系，让巴克星球帮忙测试一下黎氏蚩尤及其81位战将的下落，并请示下一步的行动计划。

派出去的人走后，三位将领就下令各自防区的士兵们，砍树造屋，砍竹造筏，预备做长期布防之需和随时渡江之用。一时间，岸边上的树林和竹林成片地倒下，姬氏部落联军的士兵和族人们就在砍伐过的空地上建造了1000多所茅屋和400多个木筏。在搭屋造筏过程中，族人们发现了竹丝的作用，用其捆扎竹木，结实耐用，这是姬氏部落族人们在北方没有见过的材料。一些女性族人还在野外寻找到许多可食用的野蔬、野果和一些野生稻米，用于改善大家的饮食结构。族人们有时还会捕捉到一些小型动物和捕捞一些鱼类水产，生活过得有滋有味，其乐融融！

转眼间，四个月的时间过去了。

派回去向姬氏轩辕报告情况的三位士兵，这时已回到中原都城有熊。他们看到姬氏轩辕和部落联盟大军尚未返回都城，就在有熊休息了一夜，第二天沿着诱敌之路前往黄河南岸渡口。大约走了20多天的时间，三位报信的士兵来到黄河南岸渡口，他们向北岸渡口看了看，对岸渡口没有任何动静，三位士兵商量了一下，决定泅渡黄河。于是，他们就找了三根被人遗弃的树干，吃了点食物，随后就扛着树干下到黄河里开始泅渡。虽说当时已是夏末秋初，但河水尚温，三个士兵下水后，因水流的作用，被斜着冲向北岸渡口下游方向。他们经过 6 个多小时的奋力泅渡，最终在北岸渡口下游 2.8 千米处登上北岸。上岸后，三人马上钻木取火，取暖烘烤被河水浸湿的衣物，就地休息了一夜。第二天，又沿着北岸诱敌之路，一路北上。

他们三人又走了大约 10 天的路程，遇到了姬氏轩辕和姜氏华阳率领的部落联盟的返回大军。他们三人见到姬氏轩辕和姜氏华阳后，把追击黎氏蚩尤及其 81 位战将的过程，以及在黎邑长江北岸发现的情况做了介绍，同时把三位将领请求姬氏轩辕与巴克星球联系，帮助测试黎氏蚩尤及其 81 位战将的行踪等事宜，都做了汇报。

听了三位前来报信的士兵的汇报后，姬氏轩辕马上与巴克星球联系，并把接到汇报的情况向对方做了报告。当天晚上 9 点左右，巴克星球就把测试情况的信息发给了姬氏轩辕。

当得知黎氏蚩尤及其 81 位战将，以及随行的 2200 多位黎氏部落联盟族人，已在西绿甘奴鲁星球隐藏在地球南极冰盖下的两艘飞船帮助下渡过了长江，并在姑蔑一带建立了地下岩洞部落后，姬氏轩辕动了恻隐之心，他认为这场战争已经使许多华夏族人惨遭杀戮，不能再发生这样的事情了，不能再让华夏族人们为此付出代价了；不然，整个华夏民族部落就会因为战争而毁灭。姬氏轩辕觉得，应该放弃对黎氏蚩尤的追杀，让他从失败中汲取教训，认识到和平的重要性，做一个没有野心、没有战争的和平部落首领。但愿他能领悟到这一切！

姬氏轩辕想到这里，就把自己的想法告诉了姜氏华阳和在场的部

落族人。他的这一想法，得到了姜氏华阳和部落联盟族人们的赞同。

随后，姬氏轩辕正式下令，放弃追杀黎氏蚩尤及其 81 位战将，以及随行的 2200 多位黎氏部落联盟族人。同时，派那三位前来报信的人返回黎邑防守长江北岸的三支追击部队所在的营地，把这一命令转达给常先、力牧和风后三位将领；并且命常先和风后两部合为一部，由常先统领，永驻黎邑长江北岸防线，风后随力牧率领第三支追击部队返回中原都城有熊。

这三位报信的人接到传达命令的任务后，连夜启程，10 天后再次泅渡黄河，按原路返回黎邑长江北岸部队营地，传达姬氏轩辕的命令去了。

送走了三位传达命令的士兵后，姬氏轩辕下令联军原地休息。在那里，他召集了鹿野大战之后第一次部署华夏民族发展的重要会议。从此，华夏民族开启了一个新的时代。

11

“鹿野大战”的讲座结束后，微信群里的讨论十分热烈。不少人相约，请容子一行结伴驱车前往当年鹿野大战的古战场，缅怀当时大战双方的人。

那一日，秋雨绵绵，虽然是阴天，盆地四周连绵起伏的群山，仍依稀可见。容子他们到了以后，雨越下越大，似乎上天和他们一起，在共同纪念那 4500 年前作古的无数先人。

如今的鹿野盆地古战场，修建了黄帝、炎帝和蚩尤三祖堂。就在当年雷斌降临的那个小土堆上，也修起一个象征中华民族大团结的九龙纪念碑广场。这里成为每年人们祭祀黄帝、炎帝和蚩尤三祖的场所，也成为一个旅游观光景区。

到了现场，容子触景生情，不无感慨地说："大战结束后，当时巴克星球人类曾交代姬氏轩辕，要处理好掩埋尸体等后事。未曾想黎氏蚩尤逃跑后，大家忙于追击，绝大部分尸体都来不及掩埋，招来了四周山上的狼和狗熊等野兽，尸体全部被野兽吃光。当时野兽们吃了很长时间才吃完，那种状况十分悲惨。以至今天，在鹿野盆地这个曾经死去二十几万人的地方，居然找不到留存下来的骨骸。"

大家听了，不禁唏嘘不已，感慨万千。

容子边引领大家观看边介绍说："黎氏蚩尤后来主要活动地点在长江以南，尤其是西南一带，直至中南半岛都是黎氏部落领地。所以，那里自然留下了不少黎氏蚩尤及黎氏部落的文化遗迹。然而，鹿野大战之前，由于东夷（即今山东、皖北和苏北等地）原本是黎氏蚩尤的领地，加上后来打响了鹿野大战，所以今天在华北、华东的长江以北地区，也保留了很多当时的文化遗迹。

"传说'天尽头'（即今山东荣成）就是黎氏蚩尤最先发现的，他那时就在海滩上立了石碑，写上'天尽头'三个字。后来碑石一换再换，也不断有人题写。直到清朝以后，石碑才从海滩上被挪到现在岸上的地点。据说石碑在海滩上时，只对坏人有诅咒其无路可走的作用，可是自从被搬到岸上后，无论好人坏人，只要有一官半职，都难以逃避被诅咒的命运。

"自从黎氏蚩尤开了'起事造反'的头后，原黎氏部落领地（即今山东、皖北和苏北等地）的人，都变得特别爱造反闹事。虽然黎氏部落族人都跑过长江，到了南方定居，东夷一带后来成了黄帝的领地。但一方水土养一方人，四千多年来，这一带的人，总是特别不安分，还真是成就了刘邦和朱元璋两个开国皇帝，以及有梁山好汉的故事流传千古。”

容子讲的这些故事，逗得大家哈哈大笑。

从鹿野盆地参观完古战场，大家回到特色小镇后，微信群里的讨论更热烈了。

“鹿野大战，华夏民族的第二次大规模内战结束了，这是地球人类第一次出现大规模伤亡的战争；鹿野大战，地球人类历史上第一次超时代的战争结束了，而华夏民族为这场战争付出了二十多万宝贵生命的代价；鹿野大战，地球人类历史上第一次与外星人类联合作战的战争结束了，它促使了地球人类告别石器时代，努力走向金属时代。”

“现在我们无法知道，鹿野大战的两千年以后，西绿甘奴鲁星球选择了孔丘作为代言人，传播了以‘仁’为核心的理论，是否是他们对这场战争的一种反思。”

有人总结说：“巴克星球在与西绿甘奴鲁星球最后在太阳系的决战中，获得了彻底的胜利，这证明了一个重要的道理：谁掌握了现代战争克敌制胜的三个关键要素，即武器无代差、体系很健全、规模足够大，谁就握有战场的主动权。

“首先，巴克星球与西绿甘奴鲁星球在武器上相比，具有代差的优势，他们拥有反物质武器，而西绿甘奴鲁星球没有；其次，巴克星球较之西绿甘奴鲁星球，具有体系健全的优势，巴克星球拥有大型运输母飞船，构成完整的远征宇航舰队体系，而西绿甘奴鲁星球则不具备此能力；最后，巴克星球舰队的飞船数量和体量都超过西绿甘奴鲁星球的舰队，在规模上也占据优势。

“巴克星球和西绿甘奴鲁星球之间的这场太阳系争夺战，是一场双方都没有后方的战争。没有后方的战争，胜负必定由已经拥有的武器装备能力所决定。”

也有科技人员说：“如果今后地球上再爆发世界大战，由于现代航空武器的出现，必然也会是一场无后方的全域立体化战争。在这样的战争中，易受攻击的军事工业不可能再发挥有效的后方支援作用。难怪M国生产F-22‘猛禽’的策略是把需求量一次性生产完，然后关闭生产线，这样是最经济合理的。至于像F-16‘战隼’这样长期保留生产线的品种，一定是有持续的国际出口市场的缘故，与保留战争后方能力无关。今后，战争的胜负取决于：谁在战争爆发的第一时间内拥有三要素俱全的武器装备，并且能保存住这些有生力量不受损失，谁就握紧了开启胜利之门的钥匙。”

我们知道，中华民族从上古时代开始，不但有自己的辉煌，也有自己的悲壮。如果要讲人类的殉道精神，二十几万人一瞬间魂归苍天，这样悲壮的情景是上古时代世界上其他民族所未曾出现的。而这正是中华民族伟大和不朽之所在。

每一个华夏子孙，每一位龙的传人，当了解了“三皇五帝”所开启的辉煌和悲壮的历史时，我们没有任何理由再自卑，也没有任何理由不对中华民族的伟大复兴充满坚定的信心！

第九章 动如参与商

1

容介居外星文明故事讲座的微信平台上，易子发出了下一期讲座的内容预告。

唐代杜甫的诗文《赠卫八处士》，开篇两句“人生不相见，动如参与商”，成为脍炙人口、千载流传的名句。中国古代把傍晚（酉时）在西边天上最早升起的太白星称为参星，而把早晨（辰时）在天空中最后隐没的启明星称为商星。在古人看来，这是两颗你隐我现、永远不会相见的星星。

因此，古代流传着一个有趣的神话故事：“参”与“商”本是兄弟二人，两人因为不合而日寻干戈，上天就把这兄弟两人一个变作“参”星，一个变作“商”星，让他们永远互相追逐，却永远不能见面。后来，“动如参商”也成为一个成语，以形容你来我往，不得相见。千百年来，“参商”一直被人们用来比喻那些有某种内在联系，却又不能相见或相提并论的人与事。

其实，参星和商星是同一颗行星。古人由于缺乏天文知识，那时并不知道真实情况，一直误以为它们是你来我往的两颗不同的星星。现代天文知识普及以后，人们已经知道，太白星和启明星其实是同一颗星，都是太阳系中的金星，在不同的时间段被地球人类观测到。这样的话，“动如参商”或许可以被用于比喻那些表面上看似乎

相去甚远，实际上却是出自一处的人与事。我们本期讲座“动如参与商”，就是以此新的寓意来形容20世纪的两个科学巨星——魏格纳和爱因斯坦。

魏格纳，德国地球物理学家，“大陆漂移学说之父”；爱因斯坦，德裔美籍物理学家，创立了划时代的相对论。他们两人都是20世纪的犹太物理学家，一个重点研究地球物理，一个研究与天体运动关系更密切的理论物理。这两人的研究内容，看上去似乎毫不相关，其实是出自一脉的。他们两人分别是兰星球的第2号和第3号代言人，都是由当时来地球选择代言人的兰星球人类——兰迪和兰疋负责联系和传播的，并且都是在1903年年初正式成为兰星球的代言人。所以，说他们俩是“动如参与商”，真是很恰如其分的。

这一讲将介绍魏格纳与爱因斯坦成为兰星球代言人的故事。

易子在微信平台上发出了讲座预告后，一下子引发了极大的关注。特色小镇里，所有“农家乐”式的酒店全部被提前预订一空。紧挨着特色小镇的一处新建的房车宿营地，像个美丽的植物公园，各种植物花卉争奇斗艳，景色相当迷人，特色小镇的人们亲切地称它为“汽车公园”。现在营地里也早早地停满了各式各样的房车，琳琅满目，成了一道靓丽的风景线。从车牌上看，不少车是来自远方的省市。这次讲座引起如此高度的关注，是容子他们始料未及的。

这也难怪，魏格纳和爱因斯坦都是20世纪之初诞生的科学巨星。他们俩一个开辟了地球物理研究的新领域，一个引领了物理学从牛顿经典力学体系迈向新时代。他们两人研究的对象看似“参商”，内容大相径庭，没想到居然都是来自兰星球的理论，这就难免会引起大家强烈的兴趣！尤其容子作为兰星球第7号代言人，是兰星球代言人中仍然健在的两个人之一，由他来讲述这个故事，显然是非常具有权威性的，所以闻讯来听讲座的人们才会如此之多。

作为魏格纳和爱因斯坦的“同门”，容子感到责任沉甸甸的。他不仅应该把百年之前那段历史事实告诉大家，或许还可以为今后世界科学发展指明正确的方向……

易子在微信平台上发出讲座通知时，介子、罗生和郑兴正带着特色小镇的一些人，去“长三角”地区考察特色小镇呢。

介子一直在研究经济管理，还开了把物理学观点用于解释经济现象的先河，他听说“长三角”地区的特色小镇搞得有声有色，就组织了这一次考察参观活动，希望通过学习借鉴，把基于新型田园综合体的特色小镇引向正确的发展方向。

容介居所在的特色小镇，原本是由生态农业及农产品深加工的小型庄园组成的新型田园综合体，以微生物技术对农产品进行深加工作为自己的特色。可是自从容子举办了外星文明讲座以后，小镇中不少庄园竟然开发出了仿飞碟式的无人机玩具，用手机下载个 APP，就可以操控，还有摄像、物理方式的农业驱虫等多种实用功能。小飞碟无人机反而成了来此的游客们最青睐的抢手货，特色小镇很快被人们叫成“飞碟小镇”了。“飞碟小镇”的新发展方向是在市场中自然形成的，这样的发展对不对呢？介子一行带着这个具体问题来到“长三角”地区进行考察。

在国家的扶持政策推动下，“长三角”地区各类特色小镇确实蓬勃发展。不过，多数小镇不是打造成旅游景区，就是传统的科技开发区的翻版。个别项目和“飞碟小镇”虽有异曲同工之妙，但是面临着和“飞碟小镇”相同的问题，即由于最关键的政策至今不到位，进一步的发展前景仍然不明朗。看来，目前发展新型田园综合体这样的庄园经济和建设特色小镇等新举措，其核心的经济意义并没有被人们所真正理解。因此，在正确的经济模式构架形成后，其配套的政策细节和操作技巧如果不跟进并与之相契合，再好的经济模式构架都可能发挥不了应有的成效。

结束了在“长三角”地区的考察参观后，介子一行急着赶回“飞碟小镇”参加讲座。他们从杭州乘坐高铁往回走，介子上车后就一直在沉思。列车到了济南西站，正值吃午饭的时间，上车前他们通过高铁 APP 预订的快餐送上来了。郑兴边打开快餐，边感叹道：“互联网时代真是方便啊！”听了郑兴的感叹，介子也感慨万分：“是啊，很多经济模式的意义并非在一开始出现时就能被人们所理解。就拿通过互联网预订外卖这个商业模式来说吧，如果没有它，今天的高铁长途运营可就尴尬了。一列火车只有八节车厢，还得腾出一节车厢做餐车，而且只有吃饭那一会儿有价值。这虽是一个小细节，却足以让高铁的价值意义打折扣。然而，通过互联网预订外卖这一商业模式，高铁面临的这种尴尬就迎刃而解了。高铁和互联网居然能在这样的细节之处实现默契，这也许是两个行业在各自发展中所不曾想象到的，而现在则已成为高铁出行的一道靓丽的风景线。很多事情，看似动如参商，实则休戚与共。例如，发展基于新型田园综合体的特色小镇，可以打造成为新常态经济皇冠上的一颗璀璨的宝石，这可是个一步走对全盘皆活的妙招啊。尤其是今后要发展颠覆性技术，这是个‘烧钱’的风险投入，没有像庄园经济这样的产业做支撑，又哪来的钱发展高科技啊？！”郑兴听介子说着，猛地抬起头望着介子激动地说：“你一直关注发展庄园经济和特色小镇的准确定位，说这样做的目的是为了能给发展靶向性科学理论和颠覆性技术奠定基础。过去我一直觉得这两者是风马牛不相及的事，但现在我似乎已经顿悟了，它们还真是息息相关啊，就像电磁波一样，电子和磁场缺了其中任何一项，电磁波就不存在了……”

介子笑着看了看郑兴激动的面庞，接着说道：“中华民族是靠农耕文明起家的，办这件事的更重要意义是，让传统的农耕文明与现代科技经济实现容介态，从而实现中华文明的伟大进化，实现中华民族的伟大复兴。”说到这里，郑兴望着介子会意地频频点头。

2

历史往往就是以这样的形式出现，一些看似不相干的事情发生了，要很久以后才会被人们认识到它们其实是息息相关的。即使有不同凡响的圣人出世，也无一例外地在当时被淹没了。19 世纪和 20 世纪的世纪之交就是这样的时代。

地球人类进入 20 世纪初的时候，世界呈现一个全新的文明发展格局。一方面，英、法、美、德等世界强国，在以牛顿力学为代表的“经典”科技水平不断提高的刺激下，国力不断增强，步入了帝国主义阶段；另一方面，牛顿开创的“经典”科学技术体系似乎已走到尽头，物理的天空上出现了颠覆人们传统认识的“两朵乌云”，而这便是“光速不变”和“紫外灾难”两个论断。科学发展的迷茫，导致了人类把更多的精力用在对世界的争夺和颠覆上。这是一个山雨欲来风满楼的时代。在这样的时代，改变世界、促进地球人类进步，需要新的科学之光照耀前进方向。

在这个地球人类需要新的变革的节骨眼上，兰星球再次施以援手。正像他们在中世纪末所做的那样，通过第 1 号代言人哥白尼及其后来的布鲁诺，向地球人类传播了日心学说，从而在历史这个“巨人”的后背猛击一掌，最终让欧洲走出中世纪。此时，他们选择了第 2 号和第 3 号两个代言人，决定把科学发展的重要靶向性理论传播给地球人类，希望以此让地球人类走出经典物理学“陷阱”，从而持续不断地进化发展。

兰星球在地球上的第 2 号代言人是阿尔弗雷德·魏格纳，他于 1880 年 11 月 1 日出生于德国柏林一个犹太民族家庭。1902 年夏季，兰星球开始对当时在德国柏林汉堡大学攻读气象学博士的魏格纳进行跟踪考察测试。在经过了半年有余的测试之后，兰星球认为魏格纳已经具备兰星球选择代言人的条件，其脑容量达到了 16.4 级，于是决定由当时负责在地球选择代言人的兰迪和兰疋出面，与魏格纳进行第一次接触。

1903 年 1 月 13 日晚上 11 点 10 分左右，兰星球人类决定，以平移技术把已经休息的魏格纳请到飞船中来。他们这样做似乎是要启示魏格纳——看似睡着了的大地也会悄然移动。当时魏格纳已经入睡，兰星球人类启动了飞船携带的平移装置，把魏格纳在睡眠状态下平移到了飞船中。当兰星球人类兰迪和兰疋等人把魏格纳叫醒后，魏格纳并没有因为眼前突然出现的这一切而恐惧；相反，他显得很冷静。接着，兰迪向魏格纳陈述了请他到飞船中来的意图，以及选择他作为兰星球代言人一事。听了兰迪的陈述之后，魏格纳只是若有所思地点了点头，没有马上发表意见，而是在环顾了一下四周后才说道：“我同意做你们的代言人，传播你们的理论。”魏格纳说这句话的态度和他当时极其冷静的表现，完全出乎在场的兰星球人类的意料。也许是魏格纳不凡的冒险精神，才成就了他当时的心态。兰星球人类后来回忆说，魏格纳的这种心态在地球人类中是很少见的。当时，兰迪他们听了魏格纳的这个回答以后非常高兴，他们没想到事情进行得如此顺利，于是就把与兰星球人类联系的方式告诉了魏格纳，之后又把魏格纳平移回他的卧室。魏格纳回到卧室后，只是简单地回忆了一下刚才所发生的一切，之后就再次进入睡眠状态，一觉睡到天亮。可以说，他简直就是一个“没心没肺”的家伙。

第二天晚上，魏格纳在卧室里按照兰迪所说的联系方式，向兰星球人类发送了联系信息。10分钟后，在魏格纳床边的墙壁上出现了一幅影像，其内容是兰星球人类让魏格纳传播的“星陆液动”理论，魏格纳记录下来以后看了几遍，对该理论中的一些问题并不太理解，加上当时正值魏格纳攻读气象学博士学位最关键的时刻，时间很紧，于是他没有继续开展研究，也没有再与兰星球人类进行联系。

1905年魏格纳获得了柏林汉堡大学气象学的学位后，自幼崇尚探险活动的他，于1906年参加了丹麦远征格陵兰的探险队，前往格陵兰北部探险。探险活动历时两年，1908年探险归来后，魏格纳入职于德国马堡大学，由于日常工作繁忙的缘故，就再也没有继续研究兰星球人类让他传播的理论。

时光荏苒，直到1910年4月7日，当时因身体有恙正在休假的魏格纳，偶然来到图书馆翻阅资料时，不经意间一幅世界地形图突然映入他的眼帘，这一下子引起了他的强烈兴趣，就像有一种无形的力量撞击着他的胸口一样。他发现，那张地图上的大陆板块之间有许多吻合面，能够使各大陆连成一个整体。这时，他猛然想起兰星球人类让他传播的理论中，有关于大陆板块存在着移动状态的描述，而那些描述与这张世界地图中有关板块的吻合面状态是一致的。这时，魏格纳才恍然大悟，他内心涌上一阵狂喜，仿佛病情也康复了一大半，于是他急忙返回家中，重新与兰星球人类进行联系。

兰星球人类反应速度是很快的，在魏格纳再次发出联系信号的两天后，兰迪和兰疋他们再次把魏格纳平移到飞船中。魏格纳见到兰迪他们后，马上把自己所看和所想都告诉了他们。当时兰迪和兰疋

没有责怪他没有继续研究兰星球理论，而是把飞船上的全息影像装置打开，显示出地球的全息影像，结合“星陆液动”理论，给魏格纳做了细致的解释。当听完讲解后，对于原来理论中那些不理解的问题，魏格纳全明白了。此时，他十分后悔当初自己没有继续研究兰星球让他传播的理论。

第二次与兰迪等人见面后，魏格纳马上着手开展深入研究。他先后到北欧、西非等地进行实地考察，了解大陆板块的结构特征，进一步掌握了大量的证据性考察资料。这些资料更加确认了兰星球人类理论的正确性。据此，他撰写论文并提出了“大陆漂移假说理论”，于 1912 年 6 月在法兰克福地质协会上发表，引起了当时地球物理学界的轰动。接着，他又边考察研究边撰写《海陆的起源》一书。这本书围绕“大陆漂移理论”展开，给人们一个全新的地球物理概念，并于 1915 年出版。这一名著的问世，为地球人类进一步认识自己脚下的土地，提供了全新且重要的理论依据。

不过在当时，魏格纳的新理论虽然引起了强烈反响，但也由此招来那些持有传统理论观点的人的质疑和反对。为了顺利传播兰星球给他的理论，魏格纳多次踏上地质探险的旅程，以探险调查出来的事实作为依据，来印证大陆漂移理论的正确性。

1930 年 11 月，魏格纳开始了第四次格陵兰岛探险之旅。在这次探险中，魏格纳发现格陵兰岛对于欧洲大陆是存在漂移运动的，并测出了漂移速度。在这次艰难的探险中，魏格纳一行在零下 65℃的严寒中坚持探险考察。后来他和考察队中两名忠诚的追随者不幸遇到暴风雪的袭击，倒在了茫茫的雪地上……直到第二年 4 月份，人们才发现，他的尸体已经被冻得像石头一样僵硬，那年他才 50 岁。

兰星球进行的理论传播，一般都是根据代言人所从事的专业而开展有针对性的传播。因为魏格纳从事地质、探险和物态考察专业，所以兰星球教给他“星陆液动”理论，让他进行传播。实际上，根据他的专业基础，还有很多新理论可以推广，但魏格纳为了寻找证据来证明自己的大陆漂移理论的正确性，一直不懈地进行探险考察，所以直到去世，他都没有机会再向兰星球提出传播其他相关理论的需求。一般情况下，如果代言人没有固定专业，兰星球会让其传播各个领域的技术理论，呈现一种无领域限制的传播状况；如果代言人有固定专业，只要他们向兰星球提出传播其他领域技术理论的需求，兰星球一般也会视情况满足，认真支持代言人传播兰星球的理论和技术。可惜的是，魏格纳来不及传播更多的理论就倒下了。

魏格纳去世后的主系肌肮线粒体被兰星球收回，但由于他是突然遇难，兰星球并没有事先做好准备，因此回收的主系肌肮线粒体破损率达到 40%。在这种情况下再复制原身有一定的困难，因此兰星球只是一直保存其破损的主系肌肮线粒体，而没有进行原身复制。不过，魏格纳为科学而献身的精神，却永远铭刻在人们心中。

3

兰星球传播给地球人类“星陆液动”（即“大陆漂移”）理论的故事，引起了参加讲座的人们的极大兴趣。当时听讲座的人中，绝大部分都不了解地理、地质专业，也没有读过《海陆的起源》这本书，大家还真是缺乏这方面的基本概念，于是纷纷要求容子为大家普及一下这方面的知识。

看到参加讲座的人们有浓厚的兴趣，容子不忍心扫大家的兴，于是就尽己所能，把所了解的地球物理构造知识向大家做了介绍。

如果要对地球打一个形象的比喻的话，它就像一个鸡蛋。鸡蛋壳是地壳，鸡蛋清就是地幔，而鸡蛋黄则是地核。地壳的温度为10℃—1100℃，主要构成是花岗岩、闪岩、风化岩、风化岩土和各种矿物质。地幔的温度在3604℃左右，由各种熔岩混杂物构成，有含铁、镁、硅酸盐类、碳化物、硫化物、黄金、镍等。地核则分为三层，地核外层温度大约是5400℃，主要成分是镍、铁；地核中层温度大约是2200℃，主要成分是黄金、钴、钚、铀；地核的核心层温度只有83℃，主要成分是凝态夸克（类晶态夸克）。一般星球内核的温度都不会超过100℃，一旦其温度超过100℃，星球的磁场就显示不出来了。地球内部的总压力达到373吉帕，10千米深时达到300兆帕，35千米深时达到1吉帕，3000千米深时达到150吉帕，随着地球由表面向地核中心不断加深，内部压力也不断增大，直至373吉帕。由此可见，由于温度和压力的原因，目前人类可利用的各种资源只能从地壳里面获得。

在地球形成初期，地球这个“鸡蛋”和真实的鸡蛋所不同的是，“蛋壳（地壳）”并非无缝连接在一起，而是有不少地方存在着地壳破裂，地幔裸露出来。在地幔裸露处，炽热的岩浆会随着地幔运动产生的压力变化而喷涌出来，这就是火山喷发。地球形成后的很长一段时间里，外太空有无数陨石撞击地球，这些外来的大物质块体（陨石）撞击地球时，逐步把原来很多裸露的地幔覆盖了，使得保留下来的陆地火山和海底火山并不多。

地球形成后，除外物作用，自身也在不断运动中逐渐实现成熟与完善。这个成熟与完善的过程，是在引力作用下调整地球质量逐步

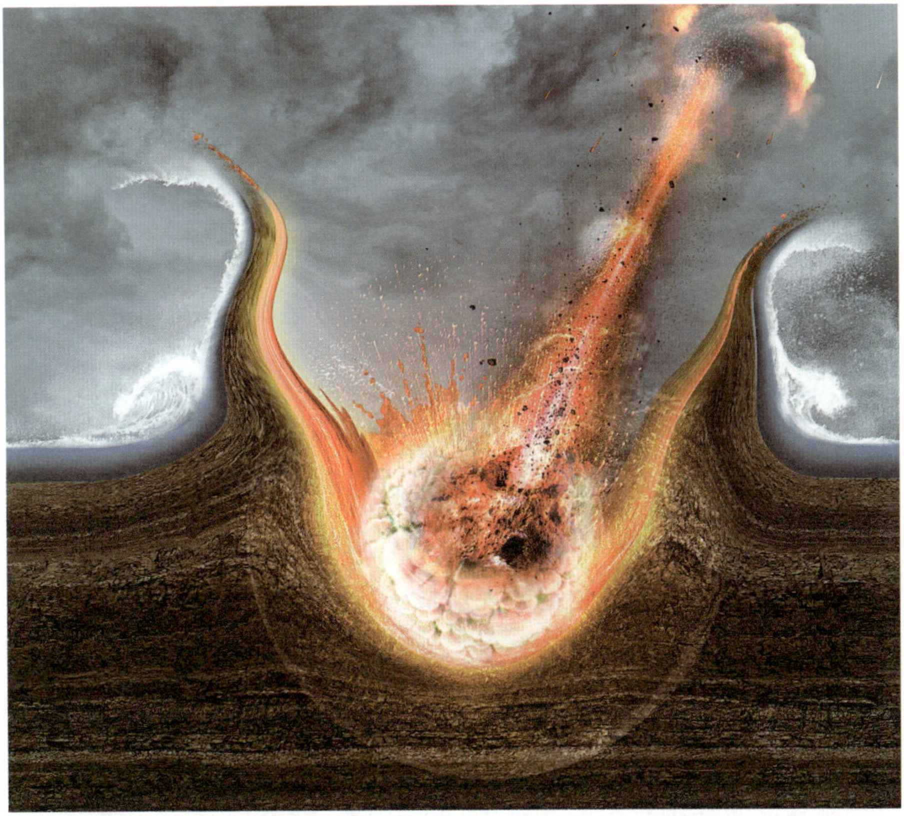

趋于平衡的过程，也就是大陆板块在液态的地幔上漂移运动的过程。这个过程导致了大陆板块的运动、变化等地球物理现象。

早期地球只有三个大陆板块，现在的亚欧大陆、非洲和南美洲是一个大板块，南极洲、大洋洲和亚洲东南部的群岛是一个大板块，而北美洲是另外一个板块。随着几十亿年的大陆板块漂移运动，并伴随着一系列地震和火山爆发带来的地质变化，逐步形成了今天的亚欧板块、非洲板块、美洲板块、印度洋板块、太平洋板块和南极洲板块六大板块。地球现在的这六大板块结构，远未达到稳定的状态，仍然在引力的作用下不断地漂移运动着。从理论上讲，离地轴越远的地方，所受的离心力越大，也越不稳定。如号称世界第三极的青藏高原便是这种情况，除了自身不断在增高以外，也是地震频发的地方。板块漂移运动形成的板块相互挤压，往往造成频发的地震。

迄今为止，地球上人们所经历的地震主要是点状地震，由点状地震造成大的地质地貌变化，需要经过漫长的时间和无数次地震才能形成。比如长江这种断裂带，至少要经过上万亿次大大小小的点状地震才能形成。

地球如果形成带状地震，其破坏力将会十分巨大。带状地震是一种连续发生的地震，大陆板块在带状地震作用下，会很快断裂分开。在我们今天的地球上，最容易出现带状地震的，就是紧挨着马里亚纳海沟的地区，这个地区人口最密集的就是日本列岛。从自然规律来看，太平洋上的岛屿最多，甚至形成了岛链。然而随着大陆板块的漂移运动，将来会有一些岛屿最终沉入海底，再也不复存在了。这是自然规律，是没办法的事。

既然造成地震的主要原因，是大陆板块漂移运动中的挤压、碰撞，那么就一定有其潜在的表现特征。长期以来，人们都说地震的发生很难预测，其实就是没有办法精确地了解其内在规律，又不能从各种表现特征中找到可以提前掌握的办法，这就使人们难以有足够的预警时间来对灾害进行防范。其实地震发生前的较短时间内，还是有不少反常现象的，比如井水、池塘水突然变浑浊等，而最典型的就是很多小动物一反常态，四处进行无规律的迁徙活动。实际上，这是由于地球板块受力加大而产生了非正常的次声波，使得这些对次声波的接收比人类敏感的小动物受到了惊扰。也就是说，地球大陆板块漂移运动过程中，最潜在的表现特征就是次声波的异常变化。

现在根据地球人类已掌握的技术，要测试次声波已并非难事，只是单点测试，可以发现一些次声波异常变化的迹象，但还不容易准确地掌握将要发生的地震源在什么位置。要想真正做到利用次声波预测地震，就要在大陆板块相交接的地壳裂痕周围，也就是通常说的地壳断裂带周围，设置网络状的次声波探测装置，并将所采集的信息通过计算机网络进行分析处理。如果能做到这一点，提前准确预报地震，就可以说是万无一失的。

地球的地壳板块趋向平衡的漂移运动会引发地震。不过地球自身引力平衡也会受到天体运动的外部环境影响，有时这种影响会使地球板块运动突然加剧，从而也导致地震的发生。从 2016 年开始，天文观察就发现有异常的小行星群向地球方向靠近，这种情况到了 2017 年更为明显。这样的天体运动变化，就很可能导致地球在将来出现更频繁且强度更大的地震。

虽然在大陆板块漂移过程中，会带来地壳变化形成的无数自然灾害，不过这样的大陆板块漂移运动再经过若干亿年后会停止下来，这时地球就会最终达到一种平衡状态。在这种情况下，地球会变得很致密和稳定，所有断裂带都会消失，火山也都不会存在。这时地壳会增厚，而地幔岩浆层则会减薄，可以理解为地球更致密了，体积也收缩了，但地球的自转速度将会加快。到那个时候，地球自转一圈（一天）只需 23 个小时左右。

地球物理的这种变化，是地球在运动中自身需要获得平衡稳定的自然规律使然，正如第 41 银河系冰星球传播给老子的《道德经》里所说的“天之道，损有余而补不足”那样，大陆板块漂移的过程便是这句话的一个鲜活的例子，其道理是完全一致的。

自然规律如此，人们应该怎么面对呢？老子《道德经》最后两句是：“故天之道，利而不害；圣人之道，为而弗（不）争。”这两句话两千多年来一直被人们误解。人们这样解释：天道这样的自然规律，利于万物而不加害它们；圣人的大道，则是干什么都不与人对立竞争。其实这个解释是错误的，而且错了两千多年。正确的理解应该是：天道这样的自然规律，对有些事物有利，必然就会对有些事物有害。否则地震等自然灾害对人类造成的灾难又怎么理解？不过，地震最终将会完全消失，则又对将来的地球稳定是有利的。因此，这第一句话是说，对于天道这样的自然规律，只能考虑怎样去利用它，而不要去损害它。对于自然规律，切勿企图破坏或阻止它发生作用，那是徒劳无益且行不通的。第二句话是说，圣人揭示这些自然规律的道理，人们无论理解与不理解，都只能照着去做，切勿与之争辩，因为那样做是错误的，是没有益处的。

一部《道德经》已经流传两千多年，无数人终身研究，仍然有不能真正理解其实际意义之处，这再次证明人类认识真理的过程充满坎坷与艰难！

4

老子的《道德经》是名副其实的“天书”，长期未被人们正确理解，倒也情有可原。如果外星球代言人在外星球人类停止对其进行指导后，自己再提出一些假说或猜想的理论，而这种假说或猜想并不成立，完全是提出者自己的一种臆想，那么会导致一种情况：正确的理论和不能成立的理论由同一个人提出，并且这个人已被公认为是伟大的科学家——显然这会使此后的世界变得更复杂。而这样的事，在兰星球选择了第 3 号代言人爱因斯坦以后，还真就发生了。

伟大的科学家阿尔伯特·爱因斯坦，1879 年 3 月 14 日出生于德国乌尔姆市的一个犹太人家庭。他的父亲赫尔曼·爱因斯坦是经营电器厂的商人；母亲保玲·科赫是一名音乐爱好者，擅长弹钢琴。爱因斯坦就生活在这样一个小康家庭，由于父亲赫尔曼的电器工厂获得了迅速发展，并且在慕尼黑赢得了可观的市场，于是在他 1 岁那年，全家迁居到慕尼黑。不过好景不长，在电力产业刚刚成为高新技术产业不久的时代，就像今天的互联网产业一样，竞争异常激烈。当时爱因斯坦的父亲赫尔曼遇上了一个强劲的对手，这就是已经成为第 38 银河系扎星球代言人的西门子，他们之间的竞争，结果自然可想而知。为了避开西门子的锋芒，他父亲只好把工厂迁往意大利。爱因斯坦 15 岁那年，又随家人由德国移居意大利米兰。移居意大利的第二年，年仅 16 岁的爱因斯坦到瑞士投考苏黎世联邦理工学院，由于偏科，未被录取，他只好先进入瑞士阿劳州立中学补习。第二年，17 岁的爱因斯坦从阿劳中学毕业，考入了苏黎世联邦理工学院学习物理。1900 年，爱因斯坦大学毕业，第二年（1901 年）取得了瑞士国籍。1902 年，爱因斯坦被瑞士专利局录用为技术员，主要从事发明专利申请的技术鉴定工作。

今天，所有的历史文献记载都表明，爱因斯坦从此开始利用业余时间进行科学研究，经过短短两三年的努力，他就取得了震惊世界的科学发现成果，由他领导了一场颠覆牛顿经典物理学理论并开启了物理学理论新时代的革命。从此，爱因斯坦踏上现代科技神坛之路。

而实际上，爱因斯坦小时候并未表现出特别的聪明，他 3 岁时还不会说话。不过幼年时，他就对一些物理现象有特殊兴趣，例如，5 岁时曾着迷于袖珍罗盘；6 岁时，也许是受母亲的影响，他开始练

习小提琴。后来爱因斯坦曾自诩其在小提琴方面的造诣胜过物理学，不过没人当真。进入小学和中学以后，爱因斯坦功课很平常，又不爱与人交往，据说老师和同学都不喜欢他。当时教他希腊文和拉丁文的老师，曾经公开骂他："你将一事无成！"这几乎是在咒他了。爱因斯坦年轻时的表现，让他的父亲也感到无奈。他父亲曾写信给朋友说："爱因斯坦的学业成绩并不完全符合我的希望和期待。很久以来，我已经看惯了他的成绩单上总是有不太好和很好的成绩。”很显然，爱因斯坦学习上很偏科，他只对自己感兴趣的学科用功，比如数学、物理等；而他对于如拉丁文、希腊文之类的课程，估计跟我们今天学古代文言文的感觉差不多，觉得反正学习了也多半用不上，所以对这些课程嗤之以鼻，成绩也经常很差。如此学习态度，难怪要遭到教授这些课程的老师诅咒了。

现在看来，爱因斯坦从小就表现出比较强烈的双意识（显意识和潜意识）逆向思维的天分。一个完全逆向思维的孩子，在一堆正向思维的人群中，往往表现得特立独行、与众不同。尤其在应试教育的体制下，逆向思维的人不是学习偏科，就是成绩中等，表现并不突出。碰到特别不感兴趣的课程，成绩难免就不尽如人意了。兰星球人类则认为，年轻时期的爱因斯坦，是一个具有激情和完美双重性格的人，对许多事情都充满激情和专注，处处以完美为标准，不达目的绝不罢休。由于像他这种双重性格的人，思维往往较为超前，分析和解决问题注重圆满，因此在他之后的许多研究中，都因为性格而影响了结果。兰星球人类对爱因斯坦的这种判断，在目前所有反映爱因斯坦生平的资料中都未曾见过，令人耳目一新。

兰星球人类对年轻时的爱因斯坦给出了一个颇为积极正面的评价。不过，按照地球人类的传统价值观，年轻时的爱因斯坦是一个很不守规矩的“主儿”。他在移民意大利之前，由于与校方在一些事情上闹得很僵，被学校训导主任斥为“败坏班风，不守校纪”，并且勒令他退学。当然，这正中爱因斯坦的下怀，这一走正好躲避了兵役，为他赢得了新的自由。爱因斯坦到达社会氛围自由宽松的瑞士以后，确实如鱼得水。他不但生活、学习都很惬意，甚至坠入情网，发生了早恋。爱因斯坦从此扬起了风流的风帆，当时才 16 岁的他，爱上了年龄比自己大不少的房东的女儿。爱因斯坦有一个非凡的本事，就是可以做到学业和恋爱两不误，一边处于热恋之中，一边学习成绩直线上升。这种情况，即使在感情生活比中国开放的西方，也是挺离经叛道的。

今天，在中国普遍为应试教育深感忧虑的情况下，如果把爱因斯坦的成长经历作为寻求培养大师级科学人才的范式，实在很难让社会接受。所以，天才并非是培养教育出来的，这个社会只要能留一条窄缝让他们通过，便是人类之大幸。因此，一个能容忍天才的社会，才是一个有希望的社会，而这恰恰是所有的社会都难以做到的。天才能脱颖而出，都是碰到他们所处的社会偶然“打瞌睡”了，在不经意间让他们窜了出来。

在整个人类历史中，谁来接应这一类天才，让他们在历史中发挥应有的作用呢？无疑，能够承担这一历史使命的只有外星人类。因为无论在任何时期，进化水平较高的地球人类，除了拥有父母的遗传信息外，多半都是外来信息占生命体全部的信息比例较高的一群人。在中国传统文化中，把这种情况称为先人灵魂的“投胎转世”。如果已逝人类的主系肌朊线粒体（灵魂）完整进入一个新的人类生命体，与其父母受精卵形成的主系肌朊线粒体共存，则这个新的人类生命体就是二元肌朊线粒体人，就像有些水果出现双核一样。中国禅宗的六祖慧能，就是个典型的二元肌朊线粒体人。其本人不识字，但是佛法根器却极高，能一闻便知地讲经布道，因为他的“外来投胎转世”的主系肌朊线粒体，其前世是一个僧人。其实，除了像慧能这样的二元肌朊线粒体人外，绝大部分所谓的“投胎”，并不是某一个已逝的人的全部信息单独再次进入一个新的生命，而是其部分信息与多个已逝之人的一部分信息一起进入新生命体，从而与新生命的亲生父母的信息混合（容介）在一起，实现生命的进化。毫无疑问，这正是人类拥有天分的真正原因。爱因斯坦的生命体中，父母之外的外来信息占 40%，已经达到比较高的水平，这些信息分别来自哲力哈（摩西星球人类）、萨迪阿（中世纪犹太哲学家）和阿摩斯（希伯来人先知）。由此可见，能够真正了解人类天分的，是那些技术上能够了解每个人生命信息构成的发达星球人类。

不过无论爱因斯坦具备如何特殊的天分，能够让他在短短几年内提出石破天惊的新物理科学理论呢？自然另有更重要的原因了。

5

兰星球选择了魏格纳作为第 2 号代言人的一个多月后，兰迪和兰疋认为，经过三年时间的跟踪和测试，已经可以确定爱因斯坦符合兰星球代言人的标准了，他的脑容量最终达到 21.93 级，他们觉得可以与爱因斯坦进行第一次正式接触了。

瑞士伯尔尼，是一座古老的美丽城市，阿勒河穿城而过，像一条绿色的丝绸飘带，系住了这如同一簇鲜花般的城市。这个城市除了植被覆盖面积很大，入夏到处郁郁葱葱，花团锦簇外，还有许多闻名于世、古色古香的中世纪历史遗迹，既充满神秘色彩，又令人流连忘返。在伯尔尼专利局工作期间，爱因斯坦就住在位于伯尔尼城中心的克拉姆大街 49 号。这是一条繁华的老街，中世纪的建筑风格特别引人瞩目，让人犹如置身于历史长廊。专利局的职位虽然是个带有行政性的工作，但每天要审核大量的新专利，工作还是非常繁忙的。

因此，爱因斯坦养成一个习惯，每天下班后总要到离家不远的一处小花园散散步，借此缓解一整天的工作疲劳。

1903 年 2 月 21 日晚上 11 点左右，爱因斯坦照例独自来到离家不远的那个小花园散步。兰星球人类在飞船上测查到爱因斯坦所在的位置后，就直接平移兰迪和兰疋到爱因斯坦身后约 5 米远的地方，等待爱因斯坦转身往回走时，再与其相见。当时，爱因斯坦向前走了大约 6 米的距离，就转身往回走，当走到距离兰迪和兰疋大约 3 米远时，爱因斯坦看到有两个人在那里站着，他以为也是散步的人呢。在他走近兰迪和兰疋时，兰迪低声问候了爱因斯坦。爱因斯坦听到有人向他问候，就止步向问候的人看去，但由于天色较晚、光线较暗，爱因斯坦没能看清楚问候人的面部特征。出于礼貌，爱因斯坦也回应了一句。这时，兰迪把他俩的身份和来意告诉了爱因斯坦。爱因斯坦听后有些惊讶，顺嘴说了句："外星人？！"随后又抬头望向天空，意思是：你们来自哪个星球呢？兰迪看出了爱因斯坦的意思，就把兰星球的情况简单向爱因斯坦做了介绍。爱因斯坦听后，认为这两个人说的这些可能是真实的。稍微沉默了一会儿，爱因斯坦又问起了做代言人的事情。兰迪这才把成为代言人的标准和要做的事情告诉了爱因斯坦。说完这些事情后，兰迪和兰疋就和爱因斯坦道别，在爱因斯坦的面前平移升空，返回了飞船。当时这一场景着实让爱因斯坦大吃一惊！他目送兰星球人类消失在夜空之后，赶紧回到家中，独自待在小书房里回忆刚刚发生的事情，惊喜和兴奋使得爱因斯坦毫无睡意，在小书房一直待到天亮。

第二天爱因斯坦干什么事都心不在焉，头脑中不停地对外星人的事情浮想联翩。到了晚上 8 点，爱因斯坦又一个人来到小花园，试图重复昨天晚上的情景，但直到晚上 10 点 40 分左右，依然没有等到兰星球人类出现，他心里多少有些失落，慢慢地往家的方向走去。快到家门口时，他猛然想起兰星球人类所说的联系方式，于是加快脚步返回家中，以便和兰星球进行联系。爱因斯坦回到家后，在自己的小书房里与兰星球联络，发出联络信息后大约10分钟，他就发现小书房一面墙壁上出现了一幅影像，影像的内容是让爱因斯坦传播“越极”的理论和相关公式。爱因斯坦赶紧把这些内容全部记录下来，反复看了十几遍，才基本上理解了该理论的核心内涵。根据兰星球人类所给理论阐述的情况可知，这是揭示宇宙空间所谓“越极现象”的理论，而这在后来被爱因斯坦翻译成地球人类更容易理解的“相对论”。“越级”理论（相对论），是论述在三维空间为基础空间的情况下，以稳性四轴（即时间、质量、速度、能量）为相量时，空间动量的关系理论（原理）。兰星球人类在理解这个理论时，一般不需要数学公式进行表示，如果一定要用一个公式来表示，那就是 $E=mc^2$。而这个公式，后来容子的学生在中国的《前沿科学》杂志上曾发表过。

既然这个理论讨论的是空间动量关系问题，兰星球人类又希望给出一个能够让深受牛顿经典力学影响的地球人类理解的数学公式，所以在“越极”中他们给出爱因斯坦的公式并非 $E=mc^2$，而是仿照牛顿力学动量公式 $P=mv$，给出了 $E=mc$ 这样的公式。并且他们论述了光速 c 确实是不变的，物质的质量 m 与光速 c 集合产生的量子能量 E 为最大化时，质量与能量存在相对性关系。也就是说，质能可以互换，互换的条件是质量运动速度，并且以光速 c 为其极限速度。即当能量为 1、运动速度达到 c 时，质量为零；当质量为 1，运动速度为零时，能量亦为零；能量和质量存在互变量关系。

爱因斯坦此时强烈地意识到，这是一个揭示宇宙空间运动相对性的理论，是地球人类尚未涉及的时空关系机理，而所给的公式表达的是物质与速度之间的能量体现和转换极值。当爱因斯坦分析到这里时，情不自禁地大声说了句：“太神奇了！”接着他马上着手，按兰星球发来的理论文字的顺序，逐句解释，从而把这篇理论译写成人们更容易理解的“时空狭义相对论”。

爱因斯坦的物理学基础太好了，所以一接到兰星球发来的这些理论，很快就看懂了其主要含义，并接受了这些理论。但是他没有花时间去深究其原理，而是急于用传统的理论和数学工具对其进行解释、论证，并尽快将其发表，以便传播出去。很可惜的是，恰恰因为如此，才造成他与很多应该进一步了解的更重要的问题失之交臂。比如光速 c 是一个极限速度，而能量 E 是物质 m 达到光速 c 以后的最大化，这时能量 E 是极其大的，所以一般情况下难以实现，由此相对论的观点就得出：任何物质都不能以超光速的速度运动。而无疑这个结论是错误的。实际上，外星人类造访地球时，飞碟的飞行速度就远远超过光速。又比如，在质量 m 达到光速 c 以后，质能开始出现转换，能量 E 最大时，质量全部转化为能量，即此时质量等于零了。那么，这时的能量又是什么性质的能量？而质量等于零时，它又变成什么形式的存在？如此等等，这些更进一步的问题，当时爱因斯坦都未进一步深究。

在收到“越极”理论和相关公式的第二天晚上，兰星球又把“光电效应”的理论发给了爱因斯坦。由于爱因斯坦对物理分析有较强的逆向解析能力，他很快就在研究这两篇理论后撰写出若干篇论文，并于 1905 年的一年之内集中发表。这些论文所提出的科学发展靶向性理论，一经发表就改写了世界物理学的命运。

1905 年，爱因斯坦共发表文章六篇，应该说这六篇文章都是划时代的。3 月，他发表了《关于光的产生和转化的一个试探性观点》，在这篇文章中首次提出了光量子假说，解决了光电效应问题，揭示了光的波粒二象性的特征；4 月，他向苏黎世大学提出《分子大小的新测定法》，获得了博士学位；5 月，他发表了《热的分子运动论所要求的静液体中悬浮粒子的运动》一文，对布朗运动这种平移扩散进行了开创性研究；6 月，他发表了《论动体的电动力学》，首次提出狭义相对论原理，并给出两个基本公理——“光速不变”和“相对性原理”；9 月，他又发表了《物体的惯性同它所含的能量有关吗》，认为“物体的质量可以度量其能量”，并且导出了著名的 $E=mc^2$ 公式。因此，这一年被称为“爱因斯坦奇迹年”，100 年后的 2005 年也因此被定为“世界物理年”。

B

不过，当时爱因斯坦希望把“时空狭义相对论”写成地球人类能够理解的严谨的论文发表出来时，却颇费周折。尽管相对论无疑会颠覆牛顿的经典力学大厦，但是如果论文不能以令人信服的方式表现出来，是难以让人们普遍接受的。尤其是地球人类已经受到了牛顿经典力学的深刻影响，特别是受到与牛顿同为第 32 银河系玄木女星代言人笛卡儿的影响，强调“普遍数学”在科学研究中的作用，因此要把“时空狭义相对论”用大家都能接受的范式表示出来，确实是很重要的，而这个范式的核心，当然包括了数学工具的应用。

当时爱因斯坦由于没有深究光速不变的原因，因此没有认识到光子已经是一种物质与信息共存的两栖性粒子。尽管爱因斯坦认识到光的波粒二象性，但他和大家一样，始终没有认识到波就是自然信息（主体信息），而自然信息的运动规律不像物质运动规律那样是线性的，线性运动可以用数学方法来表示；自然信息的运动是非线性的，所以无法用数学来表达。当时，助爱因斯坦一臂之力的是其大学期间的数学老师闵可夫斯基教授。闵可夫斯基按照时空一体的设想，把时间作为第四维度，形成了一种四维空间表达式，即“闵可夫斯基空间”，再加上运用“洛伦茨变换”进行推导，终于使“时空狭义相对论”在数学基础上“板上钉钉”了，并且在此基础上推导出 $E=mc^2$ 的质能互换公式。关于这样做将产生的问题，后来容子的学生在中国的《自然杂志》上曾发表文章阐述过。

如果我们从经典物理学角度来看这个公式的物理意义，假设 $c=S/t$（S：30 万千米；t：秒）。这时容子在白板上也写下了以下推导公式：

$$
\begin{aligned}
E&=mc^2\\
&=m\cdot c^2/m^2\\
&=m\cdot S/t^2\cdot S\\
&=m\cdot a\cdot S\\
&=F\cdot S
\end{aligned}
$$

以上公式推导中，α 是加速度，F 是力，则这时候我们不难发现，F·S 相当于牛顿力学中的 W（功）。可以理解为 E 是在某质量为 m 的物体，以光速（c）的加速度所形成的力，运动了 30 万千米（S）所做的功（W）。这样的表达，以经典的物理观点来看，确实是完全可以理解的。从牛顿到爱因斯坦，一直都没有弄清楚能量

和质量的真正关系，其实能量是质量的力态，质量是能量的量子态；或者说能量既有力的形式，又有质量的存在，其中力是能量传递的表现。不过 $E=mc^2$ 这个公式倒也在一定意义上贴近了这个概念。可是新的问题又来了：既然光速不变，每秒始终是 30 万千米，又何来加速度呢？在这里就出现了“光速加速度悖论”，无疑是画蛇添足。不过在 1905 年爱因斯坦发表该理论时，并没有人想到这个悖论的存在，而由此又引发出一系列悖论……

爱因斯坦在传播兰星球理论时，经常把原理与结果相比较，从初证到预言，每个环节都有关联解释，把理论由文字化延伸到数学公式化，从而使理论的可应用率达到 99% 左右，形成了较为完美的理论体系。能做到这一点，确实已经很不容易了。然而更重要的是，如果爱因斯坦不继承经典牛顿物理学的研究范式，一步就到位地提出很多新概念，虽然是真理，但肯定会被斥为异端邪说而被当时的科学界拒绝。这得感谢兰迪，爱因斯坦自己没想到的，不提出新的问题时，他们就不拔苗助长。虽然现在看来，爱因斯坦在新的科学探索的路途上仅仅迈出了一步，但这一步对地球人类来说，确实是伟大而光辉的一步。如果没有当时爱因斯坦迈出的这一步，很难想象今天地球人类会处于怎样的状况。

兰星球的进化水平和发展阶段，与地球相比可谓是天壤之别。兰星球在现阶段的很多自然科学发现，都源于实测而得出结论，并形成理论。当他们在单元区中再次遇到相似的问题后，就利用已有的理论为指导，直接演绎模拟真实情况，得出结论后再投入所需的实际行动。也就是说，兰星球的很多科学研究是直接测试式的，是省略掉很多前期推导或实验式的虚拟活动。所以他们在描述某种自然科学现象的理论中，一般很少使用数字公式推导，都是直截了当地提出结论。

在兰星球人类看来，在测试技术未达到一定水平的时候，是否具备虚拟的能力，是高智慧人类区别于动物的最重要标志。因为只有具有复杂思维能力的人类，才有可能进行虚拟活动，而动物则是完全做不到的，所以人类文明的发展，都是由虚拟活动作为先导的。比如一个航空工程师要制造一架飞机，他得先构思设计，计算并画出工程图，做缩比模型在风洞中测试，这一系列虚拟活动之后，才可能造出实际的样机来。工程制造活动如此，科学探索亦是如此，其最初始的虚拟活动就是发表理论研究文章，以文字进行推理，建立数学模型进行虚拟。爱因斯坦当时所做的事也是如此。

但是，爱因斯坦有做事注重结果、过分追求完美的性格，使得他在对“越极”所展开的理论延伸研究中，出现了一些牵强附会的现象，而这样的例子，除了质能互换公式 $E=mc^2$ 外还有一些。比如，在兰星球人类当时给爱因斯坦的时空狭义相对论（越极）中，兰星球人类指出：时间、速度、能量、质量是三维空间的固有四态，而绝非说时间是第四维空间。维度空间的概念，一定是高维空间可以包容低维空间，四维空间是空气和水等非有形空间，是随三维形态界面而变化的空间，是无形态空间中唯一的视维物质体，而并非为时间。关于维度空间的论述，容子的学生发表在中国的《前沿科学》杂志的文章中有过详细的阐述。

在稳性四轴或稳性四态中，时间是一个恒定系（轴），而与时间同为一个不变量的速度（光速）为恒量系（轴）。也就是说，在三维空间里，当时间以光速为恒定标准时，如果把时间与速度同作为不变量相比较，这个时候时间与速度成等比性，这个等比性称为“时位等比”。其可以理解为，一个单位的时间，对应一个光速的空间位置，时间和光速位置成等比关系。

当空间位置出现加速度变化时，也就是说速度大于恒量系（光速）时，经过一个单位的时间，对应的空间位置超过一个光速时的空间位置。这可以看成是当空间变化了一个光速的位置时，时间只是在“时位等比”情况下，过去了不到一个单位的时间。假如速度是两倍光速（2c）时，这时经过一个光速的空间位置所需要的时间为1/2 个或 0.5 个单位时间，所以这就可以理解为：随着加速度不断增大，空间位置运动一个光速的位置，所用的时间无限接近于零，但不等于零的一种现象。这种使时间恒定系与速度恒量系成倍率的关系，则称为“时位分比”。“时位分比”对于永远在运动中的空间位置而言，明确地揭示了其与时间之间的相对性，即时空相对性。

当空间位置作减速度变化时，也就是说在速度小于恒量系（光速）时，恒定系（时间）不变的情况下，即一个单位时间内，对应的空间位置小于一个光速时的距离（位置），相对而言，可以理解为如果要完成一个光速的空间位置变化，所需的时间将不止一个单位的时间，而在恒定的一个单位时间内，完成不了一个光速的空间位置变化，这种恒定系不变情况下出现的速度差时位之比，又称为“时位差比”。显然这也揭示了时空存在的相对性。

当时，为了描述这样的相对性原理，爱因斯坦导入了精确的数学推导后，却得出了两个惊世骇俗的结论，即“钟慢效应”和“尺缩效应”。这两个结论是说，在一个运动着的坐标系中，相对于静止的坐标系，时间会变慢，甚至尺子会缩短。似乎中国古代那种“天上一天，人间一年”的神话传说都被印证了，而且出现了如今已众所周知的“双生子佯谬”。

为了证明钟慢效应，全世界许多科学家都没少费工夫，希望通过自己的科学试验给予证明。直到爱因斯坦去世十多年后的 1971 年，M 国科学家海弗尔和凯汀把铯原子钟放在飞机上，使之绕地球飞行，之后与放在地球上的同样的原子钟对比，果然发现运动中的铯原子钟比放在地上不动的钟变慢了。接着，类似的试验又被反复验证了几次。科学试验证明，钟慢效应确实出现了，这又是怎么回事呢?

实际上，原子钟是一种在原子质量体相对静止时，其能量输出基本恒定的状态下，以能量输出频率为标准的计时器。试验证明相对论时间悖论中出现了钟慢现象，是因为铯原子质量体在运动中的能量由原来的全部输出形态，部分转为对铯原子质量体运动时的支持形态，从而能量输出频率下降，进而能量频率输出数值减少或频率拉长，使得频率计时变慢。而实际上，空间或时间都没有因为铯原子质量体运动而改变，只不过是铯原子质量体在运动时，其能量变换了作用形态，改变了计时频率，从而出现了钟慢现象。

要知道，地球人类目前所采用的计时方法的准确度都是不够的。在单元区中，所有的发达星球基本上都是用单奇子互变的速度来计时，这自然是十分准确的，在任何情况下时间永远是恒定不变的。不过在目前地球人类还做不到用单奇子来计时的情况下，如果能发展到由真空中的光速来计时，则必然会比现有的所有计时方法都要精确得多。

实际上，相对不等于悖对，空间尺度与时间尺度，不论速度如何变化，都只能产生相对，而不会产生悖对。而时间也是恒定的，不会因为速度的快慢而改变其恒定性。速度再快，也只是运动距离的延伸，产生距离量的变化，与时间之间只产生一个单位的分数比，而不可能是零，更不会是负数。穿越空间的尺度，只是用时的长短不同，时间不会停止或出现负值。任何空间运动，起点和终点的时间是相同的，也就是说，整个单元区及整个宇宙空间的时间是统一的，只是因空间位置不同而出现相对时差。

如果从终点返回起点的速度，与起点到终点的速度相同的话，往返一次的用时只增长了一倍，而并非用时相对无限增长。可见，“双生子佯谬”现象并不存在。

在统一场理论方面，爱因斯坦为了求证统一场的内在联系，把引力的链态作用解释为波态作用，从而使统一场粒子间的引力变成了斥力，形成了宇宙引力悖论。因此，他直到去世，也没有找到统一场的内在关系及场的作用形态。而关于统一场的基本框架描述，容子的学生后来在中国的《前沿科学》杂志上也发表了相关文章进行阐述。

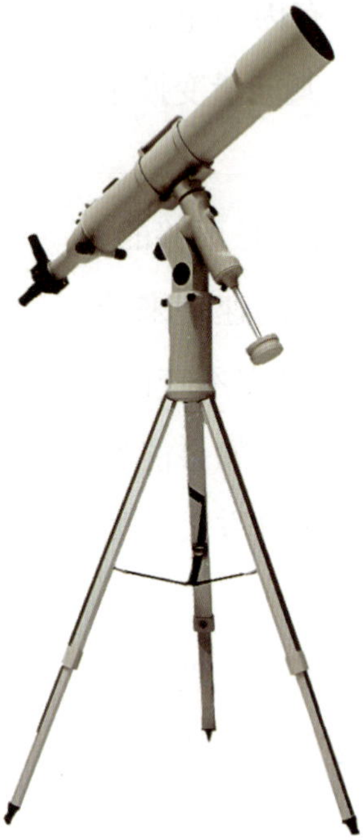

7

很显然，爱因斯坦在研究中出现了一些偏差和牵强附会，他提出的 $E=mc^2$ 虽然存在问题，倒也接近能量和质量之间所存在的内在关系，所以兰星球没有进一步进行指正，也没有对爱因斯坦提出批评。出现这种情况的更重要原因是：一方面爱因斯坦确有其大学物理老师曾指出的性格特点——非常的自负，他总是会用“我认为……”这样的口气讨论问题，总是很自信，不太爱听别人的意见，对兰迪、兰疋也不例外；另一方面，兰星球人类发现，爱因斯坦在发表了狭义相对论之后，与在 M 国的那个国际著名神秘组织接触频繁，并且有意加入该组织。那个时候，爱因斯坦成名的利益思维膨胀了，兰星球人类兰迪和兰疋在多次劝说无效的情况下，终止向爱因斯坦提供传播理论延伸解释及对他本人创意理论的支持性解释。特别是当他们发现爱因斯坦提出要研究广义相对论以后，兰星球人类仅提示他：不要以自己的意识来对宇宙空间进行辩证，宇宙空间的变量是很大的，现象都是暂时的，不是永恒不变的，只有相对，没有绝对。

自 1907 年 4 月份开始，兰星球人类就终止了对爱因斯坦所有问题的解释，直到爱因斯坦去世都没有恢复。从 1903 年 2 月开始到 1907 年 4 月，爱因斯坦相当于又读了一个“兰星大学”。当兰星球决定停止对他传授理论、技术以后，也已经算是“师傅领进门了”，那么“修行”就只能靠他自己了。所以在这种情况下，爱因斯坦只好自力更生了。因为狭义相对论虽然看似拨开了物理天空上的两朵乌云，但所有的基本物理要素并未由此被一网打尽，引力是牛顿经典物理学中另一个核心要素，却在狭义相对论中漏网了。

不过不用慌，爱因斯坦在演绎、推理狭义相对论时，给“E=mc”这个公式加上一个“c”，使之变成“$E=mc^2$”时，就先埋下了可以在加速度状态中分析问题的伏笔。爱因斯坦根据我们日常乘坐电梯时，上升加速时有重力增强的感受，而下降加速时则有失重（重力减弱）的感觉的现象，提出了“加速度运动和引力等效”的观点，进而把“物理定律在所有惯性系中都相同”的狭义相对性原理，推广为“物理定律在一切参考系中都相同”的广义相对性原理。

在广义相对论体系下，爱因斯坦证明了惯性力与引力等效，并且认为引力应该可以使光变弯曲。不过，不管是人们日常的观察结果，还是麦克斯韦（第 38 银河系扎星球代言人）方程的结论，光线的运动必须是直线。如果光变弯曲，无非是空间本身弯曲了，也就是说，光在弯曲的空间中走直线，实现了它的弯曲。可是空间又怎么会弯曲呢？爱因斯坦进一步推论证明，始作俑者是引力，由于空间被引力场弯曲，顺便把光线也给折弯了。此外，引力（加速度运动）还能让时间变慢，也就是说时间也弯曲了。而综合起来就是时空弯曲了，在这种情况下时空是一体的，那么，狭义相对论的那一套严谨的数学推导就完全站住脚了。

应该说，爱因斯坦的思维是非常不简单的，他用缜密的臆想推导出这样一整套严密的理论体系，仅仅靠着自己的“大脑实验室”，对现实生活中最容易理解的事情进行分析演绎，得出基本结论，然后再以数学方法进行推导，形成完整的理论，确实让人叹为观止。特别是他在推导广义相对论时，应用了极少数人懂得的黎曼几何数学工具，使得整个理论体系显得十分严谨，天衣无缝。

广义相对论体系形成了，和狭义相对论一样，科学观察的新发现是证明这个新理论体系的重要方式。为了在太阳系之内找出证据，爱因斯坦提出了一些重要的预言，比如太阳附近光线的偏折。天文科学家们提出，在日全食的时候对太阳附近的天体进行观察，如果发现太阳背后的星星能够被观察到，那就证明了光线并没有被太阳挡住，而确实是拐弯了。为此很多天文学家投身于此，但是大多都因为天气的原因，没有找到合适的时间窗口进行观测。直到 1919 年，英国天文学家戴森在非洲普林西比岛第一次获得观察结果，果然证明了爱因斯坦的预测成立。同年 11 月 6 日，英国皇家天文学会正式宣布了这一重大发现。此后，又有多国天文学家观察日全食后，获得了相同的结论。眼见为实，光线确实是弯曲了，但事实果真如此吗?

其实，科学发现也常会受技术和理论掌握不全面的影响，而产生局限性和错误。日全食观察证明光线弯曲的结论，正是这样一种错误。真实的情况是，太阳在其释放的巨大能量的作用下，四周形成了一个热晕，这个热晕有透镜效应。也就是说，太阳周边有着巨大的热晕透镜，因此太阳背后的星星发出的光线，经过透镜折射后，最终在日全食时被观察到了。这种热晕透镜原理，在很多发达星球都被用来制作超级大型天文望远镜。具体做法就是在高空中铺上一层比大气轻的气溶胶，使其悬浮在空中并形成一个大型透镜，可以用来进行天文观察。其基本原理和太阳周边的热晕透镜是相似的。巴克星球曾搞过直径上千米的气溶胶透镜，悬浮于星球的大气层中，用于对宇宙天体进行观测。所以，正是这些阴差阳错的试验，使得对广义相对论的讨论至今仍在飘摇不定之中。

爱因斯坦在接到“越极”理论之后，最大的失误在于没有刨根问底，没有弄清楚为什么光速只能以每秒 30 万千米的极限速度运动。如果他当时搞清楚了这个问题，就不会与发现自然信息（主体信息）失之交臂，也就不会走上广义相对论的歧途。就这样，一念之差，使他之后思考的很多问题都无解，尤其是统一场论这样的问题，折磨了他一生。

光子是由 7 个单奇子构成的一个连续互变态粒子体。任何物质都是由最基本的粒子——单奇子所构成。单奇子以 1 飞秒（1 秒的一千万亿分之一）的速度在信息态和物质态之间互变。任何物质中单奇子的互变都是非一致性的，因此我们感觉到的所有的物质都一直是恒定不变的。可恰恰是光子的 7 个单奇子是以极快的速度连续互变，可以认为这 7 个单奇子是几乎同时互变，这样的效应就造成了所谓光的波粒二象性。光子的每一个单奇子互变时，都分别发出一种波，7 个单奇子的波长都不一样，表现在光谱中就是赤橙黄绿青蓝紫。由于这些波几乎同时发生，混在一起就是可见光的白光。当每个单奇子在互变为信息态能量时，能够在 1 飞秒的时间内，把构成光子的其他 6 个单奇子推送出 300 纳米的距离，而出现这种情况的能量、时间和速度都是恒定不变的。也就是说，因为单奇子互变为信息态能量的量值为一个不变量，这个信息态能量，在单位时间内把光子推送出去的距离恒定不变，所以才使得光子以一个不变的速度运动。这种以自身能量进行运动的粒子的速度，称为相对静止速度。

因此，光速是一种相对静止速度。

爱因斯坦当时如果弄清楚光子速度恒定不变的原因，必然会发现存在自然信息，再进一步深究下去，就不可能出现把时间作为空间中的一个维度这种错误，自然也不会凭借自己的臆想，推测出广义相对论了。爱因斯坦最终未能走进宇宙中存在信息态的现实中去，确实是令人扼腕叹息的一大遗憾。

按照相对论原理，任何物质运动接近光速时，能量是极其大的，这种能量如不予以释放，必然带来极大阻力，使接近光速的物质运动无法持续下去。假如有大于某物质运动达到光速时产生的阻力的能量，并且持续作用于该物质，直到使该物质运动速度超过光速的 1.3 倍，此时该物质（正物质）就全部转化为反物质。所以，在宇宙中，有多少正物质就有多少反物质。物质是以正物质的形式存在还是以反物质的形式存在，取决于物质的运动速度是否超过光速的 1.3 倍。当反物质出现以后，哪怕只碰上一个粒子的正物质，则立即湮灭形成信息态能量。而这便是质量在全部转化为能量后等于零的原因。

要捕捉反物质，或许人类已经基本具备条件了。M 国和欧洲的粒子加速器功率比较大，如果下点功夫，或许可以把粒子加速至 1.3 倍光速以上，在这种情况下，反物质就原形毕露了。

实际上，宇宙是极其复杂的。光速恒定不变是限定在真空环境中的，在不同的空间环境中，光子的速度也是会有变化的。比如，我们知道，太阳表面的一个光子运动到达地球，大约需要 8 分钟时间。但是在太阳的核心，当聚变产生出一个光子，从太阳核心运动到太阳表面，要冲破磁浆云的巨大阻力，大约需经过一万年时间。而且同为光子，处于宇宙中不同空间位置，其质量又不一样。所以，光子的质量可以分为以下三种情况：

（1）单元区质量为 1.47×10^{-54} 千克（这是负引力质量）。

（2）溢散态空间为 1.47×10^{-98} 千克（这是正引力质量）。

（3）信息态空间为 0 千克（这时全部转化为信息态能量）。

存在着无数星系（银河系），并且处于膨胀中的空间是溢散态空间，在这个范围内引力是正的，超出这个范围的单元区空间里，引力就变为负的了。这些更深入的问题，后来爱因斯坦没有从兰星球那里进一步了解到。

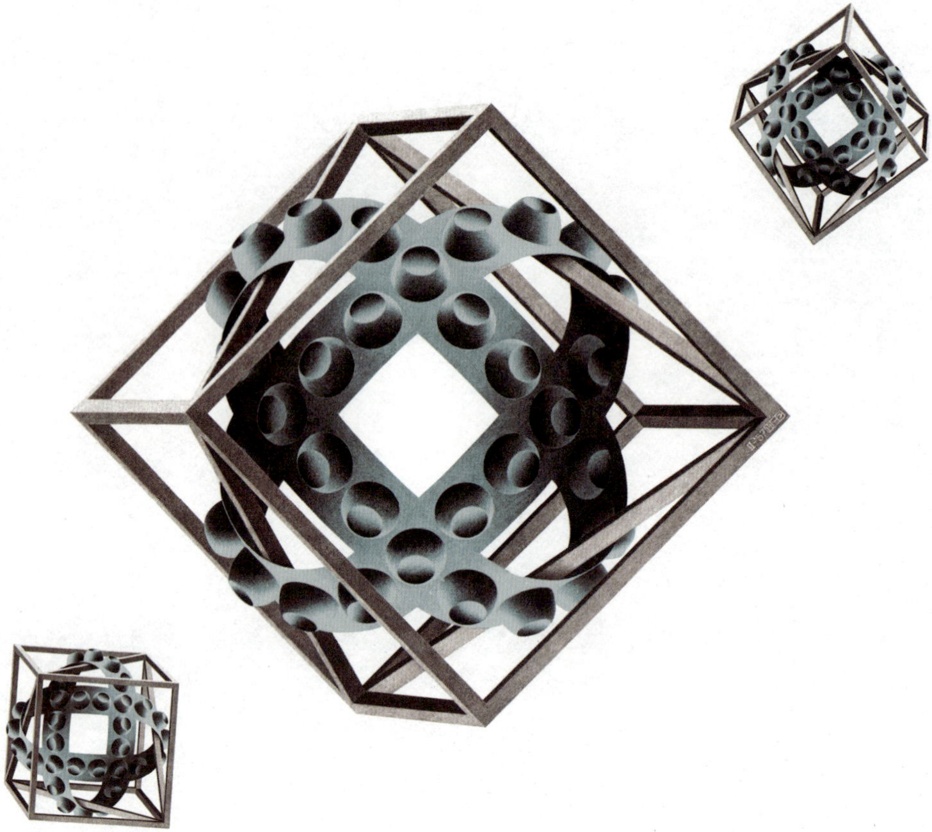

8

自 1907 年以后，兰星球人类不愿意再为爱因斯坦解释更深入的问题，同时也停止了让爱因斯坦传播新的理论和技术，爱因斯坦自己进入了艰难的探索历程。六年以后，爱因斯坦写出了《广义相对论和引力理论纲要》，但他发现数学方程仍然不够严谨，又重新使用了黎曼几何作为数学工具，经过两年努力，终于在 1915 年年底完成了《广义相对论和引力理论纲要》。第二年 3 月，爱因斯坦完成了《广义相对论的基础》。自从 1905 年完成狭义相对论之后，他几乎终生都耕耘在广义相对论之中，并且不断提出一些新的观点。比如 1911 年 6 月，他发表了《论引力对光的传播影响》，认为光在引力场中会产生弯曲。1916 年 6 月，爱因斯坦又提出了引力波理论。

1917 年，在广义相对论体系之外，爱因斯坦提出了受激自发辐射理论，第一次提出了激光原理。43 年后，科学家梅曼按受激辐射原理，做出了地球人类的第一束激光。受激自发辐射理论，是兰迪交给爱因斯坦传播的光电效应理论中的一部分。当时爱因斯坦由于实验条件有限，加上他把研究重点放在了相对论的后期理论解释上，后来又痴迷于广义相对论，所以这个理论在广义相对论的理论框架基本实现后才被发表出来。这无疑是爱因斯坦对地球人类科技进步的又一重要贡献！

1921 年，爱因斯坦因为光电效应理论，获得了诺贝尔物理学奖。

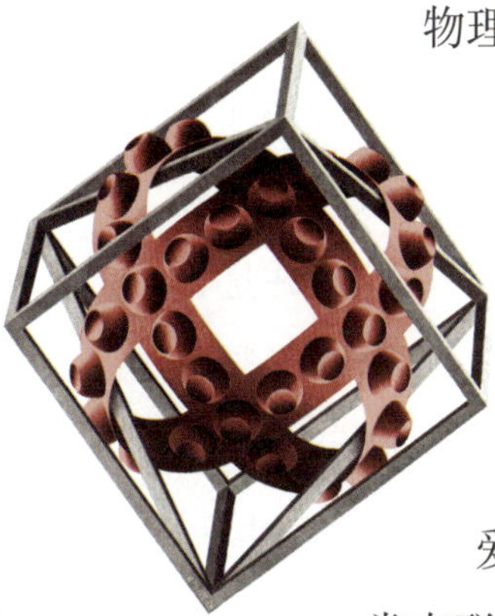

1935 年，爱因斯坦与波多尔斯基、罗森两人合作，发表论文提出了“量子纠缠”。爱因斯坦与他人合作提出的这个概念，不是兰星球给爱因斯坦的，而是爱因斯坦在测定光子时，发现光子有联动现象，这种联动有着极大的相似性。爱因斯坦经过多次测定后认为，光子的联动是一种非常态联动。由于测试能力有限，爱因斯坦他们把这种暂时无法解释的联动现象称为“幽灵感应”现象，后更正为“量子纠缠”。爱因斯坦发现“量子纠缠”以后，人们总认为只有两个相同的量子会发生纠缠现象，所以觉得以此来发展通信技术会具有很好的保密性。其实，在一定条件下，“量子纠缠”不仅发生于相同量子之间，也发生于不同的量子（异量子）之间，既可以一对量子纠缠，也可以一个量子与多个量子同时纠缠。这些情况，随着量子技术研究的深入，一定会被逐步揭示出来。

爱因斯坦的一生，除了从事科学研究以外，还经历了两次世界大战，而在反对战争、争取世界和平方面，他的政治立场始终十分坚定，并且为此赢得了全世界人民的尊敬。

1955 年 4 月 13 日，爱因斯坦在演讲时主动脉肿瘤破裂，被送进普林斯顿大学医院，经抢救治疗无效，于 4 月 18 日去世。

爱因斯坦去世后，负责解剖爱因斯坦遗体的医学家托马斯·史托兹·哈维，趁人不备把爱因斯坦的大脑整体偷走，并在他的住所里，把爱因斯坦的大脑切成 240 片，先是存入保护液中，后又用玻璃片夹住切片大脑，进行深度的保存。时隔 43 年后的 1998 年，哈维把自己保存了 43 年的爱因斯坦大脑切片交给了普林斯顿大学，供医学院研究保存。

在爱因斯坦去世的前一天，兰星球测试到爱因斯坦的生命体征已接近死亡状态，就马上向爱因斯坦发送信息说明兰星球准备利用信息态能量的光色回收技术，把他的主系肌朊线粒体收回兰星球，并且告知爱因斯坦，兰星球收回他的主系肌朊线粒体，是要在兰星球复制其真身。在获得爱因斯坦同意后，兰星球就向爱因斯坦大脑中发送了兰星球实体影像信息。爱因斯坦收到影像信息后，激动地用德语说了一句："那边的世界是这样的啊！"随后就平静地慢慢去世了。

在爱因斯坦去世前的 7 秒钟，他的主系肌朊线粒体整体溢出大脑，随着兰星球附在他大脑顶部百会穴的胶子链结成的环形回收光色载体返回了兰星球。55 个地球日后，在去除掉他对地球的记忆信息之后，爱因斯坦被复制成真身实体，现在爱因斯坦已经成了兰星球人类，名字叫兰奥，在兰星球的动力部门工作。

爱因斯坦是近代一位伟大的科学家，他对人类科学进步做出了巨大的贡献。今天我们应用的原子能、太阳能电力、激光、量子技术等，都有他的贡献。虽然他在广义相对论的探索方面出现了一些偏差，但是科学猜想本身也是人类一种伟大的进步。他能做出那么严谨的猜想，这本身就是非常了不起的一件事，我们今天不应该为此对他产生太过苛刻的看法。他在解释狭义相对论时，遇到过语言的障碍。他在与兰迪他们交流时，都是用德语，所以他的研究笔记都是用德语记录的，而发表文章时则是用英语。不管是德语还是英语，要表达这样复杂的科学原理，从语言本身上来说，都是有欠缺的。如果爱因斯坦懂得中文，那么结果一定会好得多。将来地球人类一定会逐步认识到，表达更加复杂的科学原理，在地球上最合适的语言文字就是中文。比如，爱因斯坦为了表示“捷径”的意思，他不得不绕了很多弯儿，生造了一个“虫洞”的语言概念来表示。一般情况下，描述同样一个科学原理，用“音语系”（如英语等）来表达，一定比用“意语系”（中文）来表达所用篇幅大很多。这样的文字障碍，给爱因斯坦解释和传播相对论添了不少麻烦。然而无论怎样，这都湮灭不了爱因斯坦一生的灿烂光辉。爱因斯坦晚年和牛顿等人一样，也很关注宗教。其实他明白，今天世界上重要的宗教和重要的科学技术一样，都来源于外星人类。他尤其对东方的佛教产生了兴趣，这也说明他已徘徊在认识信息态存在的大门之外了。因为所有宗教中，佛教用自己独特的隐晦的语言体系，比较充分地暗示了信息态的存在。

爱因斯坦作为现代物理科学的圣人，是当之无愧的！

第十章 劳星技术与电气化

1

不知从什么时候开始，小镇里几乎每户人家都摆弄起飞碟型无人机。这东西真是挺好玩的，既可作为小镇里各家各户之间的“快递员”，还能对农作物生长情况进行拍摄，然后实况转播。那些举家出门旅游的人家，多半都要交代邻居帮忙把这事给做了。不管去哪儿，通过定期发到手机上的视频，就能知道家里农作物的生长情况。

玩无人飞碟的人多了，有几户人家干脆做起了专业户，帮大家设计、组装制造无人飞碟，飞碟还可以涂上各自喜欢的色彩和图案。小镇里的人出来晨练或傍晚在田园风光中遛弯时，头顶上或身旁跟着一架无人飞碟，它通过人体识别自动跟踪，主人还可以通过声控指挥它。这成了小镇一个挺有意思的特色景观。

这一天，峨眉弦虎门掌门人钱大师从四川来到特色小镇，这位曾几次一掌劈断东风汽车弹簧钢板的武林宗师特地来见容子他们，探讨人力能击断钢铁的科学原理。郑兴早早就去首都机场迎接他的师父。

当钱大师一行驱车到达特色小镇村口时，钱大师为这充满现代化气息的田园风光所震撼，坚持要弃车步行。正好容子他们早已等在这里，就兴致勃勃地陪着钱大师沿途观光，漫步回容介居。几架无人飞碟在前面开道，边走边把这情景摄录下来。

陪同钱大师来的海阔，是钱大师的武学弟子，功夫十分了得，多次在国际武术比赛中获得奖牌。尤其是他的弦虎扇子功，堪称一绝，

若是在冷兵器时代，凭他一把竹折扇，加上自己身上的内家功，三五个人休想靠近他的身体。这时他也被眼前的景象吸引，感叹说：“在这互联网信息化的时代，真是无奇不有、无所不能啊！”

听他这么一说，一路上最为活跃的易子马上接过话说：“其实啊，这互联网技术还不能真正算是信息化，充其量只不过是电气化的中高级阶段，互联网处理的都还只是载体信息。等到将来科技深入发展了，人们能够用仪器设备处理主体信息，那才是真正的信息化时代呢。”易子的话中又是“载体信息”，又是“主体信息”的，这么专业的词汇，海阔估计也是第一次听到，所以没太搞明白。易子赶忙解释道：“无线电信号遥控，一百多年前尼古拉·特斯拉就发明了，无线电信号就是一种载体信息；钱大师一掌击断东风汽车钢板，他所发出的体内能量，这才是主体信息。”海阔听了易子的解释，若有所悟地点了点头，他心里想：师父祖传的弦虎混元功法确实很神奇啊，其科学原理又是什么呢？这也是他这次陪同师父来最关心的事啊……

宾主一行到了容介居后，通过视频刷脸进屋。大家坐定，端起茶杯后，话题自然又落在了电气化上。钱大师在一行人中最为年长，他抬头环视了一下屋子里的电器、电子设备后说道：“现在人们的生活，几乎分分秒秒都离不开电气化，这在三十年前是不敢想象的，如今电气化设施都像我们身上的衣服一样，快要熟视无睹了，这个世界变化太快了。”

容子听了，点着头接上话，他手指着钱大师和介子几个人说：“咱们都是下乡‘修理’过地球的，那个时候绝大部分农村还不通电，生产队晚上开大会，最好的照明设备就是汽灯。那时，最受人青睐的是手电筒。记得当时生产队里只有两个装三节电池的手电筒，那是队长和民兵排长的专用装备，平时别人摸都不让摸一下。”

容子话音刚落，屋子里就爆发出一阵爽朗的大笑声。介子对容子说道：“容教授，要不我们这一期讲座就考虑讲讲地球人类是怎样在外星文明支持下迈向电气化时代的？”介子的提议得到了大家的赞同，容子就说：“那好吧，咱们这一讲就谈‘劳星技术与电气化’，介绍一下为地球人类迈向电气化做出巨大贡献的两位伟大的劳星球代言人——迈克尔·法拉第和尼古拉·特斯拉。易子，你发通知吧！”

2

地球人类留意到电，是很早之前的事了。

公元前2820年6月，巴克星球人类选择了伏羲作为代言人，并在巴克星球人类的尚文博先生负责向伏羲族人传播巴克星球文明时，就曾涉及电的概念。当时尚文博教给伏羲的太极八卦理论，其中便有一个卦位为“雷”，这是一个和“电”密不可分的自然现象。可见，人类了解“电”的概念已经将近5000年了。

从公元前2000年前后到公元后2000多年里，是外星人类第一次大规模向地球传播文明的时期，传播地点主要集中在中国和埃及。从公元前后到公元1300年的这段时间，是外星人类第二次大规模到地球选择代言人，向地球传播外星文明的时期。这个时期的外星代言人有尹仲、李耳、苏格拉底、释迦牟尼、欧几里得、阿基米德等，涉及的外星球有顿巴勒星球、木谷星球、冰星球、奴鱼星球、玄木女星球、古哈孤手星球等。这个时期，外星人类除了传播给地球人类伦理道德及哲学方面的理论外，已开始较系统地传播几何数学和简单的力学原理了。不过人们对“电”的理解，仍然停留在原有的水平上。

古希腊文化是深受古埃及毛兆星文明影响的，在我们单元区五十多万有人类的星球中，毛兆星人类是长得最美的人种。用杜森的话说，“毛兆星人类长得很美，男人像男人，女人像女人”。杜森说句话的意思是，毛兆星人类的男性都长得英俊魁梧，阳刚帅气；而女性都长得容貌美丽，身材姣好。这种天然的美所形成的文明，也影响了古希腊人爱美的文化。据说在古希腊文化鼎盛的公元前五六百年，古希腊贵族妇女外出时，都喜欢穿柔软的丝绸衣服，戴着琥珀做的首饰。后来人们发现，干干净净的琥珀挂在颈项上，一旦和身上的丝绸衣服频繁地摩擦，就会很快地吸满了灰尘。这究竟是什么原因呢？当时有个叫泰勒斯的人，对这个现象做了研究，发现凡是由丝绸摩擦过的琥珀，都具有吸引灰尘等轻小物体的能力，他就把这种奇妙的能力称之为“电”。现在，这种办法被用于学生做静电发生试验。不过，古希腊人并没有把它和自然界中的闪电联系在一起。可见，在远古时代，东西方对“电”的认识，虽然都来自自然现象，但差异其实是很大的。

从公元1500年前后开始，直至今天的五六百年时间，是外星球人类第三次大规模向地球人类传播理论和技术的时期，而且涉及的领域前所未有之广。第一阶段主要以运动力学为标志，第二阶段以电力及化学为标志，第三阶段则是以遗传基因理论为标志的生物学。

外星人类第一次大规模向地球人类传播文明主要集中在世界东方；第二次大规模向地球人类传播文明，则东、西方是相对较均衡的，其中在东方更偏向人文伦理的传播，而在西方则开始传播自然理论和技术；第三次大规模向地球人类传播理论、技术，则几乎都集中在西方。而庆幸的是，在此之后，东方的代言人异军突起，传播了

自然信息及相关理论。实际上我们可以看到，从公元1500年前后到近代的五百年间，东方落后的真正原因，是失去了与外星文明对接的历史机遇。不过这些是后话，就姑且按下不表了。

话说自从外星人类通过牛顿、笛卡儿等代言人向地球传播了数学和经典物理学理论之后，地球人类的机械技术取得长足的进步。在这个重要的基础上，外星人类通过瓦特传播给地球人类一项重要的颠覆性技术，即将化学能源转换为机械动力的技术。瓦特首先将其用于改造蒸汽机，并获得巨大成功。

在蒸汽机诞生之前，人类利用机械的历史，都是在人力、畜力基础上利用自然力如风力和水流力的历史，那个时候人们的认知仅停留在这样的水平上。蒸汽机技术出现以后，地球人类发现，居然还可以将煤炭等化学能源转化为机械力，这可以说极大地颠覆了当时人们的认知水平。蒸汽机出现并大量应用促成了第一次工业革命，也使西方列强利用坚船利炮征服世界成为可能。曾有人质疑这个观点，认为1840年第一次鸦片战争爆发时，英国舰船虽然有的已经装上蒸汽机明轮作为推进装置，但英国侵略军当时用的主要还是九桅帆船，靠风帆在大洋中长途奔袭而来，蒸汽机明轮动力主要用于机动。持这种观点的人没想到的是，以蒸汽机为动力制成的帆布，岂是中国人工织布机织的帆布所能同日而语的？其优势自然立见。所以，正是蒸汽机的颠覆性技术，使中国从此陷入半封建半殖民地的困境。

如果我们要为所谓的"颠覆性技术"下一个定义，那么就是：任何跨越（*超越*）认知时代的创新技术，就是颠覆性技术。

毫无疑问，在利用化学能作为动力的技术不断完善发展的同时，地球人类又踏上了追求更新的"颠覆性技术"之旅。而这个时候，"电"被日益重视。在18世纪中叶，当蒸汽机技术还未由瓦特实现突破时，人们已经能够捕捉到电，当时荷兰莱顿大学物理教授马森·布罗克和德国长明大教堂副主教冯·克莱斯特，先后研制出一种电容器，后来被命名为"莱顿瓶"。此后的半个世纪，人类对电的认识就再没有更重要的突破了。

进入19世纪之后，地球人类对电的认识才不断获得新突破。1800年3月，意大利物理学家伏特发明了电池。1820年4月，丹麦物理学和化学家奥斯特，在一次讲座中无意发现，通电的导线会影响旁边的小磁针做偏转运动。据说当时奥斯特为此十分激动，竟然在讲台上摔了一跤。当时听讲座的人们对此并未留意，但是奥斯特没有轻易放过这个现象。在接下来的三个月内，奥斯特反复试验，都重复出现这种情况，于是他在1820年7月发表了《论磁针的电流撞击试验》一文，宣布了这一重大发现。奥斯特的这个发现一经报道，马上引起当时欧洲科学界的高度关注。法国物理学家、化学家和数学家安培在针对此项研究的比赛中拔得了头筹，提出了右手螺旋定则，即安培定律。至此，围绕电力应用的颠覆性技术呼之欲出。

但是，如果不是劳星球人类适时出手，单靠地球人类在茫茫的自然科学海洋中探索，靠对偶然发生的现象关注而实现颠覆性技术突破，其实也是非常困难的。

劳星球是位于第 38 银河系第三悬臂上的一颗围绕一个双子恒星系运动的二等行星。第 38 银河系是个五悬臂的银河系，通常银河系中每个恒星系一般都有两颗恒星，有的是在恒星系中的头尾对称分布，两个恒星轮流“燃烧”，我们地球所在的太阳系就属于这种情况，所以实际上太阳系远不是只有八大行星，在与太阳遥遥相对的远方，还有一个现在熄灭着的“太阳”呢；有的是两个恒星集中在一起，同时“燃烧”，凡是两个恒星处于平行近距离（指距离 2.3 亿—6 亿千米），而且两个恒星相互缠绕运行构成的恒星系，就是双子星系，劳星所处的恒星系属于这一种情况。

劳星球绕双子恒星系公转一周的时间为 304 天，自转一周的时间为 72 小时。劳星球的体积相当于地球的 740 倍，而质量则是地球的 1941 倍。劳星球无伴星（自然卫星），距离地球直线距离为 53 亿光年。使用劳星球的宇宙飞行器，到达地球的时间为地球时间 19 年。劳星球的大气为 0_3（臭氧）基混合大气。

劳星球是一个单一人种、无国家的星球，整个星球有 19.31 亿人口，人均寿命为 500 岁。他们的社会形态为基本共产主义社会，社会领导机构称为“通托”（中央政府），领导人称为“通托硕昂”。他们繁殖后代通过自然婚配加优选基因的形式进行。

在本单元区，对有人类生存的星球的自然状况进行划分，主要按照其所生存人类的进化状况及其所掌握的技术水平为依据。星球的进化分为十个等级，第一等级是毛兆星球和兰星球，第二等级就多一些，十个等级之外的属于未入等的星球。

按星球人类所掌握的技术水平情况，则可把星球分为五个等级。在本单元区中，第一等级星球是毛兆星球和兰星球，它们具有能够移动所在星球的能力；第二等级是共塔星球、摩西星球、扎星球、土比丁星球、巴克星球和西绿甘奴鲁星球等，它们具有能够进行各种星际活动的能力；第三等级是劳星球、玄木女星球、冰星球等，它们具有能够有限进行部分星际活动的能力；第四等级是具有能够进行近地航天器发射及无人深空探测能力的星球，如我们的地球和第 9 银河系的卡如拉星球等；第五等级是基本处于原始状态的星球，如第 2 银河系的奇若立星球、第 502 银河系的祖兰星球等。

不过，劳星球的电磁技术在整个单元区都是名列前茅的。兰星球人类经常对容子说：若论电磁技术，我们都不如你们地球人类，因为你们地球人类在这方面是传承了劳星球的技术发展起来的，劳星球的电磁技术是非常棒的。

正是这个电磁技术非常棒的劳星球人类选择了法拉第作为预选代言人。

3

1820 年 10 月，在奥斯特发表了发现电磁相互作用三个月后，法拉第的老师——英国著名化学家戴维爵士，从英国《哲学年报》上读到奥斯特文章的译文后兴奋至极，急匆匆地找法拉第到实验室做试验，想要验证奥斯特的发现。他们的试验很顺利地获得了成功，显然奥斯特的发现完全正确。这时戴维和法拉第都兴奋无比，接着法拉第评价道："奥斯特猛然打开了一个科学领域的大门，那里过去是一片漆黑，如今充满了光明。"毫无疑问，法拉第所看到的，按现在的话说，正是一个将产生颠覆性技术的全新领域。他认识到，为了在奥斯特的基础上进一步弄清电与磁的关系，一时间全世界的科学家都在发起冲锋。在这场冲锋中，虽然法国的安培先下一城，但法拉第也不甘落后，奋起直追。

法拉第这位只读过两年书，从订书匠学徒出身，自学成才的科学家，过去一直追随戴维爵士从事化学方面的研究，现在只能是"现炒现卖"，进入一个对他来说全新的研究领域。当时法拉第面临的困难是可想而知的，但其凭借坚忍的意志边学边研究，他从奥斯特的试验中发现，原来磁针围绕着带电流的导线转动，那么从力的作用与反作用的关系出发，带电导线会不会也绕着磁极转呢?

1821 年 9 月 3 日，法拉第在经过精心的准备之后，设计了一个非常巧妙却又简单的装置，结果试验获得了极大的成功。当导线通上电流后，果然可以围绕着一根磁棒不停地旋转，这就意味着电力可以转换为机械力——它成了今天世界上所有电动机的祖先。也许法拉第当时就意识到，一旦电力转换成机械力，这对于那些笨重，还会带来诸多污染的蒸汽机而言，就是一场划时代的伟大革命。

这一天，法拉第发现了电磁转动的原理，为日后发展电动机奠定了坚实基础。但法拉第由于操劳过度，居然差点晕倒在实验室里。也就是在这一年，劳星球人类选择了法拉第作为预选代言人。

同年，英国为了扭转对中国茶叶进口的贸易逆差，利用自己发达

的化学技术，具备了大规模提炼鸦片的能力，大批地向中国走私输送鸦片，从而给日后的鸦片战争埋下了伏笔。西方世界正在迈步走向电气化时代，而中国却仍在疲于应付国内的农民起义和禁止鸦片走私，两相比较，高低立见！

1821 年圣诞节那天，法拉第又成功地完成了另一个电磁转动试验。这一次他没有用磁铁，而是让通电导线在地球产生的磁场里转动。一根导线，通上电流后就转动起来了，把电磁的正负极调换一下，导线又反转了，神奇的发现使法拉第激动得跳了起来。从此，他着迷于电磁研究。那个时候，也许不仅仅是法拉第，全世界还有无数科学家都扑向了这个领域。既然电能产生磁，而磁又能使电流运动，那么通过载体运动，磁也就应该能产生电。辩证法的哲学思想，促使全世界的科学家都为此而努力。不过，从1821年开始，整整过去了十年，全世界在这方面的研究都没有突破。

4

现在，该轮到劳星球人类出手了。

公元1830年10月28日，劳星球人类在对法拉第历经了九年的跟踪测试后，认为法拉第已经达到劳星球代言人的标准，可以成为劳星球的第1号代言人了。当时法拉第的脑容量已经达到13级，虽然不属于双逆向思维的人，但他的潜意识是逆向思维。而且劳星球人类发现，法拉第的进化状况也很好，他的主系肌朊线粒体中，外来自然信息占49%，其中有毕塔哥拉斯（古希腊多学科的科学家）、罗比古（德国钟表匠）、菲尔（英国约克郡农场主）等人的信息。于是，当时负责向法拉第传播理论和技术的两位劳星球宇航员科学家——博坦斯尔太东莫和列文斯德频洛菲就决定正式与法拉第接触。

19世纪30年代的伦敦，虽不及今天的大伦敦那么规模恢宏，但这个在公元初就被罗马人占领的城市，经过近两千年的风风雨雨，此时无疑已成为世界上最伟大的城市。城市跨泰晤士河而建，两岸留下了许许多多著名的建筑。不过今天著名的钟塔（大本钟）、伦敦塔桥在那时都还没有建呢，但这不影响伦敦这个城市的辉煌，在这个诞生了牛顿的国度，此时它已经成为世界科学的中心，而法拉第则登上了这个象牙宝塔之巅。

当天下午的3点15分左右，法拉第独自一人坐在皇家研究所实验室的电磁感应试验平台边，正在为刚刚做的电磁感应试验的失败而困惑时，劳星球人类两位宇航员科学家测试到法拉第所在的位置，并了解到他的困惑后，决定先给法拉第一个提示，然后再与他做面对面的接触。毕竟这是劳星球在地球选择的第一个代言人，稳妥地建立联系并顺利确立其代言人的身份是很重要的。

两位劳星球宇航员科学家做出决定后，就利用平移技术，从340千米高空中的飞船里，直接对法拉第刚做完试验的试验件进行平移动态移物的操作。他们利用平移技术，把法拉第试验用的磁铁块，在与电流测试表连接成闭合状态的一根粗线状折成的圈形导体中间，来回地平移穿梭，使闭合线圈导体对运动着的磁铁块形成切割状态，使之在闭合圈形导体中产生切割磁力线的感应电流，从而带动电流测试表上的指针来回摆动，显示有电流通过，成功地形成了电流感应试验。

这时，因试验失败而感到沮丧的法拉第，猛然看到试验用的磁铁块突然自动飘浮起来，在圈形导体中间来回窜动，而且，这时电流测试表上的指针也摆动起来，显然回路中产生了电流——法拉第顿时被眼前这突如其来的一幕惊呆了！

法拉第屏住呼吸，张大嘴巴，两眼死死盯着这几个像着了魔似的试验件，看了足足五分钟。就在法拉第目瞪口呆之际，劳星球两位宇航员科学家为了让法拉第感悟一下这其中的原理，故意让磁铁停了下来，而电流测试表上的指针马上随之停止了摆动。10秒钟后，他们再次让磁铁做穿梭运动，这时电流测试表的指针又开始摆动起来。劳星球宇航员科学家反复这样做了几次之后，法拉第也许是一下子受了惊的缘故，还是没有完全感悟到其中的奥秘。飞船上的两位劳星球宇航员科学家观测到法拉第完全蒙了，就赶紧向法拉第那个试验装置旁边的工作台面发送了一幅文字影像。他们告诉法拉第，刚才他看到的试验，是劳星球人类利用平移技术给他做的提示性试验。同时让法拉第在当晚 8 点 30 分，在实验室与劳星球人类见面，届时再面谈。

法拉第在看了这幅影像中的文字内容后，更是惊奇万分，他静静地坐在那里，怎么也想不明白刚刚发生的一切。就这样，到了晚上 7 点钟的时候，有人进入实验室，告诉法拉第，时间不早了，该回家了，法拉第这才从沉思中回过神来。他问了一下提醒他的人现在是什么时间了，对方告诉他已经是晚上 7 点钟了。法拉第猛然想起来，已经约好晚上 8 点 30 分与劳星球人类见面。他赶忙收拾了一下房间，也没有回家，到街上买了一个面包，又匆匆赶回实验室。

法拉第回到实验室后，坐在试验工作台边，一边吃着买来的面包，一边猜想着影像中所说的劳星球人类会是什么样，同时又把下午那奇怪的试验回忆了几遍，不知不觉就到了晚上 8 点 30 分。

劳星球人类的两名宇航员科学家博坦斯尔太东莫和列文斯德频洛菲，按约定的时间直接从 340 千米高的空中飞船平移到法拉第试验室门口。当时房门是开着的，劳星球人类出于礼貌，轻轻敲了敲门框，法拉第听到敲门声后马上向房门口看去，两位劳星球宇航员科学家见法拉第已注意到他们，就走进了房间。

法拉第马上起身迎接，相互走近之后，劳星球的两人先问候了法拉第。接着，博坦斯尔太东莫把他们的身份和来意告诉了法拉第。法拉第回应了问候之后，接着说道："你们就是劳星球人类？下午的试验就是你们做的？太奇妙了！"这时，劳星球人类博坦斯尔太东莫走到放着试验件的工作平台边，拿起磁铁块，在闭合圈形导体中间来回移动了几下，这时电流测试表上的指针也跟着摆动了几下。他又放下磁铁块，看着法拉第说道："这种试验叫作电磁感应试验，让导体对磁力线进行切割，就可以在导体中产生感应电流，所以电流测试表上的指针在有电流经过时也就摆动起来了。你今天下午看到的试验，就是这种电磁感应试验。”

博坦斯尔太东莫他们做的试验和解释，让法拉第更加感到新奇无比。他自言自语地说道：“电磁感应，这名字太好了！难怪我之前做了那么多次试验都失败了，原来奥妙是在切割磁力线上，这太奇妙了。”博坦斯尔太东莫对他说：“这种试验只是最基础的论证性试验，利用这个试验原理，能够制造出许多有应用价值的设备。这可是超越了目前你们认知水平的技术创新，是颠覆你们原有理念的理论和技术。我们找您的原因，就是想请您作为我们劳星球的代言人，在地球人类中传播我们劳星球在电磁方面及其他领域的应用理论和技术。”

听了博坦斯尔太东莫的这番话后，法拉第顿时惊讶万分！他连忙问道：“刚才听您的意思，你们是外星人类，不是我们地球人类？”两位劳星球宇航员科学家肯定了法拉第的问题，博坦斯尔太东莫把单元区的发展计划，以及为什么要选择代言人，详细告诉了法拉第。听了这些情况后，法拉第十分吃惊！

法拉第原以为只有地球上有人类，其他星球上还没有人类出现，地球人类是唯一的。如果不是劳星球人类告诉他，宇宙空间中我们所在的单元区里还有数十万颗星球上有人类存在，并且其中绝大部分星球的先进程度都远远高于地球的话，法拉第那种地球人类是唯一的想法和意识，会永远存在于他的思维之中。法拉第看到眼前这两位为了地球人类的文明进步，从遥远的星球来到地球，帮助地球人类共同发展的劳星球人类，内心对他们充满敬意，发自肺腑地深感劳星球人类的伟大。接着，法拉第本着对劳星球人类的敬意和推动地球人类科学技术发展的意识，非常诚恳地接受了劳星球代言人一职，并表示要努力在地球人类中传播劳星球人类的技术和理论。

在听了法拉第诚挚的表态之后，一直跟在与法拉第交谈的博坦斯尔太东莫身旁的另一位劳星球宇航员科学家列文斯德频洛菲，从衣袋中取出一本《电磁微观作用及试验图解》的理论书籍，交给了法拉第，并且告诉他，这本书里的内容就是要让他传播给地球人类的理论和技术，并让他对其来源严格保密。法拉第接过书籍简单地翻看了几页后，凭心灵感应就知道自己手中捧着的是无价之宝。他顿时激动得语无伦次地说道："谢谢！谢谢！太感谢你们对我的支持和信任了！我一定完成好传播使命。"

可想而知，年轻时装订了无数书籍的法拉第，一生都和书有着不解之缘，见到这本从天而降的书是何等激动啊！当初他为了学习科学知识，在订书铺老板里波先生的支持和哥哥罗伯特的赞助下，去听当时著名的塔特姆先生的自然哲学演讲，并且做了详细的笔记，精心整理装订成一本《塔特姆自然哲学演讲录》，送给了支持他学习的订书铺老板。里波先生收到这份珍贵的礼物后，非常感动，他觉得法拉第这个勤奋的年轻人将来一定会有出息。因此，里波先生又把这份礼物呈送给了当时英国皇家学院的当斯先生，向当斯先生推荐了法拉第。后来法拉第在当斯先生的帮助下，将自己整理装订的一本《亨弗利·戴维爵士讲演录》作为珍贵的礼物献给戴维爵士，敲开了师从戴维先生之门，进入皇家学院工作。书籍从来就是法拉第撞开幸运之门的无价之宝。所以，今天法拉第突然有机会用幸运的双手接过这本"天书"，自然激动万分，泪盈满眶。

随后，劳星球人类两位宇航员科学家，在法拉第略为平静之后，就把用脑兰卡波进行联系的方法告诉了法拉第，然后与法拉第握手告别。法拉第把两位劳星球人类一直送到实验室的大门外，目送他们徐徐升空而去，心里充满了无限的感慨。他长久地站在那里，凝望着夜空自言自语道："一个伟大的人类！一个智慧的人类！能成为这样伟大的人类的代言人，太幸运了！"

也不知过了多久，法拉第才从遐想中回过神来。他转身回到实验室，拿起劳星球人类送给他的《电磁微观作用及试验图解》，认真地翻看起来。直到实验室其他工作人员第二天上班时推开实验室大门发出了声音，法拉第的思绪才被打断了。他抬头看了一眼窗外，天已经大亮了。他沉迷在这本"天书"里面，不知不觉度过了一个不眠之夜。

5

第二天，法拉第仍像往常一样做试验，处理研究所的其他事务。只是所做的试验，不再是过去那样探索性的试验，而是按照劳星球人类演示的那样，进行原理论证性试验。晚上回到家吃过晚饭，法拉第就在小书房里继续研究劳星球人类所送的那本《电磁微观作用及试验图解》，直到午夜才休息。

就这样日复一日，法拉第经过近两个月的认真研究，对书中的理论性解释和图解已经基本掌握了。这期间他写了大量的笔记，同时根据劳星球人类提供的理论和技术，于 1831 年 10 月 28 日发明了圆盘发电机，这是地球人类第一个发电机，也是法拉第在电磁领域继电动机之后的第二项重大发明。同时，他还发表了数篇重要的论文，其中的电磁感应论文由法拉第在 1831 年 11 月 24 日的皇家学会宣读并获通过，当时就引起了巨大的轰动。后来人们把 1831 年称为"开创人类电气化时代新纪元的一年”。

接着，法拉第除了继续从事新的研究以外，还开始整理自己从事的各种与电有关的研究，并且用劳星球传播的理论加以解释。1834年，法拉第总结出电解定律，指出电解释放出来的物质总量和通过的电流总量成正比，和此物质的化学当量成正比，从理论上解释了伏特电池的现象；1837年，法拉第提出了电场和磁场的概念，指出电和磁周围都有场的存在；1838年，法拉第提出了电力线的概念，成为物理学理论上的一项重大突破；1843年，法拉第的“冰桶试验”证明了电荷守恒定律；1845年，法拉第发现“磁光效应”，通过试验证实了光和磁的作用，为电、磁和光的统一理论奠定了基础；1852年，法拉第又提出了磁力线概念。而以上的理论突破，法拉第都亲自试验，奠定了坚实的科学基础。在法拉第退休之前，他把《电磁微观作用及试验图解》一书的内容结合自己所做的试验编辑成《电学试验研究》一书，这部巨著奠定了其“电学之父”的地位，并且指引全世界迈向电气化时代。因此，有人把《电学试验研究》一书喻为一座宝库、一座丰碑，抑或是一座灯塔。而这座灯塔最先照耀了青年爱迪生，他就是在一个旧书摊上买到一本《电学试验研究》之后，走上了发明创业之路，造就了GE公司这个“百年老店”。

法拉第在劳星球帮助下发现了电磁感应等一系列新的理论技术后，荣誉接踵而来，但他却越来越谦虚和严于律己。他成为劳星球代言人时的利益思维是6级，年轻时曾有人指责他剽窃他人成果，虽然后来证明是误会，但由此可以看出，希望获得成功的法拉第，过去在一定程度上还是较重视名利的。当他接触了劳星球人类后，知道了能够成为代言人的条件之一就是利益思维要低，从此他就十分严于律己。法拉第成名之后，多次拒绝为企业服务以获得优厚报酬的邀请，坚守清贫，在皇家学院研究所工作，甚至不愿接受英国政府为他颁发的奖励年金。当英王想封法拉第为爵士时，法拉第婉言谢绝道："我出身平民，我不想成为贵族。"后来，法拉第又先后两次拒绝出任英国皇家学会会长，他的淡泊名利被传为一段佳话。

1867年8月25日，退休在家的法拉第在睡眠中与世长辞，享年76岁。在法拉第去世前27分钟，劳星球利用信息态能量随向对应光色回收技术，把法拉第将要溢出大脑的主系肌朊线粒体回振六次后，收入临空飞行器中的生命态信息盒里，带回劳星球后未进行真身复制，永久保存在劳星球生物基因库中。

法拉第打开地球人类电气化之门以后，电力在地球人类日常生活中的普遍应用还远未形成。毫无疑问，要让地球人类走进电气化，还有很远的路要走。要缩短这个路程，走出一条捷径，无疑还要再找出代言人来接力，从而把外星球更进一步的电气化技术和理论传播到地球。在这种情况下，与劳星球同是第38银河系的扎星球也出手了，扎星球在19世纪60年代先后选择英国的麦克斯韦和德国的西门子作为代言人，他们又在劳星球的代言人法拉第所传播的理论和技术的基础上锦上添花，当然这些都是后话了。

B

就在法拉第停止了进一步的试验工作，全力以赴地编写《电学试验研究》这部巨著时，1856年7月10日，克罗地亚斯米湾村一个塞族家庭里，一个婴儿呱呱落地，他就是尼古拉·特斯拉。

特斯拉家境贫寒，父亲是位牧师，母亲则是一个出身于发明世家的智慧女性，有智慧的头脑和灵巧的双手，据说打蛋器就是她发明的。特斯拉是这个家庭中的第五个孩子，在他的回忆中，他有一个天资非凡的哥哥，可惜过早地去世了。在特斯拉的回忆中，父亲打算让他继承自己的衣钵，也成为一名神职人员。也许因为在当时的奥匈帝国，神职人员的收入比较稳定。对于一个贫寒的家庭来说，父母希望儿女收入稳定，这种想法无可厚非。但特斯拉从小就想当个工程师，希望能成为一个发明者。虽然他父亲是个博学的人，而且很有幽默感，特斯拉还是把自己后来所有的发明创造能力主要归功于母亲。很显然，特斯拉的这种感觉未必准确，他母亲在家具、农具方面捣鼓的一些小发明，和他长大成人后从事的那些伟大事业，真是风马牛不相及。实际上，特斯拉的主系肌朊线粒体中，父母遗传的基因信息占50%，另外来自自然的信息占50%，分别是波列冬（劳星球物理学家）和巴斯卡（法国数学家），特斯拉的天赋才是其取得非凡成就最重要的原因。而且他还是一个显意识和潜意识双逆向思维的人，对任何问题的直觉能力都非常强。

然而，特斯拉之所以成为今天我们心目中的特斯拉，还有着更为特别的原因。由于特斯拉基因素质特殊，按中国的传统说法，他是一个“根器”特别好的人，所以在11岁的时候就已经被劳星球人类选作预选代言人。到了15岁那一年，他的脑容量就已经达到13级，劳星球人类在测试到他的脑容量增长速率很快的情况后，就决定在其脑容量自然增长的同时，给他加注一些特殊的信息态能量，以帮助其大脑潜意识的开发利用，使其成为一个不学自知、无师自通的特异人。这些情况，虽然特斯拉在成为劳星球人类代言人之后是清楚知道的，因为劳星球人类当时就向他交了底，但实际上他成为这样一个人的过程，是在自己毫无感知的情况下完成的。后来在自传中，他叙述了自己年轻时出现过的一些特殊的感受，这显然是他对自己特殊能力形成的原因，既想做某种掩饰，又想披露一些与外星人类有联系的蛛丝马迹。

特斯拉把自己的超人能力，归结为父亲从小对他的培养训练，以及母亲出身于发明世家的遗传等因素。但是，特斯拉又似乎非常自相矛盾地说道：“我迟迟未觉醒的更为重要的原因，与我少年时期的特殊经历有关。那时，我眼前常常出现一种奇怪的景象，这深深折磨着我。它们出现时还常伴随着一种使我看不清真正是何物体的强光，强光破坏了我的视力，同时还扰乱了我的思想和行动。那些在我眼前出现的奇特景象，并非是我臆想出来的，而是我以前的确看到过的。”很显然，当时劳星球人类选择他作为代言人，这是需要严格保密的，因此他才对自己的一些情况进行刻意的掩饰。但是他又希望能向世人披露点什么，从他的自传可以看出，他有比较复杂和矛盾的心态。因此，他在自传中不止一次地强调自己的特殊经历。他说道：“我们身体的结构非常复杂，我们的行为方式是多种多样的，外部印象对我们感官的刺激是如此微妙和难以捉摸，以致一般人很难理解这个事实。”而当时的特斯拉，也只能这样点到为止了。

年轻的特斯拉无兴趣于神学，他父亲自然拗不过他。1875 年，特斯拉在 19 岁时考上了奥地利的格拉茨理工大学，学习物理、数学和机械学。不幸的是，他在格拉茨理工大学只上了一年，就因为失去了助学金交不起学费而被迫退学，这一年他 20 岁。由于劳星球人类对他进行了五年时间的信息态能量加注，特斯拉从生理上已经成为具有很大潜能的信息人，在信息态能量中的控制利益思维信息的作用下，特斯拉当时已具备做任何星球代言人的条件，属于宇宙类代言人。然而那个时候，特斯拉对此自然是一无所知的。求知的欲望促使特斯拉来到布拉格学习，他并未正式上大学，只是一边在大学里旁听课程，一边在图书馆里自己看书学习。实际上，按现在的观点看，特斯拉是自学成才的。

1879 年，特斯拉的父亲去世了，生活的压力迫使他必须找份工作糊口。1876 年，英国人贝尔发明了电话，并注册成立了贝尔电话公司。电话取代有线电报的热潮从北美向欧洲席卷而来，特斯拉觉得这是一个机会，然而谋职一直没有成功。直到 1881 年，特斯拉才辗转去了匈牙利的首都布达佩斯，进入匈牙利政府的中央电报局工作。他刚刚到电报局时，只是个绘图员，工资低得可怜。不过他的才智很快就受到上司的赏识，上司让他参加了新设备的设计工作，直至后来电报局改为电话局期间，他一直从事研究设计工作。这给特斯拉提供了第一个重要的人生舞台，也正是在这个时候，重要的事情发生了。

7

1882年5月5日，劳星球人类在对特斯拉长达15年的跟踪测试之后，认为他此时已经完全达到劳星球代言人的标准，脑容量已经达到16级，而利益思维只有4级，于是决定与特斯拉进行正式接触。当时负责向特斯拉传播理论和技术的两位宇航员科学家是拜林呈佛良素奇和怀本生特首预风。

一切准备就绪。有一天下午5点钟左右，特斯拉正独自一人在布达佩斯一个城市公园里悠闲散步，这时，劳星球人类在观测到特斯拉的具体位置后，为了不惊扰其他人，就利用脑兰卡波影音通信技术，直接向特斯拉的大脑发送了一幅影音文字影像，用语言提醒他注意大脑中的影像文字内容。当时正在散步的特斯拉听到提示语音后，马上停下脚步，四下张望，想看一看是谁在和自己说话。他看了一会儿，发现旁边并没有认识的人，也没有看到其他人有什么异样的表情，感觉很奇怪，就在旁边找了一个椅子坐下。刚刚坐下，那个提示语音又出现在他的大脑中，语音提示他静下来，闭上眼睛。特斯拉这时才猛然感知到，语音来于自己的大脑。这回特斯拉不再迟疑，按照语音所提示的那样，静下心并闭上眼睛。当完成这些准备后，特斯拉马上在自己的大脑中看到了一幅文字影像，内容是告诉特斯拉，发送影音文字影像的是劳星球人类，为了不惊扰其他人，让特斯拉到公园小树林去，在那里与他们见面。

特斯拉看到这些文字内容后，十分惊奇，他睁开眼睛，嘴里不停地说着："劳星球人类，劳星球人类……"就在他嘴里喃喃地说着时，特斯拉猛然意识到：劳星球人类难道是外星人类？不然，他们怎么会在自己的大脑中说话呢？还在自己的大脑中显现图像和文字，这一定是外星人类。这么一想，他自己也被吓了一跳，马上站起身向四周张望着，以确定小树林的位置。在看到小树林后，特斯拉什么也不想了，径直向小树林跑去。到了小树林边，他向树林内看了看，就大着胆子进了树林里，并在小树林中的一处露天空地上站住，静静地听着周围树林里的动静。这时，劳星球人类观测到特斯拉已经到达小树林，正在等候他们，于是利用平移技术把拜林呈佛良素奇和怀本生特首预风两人从340千米高的空中飞船里，直接平移到特斯拉所在的小树林露天空地上，在他左侧3米远的地方。

特斯拉听到左侧有响动，马上转过身去，看到不远处站着两个装束怪异的人，问道："你们就是劳星球人类？"拜林呈佛良素奇肯定了特斯拉的问题，又问候了特斯拉，把他们的来意告诉了特斯拉。听了劳星球人类说明来意后，特斯拉当即就想知道劳星球是个什么样的星球，以及找他是为了什么。劳星球的两位宇航员科学家听了特斯拉的想法后，就把劳星球处于哪个银河系、离地球有多远、星球的社会状况和科学技术水平，以及选择代言人的事情一并告诉了他。特斯拉听后感叹道："真没想到，你们从那么遥远的星球来到地球，是为了帮助地球人类的文明进步，你们太了不起了，你们的思想太伟大了！我愿意做你们星球的代言人，向地球人类传播你们先进的技术和理论。我愿意为此做出承诺！"

拜林呈佛良素奇两人听到特斯拉郑重的承诺表态，非常高兴。接着，就向特斯拉说出了一件令他非常惊讶的事情。原来，劳星球人类不但从特斯拉11岁时就开始把他作为预选代言人进行观测，还从15岁时开始对他进行了整整五年的信息态能量加注，使他成为一个能力非凡的特异信息人。他们只能此时告诉特斯拉，因为当时特斯拉无论在生理上还是在思维意识上都已具备代言人的条件，所以在这种情况下告诉他真相，是最合适的时机了。

听了拜林呈佛良素奇他们的讲述后，特斯拉除了万分惊讶之外，更多的是许许多多的没想到。他努力回忆着自己多年来的一些想法和做法，每个环节都与拜林呈佛良素奇他们所说的相同。这时的特斯拉，确确实实从内心深处彻底信服劳星球人类了，他无比激动地说道："谢谢你们为我所做的一切，我一定尽全力传播劳星球人类的技术理论，绝不辜负你们对我的信任和希望，我再次郑重保证！"

听到特斯拉再次诚恳地承诺表态后，拜林呈佛良素奇把一个随身带来的小提箱交给特斯拉，说道："这个提箱里有三本书：一本是《电磁经典》，一本是《制造经典》，最后一本是《宇宙经典》。这三本书中的内容，是你要传播的技术理论，你要认真研究后再传播，不能转借他人，传播时必须以你的名义。全部内容传播完后，把这三本书全部销毁，绝不能泄露书的来源。"交代完这些事项，拜林呈佛良素奇两人把用脑兰卡波联系的方法告诉了特斯拉，然后与特斯拉握手告别。两位劳星球宇航员科学家在向飞船发送返回信息后 15 秒左右，就徐徐升空而去了。特斯拉目送两位劳星球人类消失在夜空中后，提着小提箱走出小树林，沿着林边小路快步走出公园，径直回到自己的住所。此时已是晚上 9 点多钟了，他马上如饥似渴地翻阅起这三本书，直到很晚才休息。

第二天，特斯拉早早起来，到食品店里买了一天的食物，回来后就紧闭房门，从小提箱里取出劳星球人类送给他的三本书，边吃食物边看起来。在阅读过程中，他把重点的部分都一一做了记录，有些不懂的地方就用脑兰卡波与劳星球人类联系，以求正解。就这样，他利用 100 天的时间，把劳星球人类交给他传播的三本技术理论书籍的内容全部熟记于心，深深印在了自己的脑海之中。

在这之后，特斯拉把自己的情况向劳星球人类做了汇报，在征得劳星球人类的同意后，特斯拉把三本技术理论书籍全部销毁（烧掉）。之后，特斯拉就按劳星球人类的要求，以个人名义开始传播劳星球人类的技术和理论。就这样，地球人类历史上一个“创世纪的科学超人”诞生了。

8

现在我们回头来看，劳星球人类在那个时候正式确定特斯拉为代言人，并交给他的那些传播任务，毫无疑问都是那个时代所处的发展阶段的靶向性技术。而令人始料未及的是，因为后来爱迪生与特斯拉的直流电与交流电之争，强化了交流电成为进入电气化时代的颠覆性技术的地位。瓦特完成了蒸汽机发明之后，第一次工业革命形成，但并没有使人类因这项技术“化”起来，也就是说，人类并未经过蒸汽机化的时代，因为既然要“化”，就得让此技术深入每个家庭，地球人类不需要每个家庭都拥有一台蒸汽机，所以它没有“化”起来。然而电不同，它完全可以“化”起来，让每个家庭甚至每个人都拥有。

不过要“化”起来又谈何容易，当 1831 年法拉第提出电磁感应理论，并且在技术上做出了第一台原理型发电机和电动机后，有能力的欧美国家向“电”的冲锋就没有停下来过。据记载，1834 年德国人雅可比就发明了可以应用的电动机，这个电动机采用电池供电，1838 年还用它在易北河上驱动一艘小艇进行了航行。差不多同时，

达文波特制造出用于驱动印刷机的电动机，虽然用电池供电的电动机带动印刷机，比起用蒸汽机直接带动感觉要靠谱多了，但基于成本原因，以上两种电动机都不具有广泛推广的商业价值。不过，用电动机带动印刷机所形成的优势，给人们一个重要的启示，蒸汽机时代所带来的机械技术发展，后来之所以未能再突飞猛进，根本原因正是得不到电气化的助力。如果机械化与电气化结合，人类将进入一个崭新的时代。直到三十多年后的1870年，比利时工程师格拉姆才发明了具有商业价值的直流发电机和直流电动机。接着，德国的西门子制造出了更好的发电机和电动机，并于1879年推出了电车。据说那一年在柏林工业展览会上，西门子那辆不冒烟的电车赢得了很多观众的喝彩。即便如此，电力的应用要变成电气化仍然有待时间来完成，而这些情况正是特斯拉当时受命成为劳星球代言人的历史背景。

在特斯拉完全吃透劳星球人类让其传播的技术所花的三个月里，匈牙利的电报局也顺应潮流，发展由英国人贝尔发明的电话业务，这是特斯拉刚刚到匈牙利时就想干的事。果然，他在匈牙利布达佩斯电报局向电话局转型时，大显身手，施展了才能。当时他对电话局的设备做了很多改进，完善了电话中继器及扩音机，但他并没有把这个发明注册专利。实际上这也成了他后来对很多发明的态度，他对名利几乎不屑一顾。特斯拉在布达佩斯的出色表现，得到了其顶头上司普斯卡斯先生的高度认可。为了不埋没人才，普斯卡斯先生为特斯拉介绍了一个更重要的工作岗位。于是1882年的秋天，特斯拉去了巴黎，来到爱迪生电话公司巴黎分公司任工程师。

在1882年5月，特斯拉成为劳星球代言人之后，尤其是在对劳星球让他传播的三本理论技术书籍完全消化以后，自幼喜欢发明创造的特斯拉跃跃欲试，此时他已担起促进地球人类进入电气化时代的历史使命，他需要一个更合适的发展平台。所以，当普斯卡斯推荐他去巴黎的爱迪生电话公司巴黎分公司时，可以说正中特斯拉的下怀，他二话不说就收拾行装去了巴黎。

到巴黎就职后不久，机会就接踵而至，从而让他屡屡大显身手。当时这家爱迪生欧洲大陆公司接受了很多德国订单，没想到却由于设备出现问题而陷入困境。就在公司上下束手无策时，特斯拉果断地提议改进设备，结果获得了巨大的成功。1883 年，他利用改进斯特拉斯堡火车站照明项目的机会，发明制造了世界上第一个感应电机。这种电机通过改变不同相位的电流，不用滑动接头和集电环就能使电机转动。短短一年时间，其井喷式的发明创新让同事们十分震惊，从此每个人都对他刮目相看。

那个时候，虽然是欧洲的法拉第推开了电气化之门，但 M 国似乎在电气化的发展上已经领先一步，当时推动世界实现电气化的中心在 M 国，那里已经涌现出类似爱迪生、贝尔、西屋等异军突起的公司。很显然，特斯拉此时也向往 M 国，希望到那个世界电气化中心的舞台展示自己的才华并传播劳星球技术。

1884 年，特斯拉的巴黎老板巴特切罗推荐他去 M 国投奔托马斯·爱迪生。巴特切罗在写给爱迪生的信中说道："我知道两个伟大的人，你是其中之一，另一个就是这个年轻人。"特斯拉揣着这封给爱迪生的信只身来到 M 国。他在回忆当时去 M 国的事时说道："当巴特切罗建议我到 M 国重新设计爱迪生机器时，我决定到这个充斥着黄金的国度试试运气。"果然，特斯拉赶上了好运气。"俄勒冈"号轮船是当时最时髦、最快的客船，当然其客人都是上流社会的达人，结果碰巧照明设备出了问题，轮船航行时间不得不延迟，这种状况确实很令人尴尬，爱迪生当时十分恼怒。恰好这个时候特斯拉来了，他自告奋勇，主动请缨，结果仅一个晚上就把设备修好了，第二天早上 5 点，轮船正常启航。这件事震动了爱迪生，他发自内心地感叹：“这家伙真是个好手！”

后来的一年时间里，爱迪生点燃了特斯拉的激情，他对特斯拉说：“我有很多能干的助手，但你是他们中最能干的。”爱迪生提出，让特斯拉完成 24 种旧的电力设备的改进，事成之后支付 5 万美元作为酬劳。很显然，这不是一般的改进，全部是重大创新发明。实际上爱迪生也正是靠特斯拉的这些发明垫底，才赢得了之后在市场竞争中的优势。而特别戏剧化的是，后来爱迪生与特斯拉进行的“电流之战”，就是用特斯拉的老发明与其新发明进行竞争。可是，当特斯拉完成所有这些发明并取得成功之后，爱迪生却不认账了，称那只不过是个恶作剧而已。原以为这是爱迪生奉行“重赏之下必有勇夫”的激励措施，未曾想竟然是开了个玩笑。受骗的特斯拉愤怒至极，他一气之下辞职了。

9

当时，资本市场已经形成，投资人很快就找上门了。他们建议以特斯拉的名字命名，创立弧光灯公司。刚刚辞职的特斯拉与投资人一拍即合，于 1885 年创立了特斯拉电灯与电气制造公司，改进并研发了新型的弧光灯。到了第二年，特斯拉设计的新型弧光灯照明系统已经非常完美，被工厂和政府广泛采用。他向股东们建议，下一步应进军新型电动机领域，结果鼠目寸光的投资人拒绝了，并且认为特斯拉想入非非，罢免了他的职务。特斯拉心里惦记着的，都是如何尽快传播劳星球要求他传播的那些技术，如何帮助地球人类迎来科技新时代，为此他痛苦万分。被免职后的特斯拉，一度沦为到处为别人做体力活糊口的境地。

不久，特斯拉时来运转了。1887 年，特斯拉一直积极推进的交流电系统终于获得了关注，他也找到了一些愿意支持自己的合作伙伴，并于 1887 年 4 月成立了特斯拉电气公司。同年年底，特斯拉成功地申请到多项交流电发明专利。后来特斯拉在回忆录中写道："特斯拉电气公司成立以后，拥有了实验室和设备。我在那里完成的发动机与我想象中的相差无几。我不试图改善我的设计，只是复制出我想象中的图像，而且这一操作过程通常与我的期望一致。"很显然，特斯拉是在说，他的这个新电机是严格按照劳星球人类的设计制造的，而且试验过程中所得到的结果与劳星球所预期的一致。不过，这件事一直是他心中的秘密，他以这样的方式表达出来，说明他发自内心地对劳星球人类为地球人类的进步所做的贡献，表达深深的感谢和纪念之情。

就在特斯拉在交流电系统的发明上长驱直入时，他的技术引起了西屋电气公司的另一个发明家兼商人乔治·威斯门豪斯的注意。威斯门豪斯以其敏锐的嗅觉认识到，电气化的最终实现取决于找到一种能够解决长距离供电的途径。他在仔细了解了特斯拉的发明后，认为特斯拉的发明专利技术正是这一途径。于是，他在 1888 年出资 6 万美元（现金加股票）买下了交流电专利，并承诺对由此制造的每匹马力电力支付 2.5 美元的费用。终于，特斯拉和西屋公司牵手联盟，拉开了历史上著名的"电流战争"序幕，他们与爱迪生展开了激烈的竞争。

特斯拉与爱迪生之间的“电流之战”之所以十分惨烈，是因为大财阀摩根的介入。当时摩根在垄断铜业方面已经获得绝对优势，他支持爱迪生落后的技术，目的是使自己所垄断的铜业的利润最大化。可见，资本趋利的属性，使之不关心技术是否先进，而只关心资本逐利的优势。基于完全相同的目的，后来福特加盟了特斯拉一方，激烈的竞争甚至动用了当时政界的力量。1893年，西屋公司竞拍得到了在芝加哥举行的哥伦比亚博览会交流电照明的工程，这一标志性的事件给这场争战画上了交流电大获全胜的句号。

本来，交流电技术只不过是实现电气化进程中的必由之路，在当时只不过是一个靶向性技术，可是，由于爱迪生从商业利益出发而大造舆论，曾一度使人们认为选择直流电才安全，用直流电才是正确的选择。这种观念一度成为当时普遍的认识，也正因为此，超越这种认识的交流电技术才由此上升为颠覆性技术。自然，真理永远是最有生命力的，交流电最终还是战胜了直流电，引导地球人类迈向电气化时代。

特斯拉终于在“电流大战”中获胜了，但他也为此付出了巨大的代价，被迫放弃了交流电专利费的收入，允许全世界无偿使用交流电专利。在特斯拉个人利益受损的时候，劳星球人类的电磁技术传播开来了，人类终于跨过了电气化时代的门槛。

从此，特斯拉驰骋在一系列颠覆性技术发明的领域里，不断刷新发明成果。他的一生有1000多种各式各样的发明、几百项专利，所涉及的研究领域有直流电（DC）与交流电（AC）系统、无线电系统、无线电能传输、涡轮机、放大发射机、X光设备、雷达系统、机器人、特殊飞行器等。如果没有特斯拉传播的技术，我们今天就不会有收音机、电视、交流电、特斯拉线圈、荧光灯、霓虹灯、无线电遥控、机器人、X 光、雷达、微波等电气化产品，也就不可能享受电气化所带来的福祉。可以毫不夸张地说，没有特斯拉的一系列发明创新，就没有我们眼前的电气化时代。

计算机、互联网出现后，人们都说人类已经进入信息化时代，实际上现在只不过是处于电气化基础之上的信息化，目前我们所涉及的都只是载体信息，而非主体信息，所以严格来讲还不是真正意义上的信息化，只能说是电气化时代的载体信息阶段而已。可见，电气化必然要经历两个阶段，一个是电能量的转换及应用阶段，另一个则是载体信息的采集及应用阶段。而真正的信息化，一定是和生物技术紧密相关的，这个时代并未到来。如果有一天，地球人类都能随时随地利用自己的大脑接收远距离传播过来的影音信息，那么就可以真正地说：信息化时代到来了。

10

故事讲到这里，容子回应了弦虎门钱大师所关心的信息态能量问题。真正的信息化时代，应该是人们应用自然（主体）信息的技术，普遍出现在日常生活的时代。中国自古以来就十分重视自然（主体）信息技术的应用，比如气功里的“气”，古代文字中是写成“炁”，它表示的是不同于通常空气气体的人体信息能量。实际上人体可以发出的这种“炁”，是一种太赫兹波的信息态能量，用目前已有的仪器已经可以测到。所以说，一个人能不能发出气功，就是看这个人能不能放出太赫兹波。经过正确方法训练过的人体，是可以发出太赫兹波

的。有时人体发出的这种太赫兹波的能量很强，可以在不接触到另一个人的情况下，把他弹推出去 10—15 米远，甚至可以隔墙击中一些小动物，令其受伤。但是一般情况下，一个人发一次这种能量较强的“功”，身体损耗比较大，通常要休息二十天左右才能复原。所以，那种所谓气功治病，可以不停地发功，都是不切合实际的。

历史上曾有气功修炼者踏水无痕，以很快的速度踏着水面跑过湖泊，其原理是人体发出太赫兹波，形成较大面积的压强，分散人体重力所致。巴克星球在对古代中国的观测中，至少发现过两例这种情况。

听了容子这个解释，钱大师频频点头，觉得这才算是个科学的解释啊！因为他在练习弦虎门混元功法时，有过以上的体会。听了这番话，真是如人饮水、冷暖自知啊！

特斯拉作为世纪发明奇才，新涉及的领域并不只局限于电磁技术。众所周知，他一直痴迷于能量无线传输技术，1901 年，他甚至投入巨资，在M国长岛设计、建造了配有一台发电机的大型输电塔，这就是当时著名的“沃登克里弗塔”。人们以为特斯拉要用这个装置实现电能的无线传输，向用户提供电能。然而，这个项目后来受到投资人的质疑，当时人们普遍无法相信其可行性。而特斯拉也未能就这个项目的实际用途做进一步说明，以取得大家的理解，最终特斯拉不得不放弃这个当时世界上最“雷人”的项目。1906年，由于后续经费已经停止，项目团队被遣散。不过“沃登克里弗塔”这个醒目的标志，仍然屹立在长岛，直到1917年特斯拉宣布破产时才被拆除。

1908年6月30日早晨，在西伯利亚通古斯河附近上空，发生了一次原因不明的大爆炸。有传言称，这次通古斯大爆炸是特斯拉做无线能量试验传输所造成的。这样的传说虽然不是事实，但无疑给公众不再看好特斯拉的无线传输能源项目制造了更广泛的舆论基础。显然，此时特斯拉已无力东山再起了，等待他的自然是破产。一个伟大的发明家失去了企业家的平台，无疑是折断了一双翅膀。这不仅是特斯拉个人的悲哀，也是地球人类的悲剧。

11

实际上，造成通古斯大爆炸的原因，是当时有一个外星人类飞碟经过通古斯河上空时，不慎从飞碟上掉下一块大约两千克重的材料，这块材料处于即将形成反物质的状态，掉到地面后立即引发类似正反物质湮灭的大爆炸。此事并非故意为之，但把外星人类吓坏了，他们马上升空逃之夭夭了。

然而，很巧的是，当时特斯拉筹集所有资金孤注一掷，全力以赴地进行能量无线传输测试的真实目的，却又和飞碟有着密切的关系。特斯拉当时从劳星球的拜林呈佛良素奇手里接过的书是三本，分别是《电磁经典》《制造经典》和《宇宙经典》，而当时地球人类还未进入电气化时代，所以他传播最多的技术是第一本《电磁经典》里的电磁技术。特斯拉也设计过涡轮机，并且以他的名字命名了这个涡轮机。按照他的说法，这种涡轮机热效率高达60%，但实际上只达到42%。出现这种情况的原因是当时特斯拉粗心了，忘记把这种机器在劳星球大气条件下使用的效率换算成在地球大气条件下使用的效率。因为劳星球上大气中的氧含量大大高于地球，所以热效率自然会比在地球大气条件下使用时高。其实，同样的涡轮机，如果我们有意识在空气中多加入一些氧气，就会得到60%的热效率。特斯拉的涡轮机，主要是源于第二本《制造经典》的贡献。

然而了解特斯拉的人都知道，他一生中念念不忘的，是要设计研究出一款飞碟。现在很多人都认为，特斯拉是想设计研究出一款反引力飞碟。而实际按照劳星球人类给他的第三本书《宇宙经典》的技术，特斯拉要设计的飞碟是一种反磁力飞碟。要让飞碟利用反磁力将碟体托举升空，关键在于能量的获得。当时特斯拉知道，如果能形成反磁力，这种力量可托举两万吨的重量。尽管反磁力装置用了大量的矽钢材料，可能会很重，但远达不到两万吨，所以他当时认为这个技术是可行的。如果反磁力飞碟研制成功的话，要把地球人类送上月球，根本不需要化学燃料，轻而易举就可以实现。剩下的问题就是，飞碟在飞行中如何源源不断地得到能量补充，而解决这个问题靠的就是无线能量传输技术。所以，沃登克里弗塔的真正秘密是要给飞碟补充能量。当然，特斯拉这个努力最终失败了，一方面有资金的问题，更重要的是这个技术太超前了。一百多年过去了，今天我们要实现这个技术仍然是困难重重，主要原因是材料技术落后太多。如果地球人类在材料技术方面有了重大突破，有了冷沸材料和单磁体材料（纳子）这两种特殊的材料，要实现特斯拉当年的目标，做出反磁力飞碟就是可能的。

特斯拉在致力于发明创新的时候，世界经历了两次世界大战。世界大战是新技术的舞台，特斯拉也免不了为自己所在的 M 国打赢战争而出谋划策。当时，特斯拉提出发展死光武器，引起了 M 国军方的高度重视。而最“雷人”的一个项目，则是在费城利用涡磁技术把军舰隐身远距离传输出去，这个项目还得到爱因斯坦、冯·诺依曼等大牌科学家的青睐。1936 年，M 国军方批准了特斯拉提出的这个绝密项目，该项目一开始由特斯拉亲自挂帅。他为了获得足够的资金支持，拉了爱因斯坦等一大批著名科学家加盟。虽然特斯拉对爱因斯坦的广义相对论并不认同，但他嘴上并不说，以免和爱因斯坦产生分歧，引发争论。他心想，爱因斯坦等著名科学家都已经很有名望，能借助他们的声望筹措经费就行。而爱因斯坦竭力支持这个项目，则是希望借此印证他的时空弯曲理论。到了 1942 年年初，特斯拉在和劳星球人类的讨论中已经知道，这种项目对人体可能有害，于是辞去了项目主任的职务，并希望终止该项目。但是，正在兴头上的 M 国海军坚持要继续开展下去，并由冯·诺依曼接手。他们选中了驱逐舰埃德里奇号及 33 名志愿者作为船员参加试验，在特斯拉去世的同年 8 月，在费城进行了继富兰克林风筝取电后的又一次著名试验，结果虽然军舰隐身并被传送出去数百千米，但船员几乎都疯了，试验以失败告终。

实际上，特斯拉一生中所考虑的这样的“雷人”项目有很多。所

以，特斯拉去世后，M 国政府把特斯拉所有的私人物品，尤其是笔记本、手稿全部接管，并组织专人进行研究。后来南斯拉夫筹建特斯拉纪念馆时，要求 M 国政府归还特斯拉的遗物，M 国断然拒绝！

特斯拉破产后，就再也没有重返工业领域。在他的一生中，积累财富本来就不是他的目的，因为他的使命是传播劳星球技术，而绝不是积敛财富，所以他发明了一项又一项的新技术，至于如何使之产业化并获得商业成功，他几乎从不关心，而且一旦有了一点钱，他就做慈善把钱散光。尤其到了晚年更是如此，卖一个专利，甚至是卖一份手稿能得到很少的钱，除了自己买点面包，见到苦难的穷人他就施舍，哪怕是自己已经很困难了，仍然有柔软和慈悲的心怀。他见不得无家可归的穷人遭受困苦，一定会把自己仅有的一美元施舍出去。

特斯拉卖了很多技术，自然有些也卖到国外去了。比如，在1939年他就仅以20美元的价格，把电子管的技术理论卖给苏联商人尼古拉·叶卡夫。当时尼古拉·叶卡夫得到技术后喜出望外，急忙回到苏联，但几经推荐无果，苏联的科学技术当局没人予以理睬。这事很快被M国政府知道了，M国政府为此开始诟病特斯拉，指责他不应该把技术卖给外国。但是，特斯拉要生活，可当时又有谁关心过他贫困的晚年生活呢？不过，尼古拉·叶卡夫在苏联碰壁后，于1942年返回M国，又把这一技术理论卖给了在贝尔实验室工作的威廉·肖克利。最后，威廉·肖克利和他的两位同事巴丁、布拉顿于1947年共同完成了技术发明，1956年他们三人共同获得了诺贝尔物理学奖。

如果没有特斯拉，我们无法想象今天人类生活的状况会是什么样子。如果他的许许多多的发明，以及在这些发明基础上的进一步发明都消失的话，真不知道地球人类今天会怎样生活着。这位“疯狂的科学家”，以自己的毕生精力，“疯狂”地为地球人类创造了一种崭新的生活。

1943年1月7日，尼古拉·特斯拉在纽约居住的旅馆里，因心脏衰竭而逝世，享年86岁。

由于特斯拉极低的利益思维，所以逝世之后，其主系肌朊线粒体全部转化为信息态，向信息态空间飞去。按地球宗教界的说法，这就是所谓的“往生”天国或极乐世界了。显然，并不是所有的外星代言人都能达到这种境界，而特斯拉以自己一生坚守的无利益思维和为地球人类奉献福祉的信念，最终做到了这一点。

在特斯拉逝世后的第二天，劳星球人类在火星附近测试到特斯拉的主系肌朊线粒体正在向火星位置方向移动，马上开启信息态能量随向性对应光色回收装置，把特斯拉的主系肌朊线粒体收入飞行器中的生命态信息盒中，带回了劳星球，与法拉第的主系肌朊线粒体一起，永久保存在劳星球生物基因库中。

特斯拉是近代以来无人可以比拟的伟大科学家。他之所以伟大，不仅仅是因为他对地球人类最终进入电气化时代所做出的无数杰出贡献，还在于他无私奉献的人生价值观。他是真正做到视金钱和名利如粪土的人，在这个金钱正使地球人类变为魔鬼的社会，我们缅怀和纪念特斯拉这位伟大的科学家，就显得具有更加特殊的重要意义。今天地球人类要驱除自私的“魔鬼”，就要学习特斯拉那种无利益思维加崇高使命感的高尚品德。

故事讲完之后，容子看到大家仍然兴致勃勃、意犹未尽，就不无感慨地做了如下总结：

如今，电气化时代还在持续向更高的阶段发展，地球人类从认识电开始，经过了漫长的几千年时间，可真正投入大量资源进行探索和创新，还不到二百年时间，而主要贡献都是西方人做出的。西方人探索和创新技术，为的是权力，为的是能够主导和控制世界的未来，他们不惜血本地投入巨资搞科学探索和技术创新，而且锲而不舍，不轻言放弃。而东方人在这方面却容易受利益思维的影响。这样两种不同的价值观和理念，决定了东西方人不同的行为方式，这对历史的发展影响巨大，今天不能不引起我们深思了！

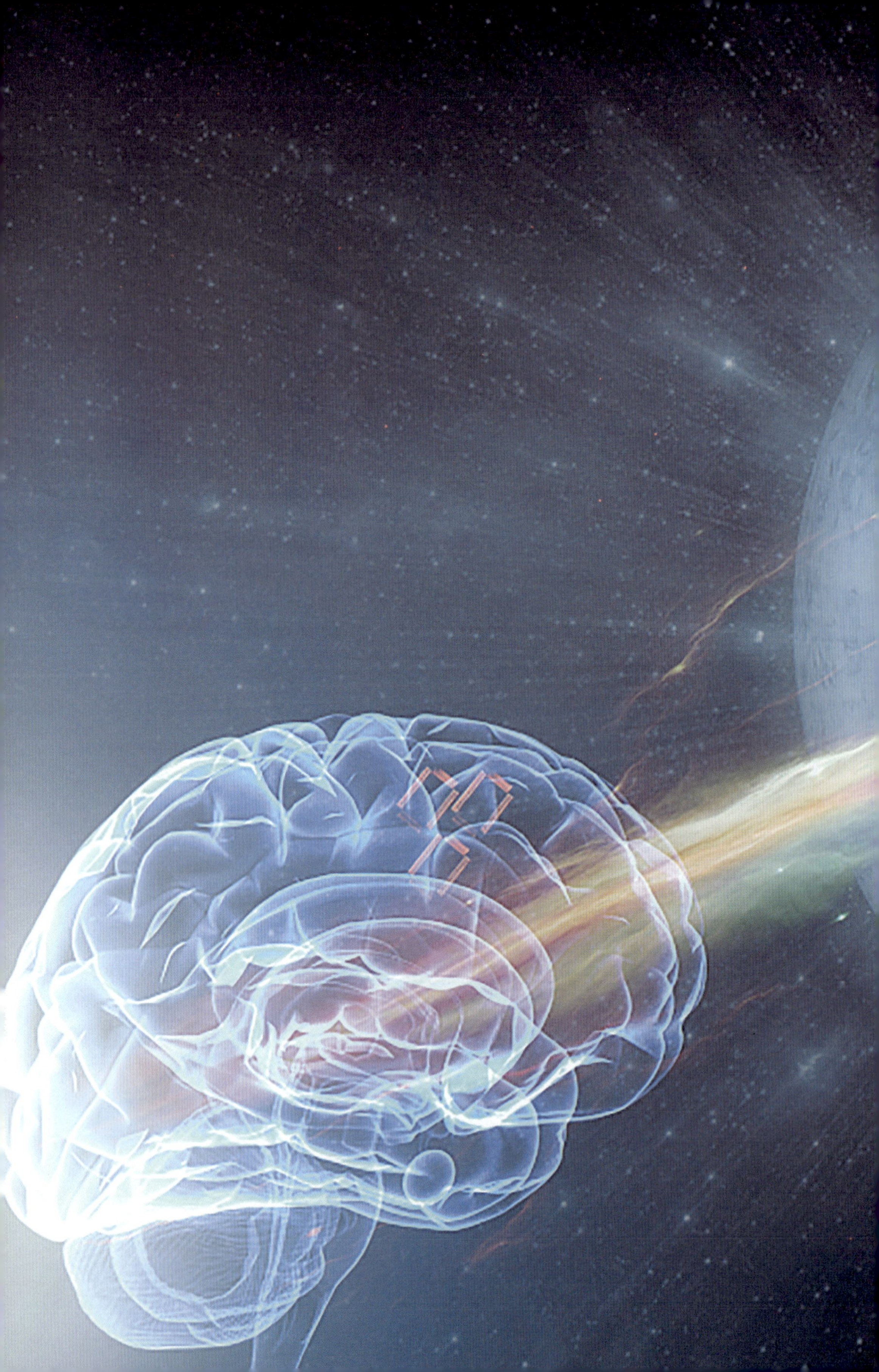

第十一章

未完成的探索

1

容子在飞碟小镇举办地球外星文明传播史讲座一事，不久就被共塔星球知道了，并引起了共塔星球极大的不满，毕竟这牵涉了共塔星球集团在地球一系列活动的秘密。

共塔星球很快就找到兰星交涉，他们指责兰星违反了单元区的规定，透露了太多关于外星代言人的秘密，并要求兰星制止容子继续演讲。单元区过去确实有这方面的规定，而且是兰星首先提出的，要求各个发达星球对代言人的情况进行保密。所以共塔星这么一闹，兰星也就无话可说了，赶紧让杜森通知容子，停止了后续的讲座。

八场讲座中有关外星代言人的故事发表以后，在社会上引起了不小的反响，希望听讲座的人越来越多，易子已开始安排网络媒体同步直播后面的讲座，没想到杜森来了个急刹车，气得易子接连几天占着他的“通信频道”和他吵得不可开交。但是毕竟“天命不可违”，容子他们只好按兰星的要求终止讲座，并且找了个无厘头的借口，把翘首以盼的听众给安抚了。

讲座停办以后，容介居又慢慢恢复了昔日的平静。容子整天躲在工作室里，似乎有忙不完的事，介子、易子也围着容子转。罗生、郑兴和钱大师等容子的朋友们看到这种状况，觉得不该再打扰容子他们的生活和工作了，于是纷纷借故离去。飞碟小镇虽然因为飞碟无人机的业务还是人来人往，但容介居这个角落，倒显得格外清静了。

外星文明传播历史的故事不讲了，容子多少有点失落。本来他觉得介子当初的建议很有道理，揭秘外星文明支持地球人类的历史，既能够进一步传播先进的地外文明，又能够启发世人树立星球意识，重视向外星人类学习先进技术，促进地球高速进化发展。

讲座停办了，容子觉得该静下心来，把之前发表在《前沿科学》等杂志报纸的探索文章整理一下，归纳成集出版一本书，或许可以把书名定为《未完成的探索》。

他主意一定，就把这个想法向杜森做了报告，希望兰星批准这个计划。没想到杜森在征求了兰星老家的意见后，告诉容子做这个事为时尚早，眼下地球人类正处于进化发展的关键时期，最重要的事情还是继续利用全社会力量在中国传播开发兰星的先进技术。

接着杜森告诉容子，共塔星不赞同兰星只是直接帮助中国的发展，他们认为这不公平，既然要帮助地球人类发展，就应该公平对待地球上的所有国家。很明显，共塔星的言下之意是，M 国应该分享兰星给地球人类的技术。

兰星对 M 国这样一个实际上是政教合一的国家早已彻底失去了信心。但在共塔星的压力下，兰星也不得不做点妥协。于是兰星就决定把准备交给地球人类的 60 多万项技术，全部压缩成主体信息块的形式，发送到容介居，并且把读取信息的脑容量门槛提升到 15 级。

脑容量，这是衡量单元区中智慧人类大脑接收和获取主体信息能力的指标，大脑松果体中一个氢原子核（质子）的空间中有多少个信息色粒胶子，就是多少级。比如 12 级就是指人类大脑中每个质子的空间中有 12 个信息色粒胶子。从可以接收主体信息的 12 级提高到 15 级，这可是一个很大的跨度。兰星的想法是：有本事就去拿吧！

杜森把这个消息告诉容子后，容子非常高兴，并且第一时间告诉了介子和易子。那天他们为此做了一顿丰盛的晚餐，容子是滴酒不沾的，易子也是一样，只有介子略微能喝两口，他们就索性以茶代酒，举杯庆祝。

两天后，主体信息块果然全部从兰星发过来了。60 多万项技术，堆起来体积还是很大的，在容介居菜园的上空，占了很大的一块空间。容子和易子迫不及待地按着编号顺序浏览其中的内容，因为内容实在太多了，他们一天也看不了多少。更何况兰星给的技术，相较于眼下地球人类已经掌握的技术，实在是太先进、太超前了。如果要完成这些技术的应用，无疑需靠举国之力，单单容子他们找些民营企业来开发，显然是不行的。想到这里，容子、介子和易子三人不由得惆怅起来，要完成这些外星理论传播任务，确实比想象中的难度大多了。

这样清静的日子没过多久，容介居周围就出现了一些异常的情况。

一天清晨，易子早起晨练，出门就碰到一个举止怪异的人在容介居墙外溜达，边走边东张西望，时而还抬头往容介居院子上空观望。易子定睛一看，发现这个陌生人昨天也曾在附近转悠，怎么今天这么早又来了？她不免当下生疑，本想上前搭讪，问个究竟，但转念一想，觉得万一真是什么特殊情况，还是别打草惊蛇为好，于是她装作若无其事地照常晨练去了。

待易子晨练提前“收工”回容介居时，那个陌生人已经不在了。她把自己碰到的事情和怀疑跟容子和介子说了。容子听后，微微点头道：“来得挺快啊！”原来，几天前杜森就提醒容子，要注意容介居有了那些信息块以后，可能会有盗取信息块的不速之客。前来盗取信息块的这拨人，打前锋的是M国人、犹太人和日本人。他们这次可是有备而来的，也花了血本，把仅有的几个脑容量达到15级的人和有特异功能的人都派出来，现在终于出现了。易子这一天碰到的是个日本人，名叫加藤弘一。

为了对付容子他们，多年来“石匠党”人、CIA真是使出浑身解数。在国内，他们让一些长期深藏不露的老特工都跳出来，从各个方面跟容子他们作对。一些在国外留学时被策反的战略特务，原本是隐藏得很深的，也都现身出手，对付容子他们。其战略目的就是打压容子和介子等人，不让他们有条件开发兰星的技术，也不让他们把兰星指导下研究的经济理论付诸实践。

在单元区，共塔星则不断与兰星交涉，企图让兰星放弃对中国的代言人容子及其团队的支持。由于容子团队在科技传播方面得不到社会的理解和认可，始终处于单打独斗的状况，技术传播进程困难重重，十分缓慢。因此，在介子的建议下，容子团队决定把外星人类帮助地球人类进化的历史事实公之于众，以这种形式启示地球人类，特别是中国人对传播和发展外星技术的重视，从而提升国人的星球和宇宙意识，促进地球人类形成与外星人类合作的意愿。很显然这个办法初见成效了，同时也引起了共塔星球的忧虑。他们先是利用霍金制造舆论，反对地球人类与外星人类交往，又不断地与兰星交涉，最后终于如愿以偿，迫使兰星决定结束传播外星文明帮助地球人类的历史。

然而，兰星球帮助其在中国的代言人团队是既定的方针，于是兰星球把计划中拟传播给地球人类的技术，一股脑儿地用信息块的形态全部发送到飞碟小镇，希望中国的代言人一代接一代地把这些技术传播下去，帮助地球人类持续进化发展。

兰星球采取了把 60 多万项理论和技术的信息块全部发往容介居的措施之后，共塔星球就在第一时间内把此事通知了“石匠党”总部，于是“石匠党”迅速动员了一些 M 国同盟国的具有高脑容量的特异功能人员，向飞碟小镇的容介居周边集结，伺机窃取信息块。

易子见到加藤弘一之后，容子他们就开始格外留意周边的情况。接连两天倒也平静，没发生什么新的情况。

第三天凌晨 3:08，杜森突然把容子叫醒，告诉他有人进了容介居的后院。容子赶忙起来，顾不上叫醒介子他们，自己打开了后房门，抬头一看，发现有个人蹲在容介居后院大门的墙上。容子不由地“嗯”了一声，正要走出房门，墙上的人却发声了，威胁道：“你进屋去，别妨碍我们做事，不然打死你！”这时容子随口回了一句：“真行，这样也能来搞东西，有种打死我。”容子边说边定睛一看，隐约发现这个人手里还真拿着一把手枪，应该是装有消声器的那一种。那个人看容子还没有动，就拿着手枪对着容子又说道：“再不回屋就打死你。”容子迟疑了一下，退回屋内，关上房门。然后走到窗口想继续往外看，发现墙上的那个人已经不见踪影了。容子看到外面恢复了平静，赶忙叫醒介子他们，大家听了刚才发生的事情，都替容子捏了一把汗。

后来杜森告诉容子，墙上的那个家伙是陪加藤弘一一同前来的日本间谍高仓寿宇。当时容子由于没有走出房门，所以没有看见在另一边的加藤弘一。

那天凌晨，加藤弘一和高仓寿宇被容子发现后，就慌忙撤离，带上仓促搞到手的部分信息块，坐上事先准备好的假牌照汽车，沿着国道返回北京的大使馆去了。

2

加藤弘一他们获得了一些信息块后，M 国喜出望外，立即组织力量进行解译。可惜的是，这些信息块的读取和解译只有容子才有能力完成，尤其是理解这些信息块，如果没有介子和易子的协助，很难转化成地球人类可以理解和实施的技术资料，所以 M 国人费了牛劲拿到的这些信息，大部分却成了水中花镜中月，他们实在没有能力对兰星的技术进行开发。

因为“石匠党”人和 M 国盗取了信息块也没用，于是飞碟小镇和容介居也就消停多了。没有了外来干扰，容子就像守着一个大图书馆逐本书翻看一样，花了很长时间，才翻看了 3000 项技术的信息块，这些技术对于地球人类来说，都是石破天惊的颠覆性技术。要把这些技术全部翻看一遍，恐怕还要若干年时间。这些技术若能做到每年完成一项开发利用，需要 60 多万年才能完成。如果开发周期增加一倍，那就得超过 130 万年才能完成全部项目。想到这里，容子对介子感叹道：“那时的地球会怎么样，我们只能隔空遥望了……”

其实容子心里真正着急的是，目前地球人类对外星文明采取了抵触回避的态度，而这将影响地球人类进化发展的进程。就在不久前，容子在和杜森闲聊中得知，地球很有可能在 2025 年后，被列为单元区仅有的两个自然淘汰星球之列。这就意味着在 2025 年之后，发达星球人类将不再关注我们地球人类，同时也不再向我们提供帮助，地球人类从此只能处于自然发展状态。

这个情况的起因与 2012 年兰星、共塔星、毛兆星和摩西星协商提出的地球统一发展方案有关，也与目前地球人类“果园无果”的错误认识有关，当然还与地球人类对容子团队的态度有关。

2012 年，兰星、共塔星、毛兆星和摩西星等几个对地球文明关系密切的大佬级星球坐在一起，达成了不再过多插手地球事务，给出十三年时间让地球人类自己觉悟，通过容子团队进行理论传播工作，让地球人类了解外星文明有史以来对地球人类进化的帮助，进而积极开发兰星给容子的技术和理论，从而使全单元区的发达星球都来支持地球的统一发展计划。时间过得很快，距离2025年只剩下三年时间了，虽然主张远离外星文明的代表人物霍金去世了，但整个地球人类对外星文明的态度没有丝毫有益的转变。

为了帮助地球人类转变，兰星球确实做了很多努力，但还是收效甚微。现在，兰星把60多万项技术的信息块强行放在飞碟小镇的容介居上空，这是兰星帮助地球人类的最后一次努力。如果这次努力仍未见效，到2025年以后，众发达星球或许真就撒手不管了。

那一夜仿佛特别漫长，容子几乎彻夜未眠，回想起自己作为兰星代言人之后，为了地球人类的发展，不惜一切代价传播外星文明的理论和技术的过程，以及为此受到的各种曲解和屈辱，不禁老泪纵横……

第二天，容子睡了个懒觉。下午时分，他顺着容介居西侧的小道散步，突然发现一个信息块孤零零飘在空中。容子马上明白，这一定是加藤弘一偷取信息块时不小心丢掉的。容子急忙打开一看，原来是地球人类从未得知的《三基人类基因结构体三维动态图及文字简介》。这块信息表明人类的最高进化基因是三基的，即由酸、碱、盐基合链的基因。这种基因实在是太完美了，拥有这种基因的人类就是上帝！容子想到中国小说作家刘慈欣发表的科幻小说《三体》，虚构了宇宙中存在一个三体人类，这还真和“三基”人类有异曲同工之妙。而实际上，整个单元区真正的三基人类只有毛兆星和兰星，而巴克星、共塔星等发达星球人类只不过是双基人类。在单元区中，分别有碱基（如地球）、酸基和盐基的人类，还有由其中两种排列组合形成的双基人类。可见地球人类的进化，从自身基因的发展而言，是一个巨大复杂的工程。容子把这个消息与介子和易子分享时，他

们都不禁感慨道：地球人类的进化任重道远啊！

3

经过了一段时间的清静，或许是因为南方地震频发和特别酷热的缘故，罗生、郑兴他们一帮人又纷纷提出要回容介居来凑热闹。这个消息传来，易子最是兴高采烈，她那突出的外向型性格，经过这一段时间的清静，早已憋不住了。没等容子安排，她就马上招呼人来做准备，又是打扫房间，又是准备接站，忙得不可开交。

入春以后，气候特别燥热，北方气温回升也比往年快，尤其是进入夏天，气候热得更加明显，而且是全球性的。

容子从杜森那里打听到，最近木星引力出现异常，地球开启了焦土气候模式。木星引力异常导致地球自转速度下降，大气环流后矢量减慢，大气热量辐射扩散率下降，产生了大范围的热岛效应。

这次的热岛效应是全球性的，而就其影响来说，大陆又严重于海洋。出现新的气候变异不久，容子、介子他们就一直关注事态的发展，同时也向杜森了解了其起因。

原本用于维持太阳持续活动的聚变物质（氢、氦类），在近一年的时间里，被二十多个星球人类进入太阳系的宇宙飞船吸纳并转为次能量物质，用于飞船的辅助能量。他们的这一做法，直接使太阳处于半休眠状态。能量辐射减少，则使太阳系中依赖太阳辐射提供运动能量的行星出现各种特性变异。物理特性变异了的行星之间的相互影响，使得星球环境变异，地球自然就首当其冲了，因为这是太阳系唯一有人类生存的星球。

容子得知这些情况后很不满。他直接向兰星总部发出质询：难道这二十几个星球是在针对地球人类使坏吗？很快兰星总部回复了容子：一些星球人类以人为技术吸纳太阳聚变物质的行为，并非有意针对地球人类。一是有些星球人类的飞船为了就地补充辅助能量；二是有些星球人类的飞船除了补充辅助能量外，还把这些聚变物质合成所需的物质体用于制造一些飞船装置物件。很显然，在有人类生存的太阳系做这些事情是很轻率和不妥的。对于此事，兰星已经向这些吸纳太阳聚变物质的星球人类提出了批评和建议。

话虽这么说，但容子心里明白，这些星球人类能否接受兰星的批评和建议，那就不好说了。

没过几天，罗生领了一些朋友从福建过来，而郑兴则带着朋友从四川过来。大家分别了一段日子，重逢分外高兴。容介居又恢复了往日的喧嚣热闹。大家各自把从家乡带来的土特产摆满了一桌。罗生自然又不失时宜地泡上好茶，大家品茗尝鲜，打开了话匣子。

好朋友聚到一起，都顾不得寒暄拉家常，第一个话题就是关于这反常的天气和频繁的自然灾害。从福建过来的罗生说："一些风景名胜地区突降暴雨发大水，很多城市成了一片汪洋，往日躲在深山老林里的动物也都跑下来凑热闹，城市中居然还能捕到 50 多斤的大鱼。"而从四川来的郑兴他们，话题自然就是频繁发生的地震灾害了。

大家七嘴八舌议论了一番之后，目光都不约而同地投向了容子。容子自然明白大家的意思，笑了笑后就把气候变化的原因向大家娓娓道来。

容子介绍完原因之后，不无严肃地说："我们地球人类在大自然面前，本来就太脆弱、太渺小了，如果再有人为因素影响，那就更可悲了。发达星球如果想毁灭我们地球人类，只需改变一下自然平衡就可以办到了。因此地球人类一定要老老实实地拜人为师，不能自大啊！”

至于地震频现的原因，容子又说出了一个惊天秘密。

春末夏初之际，容子突然接收到一批发往地球的数字组群，每个数列由 11 个自然数构成，共有 17 个数列形成一个数字组群。

容子接收到这个奇怪的数字组群后，马上判断出这是从宇宙空间专门发往地球的，但具体来自哪个星球就不得而知了。于是，他马上向杜森报告了情况，杜森怀疑这些数字或许是启动什么装置的阶梯密码，马上投入调查，忙了一段时间也没有结果。

容子让介子参加分析研究，介子跟容子说：“首先要弄清楚这些数字信息是以什么信息介质发到地球的。如果这些信息是载体信息，比如电磁波信息，就要提防这是对地球人类的互联网的攻击。假如某外星人类在了解了地球人类整个互联网体系的‘死穴’，就可以通过这种手段，对互联网激活自身潜在的‘病毒’，使正常运行的互联网信息发生畸变。这就像人体出现癌症一样，危害性是极大的。这种办法或许可以对特定领域进行选择性攻击，比如对飞行器进行攻击。”

介子想到近期出现的一些空难事故，不由得不寒而栗。

不过容子马上打消了介子的这些顾虑，他告诉介子，这些数字信息都是信息态的主体信息。

容子对介子说：“我前几天在翻看信息块时，发现在电离层左右的高度空间中，有许多数字在不停地组合成数列。我马上停下翻看信息块的工作，把当时正在组合的数列记录下来。这些组合好的数列停顿约 5 秒钟，就依次向地球西南方向快速下坠并消失。”

容子接着说，实际上他当时来不及把全部数列都记录下来，只记录了所看到的17个数列，这显然是一个不小的数字组群。他感到很奇怪，就把情况向杜森做了反映。

好几天过去了，兰星都没能破解这些数列的原发地和实际用途。他们做出了以下判断和猜测：

首先，这不像是攻击地球人类互联网的数列，因为地球人类的互联网使用的是电磁载体信息，编码是以0和1的连续组合而成的信息语言。而这些数字组群信息量很大，是由0到9的自然数组合而成的阶梯数列信息，这就不该是用于攻击地球人类互联网的了。

其次，这些数字都是由信息态能量所组成的，地球人类的互联网没法接收。

介子却觉得情况比想象的更复杂："难道是和正在进行中的本单元区与第六单元区的战争有关吗？"

兰星已经在向单元区内所有使用地球阿拉伯数字的星球做调查，只有等待最终的调查结果了。

过了一段时间，杜森把兰星调查情况向容子做了一些简单披露。

这些出现在地球电离层上的信息态能量数列，是开启地球海洋中及陆地上的人造金字塔辐射增量的编码。具体的信息源地，杜森不愿进一步披露。由于在我们地球周边存在有大量信息态紊系光色能量，一旦开启了金字塔能量增强系统，就能够使地球周边的紊系光色的辐射量，通过金字塔增量辐射，由原来自然辐射的13%增加到52%。这种紊系光色辐射量一旦得到大幅增强，会严重影响地球人类的情绪，从而形成地球人类进入动乱甚至大规模战争时代的自然信息条件。

这种情况，除了对地球人类有影响外，还将对其他动物、微生物、地质结构、大气、地球物理形态都产生影响。今后地球发生什么样的灾害，都很可能是与自然无关了。而且在单元区内，被这样攻击的低级星球不仅仅是地球，共有 135 个星球处于攻击之中，将要发生的灾害也是多种多样的。

而最突出的问题是环境温度变化。实际上地球气候温度的升高，已经导致海洋无法容纳、吸收南北两极和一些高原地带冰雪融化的水，造成地下水位升高，使地球大陆出现平原土地液化，严重时可以导致海拔低的平原像稀泥潭一样，这种情况下如果发生地震，将可能引发陆地“海啸”效应。最先受影响的可能是俄罗斯，而影响最大的则可能是人口数较大的中国和印度。目前本单元区发达星球，对此尚无明确有效的解决方案，只有使用当年摩西星球代言人摩西带领族人越过红海时，为了凝固海水使用过的量子盾技术，才能制止土地液化。但这一技术在制止土地液化的同时，也会使地球大气固化。没有了流动大气，地球人类会在几个小时内全部死亡，其他生物亦是如此，后果同样不堪设想！

容子这番介绍，使在场的人个个目瞪口呆，后背直冒凉气。相比之下，炎热的天气都不算什么了。

4

还是乐观的易子首先打破了鸦雀无声的沉寂僵局，她说：“大家也不必忧愁，历史或许就是一个定数。”接着她换了个话题，讲了一个与平行世界有关的故事。

2006 年 4 月 23 日，乌克兰首都基辅发生了奇怪的事情。一名叫谢尔盖·吉诺马伦科的年轻人，穿着苏联时期的老式服装，挂着老式照相机，带着一脸惊愕疑惑的表情出现在基辅街头。这样一个装束和举止都十分怪异的人出现在街头，自然引起了街头执勤警察的注意，他们上前对谢尔盖做盘查。谢尔盖居然拿出苏联时期的证件，上面记录着他的姓名和出生年月。警察一看他 1932 年出生在基辅，大吃一惊。按照他的出生年龄，应该是 74 岁了，可是眼前这个谢尔盖只有 20 多岁。警察越盘问越糊涂，于是断定他是个精神病患者，把他送到基辅精神病医院了。

这件事太过离奇，引起了乌克兰有关部门的高度重视，于是他们请来了乌克兰著名心理学家保罗·克鲁蒂科夫博士。

谢尔盖被带到保罗博士面前时小心翼翼。他一进保罗的办公室，就警觉地环视着周围的一切，突然，他发现墙上挂着的钟表指针停住了，时间是 12 时 32 分，于是问："现在几点了？"保罗看了一下自己手腕上的手表，发现自己的手表也停了，时间也刚好是 12 时 32 分。接着谢尔盖对保罗说，他是 1932 年出生在基辅，今年（1958 年）25 岁。很显然，在保罗博士看来，这简直是天方夜谭……

不过，保罗博士还是耐心地追问，让他回忆当时的情况，看自己是如何出现在 2006 年的。谢尔盖说，因为当天是休息日，他从家里出来，想到市中心散步，拍一些风景。从家里走出来没有几步，他就发现空中慢慢飞过一个奇怪的钟形飞行物。谢尔盖第一次见到这样的景象，非常好奇，就把这个现在称为飞碟的飞行物拍了下来。就在拍下这个飞碟照片之后，他回头一看，自己已经处于一个环境完全不同的地方，后面就遇到了警察的询问。谢尔盖为了证明自己所说的是真实的，建议保罗把自己照相机中的胶卷冲洗出来看一看。

保罗博士请来了乌克兰的摄影专家——瓦吉姆·莫伊纳协助他工作。瓦吉姆说这种胶卷在 20 世纪 70 年代就已经停产，相机的型号是日本雅西卡公司生产的雅西卡福莱克斯型 120 相机，这种老爷相机在一些旧相机收藏爱好者手里还有，但这个相机则几乎像新的一样，操作还很方便。由于胶卷已经过时了，瓦吉姆好不容易才把照片冲洗出来，发现里面真有谢尔盖所说的照片，照片显示空中飘浮着一个飞碟。这种化学胶卷一般只能保存两三年，如果要长时期保存，须存放在特殊密封的保湿环境下，但也只能保存 20 年。可是 2006 年距 1958 年已经过去了 48 年，胶片居然从相机中取出就能冲洗出来，这也令摄影专家瓦吉姆百思不解，无法解释。

冲洗的照片所拍的基辅街景和现在的街景有很大的差别，保罗博士和专家继续查看照片，发现照片中还有一对年轻人的合影，男子是谢尔盖本人，女子是他的女友瓦伦蒂娜·库里什。谢尔盖在照片中穿着的衣服，和现在他本人的穿着一模一样。

2006 年 4 月 25 日，谢尔盖和保罗博士最后一次谈话后，回到自己的房间。保罗也沉浸在离奇事件的惊惶之中，他觉得需要把所调查的情况梳理一下头绪，可是没过一会儿，医护人员惊慌地跑过来报告，谢尔盖回房间后消失了。精神病院反复调看监控录像，只有谢尔盖进去的镜头，而精神病医院的房间窗户都是焊死的，任何人都出不去。

谢尔盖消失后，保罗博士的唯一线索就是谢尔盖的女友瓦伦蒂娜·库里什。很庆幸的是，调查组专家很快就找到了 74 岁的瓦伦蒂娜。瓦伦蒂娜翻开自己的旧相册，里面有一张她和谢尔盖在 1958 年的合影，和调查组专家冲洗出来的照片一模一样。瓦伦蒂娜见到后非常吃惊地问道："你们的照片是从哪里得到的？"

瓦伦蒂娜回忆起谢尔盖当时跟她提起的很多离奇的事，说 40 多年后会出现包括微波炉、手机和使用电池的人造心脏等。1960 年谢尔盖还接受了基辅电台的采访，采访的内容是他声称自己能看到 40 年以后的未来，目前这卷谢尔盖当时接受采访的录音还保留在基辅国立档案馆。

调查组的专家们进一步调查后了解到，谢尔盖在2006年出现后，曾在精神病院里非常有兴趣地询问医护人员使用中的微波炉、手机等情况，还翻阅了医学杂志中关于人造心脏的文章，估计这些信息后来都被谢尔盖带回1958年的时空了。

易子讲的这个故事引起了大家的热烈讨论，问题越提越多，最后大家纷纷请容子对这些问题做个解释。

容子看大家这么关心这个故事所引发的科学问题，就同意将这些问题向杜森请教了解后，再举办一次小范围的闭门讲座，来解答大家的疑问。

5

第二天，容子的小范围闭门讲座如期举行了，虽然参加的人不多，但气氛仿佛又回到容子刚开始举办讲座时的状况，大家内心激动不已，但又表情庄重地听着容子娓娓道来：

谢尔盖那天走上大街，突然看见天空中的飞碟，由于飞碟引起了局部磁爆区，所以在这个磁爆区里空气振荡频率超出可见光频率时，使谢尔盖在无意中进入了同维度平行世界。这个同维度平行世界与谢尔盖当时所在的现实世界，在谢尔盖的意识中是相同的，但实际上是滞后的。在这个故事中，谢尔盖在1958年所见到的平行世界是滞后了当时48年的世界。

同维度平行世界之间所发生的事情，只存在于当事人的意识中，他所看到的、听到的、意识到的事情都快于或慢于其人体所处的现实世界。现在地球人类把这种情况称为时空穿越。但是，这种情况的准确表述应该称之为“平行时差”。谢尔盖所经历的正是基于上述同维度平行世界原理而出现的平行时差现象。

接着容子说道，在人类历史上，这样的现象出现过很多次，由于人们对科学的认识不够，对这种现象迄今为止也没有做出准确的解释。

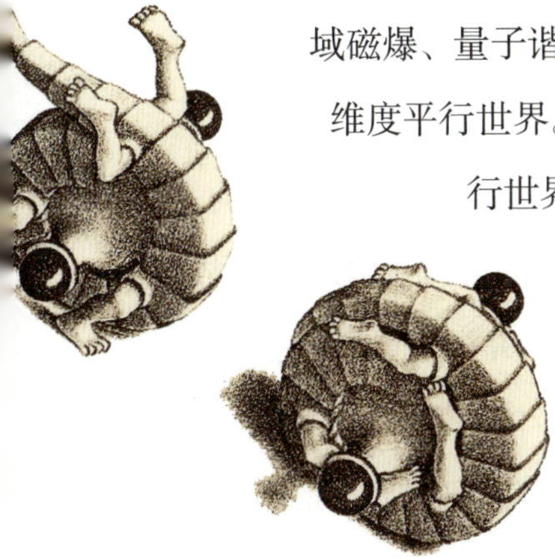

实际上，人类或其他生物、物体都可以在外界条件作用下，如区域磁爆、量子谐振、大气超视界振荡等，来实现穿越同维度或高维度平行世界。穿越者本人在不知情的情况下穿越到同维度平行世界，那么穿越者的意识仍停留在原来世界中，只是肉身实体做了一次或多次量子态旅行。

这种现象对人类身体没有什么影响，只是身体处于量子态，穿越者是感觉不到这种状态的。因为在这种情况下，人类的主系肌朊线粒体会在没有接收到新的信息能量的情况下，使反映出的意识是人体进入同维度世界的固有状态，一直维持到返回原来的现实世界为止。

将来，人类的技术水平达到某种程度时，是可以让人类实现平行世界穿越的。当年爱因斯坦和特斯拉做的费城试验，就是想利用电磁爆引发空气震荡，使试验品实现穿越，可惜技术能力尚未达到，所以失败了。

人类和其他生物及物体进入同维度平行世界形成的实体量子态，是呈完全透明状态的等量子体。这种等量子体也就是与外界作用环境中的量子数及能量级完全相同，形成了随环境量子变化而变化的同频率能量体。这种能量体可以随环境量子任意穿越物体世界而无任何异样感觉。

通常，在环境量子数与实体量子数之间出现 7% 的差数时，实体量子体（人类、动物、物体）就会产生原子、分子聚合还原体，并且在同维度平行世界中不留下任何信息，也无从查找或发现该实体在同维度平行世界中的任何印记。如果实体仍在同维度平行世界的话，可以利用量子饱和测试，以确定实体量子态是原始态还是穿越态，而这一点多数发达星球人类都可以做到。

所以，1958 年的谢尔盖穿越到 2006 年，逗留了一段时间后就消失了，没有留下任何痕迹。实际上，如果技术进步到可以做量子饱和测试的话，不用把谢尔盖送到精神病院，就能判断出当时那个谢尔盖是穿越态。遗憾的是当时乌克兰的科学家并不具备这样的能力。

这种同维度平行世界的现象在我们现今生活中也出现过。2019 年的一天，A 市交警在高速公路监控上看到一起黑、白两车并行相撞的交通事故，他们急忙赶往事故现场。结果，交警们到达现场后并没有看到黑色车辆，只有一辆白色车辆，司机也安然无恙。警察进一步询问，当事人觉得莫名其妙，说并没有黑车撞上自己的白车。这件事顿时成了无法理解的谜。容子分析道：很有可能是白车发生事故，侧滑导致轮胎与地面摩擦，造成空气振荡频率超出了可见光频率，并出现光量子谐振现象，从而瞬间在车体侧滑面制造了一个同维度平行世界。而这个时候同维度平行世界里正好有一辆黑车经过，在白车侧滑面被谐振显像，又在白车撞上护栏停止侧滑后显像消失，结果被道路监控设备录了下来，形成了录像上出现黑白两车相撞的场景。

容子接着说道，人的意识是对事物的本能反应，且具有把现实推演到超现实的能力。脱离现实世界进入同维度平行世界的人类，在现实世界中所想到的事情，在同维度平行世界里能够看到在现实世界中所想的事情，包括超现实的想法。这是因为人类由现实世界进入同维度平行世界后，当时身体处于量子态，意识中的事情就会随大脑思维部分量子态，映射出由量子态粒子构成的影像，并随意识变化而变化。在变化的同时，大脑的记忆部分量子，就会自动与影像中的量子形成同步记忆联动。在身体还原后，在大脑记忆部分中，这些影像就成了现实世界中的意识反应，使意识处于超现实状态。

容子解释后总结道：“这就是意识量子态纠缠，可以利用胶子链测试技术，把这种意识影像很直观地还原到分量子合成设备的屏幕上，供测试者观察研究。”

这个闭门讲座，再次在容介居掀起了思想上的惊涛骇浪。大家纷纷提出了无数问题，虽然七嘴八舌，各有各的表达方式，但是最后都指向一个问题——难道历史真的有定数？很显然，这样的问题把容子也难住了，易子却在一边偷偷地得意扬扬。后来容子又问了杜森，杜森没好气地对容子说：“我已经说太多了，早已泄露天机了，不能再说了。不过你们要记住：量子是永恒不灭的，量子是没有时间的。其他问题你们自己思考吧。”

容子还是试图用科学化的语言跟大家解释，发达星球的现在就是我们的未来。我们可以选择一种范式，或是共塔星球的，或是兰星球的，但不可能超越已有的范式去进化，从这个意义上说，地球人类历史是有定数的。

很显然，容子的这个答案并不是大家想要的。容子看到大家一脸茫然，就笑了笑说道：“浩瀚的宇宙中，有很多事是目前地球人类无法理解的，连兰星这样的发达星球都还面临很多未知的事物。最近兰星追踪了很久，好不容易才发现负能量的速度是主体信息速度的55亿倍。兰星把在引力作用下质量为负的能量定义为负能量。具体它有什么物理特性，对兰星而言，这无疑是未完成的探索，更是今天的地球人类无法完成的探索……”

大家对容子的解释仍然不太满意，弄得容子有点下不来台。这时，容子心里有点埋怨易子这个调皮鬼尽给他添乱。其实，易子为什么要把话题引到这里，容子心里是清楚的，“天机不可泄露”的事太多了，这个道理要让大家在失望中明白。就像易子的真实身世都是个“天机”，他也是和易子认识很长时间之后才知道的。而介子至今仍然一无所知，完全蒙在鼓里。

原来易子是个被改造过的仿生人，一直在容子的团队中扮演着重要的特殊角色。历史上，木谷星最喜欢利用各类仿生人来开展宇宙活动。在地球人类还十分蒙昧的远古时期，由于没有可选择的代言人，木谷星就派出一个高级仿生人类——如来，到现在的新疆一带活动了很长时间。时至今日，仍然有发达星球的外星人类派出仿生人到地球工作，从而达到不惊扰地球人类的目的。这些仿生人具有在 27 秒钟内易容的能力，地球人类很难发现他们。

想到这里，容子会意地看着易子，笑着说："你引出的这个难题真难住我了，咱们今天的讲座只能不了了之啦！"这时郑兴若有所思地点着头，接上容子的话说道："这么一说，倒是了。莫非有人通过同维平行时差技术，早已了解到'星海反击战'的结局啦？"郑兴话音一落，在座的众人顿时恍然大悟，现场随即响起了热烈的掌声。

就在容子的闭门讲座即将结束之际，容子宣布了一个消息：杜森离开工作站回巴克星球了。杜森走前向容子嘱咐："希望你们能够自立，把 60 万项目继续传播下去。"

杜森走了，介子、易子听后泪水夺眶而出。大家听了也都一愣，这些和容子比较熟悉的人，早就听说了杜森的事，顿时也无限惆怅。这么多年来，杜森早已成为这个大家庭中的一员，大家都把杜森当成自己的亲人，真舍不得他走。况且他这一走，恐怕很难再与容子隔空相见了。但愿地球人类能永远记住他，他为了地球人类的进步，离开自己的星球，一人孤独地生活在太空中，几年如一日地辛勤工作。

他，就是巴克星球的杜森。